JAKOB MELANDER
Blutwind

Buch

1944. Während des Zweiten Weltkriegs verliebt sich ein dänisches Mädchen in einen englischen Soldaten, dem ihr Vater im Keller Unterschlupf bietet. Der junge Mann will schließlich zurück nach England fliehen und die Tochter seines Wohltäters mitnehmen. Doch dazu wird es nie kommen: Die Beziehung wird ein schreckliches Ende nehmen. Und sie wird seine Augen nie vergessen können ...
2012. In Kopenhagen wird eine Frauenleiche gefunden. Ihre Augenhöhlen sind leer, und sie wurde auf altmodische Weise konserviert. Kurz darauf findet man ein zweites Opfer. Der Polizist Lars Winkler wird mit dem »Sandmann«-Fall betraut. Er ist gerade von einer zweimonatigen Auszeit zurück, nachdem ihn seine Frau wegen seines Chefs verlassen hat. Jetzt wohnt er in einer kleinen, leicht heruntergekommenen Wohnung direkt an den Bahngleisen, ein Abstieg auf der ganzen Linie. Sanne Bissen, eine junge Polizeibeamtin, wird ihm zur Seite gestellt. Nach und nach kommen die beiden einer Familiengeschichte auf die Spur, die grausamer nicht sein könnte ...

Autor

Jakob Melander, 1965 geboren, studierte Komparatistik an der Universität Kopenhagen und war jahrelang Gitarrist in mehreren dänischen Rock- und Punkbands. »Blutwind« ist sein erster Roman.

Jakob Melander
Blutwind

Thriller

Deutsch
von Ulrich Sonnenberg

GOLDMANN

Die Originalausgabe erschien 2013 unter dem Titel
»Øjesten« bei Rosinante & Co., Kopenhagen.

Dieses Buch ist auch als E-Book erhältlich.

Verlagsgruppe Random House FSC® N001967
Das FSC®-zertifizierte Papier *München Super* für dieses Buch
liefert Arctic Paper Mochenwangen GmbH.

1. Auflage
Taschenbuchausgabe Januar 2014
Copyright © der Originalausgabe 2013
by Jakob Melander & Rosinante & Co., Kopenhagen
Copyright © der deutschsprachigen Ausgabe 2014
by Wilhelm Goldmann Verlag, München,
in der Verlagsgruppe Random House GmbH
Published by agreement with the Gyldendal Group Agency
Umschlaggestaltung: UNO Werbeagentur München
Umschlagmotiv: © Yolande de Kort/Trevillion Images
Redaktion: Wibke Kuhn
AG · Herstellung: Str.
Satz: omnisatz GmbH, Berlin
Druck und Bindung: GGP Media GmbH, Pößneck
Printed in Germany
ISBN 978-3-442-47957-3
www.goldmann-verlag.de

Besuchen Sie den Goldmann Verlag im Netz:

Mai 1953

Sturm zieht an diesem kühlen Frühjahrsabend über den Øresund und peitscht Schaum auf die Wellenkämme. Tief und rot hängt die Sonne über dem Land, von der Halbinsel Amager ziehen violette Wolkenstreifen auf. Ein Schwarm Silbermöwen schreit im Aufwind und kreist über dem Kadaver, der sich in den Wellen des Sees auf- und abwiegt. Ein Zug Pfadfinder überwindet die Erdwälle um das Fort Charlottenlund, im Gänsemarsch laufen sie über die grasbewachsenen Böschungen. Lemminge, die sich in Reih und Glied durchs Gebüsch arbeiten. Hin und wieder fährt ein Auto auf dem Strandvejen vorbei, sonst ist alles menschenleer.

Die blau gefrorenen, schiefen Knie der kleinen Jungen klirren, sie ducken sich und verschwinden hinter den Kanonenbatterien, um kurz darauf wieder aufzutauchen. Die erste Möwe stürzt herab, reißt einen Klumpen weißes Fleisch aus dem aufgeblähten Bauch des Kadavers, kurz darauf die nächste. Der Pfadfindertrupp hat den Damm, der zum Strandvejen und zum waldähnlichen Schlosspark Charlottenlund führt, schon fast hinter sich gelassen.

Ein größerer, knochiger Junge bildet die Nachhut, er stolpert den anderen hinterher. Keucht in dem heftigen Sturm. Der Abstand zu den Letzten der Gruppe wächst.

Vorn wird gesungen. Der Wind verweht die Stimmen, schleudert ihm Bruchstücke ins Gesicht.

Ein Dicker und ein Dünner, die wollten wandern gehn
Dem Dicken wurd's lang, seine Hose, die sprang
Der Dünne lief ins Städtchen, küsste alle Mädchen
Doch dann wurd' er frech
Und das war sein Pech

Dünner, Dünner, um dein Leben lauf besser –
Denn hier kommt der Dicke mit dem Schlachtermesser
Dünner, Dünner, um dein Leben lauf besser –
Denn hier kommt der Dicke mit dem Schlachtermesser

Die Kolonne schlängelt sich über den Strandvejen und verschwindet zwischen den Baumstämmen. Der Nachzügler muss ein Cabriolet abwarten, das Richtung Norden fährt. Aus dem vorbeifahrenden Wagen lächelt ihm vom Beifahrersitz ein blondes Mädchen zu. Dann ist das Auto verschwunden, und er kann über die Straße gehen.

Das Echo der Stimmen vibriert noch immer zwischen den Bäumen:

Dünner, Dünner, um dein Leben lauf besser ...

Auf der anderen Straßenseite fängt er an zu laufen. Der Rucksack hüpft. Das kalte Metallgestell schlägt ihm gegen die Nieren. Bald gibt es nur noch den Sturm, der durch die Baumkronen fährt, und das heisere Keuchen seines Atems. Den pumpenden Doppelschlag seines Herzens. Vor seinen Augen beginnen die Bäume, sich zu drehen. Eine Baumwurzel greift nach ihm, erwischt seinen Fuß, er stürzt auf den Waldboden. Die krummen Äste strecken sich ihm entgegen, fangen ihn auf. Er will schreien, aber er kann nicht. Sein Mund ist voller Erde und welker Blätter. In einem stummen Schrei um Hilfe streckt er die Arme aus.

Und dann, mit einem Mal, ist es überstanden. Er liegt auf dem nackten Waldboden, ringt nach Atem, stöhnt vor Schmerz, spuckt Erde und Blätter aus. Er ist allein in der Dämmerung. Und in den Baumwipfeln beginnt es zu singen, immer lauter. Er setzt sich auf, umklammert die Knie mit den Händen, verbirgt sein Gesicht. Die schmalen Schultern zittern.

Dann kommen die Stimmen.

Sie heulen mit dem Sturm, schlingen sich um ihn, reiten auf ihm, steigen und fallen in einer langsam kreisenden Kadenz, die mit der Ablösung der sanften Dämmerung durch die Nacht immer lauter wird. Er weiß nicht, wie lange diese rasende Attacke der Stimmen dauert. Er weiß nur, dass er am Ende aufgeben muss, sie ergießen sich über ihn, und er ergibt sich der Dunkelheit und dem Grauen.

Als die Männer mit ihren Hunden und Lampen ihn finden, liegt er auf dem Rücken, mit dem Unterkörper in einem Wasserloch, Speichel am Mund, wild dreinblickende Augen, den Kopf mit Erde verschmiert. Stunden haben sie nach ihm gesucht. Ob er denn nichts gehört hat?

Doch, schluchzt er am Hals des großen Mannes mit dem vertrauten Geruch, sein Großvater trägt ihn im Arm. Die Stimmen. Er hat Stimmen gehört.

Einer der Männer untersucht mit seiner Lampe die Lichtung, wühlt mit einem Fuß in der Erde. Hört mal, sagt er, war das nicht hier, wo die Hipo-Leute den Piloten geschnappt haben ...?

Der Großvater bringt den Mann mit einer Handbewegung und einem Blick zum Schweigen. Großvater, der alles bestimmt; Großvater, der immer alles am besten weiß.

Dann gehen sie zurück zum Haus, wo Mutter wartet. Die Mutter, die niemals spricht.

Teil 1

Samstag, 14. Juni

I

»Sieh mal, Gunnar.«

Johannes' Stimme klang aufgeregt, sein kleiner Körper bebte vor Anspannung. Gunnar lächelte innerlich. Ein Job als Naturführer auf dem Amager Fælled war sein Traumjob gewesen, seit er das Gelände als Pfadfinder erkundet hatte. Viel zu früh aufzustehen und die Freundin im Bett verlassen zu müssen war natürlich nicht so witzig. Aber es lohnte sich. Die Kinder waren mit Leib und Seele bei der Sache, saßen in der Hocke und auf den Knien, schwärmten hinter ihm aus. Nahmen jedes seiner Worte begierig auf, folgten der geringsten Bewegung. Das von Algen durchsetzte Wasser gluckste leise an das sandige, zugewachsene Ufer. Eine leichte Brise sang in den Baumkronen, die über dem Wasser hingen. Auf dem See verfolgte eine einzelne Möwe das seltsame Treiben.

Johannes hockte direkt am Wasser und zeigte auf die trockenen Reste an einem Pflanzenstängel, der sich in der leichten Brise wiegte.

»Sehr schön, Johannes. Kommt alle mal her, kommt und seht euch an, was Johannes gefunden hat.« Gunnar wartete, bis alle Kinder sich dicht um ihn geschart hatten, bevor er fortfuhr: »Das hier ist die Nymphenhaut einer großen braunen Libelle, eines unserer größten Insekten. Libellen durchlaufen eine unvollständige Verwandlung. Das heißt, sie haben kein Puppenstadium.« Er sah sich im Kreis um, um sicherzugehen, dass alle zuhörten. Die Kinder hingen an seinen

13

Lippen. »Sie leben bis zu drei Jahre als Libellennymphen in Wasserläufen und Wasserlöchern. Und wenn sie alt genug sind, so im Mai, Juni und Juli, kriechen sie an Land und schlüpfen aus ihrer Nymphenhaut. Seht ihr die weißen Fäden dort? Das ist das Atemsystem der Nymphen, das sich im letzten Nymphenstadium öffnet, so dass die Libelle schlüpfen kann. Es wird Trachea genannt ...«

»Und wie bewegen sie sich?«, wollte einer der Jungen wissen.

»Na ja, sie haben Beine.« Gunnar lachte. Der nächste Satz war immer ein Erfolg. »Aber wenn sie im Wasser richtig schnell vorwärtskommen wollen, lassen sie einen Riesenpups. Ihr Darmsystem funktioniert nämlich wie ein Düsenmotor. Dann zischen sie nur so ab.« Er zeigte mit der Hand, wie schnell eine Libellennymphe durchs Wasser schießen konnte. Die Kinder warfen sich fast auf den Boden vor Lachen. Nur ein paar Mädchen verzogen die Gesichter und steckten die Köpfe zusammen.

Von hinten zog Ishmael an seinem Anorak.

»Warte einen Moment, Ishmael. Ich will gerade noch ...« Der Junge zog noch einmal an ihm.

»Gunnar, sieh mal. Was ist das?«

»Wo?« Gunnar drehte sich um.

»Dort!« Der Junge zeigte auf das Ufer. Halb verborgen hinter ein paar Büschen direkt am Wasser leuchtete etwas Schwarzes, Gelbliches im Sonnenlicht. Halb lag es in dem dunklen, ruhigen Wasser.

Es war warm geworden. Er musste den Anorak ausziehen.

»Ich weiß es nicht, Ishmael. Gehen wir hin und sehen nach.«

An der Spitze der Gruppe ging Gunnar das Ufer entlang. Nach ein paar Schritten blieb er stehen. Über ihnen zog ein Flugzeug einen weißen Streifen durch das Blau des Himmels.

»Kinder, ihr wartet besser hier.«

Sie lag nackt auf dem Rücken am Ufer, die untere Hälfte ihrer gespreizten Beine hing im Wasser. Die Haut wachsartig, gelb. Das schwarze Haar hing in trockenen, leblosen Strähnen über dem Gesicht.

Zögernd trat er einen Schritt näher. Eine Fliege stieg aus der dunklen Grube unter ihren Augenbrauen, summte über das ruhige Wasser.

Hinter ihm fing eines der Kinder an zu weinen.

2

John Paul Jones' fallende Basslinie legte den düsteren Hintergrund für Jimmy Pages nervös-prickelnde Gitarrenarbeit. Die Kombination aus Fenderbass und Telecaster dröhnte auf eine unbeschreiblich fantastische Weise im Kopf, die besser war als Drogen und beinahe so gut wie Sex.

Been dazed and confused for so long it's not true
Wanted a woman, never bargained for you

»Sag mal, hörst du mir überhaupt zu?« Ulrik Sommers Kopf auf der anderen Seite des großen dunklen Schreibtischs, eine Silhouette vor dem enormen Panoramafenster. Das Gesicht war eine einzige schwarze Fläche ... abgesehen von den Augen. Sie leuchteten.

»Ja.« Lars wippte mit seinem fast zwei Meter großen, zweiundvierzigjährigen Körper auf den Fußballen, die Augen geschlossen. Das Büro roch nach Linoleum, Staub und altem Schweiß.

Lots of people talkin', few of them know
The soul of a woman was created below

Crescendo. Das gesamte erste Album von Led Zeppelin war auf seiner inneren Festplatte gespeichert, er konnte es an- und abschalten, wie es ihm passte.

Lars öffnete die Augen. Hinter der Silhouette seines alten Freundes, entlang der Ziellinie der Edvard Falcks Gade, waren die Baumkronen des Tivoli zu sehen. Die aufragende Spitze der Schiffsschaukel und die Gondeltropfen des Riesenrads, eingefroren im Morgenlicht über den grünen Bäumen. Dahinter das SAS-Hotel, rechts die Glyptotek und die kleine Oase des Museumsgartens. In der Nacht hatte es geregnet, alles präsentierte sich in frischen und klaren Farben.

Ulriks Gesicht hatte viele Jahre so ausgesehen wie jetzt, und es würde vermutlich auch weiterhin so aussehen. Aber Ulrik und er hatten einen Wendepunkt erreicht. Irgendwo zwischen gestern und heute hatte sich alles verändert.

Allerdings sah es nicht so aus, als hätte Ulrik es verstanden.

»Hm.« Der Stellvertretende Polizeikommissar massierte sich die Stirn, blickte auf seine Schreibunterlage und fingerte am obersten Knopf seiner Uniformjacke. Er räusperte sich.

»Wo bist du gewesen?«

Lars wandte den Blick ab, hustete.

»Ich habe ein Flugzeug nach Athen genommen, mir ein Auto gemietet und bin gefahren, bis es nicht mehr weiterging.«

»Ah ja. Und wo war das?«

»Ist das nicht vollkommen egal?«

»In der Tat ...« Ulrik seufzte. »Ich bin dein Freund.«

»Du kennst es nicht. Kato Vasiliki. Ein kleiner Badeort für Griechen. Kann man überhaupt nichts groß anfangen. Ein Loch.«

Ulrik sah aus, als würde er nachdenken. Das konnte er gut. So aussehen als ob. Mehr als alles andere hatte ihm diese Fähigkeit den zusätzlichen Stern auf den Epauletten verschafft. Dann lächelte er. Über das ganze Gesicht.

»Na, dann ist es ja gut.« Er legte den Füllfederhalter fünf Zentimeter nach rechts und faltete beide Hände auf der Tischplatte. »Ich freue mich, dass du einen schönen Urlaub hattest. Wenn jemand ihn nötig hatte, dann du.« Er hielt einen Moment inne. »Ich bin bereit, so weiterzumachen wie bisher. Ich hoffe …«

Ulrik sah ihm nicht in die Augen, während er redete. Und Lars hörte nicht zu. Eigentlich merkwürdig, dass er nicht längst auf den Gedanken gekommen war, wie ähnlich Ulrik einem Wiesel sah. Der Mund des Tieres öffnete und schloss sich, aber es kamen keine Laute heraus. Lars horchte in sich hinein, versuchte, die Wut zu finden. Aber sie war verschwunden. Es gab nur ein großes, leeres Loch.

Er war wieder zu Hause.

Die Mundbewegungen des Wiesels wurden zu Lauten, zu Worten.

»… und um dir zu zeigen, dass ich es ernst meine, habe ich das hier für dich zurückgehalten: Ein Mord, du wirst die Ermittlungen leiten. Der Anruf ging vor einer halben Stunde ein. Draußen auf dem Amager Fælled.« Das Wiesel reichte ihm eine dünne Aktenmappe über den Tisch. Lars streckte automatisch die Hand aus, um sie entgegenzunehmen. Ihre Hände berührten sich. Beide wandten den Blick ab.

Ulrik stand auf, strich über seine Uniformjacke.

»Willkommen daheim. Gut, dass du wieder da bist.« Er zögerte. Dann reichte er ihm die Hand. Lars nahm die Aktenmappe in die linke Hand und drückte Ulriks ausgestreckte Hand mit einer mechanischen Bewegung. Er musste hier raus. Sofort.

»Warte«, hielt Ulrik ihn auf. »Wir haben da ein Mädchen aus Kolding. Es heißt, sie sei tüchtig. Sie soll sich ansehen, wie wir in der Großstadt arbeiten. Ich dachte, vielleicht könntest du dich ein bisschen um sie kümmern?« Ulrik schaute auf ein Blatt auf seinem Schreibtisch. »Bissen, Sanne Bissen.«

Lars kniff die Augen zusammen. Seufzte. Genau das hatte ihm noch gefehlt.

»Ich geh runter und such mir einen Dienstwagen.«

Ulrik lächelte. Vermutlich aus Erleichterung.

Lars schwang die Jacke über die Schulter, öffnete die Tür und drehte sich noch einmal um.

»Ist der Chef in seinem Büro?«

Ulrik, der im Begriff war, sich zu setzen, ließ sich vor Überraschung auf seinen Bürostuhl fallen.

»Öh, heute? Ich glaube … hat er nicht frei?«

Lars ging, ohne zu antworten, die Tür schnitt den zweiten Teil von Ulriks Frage ab.

Im Vorzimmer blieb er einige Sekunden unentschlossen stehen, dann zog er einen Umschlag aus der Tasche und kratzte sich mit dem Rand an den etwas zu langen Bartstoppeln. Er nickte Ulriks Sekretärin zu, die ein längeres Telefonat führte, ging zu den Postfächern und legte den Umschlag in das Fach des Chefs der Mordkommission.

3

Das Ende des Artillerivej. Das Erwerbsleben bestand hier größtenteils aus Autofriedhöfen, baufälligen, mit Graffiti bemalten Lagergebäuden, die niemand mehr wirklich nutzte, Bushangars und überwucherten Bauplätzen. Auf der anderen Seite des Hafens zeichnete sich das H.-C.-Ørsted-Kraftwerk gegen den tiefblauen Himmel ab. Lars bog auf den Lossepladsvej ab, dann fuhr er einen Feldweg hinaus aufs Amager Fælled. Nach Tokes schnarrenden Anweisungen übers Handy folgte er dem System der Feldwege.

Hinter ihm wirbelten die Reifen Staubwolken auf. Vor ihm öffnete sich die schwarze Fläche des Sees, auf der anderen Seite wuchsen Büsche und Bäume. Am Ufer standen Polizisten in knallgelben Warnwesten. Nach einer Brücke parkte er hinter dem Kleinbus der Kriminaltechniker.

»Okay, Toke, ich bin da.«

Lars zog die Handbremse und drehte den Zündschlüssel um. Der Motor stotterte und starb. Einen Moment trommelte er mit den Fingern aufs Lenkrad, dann stieg er aus. Vor ihm beschrieb der Weg eine Linkskurve. Hinter der Reihe von Fahrzeugen ein dichtes Unterholz aus kleinen Bäumen und Büschen. Tokes helles, strubbeliges Haar tauchte aus dem Grün auf.

Lars schlug die Wagentür zu und ging auf ihn zu.

»Wie sieht's aus?«

»Besser, du schaust es dir selbst an.« Toke hob das Absperrband, ließ Lars darunter durchkriechen und ging durch das dichte Gebüsch auf das Seeufer zu. »Ach ja, willkommen zurück.« Toke bog einen Ast zur Seite, um Lars vorbeizulassen. »War's ... hattest du eine schöne Reise?« Lars antwortete nicht, und Toke fuhr fort, ohne seine Tonlage zu ändern: »Ein Naturführer hat sie gefunden. Er wollte sich mit einer 4. Klasse der Peder-Lykkes-Schule ein paar Tümpel ansehen. Er sitzt in einem der Wagen, wenn du mit ihm reden willst?«

»An einem Samstag?«

»Das ist der einzige Tag, an dem er Zeit für die Führungen hat.« Toke zuckte die Achseln.

Lars brummte, wich einem Schlammloch aus.

»Ist sie bewegt worden?«

»Nein. Er sagt, er hätte nichts angefasst. So, da sind wir.«

Das Wasser war voller Algen, still breitete es sich vor ihnen aus und stöhnte unter der Junisonne. Über ihnen schrie ein Kiebitz. Am Ufer herrschte hektische Aktivität. Allan Raben, der sehr leicht ins Schwitzen kam, untersuchte vornübergebeugt irgendetwas am Boden zwischen Gebüsch und Ufer. Ein paar uniformierte Beamte standen abseits und teilten sich Kaffee aus einer Thermoskanne. Drei Kriminaltechniker in weißen Overalls, Gesichtsmasken und Plastiküberschuhen sicherten Spuren. Frelsén stand im Teich, über einen länglichen, gelblich weißen Körper gebeugt, der aus dem Wasser ragte und halb am Ufer lag. Als Einziger trug er Gummistiefel. Seine goldgefasste Brille hing ihm auf der Nase, das Haar stand ihm vom Kopf ab. Einer der Techniker winkte Lars zu. Seine Zähne leuchteten in dem dunklen Gesicht.

»Hej, Lars! Schön, dich wiederzusehen. Wir sind fast fertig, dann könnt ihr kommen.«

»Okay, Bint.« Lars wandte sich an Toke. »Lass den Naturführer gehen. Sag ihm, es könnte sein, dass wir ihn später noch sprechen müssen. Wo ist diese ... Bissen?«

»Bissen?«

»Sanne Bissen. Die Polizeiassistentin aus Kolding.«

»Genau hier«, ertönte eine raue Frauenstimme hinter ihm. Das Jütländische war nicht so auffällig, wie er erwartet hatte.

Lars drehte sich um. Hinter ihm stand eine hübsche blonde Frau und streckte die Hand aus. Er ergriff sie. Ein fester, trockener Händedruck. Sie war groß, beinahe schlaksig, ihr dichtes Haar fiel über Nacken und Ohren, sie hatte es sich aus dem Gesicht gekämmt, so dass man ihre lebendigen grauen Augen sah. Ein Meer aus Sommersprossen war über Nase und Wangen verstreut. Sie trug Jeans und viel zu große Gummistiefel.

»Du musst Lars sein.« Sie lächelte. Lars versuchte, ihr Lächeln zu erwidern. Es ging überraschend gut.

»Willkommen.« Dann deutete er mit einem Nicken in Richtung Leiche und sah sie an. Mal sehen, was sie draufhatte. »Kannst du mir einen schnellen Überblick geben?«

Sanne schaute von Toke zu Frelsén, der durch das flache Wasser auf sie zuwatete. Der Rechtsmediziner zog im Gehen die Latexhandschuhe aus.

»Ja, also …«

»Nun lass doch das Mädchen in Ruhe.« Frelsén stopfte die Handschuhe in seine Gesäßtasche. »Ein interessanter Fall. Sie wurde konserviert. Die gleiche Methode, die bei Leichen angewandt wird, die für wissenschaftliche Zwecke zur Verfügung gestellt werden.«

»Du meinst, wir haben es hier mit einer Art Störung der Totenruhe zu tun?« Sannes Wangen röteten sich.

»Menschen, die ihren Körper der Wissenschaft vermachen, verlassen das Jammertal dieser Welt selten mit einer Kugel im Herzen.« Frelsén schob sich mit dem Zeigefinger die Brille wieder die Nase hoch. »Sehr hübsch. Direkt über der linken Brust. Bint hat eine feine Korona aus Pulverrückständen am

Einschussloch gefunden. Außerdem wurden ihre Augen entfernt.«

Es wurde still.

»Bint?«, fragte Sanne nach einer Weile. Ihre Stimme bebte nur ein wenig.

»Wallid Bint«, erklärte Lars. »Wir benutzen nur selten seinen Vornamen. Okay«, sagte er an Frelsén gewandt. »Kannst du es mir bitte genau erklären?«

»Kommt mal mit.« Frelsén bedeutete ihnen, ihm zu folgen, und ging wieder ins Wasser, auf die andere Seite der Leiche. Lars, Sanne und Toke stellten sich ans Ufer. Allan blieb ein Stück entfernt stehen.

Ein Duft, der irgendwie an Krankenhaus erinnerte, hing über dem Wasser, vermischt mit dem Geruch von Algen. Lars sah nach unten.

Sie lag auf dem Rücken, nackt, mit leicht gespreizten Beinen und vorgedrücktem Brustkorb, weil sie auf einer Wurzel lag. Die gummiartige Haut hatte eine unnatürlich gelblich weiße Tönung. Das Wasser reichte ihr bis zu den Knien, der Rest des Körpers lag an Land. Entweder hatte sie eine sehr spärliche Behaarung, oder das dunkle Schamhaar hatte nach einer Rasur erst wieder begonnen zu wachsen. Die Totenstarre hatte bereits eingesetzt, und ihre Unterarme waren senkrecht ausgestreckt. Das Gesicht war zu einem Ausdruck von Entsetzen und Abscheu verzerrt. Über der linken Brust war das ausgefaserte Einschussloch der Kugel zu erkennen.

»Junge Frau«, sagte Frelsén. »Vermutlich Osteuropäerin, wahrscheinlich Prostituierte. Todesursache: ein einzelner Schuss ins Herz. Nach dem Zustand der Haut zu urteilen hat sie nicht länger als acht Stunden hier gelegen.« Er hob den Unterschenkel der Leiche, bis ihre Zehen aus dem Wasser ragten. Alle sahen die runzlige Haut, bemerkten aber auch, dass die Verwesung noch nicht sehr fortgeschritten war. Frelsén zog eine kleine Maglite aus der Brusttasche und leuchtete in die Mischung aus Schlamm, Tang und Sand unter ihrer linken Schulter. Dort glitzerte etwas.

»Bint meint, es sei Glas.«

Lars blickte über den kleinen See auf Ørestaden, das hinter der flachen Böschung lag.

»Wie lange …?«

Frelsén richtete sich auf.

»… sie schon tot ist? Das erfordert weitere Untersuchungen. Zum jetzigen Zeitpunkt halte ich es allerdings für vertretbar, folgende Reihenfolge festzuhalten: Zunächst wurden ihre Augen entfernt – vermutlich unter Betäubung, da die Schnitte sehr sauber sind –, danach wurde sie erschossen.«

»Hat sie … war sie bei Bewusstsein … währenddessen?« Sanne räusperte sich.

»Als ihr die Augen entfernt wurden? Kaum. Danach? Ihrem Gesichtsausdruck nach zu urteilen, ja.«

»Pfui Teufel«, flüsterte Allan hinter ihnen. Sogar die Techniker hatten ihre Arbeit unterbrochen.

Lars hob die Stimme. »Wie wurde sie hierhertransportiert?«

Allan las von seinem Notizblock ab.

»Dort drüben wurde etwas Schweres durchs Gebüsch gezogen. Bint fand ein paar Kleiderfasern, möglicherweise von einer Autodecke. Außerdem gibt es noch Fußabdrücke, Größe 45. Und oben am Schotterweg haben wir ein paar Reifenspuren gefunden.« Er wies mit dem Daumen über die Schulter.

»Gut«, sagte Lars. »Lasst die Hunde kommen. Mal sehen, ob die etwas finden.«

Frelsén rieb sich die Hände.

»Willkommen daheim, Lars. Komm mal her, hier runter«, kommandierte er mit einer Stimme, die keine Widerrede duldete. Hinter ihnen balancierten ein paar Sanitäter eine Bahre die bewachsene Böschung hinunter.

Lars schloss die Augen. Wünschte sich zurück nach Kato Vasiliki, zurück in Nikkis Strandrestaurant, zurück an den Ort, an dem es nichts zu tun gab, außer Frappé und Amstel-Halbe zu trinken und über das Wasser auf Patras zu schauen.

4

Es war beinahe sieben, als Lars endlich die Haustür am Folmer Bendtsens Plads 2 aufschloss. Als er den Schlüssel ins Schloss steckte, rumpelte eine S-Bahn von der Haltestelle Nørrebro los. Der Lärm und der Luftdruck ließen die Aushänger der Zeitungen am Kiosk nebenan flattern. Eine einzelne Zeitungsseite wurde auf die Fahrbahn geweht. Aus dem Ring-Café im Erdgeschoss rechts war Flaschenklirren zu hören. Ein Besoffener wurde von seinen Kumpels beruhigt. Mit einer müden Bewegung schob Lars die Tür auf, griff nach der Tüte aus dem Thai-Take-away und stapfte in die zweite Etage. Der erste Arbeitstag nach zwei Monaten Urlaub. Er schaffte es kaum über die Schwelle.

Nach dem Abtransport der Leiche hatte Lars Allan losgeschickt. Zum Copenhagen Danhostel Amager und zu den Kleingärtnervereinen. Laut Frelsén war die Leiche nach Mitternacht an den Fundort gebracht worden. Die Wahrscheinlichkeit, dass jemand etwas gesehen hatte, war verschwindend gering. Trotzdem musste gefragt werden. Wie immer. Sanne und Toke fuhren mit einem Polaroidfoto des Gesichts der Toten nach Vesterbro, sie sollten es dort den Mädchen auf der Straße zeigen. Hoffentlich gab es jemanden, der sie kannte. Wenn nicht, konnte sich die Identifizierung hinziehen. Er selbst war sämtliche Berichte über verschwundene Personen aus den letzten drei Monaten durchgegangen. Ohne Resultat.

Weder Allan noch Sanne und Toke waren zurückgekommen, und nach viel zu vielen Tassen Kaffee und viel zu vielen Berichten – Ulrik kam zwei Mal zu ihm ins Büro, sie hatten lediglich wenige, eher einsilbige Sätze gewechselt – war er aufgestanden und gegangen.

Ein dumpfer, leicht muffiger Geruch schlug ihm entgegen, als die Tür aufging. Er hatte die Wohnung nicht mehr betreten, seit er seine Sachen hierhergebracht hatte ... am Abend, bevor er nach Athen geflogen war.

Die Wohnung bestand aus einem kleinen Flur, zwei Zimmern zur Straße, einem Schlafzimmer und einer Küche zum Hof. Das winzige Badezimmer befand sich links, direkt neben der Wohnungstür. Unglaublich, dass es der Stadtsanierungsbehörde gelungen war, hier eine Dusche unterzubringen. Alles würde nass werden, aber immerhin gab es ein Badezimmer.

Im ersten Zimmer standen die Umzugskartons mit der Stereoanlage und den LPs, außerdem ein Tisch. Er stellte die Tüte mit dem Essen auf den Tisch, ließ sich auf einen Stuhl fallen, streifte seine Sneakers ab und warf seine Jacke in die Ecke. Steckte sich eine King's an und legte die Beine hoch.

Ahh.

Während ihm das Nikotin durch den Körper strömte und ins Gehirn schoss, sah er sich um. Raufasertapete, achtziger Jahre. Die Farbe an den Wänden und der Decke war vermutlich irgendwann einmal weiß gewesen, doch nach knapp dreißig Jahren und unzähligen Zigaretten hatte sie einen unbestimmbar gelblichen Ton angenommen. Dagegen musste etwas getan werden. Er stand mit der Zigarette im Mundwinkel auf, schob die Hände in die Hosentaschen und ging durch die Tür in das andere Zimmer. Noch mehr Kartons, ein zerschlissenes Sofa, der Fernseher. Er öffnete die Balkontür. Die Türangeln kreischten. Der Zigarettenrauch vermischte sich mit Benzingestank und dem Geruch des warmen As-

27

phalts. Ein auberginefarbener Toyota, der kurz vorm Auseinanderfallen war, tuckerte klappernd in den Kreisel. Straßen, Bürgersteige, Häuser, alles war durchgebacken, stank nach stickiger Sonnenhitze. Lars rollte die Hemdsärmel auf und zog an seiner Zigarette. Betrachtete die Aussicht über den Folmer Bendtsens Plads unter der Hochbahn, an dem der Ørnevej auf die Bregnerødgade traf. Auf der anderen Seite des Kreisels das Geschäft eines Gemüsehändlers, außerdem ein Laden, der laut Firmenschild Auspufftöpfe verkaufte.

Das sollte also nun sein Zuhause sein ...

Er schnipste die Kippe vom Balkon und ging wieder in die Wohnung, ließ die Tür offen stehen. Er schaute in die Küche. Eine Kopenhagener Standardküche mit zwei schmalen Fenstern zu einem dunklen Hof. Er stellte die Milch in den Kühlschrank, den Kaffee und die Haferflocken in den von einer fettigen Schicht überzogenen Oberschrank. Dann suchte er den Umzugskarton mit dem Geschirr, fischte einen Teller und eine Gabel heraus und wusch sie ab.

Das Bild der toten Frau wollte nicht verschwinden. Nackt und verletzlich am Ufer, die leeren Augenhöhlen starrten ins Nichts. Lars trocknete die Gabel ab, legte sie auf den Teller und ging ins Wohnzimmer. Er hatte Hunger, aber erst musste er die Stereoanlage aufbauen. Ohne Musik ging es nicht.

Er fand das flache Regal, stellte Verstärker, Vorverstärker und Lautsprecher an ihren Platz, verkabelte die einzelnen Teile und steckte den Stecker in die Dose. Jetzt fehlte nur noch der Plattenspieler. Der alte Rega P1. Er hob ihn aus dem Umzugskarton, platzierte ihn neben den Verstärker aufs Regal, steckte die Kabel ein.

Es dauerte eine Weile, bis er den Karton mit den LPs gefunden hatte, doch schließlich setzte er die Nadel auf *Get Yer Ya-Ya's Out* und konnte sich seinem Hühnchen mit Cashewnüssen und scharfem Chili widmen.

Nach dem Essen schloss er im zweiten Zimmer den Fernseher an. Er drehte ihn so, dass er vom Tisch aus den Bildschirm sehen konnte, und stellte den Ton leise. Eine dieser Heimwerker-Sendungen. Ein Schauspieler half einem Buchhalter, eine überdachte Terrasse für sein Reihenhaus zu bauen. Lars verschränkte die Hände im Nacken und wippte auf dem Stuhl.

Wieso hatte der Täter ihre Augen entfernt? Hatte sie etwas gesehen, was sie nicht sehen sollte? Was sie nicht sehen durfte?

Er blies einen ausgefransten Rauchring an die Decke.

In der Wohnung über ihm tat es einen gewaltigen Schlag, gefolgt von lautstarkem Fluchen.

Noch zwei Monate in diesem Vakuum, dann war er weg.

Mai 1953

Er saß auf dem Sofa, seit Großvater und die Männer ihn am Abend zuvor aus dem Wald geholt hatten. Am Morgen hatte der Großvater einen kurzen Blick auf ihn geworfen. Dann hatte er sich seine Arzttasche gegriffen und war zu seinen Krankenbesuchen aufgebrochen. Mutter starrt in ihrem Schaukelstuhl in die Luft. Wie immer.

Krii krii, krii krii, Mutter schaukelt hin und her. Er steht auf und streichelt ihr über die porzellanblasse Wange. Die schlaffe Haut bebt, entzieht sich seinen Fingern.

Sie muss sich stärken. Er zieht die Jacke an, geht in die Küche. Gießt Wasser in einen Topf und macht Feuer in dem alten gusseisernen Ofen. Heißer Saft. Aus den Tassen mit den englischen Motiven, die zu benutzen Großvater ihnen verboten hat.

Auf dem Weg in den Keller schaut er zu Mutter hinein. Sie sitzt da, wie er sie verlassen hat, mit versteinerter Miene, die Hände im Schoß gefaltet. Der Schaukelstuhl in der leeren Stube. Sonnenlicht fällt durchs Fenster, Rechtecke und Quadrate auf den breiten Bodendielen. Der Staub tanzt im Licht. Er läuft in den Keller, bemüht sich, den ganzen Krempel, den Großvater im Keller aufbewahrt, zu ignorieren. Findet die Tasse und die Untertasse in der Vitrine.

Rennt die Treppen hinauf. Die Stimmen vermeiden.

In der Küche kocht das Wasser. Er füllt die Tassen zur Hälfte mit Ribena, dem Schwarze-Johannisbeeren-Saft, und gießt ihn mit Wasser auf. Zerbröselt einen Zwieback in der dicken Saftmischung. Er hat den Teelöffel bereits in der Hand, als er die Scharte in der Untertasse bemerkt. Am Rand ist ein Splitter herausgeschlagen, der Sprung breitet sich aus, zieht sich durch die Glasur. Ein plötzlicher Wutanfall steigt in ihm auf. Heute hat alles perfekt zu sein. Er stößt die Tasse von der Untertasse. Saft und Zwieback-Krümel schwappen über den Küchentisch. Die Untertasse landet in der Spüle, zersplittert. Zerschlagenes Porzellan klirrt im Ausguss.

Noch einmal muss er in den Keller, muss sich in seinen Knickerbockers an Großvaters Sachen vorbeidrücken.

Unten an der Treppe steht die Tür der Vitrine offen. Hatte er sie vorhin geschlossen? Aus dem Wohnzimmer dringt das monotone Knirschen des Schaukelstuhls. Er greift nach der letzten Untertasse, seine Finger schließen sich um das Porzellan und streifen dabei einen Nagel, der ganz hinten in der Ecke herausragt. Mit einem leisen Klicken versinkt der Nagel, und die Vitrine dreht sich auf ihn zu. Dahinter ein schwarzes Loch in der Wand. Abgestandene Luft strömt ihm entgegen, Verwesung und Chemikalien.

Er findet einen Kerzenstummel im Regal neben dem Schrank, zündet ihn an. Die Dunkelheit ist so groß, dass sie die Strahlen der Flamme verschluckt. Vorsichtig setzt er einen Fuß auf einen der Regalböden, steigt hinauf. Durch die Öffnung in der Wand sieht er die obersten Stufen einer Treppe unter sich.

Fünfzehn Stufen zählt er, bevor er sich auf die Treppe wagt und sich mit dem Kerzenstummel vortastet, den er wie einen Schild vor sich trägt. Unstete Formen tanzen auf der Grenze des Lichtkreises, erwachen mit jedem Flickflack, den die Flamme schlägt, zum Leben. An den Wänden Regale, Schachteln und Kisten mit Zetteln und aufgemalten Bezeichnungen: Cyclotol, Husqvarna, Composition B. Andere, die er nicht kennt. Hirtenberger 5,6 x 50 Mag.

Die Regale ragen über ihm auf. Er hebt den Kerzenstummel über den Kopf. Das Licht spiegelt sich in einem Glas auf einem der Regalböden: zwei blassweiße verschwommene Kugeln mit grauen Pupillen schweben in einer trüben Flüssigkeit. Muskelgewebe, hinter dem ausgefaserte Sehnen wie Schleier schweben. Reste aus Großvaters Praxis? Sein Herz überschlägt sich, er schnappt nach Luft. Der Kerzenstummel fällt zu Boden, erlischt, rollt weg. Er geht auf die Knie und tastet mit zitternden Händen über den Boden.

Dann fallen die Stimmen aus dem Wald über ihn her. Stürzen sich auf ihn in einer langsam kreisenden Kadenz.

Als er aus dem Keller kommt, hat die Nacht den Tag abgelöst. Mutter schaukelt im Wohnzimmer noch immer ihr Krii krii. Großvater ist noch nicht wieder nach Hause gekommen.

Er stellt das Glas auf den Spieltisch. Die bleichen Körperteile dümpeln still in der Bewegung der Flüssigkeit, kommen nach und nach zur Ruhe. Er steht vor ihr, Staubplacken kleben ihm an Knie und Stirn. Sein Gesicht, eine Fratze.

Sie schaut das Glas nicht an. Ihre Lippen verziehen sich zu einem seltsamen Lächeln, ihre Pupillen sind tiefschwarz. Sie sieht zu ihm auf und spricht zum ersten Mal.

Vater hat sie genommen. Vater hat alles genommen.

Sonntag, 15. Juni

5

Ein wahnsinniger Lärm drang durch seinen Schlaf und bohrte sich ihm in den Gehörgang. Er fuhr auf und schlug mit der Stirn an die Kante der kleinen Kommode neben dem Bett.

»Au, verfl…«

Er krümmte sich und hielt sich die schmerzende Stelle. Wieder diese Musik. Halbblind fummelte er nach der Höllenmaschine und wollte sie schon aus dem Fenster werfen, als er auf die Idee kam, das Telefon einfach abzustellen.

Gesegneter Friede.

Kurz darauf donnerte eine S-Bahn in die Station gegenüber, die Fenster im Wohnzimmer klirrten. Willkommen in Nørrebro.

Ein schnelles Bad, Müsli und Anziehen – dunkelblaues, locker aus der Hose hängendes Hemd, Jeans und Sneakers –, Kaffee und eine erste Zigarette, dann aus der Tür. Sie wollten sich mit Frelsén um 09:00 Uhr im Rechtsmedizinischen Institut zur Obduktion und Leichenschau treffen.

Achtundzwanzig Minuten später. Lars hastete über den Blegdamsvej zum Frederik V's Vej. Er lief den Fælledpark entlang, blickte nach oben. Wieder einer dieser blauen Tage mit einem unendlichen Himmel. Ein weißer Fiat 500 hielt neben ihm, als er sich schwitzend dem Eingang des Rechtsmedizinischen Instituts in Nummer 11 näherte. Sanne kurbelte das Fenster hinunter.

»Guten Morgen.«

»Hej … ich meine … guten Morgen.«

Er trat einen Schritt zur Seite und ließ sie auf einen der freien Parkplätze abbiegen. Wartete auf der anderen Seite des Wagens, bis sie ausstieg.

»Es hat geklappt.« Sanne hob den Kopf, als die Zentralverriegelung klickte. »Es hat ein paar Stunden gedauert, aber schließlich haben wir zwei slawische Mädchen gefunden. Erst wollten sie nichts sagen, aber als ich sie auf einen Kaffee einlud und Toke bat, uns allein zu lassen … Na ja, ein paar Caffè Latte waren schon nötig.«

»Gute Arbeit. Erzähl.«

Sie gingen zusammen die Treppe hinauf. Lars blieb vor der Tür stehen und trat zur Seite, um eine Gruppe Studenten vorbeizulassen. Sanne fuhr fort: »Sie hieß Mira und stammte aus Bratislava. Sie und zwei andere Mädchen teilen beziehungsweise teilten sich ein Zimmer in der Mysundegade. Ich war mit ihnen dort, um ihre Sachen zu holen.« Sanne musste schlucken. »Es liegt alles im Präsidium.«

»Wer war ihr Zuhälter?«

»Sie sprachen von zwei kosovo-albanischen Brüdern, Ukë und Meriton Bukoshi. Sagt dir das was?«

Lars nickte.

»Die Mädchen wollten eigentlich nicht reden«, berichtete sie weiter. »Sie haben erzählt, die Brüder hätten Mira in dem Zimmer verprügelt, knapp eine Woche bevor sie verschwand. Es war übrigens …« Sanne zog einen Notizblock heraus. »… am 4. Mai.«

»Am Tag der Befreiung Dänemarks? Hm.« Lars fasste sie unter den Arm und zog sie zur Tür. »Komm, sie warten schon auf uns …«

In diesem Moment ging die Tür auf, und Ulrik kam heraus. In frisch gebügelter Uniform.

»Lars, Sanne. Gut, dass ich euch hier draußen erwische …«
Ulrik zögerte, steckte die Hände in die Taschen. »Ich habe
heute Morgen mit dem Leiter der Mordkommission gesprochen, Lars.« Ulrik sah ihn prüfend an. Lars erwiderte nichts,
wartete ab. Ulrik seufzte.

»Du hast um eine Versetzung zur Polizei von Nordseeland
gebeten, nach Helsingør. Ist das korrekt?« Er atmete jetzt ein
wenig schneller.

»Ich brauche eine Luftveränderung.« Lars zuckte die
Achseln.

Sanne trat einen beinahe unmerklichen Schritt zurück,
blickte von einem zum anderen.

»Hättest du dir eventuell vorstellen können, mich zuerst
zu informieren? Als Vorgesetzten, als … Freund?«

»Nee, eigentlich nicht.«

Ulrik schnappte nach Luft. »Du kannst nicht in einem
Mordfall ermitteln und gleichzeitig auf gepackten Koffern sitzen. Du bist mit sofortiger Wirkung von dem Fall abgezogen!«

Lars pulte eine Zigarette aus der Schachtel. Jetzt konnte
er zumindest rauchen.

»Willst du dich dazu nicht mal äußern?«

Lars zuckte erneut die Achseln und zündete sich die Zigarette an. Er hatte tatsächlich nichts zu sagen.

Ulrik setzte die Mütze ab, trocknete sich den Schweiß von
der Stirn.

»Ich übernehme den Mordfall.« Er setzte die Mütze wieder auf. »Im Juliane Marie Centret liegt das Opfer einer Vergewaltigung. Sie wurde gestern Nacht zusammengeschlagen
und vergewaltigt. Das übernimmst du. Du hast Kim A., Frank
Wredt, Lisa Bak und Toke. Sanne und Allan bleiben bei mir.«
Ulriks Augen glühten unter der Uniformmütze. »Soweit ich
verstanden habe, warst du ja ohnehin nicht sonderlich begeistert, eine neue Partnerin zu bekommen.«

37

Mist. Ausgerechnet Kim A. Lars füllte die Lunge mit dem letzten Zug und trat die Kippe mit einer Drehung seines Absatzes aus.

Sanne sah ihn gekränkt an und folgte Ulrik ins Rechtsmedizinische Institut.

6

Aufgang 5, 3. Etage. Juliane Marie Centret, die Station des Rigshospital für sexuelle Übergriffe. Lars stieg aus dem Aufzug und ließ den Blick über die Schilder gleiten, die von der Decke des breiten Korridors hingen. Abteilung 5032 lag rechts in Richtung Tagensvej. Die Idee des Nummernsystems im Rigshospital war im Grunde bestrickend einfach, allerdings hatte sich in der Praxis herausgestellt, dass es nicht ganz so leicht zu entschlüsseln war, wie man es sich damals in den siebziger Jahren vorgestellt hatte, als das Krankenhaus gebaut wurde.

Lars bog in den rechten Flur ein und ging die fünfzehn Schritte bis zur Aufnahme. Zeigte seine Polizeimarke.

»Lars Winkler, Abteilung für Gewaltverbrechen. Heute Nacht wurde ein Vergewaltigungsopfer eingeliefert?«

Die Krankenschwester betrachtete seine Marke, nickte.

»Heute Morgen, sehr früh. Ich hole einen Arzt.« Er hörte nicht, was sie am Telefon sagte, aber in weniger als einer Minute kam eine Ärztin aus der entgegengesetzten Richtung. Sie war untersetzt, nicht besonders groß, trug eine Pagenfrisur von unbestimmbarer Haarfarbe und hatte scharfe graue Augen hinter einer roten Designerbrille. Er stellte sich vor, zeigte noch einmal seine Marke.

»Christine Fogh«, sagte sie. »Kommen Sie.«

Sie ging voraus und führte ihn in ein Büro, aus dessen Fenstern man auf die massive betongraue Säulengalerie des

Panum-Instituts auf der anderen Seite des Tagensvej sehen konnte. Die Baumkronen des Amorparks – welch ein Name – versuchten, die Aussicht ein wenig gefälliger zu gestalten. Die Ärztin setzte sich auf die Kante ihres Schreibtischstuhls, die Hände zwischen den gespreizten Beinen, abwartend. Sie forderte ihn nicht auf, sich zu setzen.

Es war schwül in dem kleinen Büro. Lars sah sich um und setzte sich auf den einzigen anderen Stuhl im Zimmer, der an der Wand gegenüber dem Fenster stand. Er zog seinen Notizblock und einen Stift aus der Tasche. Im Nacken und unter den Achseln begann er zu schwitzen.

»Mir wurde der Fall vor zehn Minuten übertragen, ich kenne noch nicht einmal den Namen des Opfers. Können Sie mir Details nennen?«

»Details?« Sie wandte den Kopf ab, sah aus dem Fenster.

»Wer ist sie, wo ist es passiert, wann?« Er versuchte zu lächeln. Sie nahm die Brille ab und legte sie auf den Schreibtisch, die Bügel auf ihn gerichtet.

»Wissen Sie, wie viele sexuelle Übergriffe jährlich in Dänemark angezeigt werden?«

»Ich habe die exakte Zahl nicht im Kopf, aber ich meine, es sind über dreihundert.«

»Fünfhundert. Ungefähr zwei am Tag.«

Lars antwortete nicht, er betrachtete sie. Ihr Gesicht glühte im Sonnenlicht, das durchs Fenster fiel. Dann wandte sie sich ihm wieder zu.

»Und in nur einhundert Fällen kommt es zu einem Urteil.«

Er versuchte, eine Antwort zu formulieren. Dass häufig Aussage gegen Aussage stand, dass die Zahl auch falsche Anzeigen mit einbezog, aber sie unterbrach ihn in dem Moment, als er den Mund öffnete.

»Dazu kommen die Fälle, die nie angezeigt werden. Aber Stine Bang …« Sie erhob sich. »Folgen Sie mir.«

Lars stand ebenfalls auf, verließ hinter Christine Fogh das kleine Büro und trat in den Flur.

»Sie war auf dem Weg nach Hause, vom Nørreport zur Trondhjemsgade, es war ungefähr 02:40. Sie fährt mit dem Fahrrad, hat aber an der Øster Voldgade einen Platten, gleich hinter Nørreport. Sie schiebt. An der Sølvgade merkt sie, dass ihr jemand folgt, sie geht schneller.« Christine Foghs Tritte hallten durch den Korridor, auch ihre Geschichte erzählte sie mehr und mehr im Stakkato. »Hinter dem Statens Museum for Kunst packt er sie, schlägt ihr auf den Kopf und zwingt sie über die Straße in die Østre Anlæg.« Plötzlich blieb die Ärztin stehen und senkte die Stimme. »Er zieht sie den Wall hinauf, Schläge und Tritte prasseln auf sie nieder. Sie schreit, aber wer sollte sie hören? Oben auf der Kuppe schlägt er sie weiter und reißt ihr die Kleider vom Leib, während er sie vor sich herstößt. Und dort oben – vor dem Dänemarkdenkmal – vergewaltigt er sie anal. Er hat ihr den Kiefer und drei Rippen gebrochen, sie hat diverse innere Blutungen, Läsionen und Wunden am ganzen Körper, außerdem eine ernsthafte Gehirnerschütterung. Wir haben mit einer vorbeugenden HIV-Behandlung begonnen.« Christine Fogh ging auf die Tür eines Zimmers zu, das auf der anderen Seite des Korridors lag, und griff nach der Klinke. Dann senkte sie erneut ihre Stimme und blickte ihm in die Augen. »Ach, ja. Es fehlten nur wenige Millimeter, und ihr Schließmuskel wäre vollkommen zerfetzt gewesen. War das die Art von Details, die Sie meinten?«

Lars schluckte und folgte ihr ins Krankenzimmer.

Das Kopfende des Betts, in dem Stine Bang lag, war leicht angehoben. Ihren Kopf hatte man nahezu vollständig mit Gaze umwickelt, der sichtbare Teil ihres Gesichts war blauschwarz und geschwollen. Der Bereich um die geschlossenen Augen war blutunterlaufen, die Nase schief. Im Unterkiefer fehlten ihr zwei Zähne. Das Kardiogramm neben dem Bett zeigte monotone, regelmäßige Ausschläge.

Lars trat einen Schritt vor und wollte etwas sagen, als Christine ihn am Arm fasste.

»Pst, sie schläft. Wecken Sie sie nicht.« Sie zog ihn aus dem Zimmer. »Ich wollte nur, dass Sie sie sehen. Kommen Sie. Wir können uns in meinem Büro unterhalten.«

In ihrem Büro nahmen beide wieder ihre Plätze ein. Er ließ den Notizblock in der Tasche. Die Ärztin räusperte sich. Sie nahm die Brille ab, senkte den Blick.

»Es tut mir leid, wenn ich vorhin aggressiv gewirkt habe. Aber so …« Sie brach den Satz ab.

Lars nickte.

»Ich habe selbst eine Tochter, sie ist sechzehn …« Er machte eine Pause. »Und wenn es Sie beruhigt, ich glaube nicht, dass Stine das Problem haben wird, nicht ernst genommen zu werden. Weder von der Polizei noch vom Staatsanwalt oder dem Gericht.«

Christine betrachtete ihn von der anderen Seite des Schreibtischs.

»Wann, glauben Sie, wird sie in der Lage sein, mit uns zu reden?«, fügte er hinzu.

»Das wird ein paar Tage dauern. Dienstag, vielleicht Mittwoch.«

»Hat sie den Täter beschrieben? Wer hat sie gebracht?«

»Ein älteres Ehepaar aus der Stockholmsgade, die heute Morgen gegen 06:30 Uhr mit ihrem Hund Gassi gegangen sind. Sie haben sie halb bewusstlos und unterkühlt am Fuß des Denkmals gefunden.«

»Dann hat sie also drei bis vier Stunden dort gelegen?«

»Ihre Körpertemperatur war auf fünfunddreißig Grad abgesunken. Wir müssen damit rechnen, dass sie sich zusätzlich noch eine Lungenentzündung holt. Was den Täter betrifft, hat sie ihn nur flüchtig gesehen. Schwarze Kleidung, eine schwarze Skimütze mit Augenlöchern. Sein Dänisch war fehlerfrei. Ach, warten Sie. Hier.« Sie schob ihm ein gelbes Post-it über den Schreibtisch. »Das ist die Nummer ihrer Freundin.«

Lars sah auf den Zettel. *Astrid* stand dort und eine Nummer in Nørrebro.

»Will sie Anzeige erstatten?«

Christine nickte.

»Selbstverständlich. Trotz der Statistik.« Lars spürte, dass er rot wurde. »Ich kenne das normale Bild der Polizei von einem Vergewaltiger genau: ein sozialer Außenseiter ohne Freunde, ein Prolet. Aber wie wollen Sie dann erklären, dass zwei von drei Opfern denjenigen kennen, der sie überfällt?«

Lars räusperte sich. Sie traf damit einen wunden Punkt. Christine hob eine Hand, um seinen Widerspruch abzuwehren. »Aber in diesem Fall glaube ich fast, dass ihr Recht habt. Das war wohl kaum jemand, den sie kannte.« Sie blätterte in einem Stapel Papier auf ihrem Schreibtisch. »Hier. Wir haben eine Untersuchung zur Spurensicherung vorgenommen. Es gibt Proben vom Sperma und vom Speichel des Täters. Das Labor hat uns für Ende nächster Woche ein DNA-Profil versprochen.«

»Keine Fingerabdrücke?«

Christine schüttelte den Kopf. Er reichte ihr seine Karte.

»Das Problem bei diesen Fällen … ja, aber das kennen Sie ja.«

»So ist es. Ohne vorhergehenden Kontakt zwischen Opfer und Täter ist es häufig der Zufall, der einen Fall klärt. Manchmal Jahre später. Wenn er überhaupt aufgeklärt wird.«

Lars erhob sich. Jahre später. Wenn. Ganz genau. Danke, Ulrik!

Sie gaben sich die Hand. Lars ließ nur ungern wieder los. Sie lächelte. Dann nickte er und verließ das Büro.

7

»Entschuldige bitte.« Ulrik rang noch immer nach Atem. »Ich wollte eigentlich nicht, dass du das mitkriegst. Ich habe nicht damit gerechnet, dass es so …«

Draußen auf der Treppe verschwand Lars' Rücken.

Sanne nickte. Sie lief Ulrik hinterher. Wie immer. Die Leuchtstoffröhren an der Decke blinkten. Der lange Flur war leer. Damals auf dem Hof, wenn die Jungs sich abends mit ihren Mopeds trafen und vor den Mädchen Gas gaben, hatte sie da etwas anderes getan, als hinterherzulaufen? Und wie hatte es geendet?

Ulrik unterbrach ihre Gedanken.

»Ich weiß nicht, wie viele Obduktionen du in Kolding erlebt hast.« Sein Flüstern hallte in dem leeren Gang. »Du musst uns hier nichts beweisen. Komm einfach mit und merk dir, was gesagt wird. Wir reden hinterher.«

Sanne versuchte mit Ulrik Schritt zu halten. Eine Tür, ein weiterer kurzer Gang. Sie befanden sich in einem länglichen Raum mit mehreren kleinen Kammern auf der rechten Seite. Die linke Seite war ganz frei, ein langer Gang, der die Kammern miteinander verband, der Boden war mit großen grauen Steinfliesen belegt. Die weißen Kacheln an den Wänden ließen die Kammern aussehen wie altertümliche Operationssäle.

Ulrik zog sie ans entgegengesetzte Ende, wo sich schwarze Schatten vor den Leuchtstoffröhren abzeichneten. Allan drehte sich um, als sie näher kamen, und winkte ihnen.

»Wo ist Lars?«

Frelsén und Bint standen jeder an einer Seite eines Tischs, auf dem Miras Leiche lag. Eine große, gierige Öffnung mit Lippen aus bläulichem Fleisch und gelblichem Fett zog sich von einem Punkt zwischen den Brüsten bis hinunter zum Venushügel. Der Tisch wies quer verlaufende Rillen auf, über die das Blut ablaufen konnte. Sie waren heute nicht notwendig.

Ulrik nahm die Mütze ab.

»Lars hat um seine Versetzung zur Polizei von Nordseeland gebeten, ich habe ihm einen anderen Fall zugewiesen. Bis auf Weiteres leite ich die Ermittlungen.« Er sah sich um.

Frelsén kicherte.

»Das ist doch das Dämlichste, was ich seit langem gehört habe«, murmelte er vor sich hin.

»Wie bitte?« Ulrik trat einen Schritt näher.

»Ja, ja. Ich habe mich nicht in deine Entscheidungen einzumischen.« Frelsén stützte die Hände auf den Tisch und beugte sich über die Leiche, ohne sie zu beachten. »Lars ist einer der fähigsten Ermittler, die ich je erlebt habe …« Er ließ seinen Blick über Ulrik zu Sanne gleiten.

Sie war wieder vierzehn. Die Mopeds knatterten in dem lauen Sommerabend. Der Motor vibrierte zwischen ihren schmächtigen Schenkeln.

»Ich glaube, wir sollten uns jetzt der Obduktion zuwenden.« Ulrik hatte wieder angefangen zu schwitzen. »Dazu sind wir schließlich hergekommen.«

Frelsén zwinkerte ihr zu. »Bint?«

Bint steckte die Hände in die Leiche. Sanne wandte den Blick ab. Sie hatte an ein paar Obduktionen im Syddansk Universitetshospital teilgenommen, aber die Stimmung in dem hellen Raum dort war vollkommen anders gewesen. Hier gab es keine Fenster. Hier kam man nicht heil wieder heraus.

»Leber, 1.456 Gramm.« Bint drehte sich um und notierte

das Gewicht. Sie konzentrierte sich auf seine Hand, den Filz-schreiber, der über das Whiteboard tanzte. Gehirn, Herz und Nieren waren bereits registriert. Ihr Blick folgte Bint zurück an den Tisch. Frelsén stand auf der anderen Seite, studierte das Gesicht der Toten.

»Sie ist eine muntere Mischung. Irgendwas Osteuropäi-sches, Tschechien oder Slowakei vielleicht. Aber es ist auch noch etwas anderes dabei ... Ukraine oder Georgien.«

Sanne beugte sich Ulrik zu, flüsterte: »Wie um alles in der Welt sieht er das?«

»Die Gesichtsform«, flüsterte Ulrik zurück. »Vermutlich die Knochen. Ich habe es nie herausgefunden. Aber er liegt immer richtig.«

Sanne stellte sich wieder auf ihre Ausgangsposition. Ulrik schwitzte noch immer. Bint kämpfte mit den Därmen, die nicht auf der Waage liegen bleiben wollten.

»Es gibt keinen Leichengeruch, keine Gase.« Frelsén schnüffelte über der Leiche. »Früher haben wir immer ein kleines Loch in den Nabel geschnitten und ein brennendes Zigarillo drübergehalten ... tja, das war natürlich vor dem Rauchverbot. Die Stichflamme war manchmal bis zu drei Meter hoch.« Sanne schloss die Augen, froh, nur ein leich-tes Frühstück zu sich genommen zu haben. Frelsén fuhr un-gerührt fort: »Aber sie ist vollgepumpt mit Glutaraldehyd. Jegliche Bakterienflora ist abgetötet.«

»Was?« Es war Ulrik.

»Glutaraldehyd. In meiner Studienzeit verwendete man es, um Leichen zu konservieren, die im Anatomieunterricht ge-braucht wurden. Heute benutzt man Formaldehyd.«

Ulriks Adamsapfel hüpfte. Allan trat zwei Schritte zurück und setzte sich auf den einzigen Stuhl im Raum.

»Und wie ...?«, wollte er wissen.

»Bei dem Geruch ist ein Irrtum ausgeschlossen. Außerdem

gibt es Einstichwunden von einer Kanüle an der Innenseite des rechten Schenkels. Der weiß, wie man's macht … oder wie man es früher gemacht hat.«

»Aber warum …?« Allan versuchte aufzustehen, fiel aber schwerfällig zurück auf den Stuhl. »Warum wurde sie konserviert? Hast du nicht gesagt, sie wurde geschlagen?«

Sanne meldete sich. Ulriks Blick ruhte auf ihr, als sie den Mund öffnete.

»Eine knappe Woche, bevor sie verschwand, wurde sie von ihren Zuhältern verprügelt. Die Flecken stammen vermutlich daher.«

»Höchstwahrscheinlich.« Frelsén zog die elektrische Lupe über ihre rechte Brust. »Blutergüsse an Brust und Armen. Sie sind mehrere Tage vor Eintreffen des Todes entstanden. Hier, seht mal, das Schwarze geht schon in Grün über.«

»Und wann wolltest du uns das mitteilen?« Ulrik wandte sich an Sanne.

»Ich hatte bisher … keine Gelegenheit …« Sie wiederholte, was sie Lars vor der Tür erzählt hatte. Die Worte brachen geradezu aus ihr heraus.

Ulrik nickte, als sie fertig war, und fuhr mit dem Daumen über die Innenseite des Schweißbands seiner Mütze.

»Und ihr letzter Kunde?«

Sanne schüttelte den Kopf.

»Der letzte Kunde, den sie gesehen haben, fuhr einen weißen Opel Kadett. Aber eines der Mädchen hat sie eine Stunde später noch einmal getroffen.« Sie zog ihr Notizbuch heraus, blätterte: »Circa gegen 21:45 am Halmtorvet, auf dem Weg zur Skelbækgade. Sie hatte sich Drogen besorgt.«

»Am Maria Kirkeplads.« Ulrik nickte. »Bist du dort gewesen?«

»Ich hatte vor, heute hinzugehen.«

»Nimm Allan mit. Die Junkies sind ganz friedlich, aber die

Dealer können ziemlich aggressiv werden, wenn die Polizei in der Nähe ist. Hast du herausgefunden, wo Mira normalerweise anschaffen ging?«

»Entweder in der Skelbækgade oder auf der Vesterbrogade zwischen ...« Wieder blickte Sanne in ihre Notizen. »Vesterbro Torv und Viktoriagade. Ich werde mich auch da mal umhören.«

»Versucht's bei den Kiosken.« Ulrik setzte die Mütze wieder auf und vermied es, Miras Leiche anzusehen. »Die wissen über alles Bescheid. Wenn ihr am Maria Kirkeplads gewesen seid, bringt ihr die Bukoshi-Brüder mit zum Verhör.« Er nickte Frelsén und Bint zu. »Ich will euren Bericht auf meinem Schreibtisch, sobald er fertig ist.« Er stapfte aus dem Obduktionssaal.

Frelsén sah ihm nach und schüttelte den Kopf.

»Ich bin aber noch nicht fertig ...«

Ulrik wandte sich an der Tür um.

»Und?«

»Na ja, dieses kaputte Glas, das unter ihrer Schulter lag.«

Sanne erschauderte, erinnerte sich an Frelséns Maglite, in deren Licht am Vortag das Glas geglitzert hatte. Trotzdem trat sie einen Schritt vor, als Frelsén die linke Schulter der Leiche anhob. Ein dichtes Muster aus größeren und kleineren Wunden zog sich über das Schulterblatt.

»Die Wellen haben den Körper hin und her geschoben und dieses ... was immer es auch gewesen sein mag ... zerbrochen. Wir brauchen die Kriminaltechnische Abteilung, um es wieder zusammenzusetzen, aber ich würde schon ein halbes Auge verwetten ...« Frelsén hielt inne. Es sah aus, als würde ihm etwas durch den Kopf gehen. Ein Witz? Es zuckte an seiner Oberlippe, als er in einem neutralen Tonfall fortfuhr: »Es sieht so aus, als würde es sich um die Reste einer Augenprothese handeln ... um ein Glasauge.«

8

Das Polizeipräsidium am Polititorvet. Breit, mächtig, uneinnehmbar.

Leichte Wolken trieben über die blaue Tiefe. Lars nickte der Torwache zu und betrat das labyrinthische System von Fluren und Treppen. Als junger Beamter der Bereitschaftspolizei hatte er dafür sorgen müssen, dass die Fenster und Türen im gesamten Gebäude geschlossen waren, bevor er ging. Mehr als einmal hatte er sich verlaufen und musste auf die umliegenden Straßen schauen, um die Orientierung wiederzugewinnen. Aber schließlich hatte er das Prinzip begriffen.

Er war zu Baresso an der Ecke Skoubogade und Strøget gefahren, wo Stines Freundin Astrid arbeitete. Gestern Abend hatten sich Stine, Astrid und eine dritte Freundin, Maya, bei Stine getroffen. Später waren sie mit dem Fahrrad zum Ristorante Italiano in die Fiolstræde gefahren, einem Lokal gleich an der Jorcks Passage; der Abend endete in der Diskothek Penthouse in der Nørregade.

Lars sah seine Tochter Maria vor sich, nackt und zusammengeschlagen im Gras eines Parks, außerstande, sich zu bewegen oder um Hilfe zu rufen.

Er steckte seinen Kopf in das enge Büro, das Kim A. sich mit Frank teilte.

»Kommt ihr mal zu mir? Und bringt Lisa mit.« Er zog den Kopf zurück, bevor sie etwas erwidern konnten. Wie immer starrte Kim A. direkt durch ihn hindurch.

Toke saß bereits in seinem Büro, als er eintrat. Er stand ein bisschen zu hastig von Lars' Schreibtischecke auf. In der Hand hielt er eine Kopie von Stine Bangs Krankenbericht.

»Na, wurde aber auch Zeit. Wir haben den ganzen Vormittag gewartet.«

Lars antwortete nicht, er hängte die Jacke über die Rückenlehne seines Schreibtischstuhls. Toke setzte sich, schlug die Beine übereinander.

»Und wie läuft's mit der Wohnung?«

»Ausgezeichnet, danke.« Lars setzte sich, massierte sich das Gesicht. »Ich muss noch etwas Ordnung schaffen. Aber grüß deinen Schwager und sag danke schön.«

In diesem Moment ging die Tür auf, ohne dass angeklopft wurde. Kim A. mit seinem über hundert Kilo schweren Körper blieb mitten im Zimmer stehen. Seine fleischigen Wangen vibrierten. Lars ignorierte ihn.

»Ich gehe davon aus, dass ihr über den Fall Bescheid wisst?« Er fischte eine Zigarette heraus, zündete sie aber nicht an. Er musste etwas zwischen den Fingern haben. »Ich bin bei dem Opfer gewesen, Stine Bang ...«

Toke hob eine Hand. Lars nickte, und Toke warf eine Fotografie auf den Tisch.

Alle lehnten sich über Lars' Schreibtisch und sahen sich das DIN-A4-große Foto an. Stine lag auf einer Bahre auf dem Flur des Rigshospital, eindeutig nicht bei Bewusstsein. Christine Fogh beugte sich über sie. Stine war nackt, doch immerhin hatte jemand ein Handtuch über ihren Schritt gelegt. Sogar auf dem körnigen Foto waren die über ihren ganzen schmächtigen Körper verteilten dunklen Flecken und Wunden deutlich sichtbar, das Gesicht war unter den Krusten von geronnenem Blut beinahe verschwunden. Die Nase schief, die Augen geschlossen. Sie wäre nicht in der Lage gewesen, sie zu öffnen, selbst wenn sie es gewollt hätte.

Es klopfte, die Tür ging auf. Lisa Bak kam herein. Klein und lebhaft, mit großen braunen Augen. Ihr kurzes dunkelblondes Haar stand in alle Richtungen ab.

»Und, was ist los?« Sie grinste Frank an. Toke machte ihr am Schreibtisch Platz.

Lisa warf einen einzigen Blick auf das Foto, dann verschwand ihr Grinsen.

»Mein Gott, ein Psychopath.«

Niemand widersprach ihr.

»Du hast nicht mit dem Opfer gesprochen, oder?« Franks helles sommersprossiges Gesicht war im Gegenlicht beinahe durchsichtig.

Lars schüttelte den Kopf, erzählte von seinem Treffen mit Christine Fogh und wiederholte Astrids Erklärung: Ein Bursche hatte sich auf der Tanzfläche an Stine herangemacht und war ihr gefolgt, als sie auf die Toilette musste. Ungefähr einen Kopf größer als Stine, hellbraunes, gelocktes Haar. An die Augenfarbe hatte Astrid sich nicht erinnern können.

Lisa hatte sich mit dem Rücken zur Tür gestellt, während er berichtete. Die anderen kehrten an ihre ursprünglichen Plätze zurück. Alle vermieden es, sich noch einmal das ausgedruckte Foto anzusehen, die offene Wunde auf Lars' Schreibtisch.

Er räusperte sich.

»Diesen Kerl, von dem Astrid erzählt hat, müssen wir erwischen.«

Ein Nicken ging durch die Runde. Lars sah sie der Reihe nach an. »Es wird nicht lange dauern, bis die Medien Wind von der Geschichte bekommen. Diese Bilder ...«, er wies auf die Rückseite des Fotos, »... dürfen nicht an die Presse oder ins Internet gelangen. Sie wurde bereits einmal vergewaltigt.«

Toke nickte, faltete den Ausdruck zusammen und steckte ihn wieder in die Jackentasche.

Lars lehnte sich auf seinem Stuhl zurück.

»Stine verließ das Penthouse um zwei Uhr nachts. Mit dem Rad dauert es nicht länger als zehn Minuten bis zur Øster Voldgade, wo sie gegen 02:40 Uhr überfallen wurde. Stine war betrunken, also sagen wir fünfzehn Minuten. Was ist in den dazwischenliegenden fünfundzwanzig Minuten passiert? Kim A., Lisa, ihr übernehmt das Restaurant und die Diskothek. Irgendjemand muss etwas gesehen haben. Frank und Toke, ihr redet mit den Taxifahrern. Zu diesem Zeitpunkt sind viele Taxen auf der Øster Voldgade unterwegs.«

»Ristorante Italiano?« Kim A. schrieb den Namen bereits auf seinen Block.

Die Besprechung war beendet. Die Kollegen verschwanden, und Lars blieb sitzen, zurückgelehnt, die Hände hinter dem Kopf verschränkt. Er brauchte eine Zigarette.

Dann setzte er sich mit einem Ruck auf und griff zum Telefon.

»Christine Fogh? Hier ist Lars Winkler von der Mordkommission. Wir haben uns heute Morgen unterhalten … über Stine Bang.«

»Ich kann mich gut an Sie erinnern.« Ihre Stimme war ein wenig dunkler als am Morgen.

»Stines Zustand ist unverändert?«

»Ja, wir sorgen dafür, dass sie schläft.«

»Eine einzige Frage. Wissen Sie, wie groß Stine ist?«

Papierrascheln am anderen Ende der Leitung.

»Davon steht hier nichts. Ich rufe Sie gleich zurück.«

Während die Glut sich durchs Papier fraß, beschrieben seine Schritte zufällige Achten zwischen den Säulen des Säulengangs. Er hatte die Hälfte der Zigarette geraucht, als sein Handy klingelte.

»Elena.«

»Willkommen zurück, Lars.« Sie zögerte. »Hattest du … war es schön?«

»Hm.« Er zog fest an der Zigarette, die Glut kam seinen Lippen gefährlich nahe. Der Geruch von angesengten Bartstoppeln kratzte ihn in der Nase. Er fing an zu husten.

»Bist du krank?«

»Nein, nein«, versicherte er. »Was willst du?«

»Hast du dich in der Wohnung schon eingerichtet?«

»Na ja, was heißt eingerichtet. Ich bin ja gerade erst …«

»Du, kannst du morgen in den Laden kommen? Sagen wir gegen elf?«

»Das passt nicht besonders gut. Ich bin mitten in …«

»Lars, du weißt genau, dass ich hier nicht weg kann.« Der Klang von Honig und Stahl in ihrer Stimme. »Du hast Maria ab morgen und für die nächsten zwei Wochen … das hast du hoffentlich nicht vergessen?«

Wie gewöhnlich bekam sie, was sie wollte.

»Ja, ja. Ich werde sehen, dass ich's schaffe. Aber …«

Eine Glocke bimmelte im Hintergrund.

»Ich muss jetzt Schluss machen«, sagte sie. »Denk dran, morgen um elf.«

Er war nach der Zigarettenpause auf dem Weg in sein Büro, als Christine Fogh zurückrief.

»1,67.«

»Und die Absätze?«

»Exakt fünf Zentimeter.«

»Dann ist der Kerl gut zwanzig Zentimeter größer als sie. Vielen Dank!« Lars klemmte das Telefon zwischen Kinn und Schulter, notierte 1,90 Meter und 1,67 + 5 auf seiner Hand.

Bei dem Kiosk am Folmer Bendtsens Plads 4 im Erdgeschoss rechts handelte es sich um einen dieser beinahe rund um die Uhr geöffneten Läden, oder besser um einen SUPER T G-UND-NAC T-KIOSK, wenn man dem Schild über der Tür glauben wollte. Missmutig betrachtete Lars die roten Türläden vor der Fassade, das dunkle Ladenlokal dahinter und die Kästen mit Fabrikblumen davor. In einem der Fenster standen Stapel von Toilettenpapier und Saftkartons. In dem anderen Fenster wurde Reklame für Jolly Cola und Jolly Lime gemacht. Es war lange her, dass sich ein Innenarchitekt den Laden angesehen hatte.

Hier sollte er also von nun an seine King's-Zigaretten kaufen? Und die immer seltener werdende Zeitung?

Ein Moped knatterte vorbei. Der Luftzug ließ seine Jacke flattern. Irgendjemand schrie dem Mopedfahrer etwas hinterher.

Lars trat ein und sah die Magazine unter der Ladentheke, die im gnadenlosen Licht der Leuchtstoffröhre unter der Decke badeten. Die glänzenden Titelseiten changierten in einer erweiterten Palette von Hautfarben. Von Schweinchenrosa über helles Mokka bis hin zu Schokoladenbraun.

Er dachte an Elena und das Telefonat und war kurz davor, schlechte Laune zu bekommen. Wieder glitt sein Blick über die Titelblätter der Magazine. So wenig von dem, was es im Leben zu erreichen gab, hatte er geschafft.

»Hrmm.« Hinter der Ladentheke räusperte sich jemand.

Lars blickte auf. Hinter der Kasse stand ein feister Bursche mit hellem Haar und wässrigen Augen. In T-Shirt und Jogginghose. Er konnte höchstens siebzehn Jahre alt sein.

»Du bist vermutlich der einzige Däne im Umkreis von mehreren Kilometern, der in einem Kiosk arbeitet?«

Der Junge lachte.

»Die meisten Kunden sind so überrascht wie Sie. Aber die wenigsten sagen etwas. Was darf's sein?« Der Bursche drehte sich um. Die Wand hinter ihm war voller Magazine.

»Öh, nein danke. Ich meine, nicht heute ... Ich ...« Er verstummte. »Gib mir einfach zwei Schachteln Blå King's.«

Der Junge legte zwei Schachteln Zigaretten auf einen Stapel Boulevardzeitungen. *Die politische Hoffnung: heimliche Vergangenheit als Edelnutte.* Eine fette Typographie über dem nicht sonderlich schmeichelhaften Foto einer Politikerin, auf die die Überschrift sich bezog. Lars holte seine Kreditkarte heraus und zog sie durch die Maschine.

»Ich bin hier eigentlich nur die Aushilfe«, erklärte der Junge. »Der Kiosk gehört dem Vater eines Klassenkameraden. Er stammt aus dem Iran. Ganz falsch lagen Sie also nicht.«

Lars öffnete eine Zigarettenschachtel und sah den jungen Mann fragend an. Der nickte, noch immer mit einem breiten Lächeln.

»Ist schon okay. Hier drin wird ständig geraucht.« Er zeigte mit dem Kopf auf den Hinterraum. Die schmachtenden Töne eines Streichinstruments, das Lars nicht kannte, ließen einen Perlenvorhang langsam hin und her schaukeln.

Er steckte sich eine King's an und blies den Rauch durch die Nase.

»Ich bin gerade in Nummer 2 eingezogen.« Er zeigte mit dem Daumen über die Schulter. »Wie lange habt ihr geöffnet?«

»Och, das wird zwölf, bevor wir schließen, jeden Tag. Aber ich bin nur ein paarmal die Woche hier. Ich muss ja auch noch zur Schule.«

Lars nickte. Zur Schule gehen war wichtig.

»War nett, mit dir geredet zu haben«, sagte er. »Bis bald.«

»Immer gerne.«

Lars trat aus dem Kiosk, als eine S-Bahn polternd in die Station einfuhr. Erst als der zischende Lärm sich gelegt hatte und er mit dem Schlüssel in der Hand vor dem Haus Nummer 2 stand, registrierte er das Geräusch.

Vielleicht gewöhnte er sich doch an die Gegend?

Juli 1944

Mit offenen Augen liegt sie unter dem Dach und wartet. Wartet auf das, was nachts angekrochen kommt. Die Treppe hinauf, zu ihr ins Bett. Die Sparren des alten Daches ächzen. Irgendwo klappert ein Fenster. Tiefe Dunkelheit umgibt sie, denn es herrscht Krieg in dieser Sommernacht, und innen wie außen wird verdunkelt. Vater und Mutter schlafen im ersten Stock. Über der Praxis.

Nichts bewegt sich in dem alten Haus. Nur ihre Brust hebt und senkt sich mit jedem Atemzug. Und tief unter ihrem Nabel strampelt dieses kleine Leben. Unter der rauen Decke, die durch das Nachthemd kratzt, streichelt sie mit einer Hand über die kleine Rundung ihres Bauches. Gern würde sie die Petroleumlampe anzünden, ein wenig lesen. Die letzte Nummer des *Familie Journal* liegt auf dem Nachttisch neben der Lampe und wartet; tagsüber hatte sie keine Zeit. Sie hat so viel zu tun. Die Schule und Vaters Patienten. Und am Abend muss sie kochen, den Abwasch erledigen, Vater die Pfeife stopfen. Und nun herrscht Krieg. Vor ihrem kleinen Dachfenster hängen keine Verdunklungsgardinen.

Hoch oben wird der Himmel von dem fürchterlichen Gebrüll der Flugzeugmotoren zerrissen. Ein eintöniges Brummen warnt vor dem Nahen des Todes. Sie versucht die Maschinen zu zählen, eins, drei, fünf … Nein, heute sind es zu viele. Sie fliegen über Gentofte nach Hause, haben ihre Last aus Tod und Verstümmelung über Berlin, Hamburg und Kiel abgeladen. Große Städte in Flammen. Mit Mädchen wie ihr, Frauen, Männern und Kindern. Dort verbrennen sie. Dort ist die Verdunklung vorbei.

Sie wartet auf das leise Knallen der Flakgeschütze. Es kann nicht mehr lange dauern.

Unter ihr dreht sich jemand im Bett, ein schwerer Körper. Sie zieht die Decke bis unters Kinn.

Puff, puff … puff, puff, puff. Von hier aus hört es sich beinahe freundlich an. Doch es gibt noch ein anderes Geräusch. Irgendetwas explodiert dort oben, stürzt durch die Nacht. Metall kreischt. Sie zieht die Decke ganz über den Kopf, aber in dieser Nacht helfen keine Decken. Das kreischende Heulen wird lauter und lauter. Dann scheint das Haus zu erbeben, nein, die Erde bebt. Der Schlag ist so gewaltig, dass die Welt verstummt. Alles ist vollkommen still.

Dann, nach und nach, beginnt die Welt wieder zu sprechen.

Die Treppe knarrt, die Dachsparren ächzen. Irgendwo dort draußen brennt etwas.

Jemand verlässt das Bett, zieht sich an. Geht die Treppe hinunter. Mutter ruft und flüstert gleichzeitig.

»Sei vorsichtig.«

Kurz darauf, sie weiß nicht, wie lange es gedauert hat, wird die Tür aufgestoßen. Er ruft, sie soll mit heißem Wasser und Tüchern kommen. Sie stürzt aus dem Bett, zieht ihre dünne Kittelschürze über das Nachthemd und geht mit bloßen Füßen vorsichtig die Treppe hinunter. Im ersten Stock ist Mutter aufgestanden. Das Nachthemd klebt an ihrer mageren Gestalt. Weiter nach unten. Im Erdgeschoss ist eine Petroleumlampe angezündet. Der flackernde Schein wirft tanzende Schatten auf Wände und Türen. Am Hauseingang bemerkt sie Blutflecken auf dem Boden. Polternde Füße, schnaufende Männer. Sie läuft in die Küche, füllt den großen Topf mit

Wasser und macht Feuer im Herd. Dann läuft sie in die Praxis, findet die Schublade mit den zusammengefalteten Tüchern, greift nach einem ordentlichen Stapel. Ihre Mutter steht auf dem Treppenabsatz zwischen Erdgeschoss und erstem Stock und schaut hinunter, dann dreht sie sich um und geht wieder zu Bett.

Die Blutspuren führen zur Kellertür. Sie folgt ihnen, vorsichtig, um auf der steilen Treppe nicht zu fallen. Durch den ersten Keller bis zur geheimen Tür.

Jetzt ist etwas zu hören. Der Schein der Petroleumlampe flackert zwischen den Kisten. Ihr Vater beugt sich über einen Mann in Uniform. In der Dunkelheit kann sie kaum etwas erkennen, aber sein Gesicht ist blutverschmiert, und am Hals hat er fürchterliche Brandwunden. Der Arm hängt merkwürdig schlapp herunter.

»Es ist ein englischer Pilot. Er hat sich mehrere Rippen gebrochen. Vielleicht auch den Arm. Rede du mit ihm, Laura.«

Sie stellt sich neben ihren Vater, faltet die Hände und schluckt. Dann erinnert sie sich an ihr Schulmädchen-Englisch.

»Sir?«

Mit ihr als Dolmetscherin kann der Vater eine Diagnose stellen. Sie läuft hinauf, um das Wasser zu holen. Es kocht fast und schwappt ihr auf die Hände, als sie mit dem großen Topf die steile Treppe hinunterbalanciert. Gemeinsam gelingt es ihnen, ihm die Uniformjacke und das Hemd auszuziehen. Sie wäscht seine Wunden. Er ist hübsch, findet sie. Schwarze Haare. Graue Augen, volle Lippen. Er hat große Schmerzen. Aber er wird es schaffen, sagt Vater. Kein Wort zu Mutter. Sie schüttelt den Kopf. Sie weiß genau zu unterscheiden. Was Mutter wissen darf und was Mutter nicht wissen darf.

Sie holt Gaze und Morphium, Wasser zum Trinken. Fertigt aus dem Lauf eines Gewehrs eine Schiene für den Arm des

Mannes, bindet sie fest. Er stöhnt, als sie mit dem Lauf gegen seine gebrochenen Rippen stößt. Dann läuft sie nach oben und wäscht das Blut vom Fußboden und von der Treppe. Vor der Tür geht sie den Weg im Garten ab, sucht in der Dunkelheit nach Spuren. Die wenigen Tropfen wischt sie weg. Es hat angefangen zu regnen. Der Regen wird auch die letzten Hinweise beseitigen. Die Maschine qualmt ein Stück entfernt im Gebüsch des Moors, draußen am See. Ein Auto hupt. Die Deutschen sind unterwegs.

»Du bleibst hier unten und passt auf ihn auf«, sagt Vater, als sie zurückkommt. Er wäscht sich die Hände in dem restlichen Wasser. All das Blut, das Vater an den Händen hat. »Ich gehe nach oben zu Mutter ins Bett. Wenn sie kommen, kümmere ich mich um die Deutschen.«

Sie nickt und rennt in die Dachkammer, um das *Familie Journal* zu holen. Jetzt kann sie es in dieser Nacht doch noch lesen. Sie lächelt, als sie zurück in den Keller kommt und Vater die Treppe hinaufgeht und die geheime Tür schließt.

Nach einer Weile wird oben geklopft. Heftige Schläge lassen das Haus seufzen. Aber sie ist vertieft in ihre Zeitschrift, sie reagiert nicht. Auch nicht auf die wütenden Stimmen, die oben zu hören sind.

Neben ihr messen die keuchenden Atemzüge des Piloten die Stunden bis zum Morgen wie ein Stundenglas ab.

Montag, 16. Juni

9

Am nächsten Vormittag in Lars' Büro. Die gesamte Gruppe war zur täglichen Besprechung zusammengekommen. Ohne dass sie sich abgesprochen hätten, stand jeder am gleichen Platz wie am Vortag.

»Okay«, sagte Lars. »Lasst hören. Frank, Toke? Was ist mit den Taxifahrern?«

Frank runzelte die hellen Brauen, schüttelte den Kopf.

»Jemand muss doch etwas gesehen haben? Toke?«

»Leider nein.«

Depressive Stimmung breitete sich im Büro aus. Lisa räusperte sich.

»Wir waren in dem italienischen Restaurant und haben mit dem Kellner gesprochen, der die Mädchen bedient hat. Er sagt, sie hätten gute Laune gehabt und sich im Laufe des Abends ziemlich betrunken. Im Penthouse hat das Barpersonal gerade aufgeräumt und nachgefüllt, als wir kamen. Keiner hat irgendetwas bemerkt.«

Lisa lächelte, sie hatte noch etwas in der Hinterhand.

»Aber dann hatte eines der Mädchen im Penthouse eine gute Idee. Die Jugendlichen stellen offenbar gern Fotos von sich und ihren Freunden ins Netz, wenn sie in die Stadt gehen – oft auch auf die Homepages der Diskotheken und Bars. Und es ist wirklich nicht grade wenig, was die jungen Mädchen da so zeigen, das kann ich euch sagen.«

Kim A. richtete sich auf.

»Das ist vielleicht auch eine Idee. Sich mal mit ihrer sexuellen Geschichte zu befassen?«

Toke steckte die Hand in die Jackentasche und zog das Foto heraus, faltete es auseinander und legte es mitten auf den Schreibtisch, so dass alle es sehen konnten.

Lars zählte bis zehn. Dann sagte er: »Weder Stine noch irgendjemand sonst hat so etwas verdient ... und schon gar nicht darum gebeten.« Er legte einen Finger auf das Foto.

»Na ja, aber jeder Verteidiger wird das doch vor Gericht versuchen. Wir können uns ebenso gut darauf vorbereiten.«

»Vor Geschworenen mit diesen Bildern auf der Netzhaut?«, murmelte Toke.

»Kann ich mir auch nicht vorstellen«, sagte Lars. »Weiter, Lisa.«

»Darf ich mal ...?« Lisa beugte sich über Lars, öffnete am Computer den Browser und tippte eine Adresse ein.

Die Seite wurde hochgeladen. Die Luft über Lars' Schreibtisch war so schwer, dass er kaum atmen konnte.

Ein junges blondes Mädchen in einem kurzen trägerlosen Kleid zog einen Schmollmund und schob ihren Busen mit beiden Händen in Richtung Fotograf. Der Spalt zwischen ihren Brüsten begann direkt unter dem Kinn. Eine Freundin stand hinter ihr und schnitt Grimassen. Der Blitz färbte ihre Pupillen rot. Auf einem Tisch halbleere Flaschen und Gläser.

»Sieht aus, als wäre Einmeterneunzig mit gelocktem Haar hier nicht so richtig im Bild.« Frank kicherte.

Lisa legte den Zeigefinger auf die obere Bildschirmhälfte. Direkt über ihrem abgekauten Nagel tanzte Stine mit einem breiten Lächeln und geschlossenen Augen. Sie hatte die Arme hoch über den Kopf gehoben. Hinter ihr stand ein großer Bursche, der beide Hände unter ihre Arme geschoben hatte. Mit den Handflächen nach innen. Das halblange gelockte Haar fiel ihm ins Gesicht.

»Schwein«, murmelte Lisa.

»Ach, beruhig dich. Die tanzen doch nur.« Es war Frank.

»Weiß jemand aus der Disko, wer der Kerl ist?«, erkundigte sich Lars.

»Einer der Türsteher meint, dass einer seiner Freunde ihn kennt.« Lisa stand auf. »Ich erkundige mich mal, ob er ihn erreicht hat …«

10

Der schwarze Mondeo glitt in den Kreisel, das Wageninnere dampfte vor Hitze. Sanne beobachtete vom Rücksitz aus das Leben am Halmtorvet, das mondäne Leben auf dem Platz. Gruppen von Müttern in den Cafés, Skulpturen, ein Springbrunnen. Spielende Kinder. So stellte man sich den berüchtigten Kopenhagener Halmtorvet in Kolding eigentlich nicht vor.

»Überrascht?« Allan lachte neben ihr.

»Nein, es ist nur …«

»Wir sind gleich da.«

Die beiden uniformierten Beamten vor ihnen sagten nichts. Trotzdem war sie sicher, dass sie über sie lachten. Sie wurde rot. Wir sind gleich da, wir sind gleich da, wiederholte sie für sich wie ein Mantra. Konzentrier dich.

Den gestrigen Tag hatte sie auf der Straße verbracht. Sie hatte das Gebiet überprüft, in dem Mira gewöhnlich anschaffen ging, hatte Prostituierte und die Verkäufer in den Kiosken befragt. Ohne Erfolg. Am Maria Kirkeplads war sie inzwischen gut bekannt, aber niemand hatte wirklich mit ihr geredet. Und wer rechnete eigentlich ernsthaft damit, dass ein Junkie sich erinnern konnte, was an einem bestimmten Tag vor mehr als einem Monat passiert war? Allan hatte den ganzen Tag am Telefon gehangen und versucht, die Bukoshi-Brüder zu lokalisieren. Erst am frühen Morgen war es ihm gelungen.

Der Wagen verließ den Kreisel und bog wieder zwischen

die Häuser ein. Sie überquerten die Istedgade. Vorbei am Private Corner, einem Pornoshop. Ein paar gab es noch.

»Sie sind in einem albanischen Club, in einem Keller, gleich da vorn. Shqiptarë? Hausnummer 10«, sagte Allan zu dem Beamten am Steuer. »Halt besser hier. Die riechen uns von Weitem.«

Der Beamte am Steuer nickte und parkte auf der linken Seite der Abel Cathrines Gade vorsichtig hinter einem ramponierten Peugeot. Direkt vor Haus Nr. 14 und den Fenstern eines Video-Kellers. Das Schild im Fenster versprach *Private Kabinen*. Wieder bekam Sanne rote Wangen. Allan schien nichts zu bemerken. Er gab den Beamten Anweisungen.

Plötzlich wurde ihr klar, was sie planten.

»Das geht schief.« Sie unterbrach Allan. »Wenn wir alle gemeinsam hineinstürmen, hauen sie ab. Die sind über den Hof verschwunden, bevor wir auch nur die Treppe erreichen.« Sie schüttelte den Kopf und zeigte auf Allan. »Du steigst hier aus, wir anderen fahren an dem Laden vorbei und parken ein Stück weiter vorn. Wir beiden …«, sie nickte dem Beamten auf dem Beifahrersitz zu, »… gehen durch das Tor da. Sobald wir im Hof sind, geht Allan in den Club. Und du bleibst hier …«, wandte sie sich an den Fahrer, »… und hältst dich bereit, Allan zu folgen.«

Der Beamte auf dem Beifahrersitz drehte sich halb um.

»Sie hat Recht. Normalerweise haben die hier in den Wohnungen Leute, die die Straße beobachten.«

Allan lehnte sich zurück.

»Kein schlechter Plan«, gab er zu. »Ich gebe euch eine Minute, dann gehe ich runter.« Er öffnete die Tür und stieg aus.

Der Mondeo reihte sich wieder in den Verkehr ein und fand kurz darauf einen Parkplatz – gegenüber vom Shqiptarë. Sanne hielt den Beamten mit einer abwehrenden Geste zurück, öffnete die Tür selbst und sprang hinaus.

»Hier ist die Polizei«, sagte sie in die Gegensprechanlage des Hauses neben dem Kellerlokal.

»Wird auch Zeit, dass ihr endlich was unternehmt.«

Im Hof spielten ein paar Kinder unter einem verkümmerten Baum im Sandkasten. Ihre Eltern saßen beim Kaffee an einem Tisch und beobachteten Sanne und ihren Kollegen, die an der Mauer zur Hintertreppe der Hausnummer 10 schlichen. Niemand sagte etwas. Die Sonne brannte. Der Hof schwitzte, ein Backofen. Aus einem offenen Fenster plärrte ein Radio. Eine klagende Stimme über einem primitiven Beat.

»Ich gehe jetzt rein«, schnarrte Allan über Funk.

Sanne und der Beamte zogen sich ein Stück hinter die Mauer zurück. Sie schwitzte. Im Nacken, unter den Armen. Und führte flüsternd Selbstgespräche. Ein, zwei, drei, vier. Sie wurde unterbrochen durch ein lautes Rumoren aus dem Keller. Irgendjemand schrie etwas. Eine Tür schlug zu. Gleich darauf Schritte auf der Treppe, die Tür flog auf, und ein untersetzter, korpulenter Mann in einem dreckigen Jogginganzug stand in der Tür und blinzelte ins grelle Sonnenlicht.

Sannes Kollege trat einen Schritt vor, stellte sich vor ihn.

»Weiter kommst du nicht, Kumpel.« Er hob die Hand, um sie dem Mann auf die Schulter zu legen, doch der Untersetzte missverstand ihn und schlug zu. Der Polizist wurde an der Schläfe getroffen und sackte lautlos zu Boden. Der Mann sprang über den Beamten und wollte über den Hof entkommen. Sanne dachte nicht nach, sie streckte lediglich einen Fuß aus und blockierte damit seinen rechten Unterschenkel. Mit einem dumpfen Rums fiel er neben den Polizisten. Sanne zog die Dienstpistole aus dem Schulterhalfter und hielt sie mit beiden Händen vor sich.

»Bleib einfach liegen!«, schrie sie.

Ihr Herz pumpte, sie rang nach Atem. Die Menschen am Tisch hatten noch immer keinen Laut von sich gegeben. Einer hatte die Kaffeetasse gehoben, in der Mitte zwischen Tisch und Mund war die Bewegung erstarrt. Eines der Kinder weinte.

Wieder waren Schritte auf der Treppe zu hören.

»Mein Gott!« Allan tauchte in der Tür auf. Er trat zwei Schritte auf sie zu, wand Sanne die Pistole aus den Händen und warf einen Blick auf den Polizisten, der vor Schmerz stöhnte. Er sicherte die Pistole und stopfte sie in den Hosenbund. Dann ging er auf den Verhafteten zu, drehte ihm die Arme auf den Rücken und fesselte ihn mit Plastikband.

»Es ist 09:37 Uhr, und Sie sind festgenommen«, erklärte er und stand auf. Erst dann gab er Sanne die Pistole zurück.

»Setz dich einen Moment.« Allan half ihr auf eine Kiste, die am Haus stand. »Halt den Kopf zwischen die Beine.«

Sanne gehorchte, während Allan dem Kollegen aufhalf. Ihre Gedanken drehten sich. Die Hitze. Die Dienstpistole in ihrer Hand, der gleitende Widerstand des Abzugs. Die Leichtigkeit. So nahe dran.

Der letzte Kollege kam mit gezogener Waffe in den Hof gelaufen.

»Du kannst die Kanone wieder einstecken«, rief Allan ihm zu.

Er beugte sich über Sanne.

»Bist du okay?«

Sie nickte, spuckte zwischen ihre Füße.

»E…er haut ab.« Einer der Erwachsenen am Tisch zeigte auf den Mann, den Sanne zu Fall gebracht hatte. Er war wieder auf die Beine gekommen und lief ungeschickt mit auf dem Rücken gefesselten Händen auf einen Schuppen am anderen Ende des Hofs zu.

»He, he, du!« Allan setzte ihm nach und holte ihn ein. Erwischte das T-Shirt, aber der andere riss sich los und lief weiter. Allan stellte ihm ein Bein. Noch einmal fiel der Mann, doch diesmal, ohne dass er sich mit den Händen abstützen konnte. Allan winkte einen Beamten zu sich, und gemeinsam schleppten sie den Verhafteten zurück. Sein Gesicht hatte durch die Begegnung mit dem Asphalt einiges abbekommen, der gesamte Kopf war mit Erde, Blut und Dreck verschmiert. Die Augen halb geschlossen. Das T-Shirt über der Brust zerrissen. Ein strenger Schweißgeruch ging von ihm aus.

Allan zog ihn auf die Beine.

»Darf ich vorstellen: Meriton Bukoshi.«

11

ELENA WINKLER stand mit großen geschwungenen Buchstaben an der Glastür. Immerhin hatte sie noch nicht den Namen gewechselt. Durch das Schaufenster und die opulenten Sockel für die Schuhe sah er sie hinter einem großen, mit Leopardenmuster bezogenen Sessel. Sie drehte ihm den Rücken zu und trug ein sahnefarbenes T-Shirt aus dünner Wolle. Mokkafarbene Slacks mit ausgestellten Beinen, an den Hüften sehr eng anliegend. An den Füßen ein Paar ihrer eigenen hochhackigen Schuhe. Das krause dunkle Haar hatte sie zu einem strammen Knoten im Nacken gebunden. Von der Wand starrte ihn die Reihe chinesischer Masken mit bösen Augen an.

Er fuhr sich mit den Händen durch die Haare und schnaufte. Dann war es so weit.

Sie drehte sich um, als die Glocke bimmelte.

»Hej, Lars.« Sie standen sich einen Moment unsicher gegenüber. Zwei Menschen mit einer zu großen Vergangenheit. Dann umarmte sie ihn kurz, küsste die Luft neben seinen Wangen, trat zwei Schritte zurück, drehte sich um und dekorierte weiter.

Der Duft ihrer Haut, der leichte Hauch von Parfüm versetzten ihm einen Stich in den Magen. Er schloss die Augen.

»Bist du noch einmal in Mailand gewesen?«, fragte er nach einer Weile, eher um überhaupt etwas zu sagen.

»Ja, ich habe Maria mitgenommen. Kurz nachdem ...

du verreist bist. Wir haben eine der Fabriken besucht und uns die Kollektion des nächsten Jahres angesehen. Das hier stammt alles aus diesem Jahr. Schick, oder?« Sie wandte sich ihm wieder zu und zeigte auf die Schuhe im Fenster.

Er hatte dieses Konzept mit den italienischen Schuhen nie richtig begriffen. Die meisten sahen aus, als sollte man sie anziehen, wenn man zu Bett ging. Bevor er antworten konnte, fuhr Elena fort: »Ich möchte mit dir über Maria sprechen.« Sie machte eine kleine Pause, die dunklen Augen flackerten ein wenig.

»Elena ...«, begann er und streckte seine Hand nach ihr aus. Sie trat einen Schritt zurück. Drehte sich um und fing an, mit raschen, konzentrierten Bewegungen die Schuhe umzustellen.

»Hör jetzt auf. Nach allem, was wir durchgemacht haben.« Die heisere Stimme klang wie ein Flüstern, doch die Worte, die den Satz beendeten, waren fest und entschieden.

Er betrachtete die Linie ihres schlanken Nackens, die großen Goldohrringe. Ihm saß ein Kloß im Hals, der über die Lunge in die Eingeweide sank und sich schließlich in seinem Unterleib festsetzte. Schwer, zäh und kalt.

»Ich will mich nicht mit dir streiten«, sagte er schließlich. »Wenn ...«

»Lars.« Sie drehte sich um. Etwas Graues hatte sich über ihr Gesicht gelegt. »Wir müssen jetzt an Maria denken. Sie braucht uns, sie braucht dich ...«

Ihre schlanken Hände stanzten die abgehackten Sätze aus. Hellbraune Haut, auf der sich feine Falten zeigten. Sogar ihre Hände waren hübsch. Sie erinnerten an ...

Dann kam die Sehnsucht, er spürte einen Sog in seinem Körper, der ihn dorthin wirbelte, wo er niemals Grund finden konnte. Wie lange war es her, seit er Maria gesehen hatte? Einen Monat, zwei? Nicht einmal daran konnte er sich erinnern.

»Ist irgendetwas nicht in Ordnung?«, brachte er heraus. Seine Stimme klang belegt und hohl.

Elena fuhr mit einem Finger ein Regal entlang, prüfte, ob es staubig war. Dann sah sie ihm direkt ins Gesicht.

»Sie ist wütend auf dich … nein, nicht nur wütend, sie tobt.«

Es zuckte in ihrem Mundwinkel. Einen Moment hatte er keinerlei Kontrolle über seinen Körper.

Sie legte den Kopf schräg.

»Wie konntest du nur so dumm sein und einfach abhauen?« Sie flüsterte. »Sie braucht dich. Mehr, als du ahnst.«

Die Luft in dem kleinen Geschäft zitterte. Lars wollte etwas erwidern, als die Glocke bimmelte und zwei Freundinnen, die aussahen, als seien sie Mitte zwanzig, den Laden betraten … beladen mit Tüten von Freelance und Stig P.

»Was ist mit der Schule?«

Elena ließ die beiden nicht aus den Augen. Sie winkelte den linken Unterarm an und stützte den rechten Ellenbogen in die Hand, während sie an ihrem Ohrring fingerte. Sein Blick glitt über ihre Brüste.

»Sie ist aufs Øregård-Gymnasium gewechselt.« Er wandte den Blick ab, hoffte, dass sie nichts bemerkt hatte. »Wir dachten … Sie erzählt nichts, sie sitzt einfach in ihrem Zimmer und paukt für die Schule … und trifft sich nur mit ein paar alten Klassenkameradinnen.«

»So sind Teenager. Und Simon?«

»Ich glaube, sie hat mit ihm Schluss gemacht.« Elena biss sich auf die Lippe.

»Dann ist es doch gut, dass sie noch ihre alten Freundinnen hat.« Er trat auf die andere Seite des Ladentischs, sorgte dafür, dass der Tisch sich zwischen ihnen befand.

Elena nickte, schaute abwesend den beiden Kundinnen zu.

»Entschuldigung …« Eine der beiden wandte sich an Ele-

73

na, hielt etwas in der Hand, das eher wie ein Theaterrequisit als wie ein Schuh aussah. »Haben Sie den auch in Größe 39?«

Lars wollte etwas sagen, aber Elena unterbrach ihn.

»Ja, einen Moment, ich gehe nachsehen.« Dann wandte sie sich an Lars: »Das wollte ich nur loswerden.« Sie war bereits auf dem Weg ins Hinterzimmer. »Hör endlich auf, dich in deine Arbeit zu vergraben.«

Er flüsterte irgendetwas als Antwort, wusste aber selbst nicht recht, was er eigentlich sagte.

»Ich weiß, wie ihr seid«, sagte Elena. Dann war sie verschwunden.

Kurz darauf stand Lars auf der Ny Østergade. Er wusste nicht, was er erwartet hatte, nur war nichts so, wie es sein sollte. Abgesehen von Maria – und Maria kam morgen.

12

»Was zum Teufel habt ihr bloß mit ihm gemacht?« Der Arzt schlug seine Tasche zu. Meriton Bukoshi hatte während der Behandlung keine Miene verzogen. »Eigentlich müsste ich euch anzeigen.«

Allan zog den Arzt beiseite und erklärte ihm die Verhaftung, während Sanne sich in dem Büro umsah, das Allan sich mit Toke teilte. Es war erheblich größer und heller als der Besenschrank, den man ihr zugeteilt hatte, aber sonst war die Einrichtung identisch, nur stand alles zweimal im Zimmer. Schreibtische, Telefone, Computer, Stühle und Aktenschränke. Und dann das Besondere, das den entscheidenden Unterschied ausmachte: Die beiden großen Fenster zur Niels Brocks Gade, die in diesem Moment den sommerblauen Himmel ins Zimmer strahlen ließen.

Allan begleitete den Arzt zur Tür. Dann wandte er sich an den Verhafteten.

»Na, Meriton, wollen wir uns ein bisschen unterhalten?« Meriton bedachte ihn mit einem wütenden Blick.

»Vetëm shqiptar.«

»Was heißt das?«, erkundigte sich Sanne.

Allan legte die Arme übereinander.

»Klingt fast wie der Name ihres Clubs, Shqiptarë. Heißt das Albanien oder Albanisch? Bestimmt will er einen Dolmetscher.« Allan sah Meriton fragend an, der nickte und gleichzeitig den Blick abwandte.

»Na sieh mal an. Er versteht ausgezeichnet, was wir sagen. Er hat bloß keine Lust, Dänisch zu reden, was, Meriton?« Allan versetzte dem Gefangenen einen Schlag an die Schulter.

Sanne fühlte sich nicht wohl dabei. Meriton grinste sie lüstern an.

»Holst du mal einen Dolmetscher …?« Allan sah sie an.

Eigentlich müsste sie einschreiten. Aber sie war neu hier und hatte keine Lust, mit Meriton allein zu bleiben.

Zwanzig Minuten später kam sie mit Shpend zurück. Er war Mitte dreißig, sah aber mindestens zehn Jahre älter aus. Groß, mit unablässig tränenden Augen.

Sie musste husten, als sie die Tür aufmachte. Die Luft im Büro stand vor Zigarettenrauch. Meriton saß aufrecht auf seinem Stuhl, die Hände im Schoß. Allan hockte auf der Fensterbank. Der Aschenbecher war doch leer gewesen, als sie ging? Dann musste es jetzt die zweite, vielleicht sogar dritte Zigarette sein. Bei beiden. Meriton hob eine Augenbraue, als sie durchs Büro lief, um ein Fenster zu öffnen. Allan drückte seine Zigarette aus und schob dem Dolmetscher mit dem Fuß einen Stuhl zu. Sanne blieb am offenen Fenster stehen.

»Gut.« Allan rieb sich die Hände, blinzelte Sanne zu. »Fangen wir an.«

Meriton warf seine Zigarette in den Aschenbecher, murmelte irgendetwas vor sich hin.

»Wir würden gern wissen, was Meriton in der Nacht zum 5. Mai gemacht hat.« Allan sah Sanne an, die nickte. Meriton zog erneut die Augenbrauen hoch, ahnte wohl, dass irgendjemand etwas erzählt haben musste. Sie mussten die Mädchen gar nicht erwähnen. Sanne füllte ihre Lunge mit einem letzten Atemzug frischer Luft und setzte sich hinter dem Dolmetscher auf die Schreibtischkante. Meriton folgte ihren Bewegungen, während er die Frage beantwortete. Seine Augen klebten an ihrem Busen.

Meriton hatte im Club Karten gespielt, ungefähr bis nachts um halb vier. Um Mitternacht hatte er etwas zu essen geholt. Danach war er in das kleine Zimmer gegangen, das er und sein Bruder sich im Erdgeschoss teilten, um zu schlafen.

»Bitte ihn, die Namen der Leute aufzuschreiben, die in der Nacht mit ihm Karten gespielt haben.« Sanne legte Papier und einen Stift auf den Tisch vor Meriton.

Allan zog sie ans andere Ende des Büros und flüsterte:

»Wozu? Die Burschen würden ihre eigene Mutter des Raubmords bezichtigen, wenn einer der Brüder sie darum bäte.«

»Klar. Aber wenn wir nur einen von ihnen irgendwo anders lokalisieren können, haben wir die erste Lücke in seiner Aussage.«

Sanne nickte Meriton zu und zeigte aufs Papier, während Shpend übersetzte. Mit einem scheelen Blick schrieb der Zuhälter eine Reihe Namen auf.

»Sag ihm, wir wissen, dass er ganz genau weiß, weshalb er hier ist«, sagte Sanne. »Und dann frag ihn, wo sein Bruder ist.«

Der Dolmetscher übersetzte, Meriton schüttelte den Kopf.

»Er hat ihn seit vorgestern nicht mehr gesehen.«

In diesem Moment klopfte es an der Tür, und ein großer, kahlköpfiger Mann in den Fünfzigern polterte ins Zimmer, ohne eine Antwort abzuwarten. Unter dem Fettgewebe versteckte sich eine ansehnliche Muskelmasse.

»Hej, Kim«, begrüßte ihn Allan.

Der große Mann nickte Allan kurz zu und ließ die Augen über Meriton gleiten, der zurückstarrte, ohne das Gesicht zu verziehen. Dann bemerkte er Sanne. Er spitzte den Mund, räusperte sich.

»Entschuldigung«, sagte er. »Ich habe gehört, dass ihr nach mir gefragt habt?«

Allan sah ihn fragend an. »Ach ja? Wer sagt das?«

Kim wies nach hinten, blickte wieder auf Meriton, dann aus dem Fenster.

»Ich traf gerade …« Er hielt inne. »War wohl ein Versehen. Entschuldigt, dass ich euch unterbrochen habe.« Dann war er weg.

»Wer war das?«, wollte Sanne wissen.

»Kim A. Ist früher beim Überfallkommando gewesen. Was wollte er hier?«

»Wurde er nicht dem Fall zugeteilt, den Lars jetzt bearbeitet?«

»Das könnte hinkommen.« Allan prustete. Lachte er darüber?

Meriton murmelte irgendetwas, und Shpend zog eine Zigarette aus der Schachtel und zündete sie an. Meriton inhalierte und stieß zwei enorme Rauchwolken aus, eine aus jedem Nasenloch.

Diesmal zog Sanne Allan in eine Ecke.

»Er darf nicht merken, dass wir über die Prügel Bescheid wissen, die Mira von ihnen bezogen hat. Sonst bekommen die Mädchen, mit denen sie sich das Zimmer teilte, nur Ärger und wahrscheinlich auch Schläge.«

Allan nickte. »Okay.«

Sanne sah Meriton direkt in die Augen. Sie versuchte, sich von dem durchdringenden Gestank nach saurem Schweiß nicht ablenken zu lassen. »Du gibst also zu, dass du Mira kennst?«

Meriton richtete sich auf.

»Sie war eine … wie sagt man … Freundin?«, übersetzte Shpend. »Er hat sie seit diesem Abend, seit dem 4. Mai, nicht mehr gesehen.«

Meriton zog an der Zigarette, Papier und Tabak glühten auf. Er fing an zu reden. Hastig, gestikulierend. Der Dolmetscher konnte kaum folgen. Meriton und Ukë hatten sich um 23:30 Uhr am Burger Palace an der Vesterbrogade mit Mira verabredet. Aber sie erschien nicht. Ein paar ihrer Freundinnen – hier grinste Meriton – hatten sie eine Stunde vorher die Absalonsgade heruntergehen sehen. Die Brüder ließen ihre Leute nach ihr suchen, aber Mira blieb wie vom Erdboden verschluckt. Bis er sie heute auf der Titelseite der Zeitung gesehen hatte. Meriton zeigte mit dem Kopf auf das aufgeschlagene Exemplar der BT, das auf Tokes Schreibtisch lag.

Allan beugte sich vor, sein Bauch quoll über die Schenkel.

»Weißt du, was ich glaube? Ich glaube, du und dein Bruder habt herausgefunden, dass sie ein oder zwei Kunden hatte, von denen sie euch nichts erzählt hat. Und dann habt ihr sie verschwinden lassen.«

Meriton schaute weg. Paffte seine Zigarette.

»Einen Scheiß wisst ihr. Die dänische Polizei weiß einen Scheiß«, sagte er. »Ihr solltet besser herausfinden, wer meine Freundin Mira ermordet hat.« Der Dolmetscher starrte ihn mit offenem Mund an.

Allan hatte sich mit hochrotem Kopf halb aus dem Stuhl erhoben, Sanne musste ihn zurück auf den Sitz drücken. Sie wedelte mit der Namensliste, die Meriton aufgeschrieben hatte.

»Jetzt hör mir mal zu: Wir checken diese Liste. Du kannst nur hoffen, dass einer von ihnen an diesem Abend nicht irgendwo anders gesehen wurde. Bei einem Verkehrsunfall vielleicht oder weil er bei Rot über die Straße gegangen ist. Oder bei einer Wirtshausschlägerei …« Meritons Blick flackerte. »Und wenn du deinen Bruder siehst, dann sag ihm, dass wir ihn sehr gern hier sehen wollen. Möglichst noch heute oder allerspätestens morgen. Wenn er nicht erscheint, werden wir dafür sorgen, dass ihr euren Laden dichtmachen könnt. Verstehst du, was ich sage?«

Meriton spuckte den Zigarettenstummel aus. Der Gestank von verbrannten Haaren breitete sich im Raum aus.

»Dänische Polizei«, sagte er, erhob sich und stapfte zur Tür. »Einen Scheiß versteht ihr.«

Sanne saß in ihrem eigenen besenschrankgroßen, fensterlosen Büro mit den braunen Wänden. Es roch nach Linoleum und altem Papier. Sie hielt einen schmutzigen Briefumschlag in den Händen. Die Briefmarke war am 22.4. in Bratislava, Slowakei, abgestempelt worden. Den Umschlag hatte man an der Seite mit einem Messer oder einem anderen scharfen Gegenstand geöffnet.

Sie legte den Umschlag beiseite. Ging die wenigen, bescheidenen Gegenstände durch, die Mira hinterlassen hatte: eine gefälschte Dolce-&-Gabbana-Tasche, billige Unterwäsche der eher aufreizenden Art, ein paar enge H&M-Jeans und zwei sehr kurze Röcke, drei Tops, eine Bluse und eine Daunenweste. Ein paar Bücher in irgendeiner osteuropäischen Sprache. Den Umschlägen nach zu urteilen, offenbar Arztromane. Sie öffnete die Tasche: ein bisschen Make-up, keine Markenware, wahrscheinlich in einem Ramschladen in einer der Seitenstraßen von Vesterbro gekauft. Ein paar zerknüllte Geldscheine. Einer rollte sich immer wieder zusammen, wenn sie ihn glättete. Vermutlich würden die Techniker Reste von Kokain darauf finden. Ein Lippenstift, Kondome. Außerdem ein kleines zusammengefaltetes Briefchen mit einem weißen Pulver. Sanne steckte den Finger hinein, probierte. Der Geschmack war metallisch. Speed oder Kokain. Die Tasche enthielt keine Telefonnummern oder Papiere, und die wenigen Besitztümer sagten nichts über Mira als Person aus.

Abgesehen von dem zusammengefalteten Blatt, das in dem Briefumschlag steckte.

Sanne zog den Brief aus dem Umschlag. Die Wörter waren das reinste Kauderwelsch. Unterzeichnet hatte eine Zoe, auf dem Umschlag stand Miras vollständiger Name: Mira Vanin, PO Box 2840 Copenhaigen, Denimark. Zumindest konnte sie über Interpol eine Anfrage an die slowakische Polizei richten.

Zehn Minuten später rief sie Ulrik an. Sie brauchte die Genehmigung für einen Übersetzer.

»Sanne«, sagte er in herablassendem, hochnäsigem Ton. »Ich garantiere dir, dass ihre Person unwichtig ist. Sie war eine Prostituierte und wurde von einem Kunden oder ihren Zuhältern umgebracht. Wir konzentrieren uns auf ihren Umgangskreis hier in Kopenhagen.« Sanne kochte. Der herablassende, gängelnde Mann und die emotionale, sentimentale Frau? Nicht mit ihr. »Auf der anderen Seite«, fuhr er fort, »beschimpfen uns die Emanzipationsbewegung, die Hilfsorganisationen und die Presse, dass wir nicht genug für die Frauen tun, wenn es um Mädchenhandel geht. Vielleicht wäre es klug, wenn wir mehr über sie wüssten. Dann ist diese Flanke gedeckt, wenn sie sich beschweren. Allerdings solltest du dir darüber im Klaren sein, dass uns dieser Brief dem Mörder nicht näher bringt.«

Sanne hatte bekommen, worum sie gebeten hatte. Aber sie brauchte Luft.

13

Bei dem Gebäude Skyttegade 16 handelte es sich um ein Eckhaus, das Anfang des vorigen Jahrhunderts aus grauem Backstein gebaut worden war. Das gesamte Erdgeschoss war rostrot gestrichen, die Haustüren waren mit Graffiti besprüht. Allerdings standen vor dem Gebäude in regelmäßigen Abständen Pflanzen und weiße Stockrosen. Und die zweiflügeligen Fenster sahen gepflegt aus.

»Sieht nach Genossenschaftswohnungen aus.« Toke legte den Kopf in den Nacken, um zum Dachgeschoss hinaufzublicken. Lars folgte seinem Blick. Fünfter Stock. Natürlich wohnte er ganz oben unter dem Dach.

Lisa war es endlich gelungen, den Bekannten des Türstehers ausfindig zu machen. Allerdings konnte er sich nicht erinnern, wie der Bursche hieß, der Stine Bang in der Disko belästigt hatte. Aber er meinte, dass er in einem Musikgeschäft in der Innenstadt arbeite. Nachdem Lisa sich vergeblich bei TP und Fona erkundigt hatte, kam sie auf die Idee, dass es sich ja auch um einen Laden handeln könnte, der Musikinstrumente verkaufte. Schließlich hatte sie bei 4sound an der Ecke Åbenrå und Landemærket Glück. Der Mann hieß Mikkel Rasmussen und war seit zwei Tagen nicht zur Arbeit erschienen. Er wohnte in der Skyttegade 16.

An der Gegensprechanlage meldete sich niemand.

Lars klingelte bei den Nachbarn.

»Polizei«, sagte er, als endlich jemand antwortete.

»Was wollt ihr?« Die Stimme war belegt, es klang, als wäre Mikkels Nachbar gerade geweckt worden.

»Wir müssen zu Ihrem Nachbarn, Mikkel Rasmussen ...«

»Dann klingeln Sie doch da.«

Lars atmete tief durch. Zumindest wurde nicht aufgelegt.

»Wären Sie so freundlich, uns reinzulassen?«

Es wurde aufgelegt. Zehn Sekunden vergingen, bevor die Schließvorrichtung brummte und Lars die Tür aufschieben konnte. Inzwischen konnte man in Nørrebro kaum noch damit rechnen, dass der Polizei geholfen wurde. So war es seit vielen Jahren. Und er wusste auch, warum.

»Ich will Ihre Ausweise sehen.« Mikkel Rasmussens Nachbar hielt die Tür einen Spalt auf, als Lars, Toke und zwei uniformierte Beamte außer Atem die schmale Treppe hinaufkamen. Der Nachbar war jung und schmächtig und hatte halblanges dunkles Haar. Die Augenlider hingen ihm auf den grauweißen Wangen, er sah müde aus. Lars zeigte seine Polizeimarke.

»Danke und Entschuldigung.« Der Bursche nickte. »Hier laufen so viele merkwürdige Typen rum.«

Lars steckte die Marke wieder in die Tasche.

»Verständlich. Wir würden gern mit Ihrem Nachbarn reden. Wissen Sie, wo er ist?«

»Was hat er verbrochen?« Der junge Mann an der Tür sah überrascht aus.

»Wir würden einfach nur gern mit ihm reden.« Lars lächelte ... freundlich, hoffte er. »Sie wissen also nicht, wo er steckt?«

Mikkels Nachbar schüttelte den Kopf.

»Wir brauchen noch zwei Zeugen«, fuhr Lars fort, »weil wir eine Hausdurchsuchung durchführen müssen. Haben Sie Zeit?«

»Na ja, eigentlich lerne ich fürs Examen. Aber was soll's,

83

eine Übersprungshandlung mehr oder weniger. Ihr braucht zwei, oder?«

Lars nickte. Der Bursche verschwand in der Wohnung, lehnte die Tür aber nur an. Aus der Wohnung drang Gemurmel. Ein Student zur Examenszeit. Er sollte mit seinen vorschnellen Urteilen vorsichtiger sein.

Mikkels Nachbar kam zurück mit einer jungen Frau in einem schwarzen Trägerkleid, das sie über einer abgeschnittenen Jeans trug. Sie starrte die Polizisten mit einem Blick an, der vor Misstrauen triefte. Ein Ring in der Nase, ein Arm von oben bis unten tätowiert. Schwarzes, strubbeliges Haar. Solange sie als Zeugin auftrat und unterschrieb, mochte sie denken, was sie wollte.

Der größere der uniformierten Beamten setzte direkt über dem Schloss einen Kuhfuß zwischen Mikkel Rasmussens Tür und den Türrahmen und brach die Tür auf. Ein strenger Geruch nach stockfleckiger Kleidung, Schweiß und verdorbenen Lebensmittelresten schlug ihnen entgegen.

Viel Platz gab es in der kleinen Wohnung nicht. Im Flur stapelten sich Reklamewurfsendungen. Mitten auf dem Boden, auf einem Netto-Prospekt, stand eine halbvolle Schale Joghurt. Eine Unterhose hatte sich in die graue, zähe Flüssigkeit verirrt. Schräge Wände, Erker, in sämtlichen Ecken Haufen ungewaschener Wäsche. Auf dem Boden des ersten Zimmers eine Matratze mit dreckigem Bettzeug. Neben der Matratze lag eine längliche Spanplatte auf zwei Plastikbierkästen. Zwei Aschenbecher, gefüllt mit Kippen und Blättchen, eine gut eine Woche alte Zeitung, Kaffeetassen und ein paar Bierflaschen kämpften um den Platz auf dem improvisierten Tisch.

»Mikkel hat sicher nichts dagegen, wenn ich rauche?« Lars sah den Nachbarn und seine Freundin fragend an und zündete sich eine King's an. Er schickte Toke und die beiden

Beamten in den zweiten Raum, die Küche und die Toilette und wandte sich wieder an den Nachbarn.

»Waren Sie gestern Nacht zu Hause?«

Der Nachbar sah seine Freundin an, nickte.

»Ich habe gelernt.«

Lars klopfte die Asche ab. Die grauen Flocken fielen durch das staubige Licht in den Aschenbecher.

»Was studieren Sie?«

»Philosophie.« Er sah richtig glücklich aus.

»Ist normalerweise doch ziemlich trocken?«

»Na ja, es gibt schon ein paar, die ziemlich verrückt sind. Manchmal ist es echt lustig.«

»Wirklich?« Lars hob die Augenbrauen. Dann fragte er: »Wie gut kennen Sie Mikkel?«

»Wir grüßen uns.« Er zuckte die Achseln. »Nicht richtig.«

»Gestern Nacht, nach drei. Haben Sie gehört, ob Mikkel da nach Hause gekommen ist?«

Der Nachbar dachte nach. »Da muss ich Merleau-Ponty gelesen haben. Ich fürchte, ich war völlig vertieft.« Er sah ärgerlich aus. Lars wandte sich an die Freundin, schickte ihr einen fragenden Blick. Sie schüttelte den Kopf, zeigte auf ihre Ohren. Erst jetzt sah er die weißen Ohrhörer und das Kabel, das in die Tasche ihrer abgeschnittenen Jeans führte.

»Sie hört ständig Musik«, erklärte der Nachbar. »Auch gestern. Sie hat nichts mitbekommen.«

»Kommt mal her!« Es war Toke. In der Küche hielt Toke ein anthrazitgraues Baumwollhemd zwischen zwei Fingern.

»Hallihallo. Sieht das nicht aus wie Mikkels Hemd?«

Dunkle Spritzer breiteten sich in einem fleckigen Muster über der Brust aus.

14

Direkt vor der Wache am Haupteingang lief er Sanne über den Weg. Ihre Sonnenbrille steckte im Haar, der oberste Knopf ihrer Bluse stand offen. Ein wenig verlegen blieben sie stehen, zwinkerten mit den Augen im scharfen Sonnenlicht.

Lars sagte als Erster etwas.

»Du … entschuldige das mit gestern … ich war müde, und Ulrik …«

»Vergessen wir's einfach.« Sie wedelte abwehrend mit der Hand. »Wo kommst du gerade her?«

»Von einer Hausdurchsuchung. Es geht um diese Vergewaltigungsgeschichte. Eigentlich wollte ich einen Moment spazieren gehen. Manchmal fällt es mir schwer, hier drin zu denken.«

»Ist es okay, wenn ich mitkomme?« Sie lächelte ihn an.

»Ja. Ja, klar.«

Sie lachte und schob die Sonnenbrille auf die Nase. Gemeinsam gingen sie über den Polititorvet und bogen auf die Bernstorffsgade in Richtung Kalvebod Brygge ab. Keiner sagte ein Wort. Lars hatte die Hände in die Hosentaschen gesteckt. Sanne hielt ihr Gesicht in die Sonne und schloss die Augen hinter den dunklen Gläsern.

Sie überquerten die Kalvebod Brygge, gingen am Marriott Hotel vorbei und standen an der Hafenrinne. Auf der anderen Seite lagen Islands Brygge und das Hafenfreibad. Kleine schwarze Insekten wimmelten dort auf der Promenade – auf dem Weg ins glitzernde Wasser.

Sanne folgte seinem Blick.

»Sieht toll aus. Warst du da schon mal schwimmen?«

Er schüttelte den Kopf.

»Nein. Das ist noch immer zu viel Stadt. Ich fahre raus an den Amager Strand, bevor ich mich in Badehose zeige.«

Sanne lachte und folgte ihm entlang der Hafenmauer.

»Hier müssten Cafés sein. Die Aussicht ist doch fantastisch.«

»Schon anders als in Kolding, oder?«

»Hm, aber wir haben auch einen Hafen, den typischen Industriehafen einer Provinzkleinstadt. Nicht so groß wie hier.«

»Ich glaube, wir können hier gleich um die Ecke einen Kaffee bekommen …« Lars zog sie um die nächste Hausecke.

Vor ihnen lag ein breiter Steg über dem Wasser, und richtig: Hier gab es, eingeklemmt zwischen zwei Häusern, ein kleines Café. Er kaufte einen Latte to go für Sanne und einen schwarzen Kaffee für sich. Sie gingen am Wasser in südlicher Richtung weiter.

Die in den Himmel ragenden Hauptniederlassungen der Banken, der Ingenieursvereinigung und der Spitzen der dänischen Wirtschaft verstellten den Blick auf die City. Eines der breiten, flachen Boote der Hafenrundfahrten schoss vorbei. Möwen hingen kreischend über dem Kielwasser.

Sanne schob die Sonnenbrille in die Stirn und kniff die Augen zusammen.

»Ich dachte … was ist mit …« Sie unterbrach sich. »Nein, ist egal. Vergiss es.«

Lars blieb stehen. Sanne hatte Kaffeeschaum auf ihrer Oberlippe. Im Sonnenlicht vor dem glitzernden Wasser sah sie hübsch aus. Es roch nach Salz und Meer.

»Wir sind hier draußen allein, weit weg vom Polizeipräsidium und von den Kollegen. Sag schon.«

Sie trank einen Schluck Kaffee, blickte übers Wasser.

»Aber du darfst nicht wütend werden.«

»Ich habe doch eben selbst darum gebeten.«

»Gut. Niemand sagt mir etwas. Aber ich spüre, wie es an allen Ecken und Enden rumort. Auch in deinem Team, heißt es.« Sie blickte auf. »Was ist mit dir und Ulrik?«

Seine Augen flackerten. Er drehte den Boden seines Pappbechers auf der Handfläche, hustete mit einer geballten Faust vor dem Mund. Es gab nur eine Art von Antwort. Schnell und präzise.

»Vor etwas mehr als zwei Monaten und einer Woche kam meine Frau nach Hause und erklärte mir, sie sei ausgezogen. Mit unserer Tochter. Zu Ulrik.« Lars blickte über die Hafenrinne. »Wir waren seit der Polizeischule befreundet. Wir waren zusammen im Urlaub, haben Weihnachten und Geburtstage gemeinsam gefeiert.« Er zuckte die Achseln. »Ulrik war ehrgeiziger als ich. Das hat Elena offenbar an mir vermisst.«

Sannes Lächeln erstarrte.

»Wenn du nicht willst …«

»Nein, ist schon okay.« Er trank noch einen Schluck. Der Kaffee schmeckte bitter. »Wir haben uns auseinandergelebt, ich hatte es nur nicht bemerkt. Ulrik hingegen … au, verflucht!« Er hatte seinen Pappbecher so fest zusammengedrückt, dass der Deckel abgesprungen war und ihm heißer Kaffee über die Hand spritzte. Sanne nahm seinen Becher und wischte den kochend heißen Kaffee mit einer Serviette ab. Er zuckte bei der Berührung zusammen.

»Halb so schlimm. Ich bin nur erschrocken.«

Sie blickte besorgt auf seine Hand.

»Es ist nie gut, wenn Kinder in so etwas verwickelt werden. Wie alt ist sie?«

»Sechzehn, sie geht aufs Gymnasium.« Er sah Maria vor sich. Zwei Monate hatte er sie nicht gesehen. Wie würde sie reagieren? War sie wirklich wütend? Mit einem Mal machte es ihn nervös, dass sie zu ihm kommen sollte. Wie gut kannte er sie eigentlich … nachdem sie groß geworden war?

»Du … wenn du heute Abend lieber mit deiner Tochter zusammen sein möchtest …« Sanne blickte zu Boden. »Ich dachte, vielleicht habt ihr Lust, zu mir zum Essen zu kommen? Also zu mir und meinem Freund?«

»Klingt gemütlich, ich glaube …« Einen ganzen Abend mit einem mürrischen Teenager hielt er ohnehin nicht durch. Lars warf seinen Kaffeebecher in einen Mülleimer an der Promenade. »Weißt du was, wir kommen sehr gern.«

15

Als Sanne zurück ins Präsidium kam, lag in ihrem Fach eine Mappe des Übersetzers. Zügige Arbeit, sehr beeindruckend.

Erst in ihrem Büro nahm sie Originalbrief und Übersetzung heraus und legte sie vor sich auf den Schreibtisch. Dann stellte sie die Schreibtischlampe ein und fing an zu lesen:

Liebe Mira,
ich hoffe, dass mein Brief dich erreicht. Ich verstehe nicht, warum ich deine richtige Adresse nicht bekommen kann. Ich werde schon nicht nach Kopenhagen kommen. Ich bin nur so unruhig.

Mira, ich weiß, dass du genauso bist wie ich. Du wusstest, worauf du dich einlässt. Aber du darfst dein Leben nicht verschleudern. Bald ist es zu spät. Bald kannst du keine normale Arbeit mehr verrichten. Die Straße verschlingt dich. Sie verschlingt dich und spuckt dich wieder aus, und es wird nichts mehr von dir übrig sein. Du weißt, ich bin dort gewesen, und Gott weiß, dass ich nie wieder dorthin zurück möchte. Ich flehe dich an, nein, ich bettele: Denk darüber nach.

Du warst so hübsch, als du klein warst. Du hast in meinen Armen gelegen und geplappert. Es gab nur dich und mich auf der Welt. Könnte es nicht wieder so werden?

Das wollte ich dir nur sagen. Komm nach Hause,

mein Mädchen. Die Zeit vergeht viel zu schnell, und bevor man es weiß, ist es zu spät. Wenn du Geld brauchst, schreib. Ich werde sehen, was ich tun kann.

Ich liebe dich

Deine Mutter Zoe

Sanne legte den Brief beiseite. Ulrik hatte Recht, der Brief verriet nicht viel über sie. Teile des Briefes klangen, als hätte sich Miras Mutter auch prostituiert. War das erblich? Sie verdrängte den Gedanken. Sie sollte lieber daran denken, was sie für Lars und seine Tochter kochen wollte. Etwas Leckeres, aber nicht zu Feines. Überraschende Alltagskost, etwa … Lachs oder frische Scholle. Etwas, was nach dänischem Sommer schmeckte.

Sie musste Martin anrufen und ihm mitteilen, dass sie heute Gäste hatten.

16

Ein Taubenschwarm flog von den Schienen auf und drehte in einem spitzen Winkel über Lygten. Die Linie F aus Hellerup rumpelte in die Nørrebro Station.

Er hatte einen Knoten im Bauch und schwitzte. Angst, eine sechzehnjährige Gymnasiastin zu treffen. Schlechter ging es kaum. Aber Maria war der Mensch, den er am meisten liebte – und sie war stinkwütend auf ihn.

Sie hatte ihm eine kurze SMS geschickt. Sie wollte mit der Linie F um 16:18 Uhr eintreffen, und obwohl sie geschrieben hatte, dass er sie nicht abholen müsse, wartete er, genau wie damals an ihrem ersten Schultag. Das kurze Aufblitzen einer Erinnerung an ein kleines Mädchen mit Kleid, Sandalen und Zöpfen an einem Regentag in Mørkhøj, dann war er wieder in der Nørrebro Station.

Mikkel Rasmussens Hemd hatte er Toke überlassen. Es wurde in die Kriminaltechnische Abteilung gebracht. Brauchbare DNA zu bekommen war kein Problem. Sie hatten ihn. Eigentlich sollte er sich freuen.

Vor ihm teilte sich die Menge. Eine Gestalt schälte sich heraus. Ein Körper drückte sich an ihn, die flüchtige Berührung einer Wange, dann zog sie sich zurück und stand abwartend vor ihm. Ihre hübschen, tiefbraunen Augen registrierten die Werbung, die Leute, die mit längst erloschenen Blicken an ihnen vorbeiliefen, den Zug, der sich wieder in Bewegung setzte ... alles außer ihm.

»Hallo«, versuchte er es. Maria murmelte irgendetwas als Antwort. Er wollte ihr übers Haar streichen.

»Wollen wir hier Wurzeln schlagen?« Sie zog den Kopf zurück.

Wann genau war alles so kompliziert geworden?

Er lachte und hörte selbst, wie hohl es klang.

»Nein, nein. Komm, es ist gleich da drüben«, antwortete er hastig und ging auf der Treppe zur Straße voran. Auf dem ersten Absatz blieb er stehen und wartete, bis sie neben ihm stand. Sie war mit ihrem Handy beschäftigt. Ihr Daumen strich in einem unfassbaren Tempo über die Tasten.

»Kannst du damit nicht noch ein bisschen warten?«

Sie reagierte nicht. Er warf ihr einen Seitenblick zu. Sie war ganz woanders. Nicht hier. Nicht bei ihm. Kurze abgeschnittene Jeans, Converse, schwarzes Bauernhemd und Rucksack. Das Haar war noch immer lang, die dunkelbraune Farbe hatte sie von ihm. Sie hatte ihr Gesicht abgewandt, aber mit der kleinen Stupsnase, den feinen Augenbrauen und dem etwas zu großen Mund sah es genau so aus wie in seiner Erinnerung. Hatte sie abgenommen? Wirkte sie nicht ein wenig hohlwangig?

Kaum hatte er aufgeschlossen, sah Maria sich in der Wohnung um.

»Soll das hier mein Zimmer sein?«

»Öh, wir streichen es natürlich, aber ... ja, das hatte ich mir gedacht.«

»Und wo soll ich schlafen? Auf dieser Matratze?«

»Deine Mutter schickt uns morgen deine Sachen. Dein ganzes altes Zimmer. Ulrik hat dir ja alles neu gekauft, oder?«

Sie warf den Rucksack in eine Ecke und ließ sich in den alten Korbsessel fallen, außer der Matratze an der Wand das einzige Möbelstück im Zimmer. Das Weidengeflecht knarrte.

»Das kannst du gleich vergessen.« Sie richtete anklagend

einen Finger auf die Zigarettenschachtel, die er aus der Tasche gezogen hatte. »Hier drin wird nicht geraucht.«

Er fummelte an der Schachtel herum und steckte sie wieder ein. Unglaublich, wie sie ihn herumkommandierte. Und kurz darauf ging ihm durch den Kopf: Man verdrängt ziemlich viel in zwei Monaten.

Sie streifte die Schuhe ab und zog die Beine unter sich.

»Zumindest ist es nicht weit zu Caro.«

»Caro? Ist sie von zu Hause ausgezogen?«

»Sie hat eine Wohnung in der Ørholmgade gemietet.« Maria sah ihn an. »Entspann dich. Mit ihrer Mutter hat es nur Streit gegeben. Und sie kannte jemanden, der den ganzen Sommer verreist ist.« Wieder konzentrierte sie sich auf ihr Handy, verschickte eine SMS.

Also nur zur Probe. Vielleicht war das gar nicht so schlecht? Mit Caro in der Nähe stiegen die Chancen beträchtlich, dass es Maria hier gefiel.

»Wir sind bei einer Kollegin zum Essen eingeladen«, sagte er. »Ich gehe noch mal auf den Balkon und … äh, rauche.«

»Geil«, sagte sie und verdrehte die Augen. Ihr Telefon piepte.

Lars schloss die Balkontür hinter sich und atmete aus. Die Zigarette steckte bereits zwischen seinen Lippen. Nur noch ein Streichholz und dann den Rauch tief in die Lunge.

Ein Audi fuhr in den Kreisel und schnitt einen klappernden Opel. Es wurde gehupt, einer zeigte dem anderen aus dem Fenster den Finger. Lars achtete nicht darauf. In seiner Wohnung vollzog sich gerade etwas, was ihn an eine feindliche Übernahme erinnerte, und er hatte keine Ahnung, wie er damit umgehen sollte.

Er sah auf die Uhr. Viertel vor fünf. Um sechs sollten sie bei Sanne sein. Er schnipste die Kippe auf die Straße und ging zurück ins Wohnzimmer.

»Ich nehme noch schnell ein Bad!«, rief er. »Wir gehen in einer halben Stunde.«

Die Badezimmertür war geschlossen. Als er an die Klinke fasste, merkte er, dass sie abgeschlossen hatte.

Im dritten Stock der Århusgade öffnete Sanne die Tür.

»Hallo, Sanne.« Lars reichte ihr die Flasche Wein, die er unterwegs bei Føtex gekauft hatte. »Maria ... Sanne«, stellte er die beiden vor und schob Maria vor sich her. »Es riecht gut!«

»Danke«, sagte Sanne. »Ich hoffe, ihr mögt Fisch. Es gibt Scholle.«

Der Abend verlief weit besser, als er zu hoffen gewagt hatte. Bei Sanne taute seine mürrische Tochter auf; während des Essens hörte er sie lachen und alberne Geschichten über ihre neuen Lehrer am Øregård-Gymnasium erzählen. Und als Maria in Sannes Freund Martin einen Monty-Python-Fan entdeckte, war es um sie geschehen.

Direkt nach dem Essen verschwanden Maria und Martin ins Nebenzimmer vor den Flachbildschirm, um sich die letzte Gesamtausgabe der originalen Fernsehshows der BBC anzusehen. Sanne und Lars räumten auf.

»Wie läuft's mit der Vergewaltigungsgeschichte?« Sanne spülte die Teller ab und stellte sie in die Spülmaschine. Lars kam mit der letzten Schüssel. Er erzählte von der Hausdurchsuchung und dem Hemd mit den Blutflecken.

»Das ging aber schnell.«

»Uns hat das Internet geholfen.« Er erklärte, wie sie Mikkel Rasmussen auf die Spur gekommen waren. »Leider ist er wie vom Erdboden verschwunden. Vermutlich sitzt er in irgendeinem Loch und versteckt sich.«

Sanne nickte und spülte die Schüsseln ab.

Einen Moment sagten beide kein Wort. Lars drehte sein Glas in den Fingern.

»Ist es geschickt, den Chef anzupissen, wenn man gerade angefangen hat? Ich meine, mich und Maria einzuladen?«

Sanne schüttelte den Kopf.

»Ich bin hier, um zu lernen, oder? Und Frelsén hat gesagt, du bist der Beste. Darüber war Ulrik auch sauer.«

Lars lachte. Also hatte Frelsén sich beschwert, dass man ihn von dem Fall abgezogen hatte. Das schien eine interessante Obduktion gewesen zu sein.

»Habt ihr mehr über sie herausgefunden? War es Mira?«

»Hm.« Sanne nickte. »Bei ihren Sachen war ein Brief von ihrer Mutter.« Sanne schaute in die Spüle. Lars folgte ihrem Blick. Reste von Scholle, Kartoffeln und Petersilie schwammen in dem trüben Wasser und wirbelten mit einem monotonen Gurgeln in Richtung Abfluss. »Noch so ein kurzes trauriges Leben, das vermutlich irgendwo anders genauso geendet hätte. Aber …«

»So darfst du nie denken«, widersprach er. »So denken Bürokraten, so denkt Ulrik.« Er hielt inne. »Entschuldige. Ich sollte dich nicht mit meinen Problemen belästigen.«

Sanne schnitt eine Grimasse.

»Ich glaube, ich fange an, deine Meinung über ihn zu teilen.«

»Na dann prost.« Lars hob sein Glas.

Sie stießen an. Sanne stellte ihr Glas ab.

»Was ist mit dir? Deine Frau ist mit dem Chef durchgebrannt, und du bist der Vater einer Tochter im Teenageralter. Was gibt es noch? Eltern?«

»Reicht das nicht?« Lars sah aus dem Fenster. »Tja, meine Mutter sitzt in einem Kleingarten am Südhafen. Sie ist wohl das, was man eine Lebenskünstlerin nennt.«

»Und dein Vater?«

Lars' Blick folgte der schnurgeraden Hecke und den Beeten, die den Hof einfassten. Spielgerüste, Sandkasten. Bänke für smarte Østerbro-Eltern.

»Ist lange her, dass ich ihn gesehen habe. Er ist Amerikaner. Ist Ende der Sechziger vor dem Militärdienst und Vietnam geflohen. Schließlich landete er auf einem alternativen Festival und begegnete meiner Mutter. Sie hat erzählt, dass sie sofort schwanger war.«

»Aber er lebt nicht mehr hier?«

»1977 amnestierte Jimmy Carter zehntausend Deserteure, darunter auch meinen Vater. Ich war neun Jahre alt. Jetzt ist er Professor für Kriminologie an der Columbia University in New York. Und du? Du bist aus Kolding?«

»Ein andermal.« Sanne legte die Spülbürste an ihren Platz und ging ins Wohnzimmer. Lars folgte ihr. Nebenan glucksten Martin und Maria vor Lachen über den *The Cheese Shop Sketch*.

Lars setzte sich an den Tisch, drehte sein Glas am Stiel. Sanne blieb auf der anderen Seite des Tischs stehen und zog eine Plastikhülle aus ihrer Tasche.

»Laut Obduktionsbericht wurde Mira mit einer 9-mm-Husqvarna P.40 erschossen.«

Lars stieß einen Pfiff aus.

»Eine Antiquität?«

»Ursprünglich hergestellt für das schwedische und finnische Heer. Während des Krieges, als die Schweden ihre Standardwaffe, die Walther P.38, aus Deutschland nicht mehr bekamen, beschlossen sie die Produktion für den Eigenbedarf.« Sie sah ihn an. »Ulrik ist überzeugt, dass Ukë und Meriton sie ermordet haben. Aber würden sie eine so alte Waffe verwenden?«

»Wahrscheinlich nicht, aber wer dann?«

»Entweder ein Sammler oder jemand, der über seine Familie Zugang zu einer derartigen Waffe hat? Sie könnte auch gestohlen sein.«

Lars griff nach dem Bericht.

»Was sagt Frelsén? Was ist mit den Augen?«

»Dasselbe wie am Fundort. Keine Kratzspuren an der Innenseite der Augenhöhlen oder am Schädel. Feine, beinahe chirurgische Schnitte. Außerdem wurde das Opfer über die Schlagader im Oberschenkel mit Glutaraldehyd konserviert. Glutaraldehyd verursacht diesen gelblichen Ton des Gewebes, den wir an der Leiche gesehen haben. Formaldehyd, das man heute verwendet, verfärbt die Haut nicht.«

»Ihr sucht also jemanden, der eine antiquierte Waffe benutzt und alte Methoden anwendet, um Leichen zu konservieren.«

Sanne nickte. Lars antwortete nicht, er schloss die Augen und rieb sich mit Zeigefinger und Daumen die Nasenwurzel, bis es schmerzte.

Sanne griff nach ihrem Glas. Sie umklammerte den Stiel, bis ihre Knöchel weiß hervortraten.

»Ein kranker Teufel.«

Auf dem Heimweg im Taxi war Maria bester Laune.

»*I'm keen to guess.*« Ihre nicht sonderlich gute Imitation von John Cleese endete in einem glucksenden Lachen. Der Taxifahrer bedachte sie mit einem missbilligenden Blick in den Rückspiegel. Lars rückte ein Stück von ihr ab. Nicht jeder sah, dass es sich bei ihnen um Vater und Tochter handelte. Maria hörte auf zu lachen, strich ihr Haar zurück und sah ihn an. Lächelte sie?

»Sanne ist nett. Schade, dass sie mit Martin zusammen ist.«

Lars räusperte sich.

»Sie ist … nur eine Kollegin. Ich …« Er beendete den Satz nicht.

Maria sah ihn an. Dann wandte sie den Kopf ab und schaute aus dem Fenster. Den Rest der Fahrt sagte sie kein Wort mehr.

*

Er sitzt am Kopfende des Tischs und hat eine Kerze angezündet, Sonja und Hilda an beiden Seiten des langen Esstischs. Mutters feinste Damastdecke ist aufgelegt. Das Silberbesteck und das Möwen-Service. Am anderen Ende des Tischs ist Karens leerer Platz. Er lehnt sich zurück, sieht sich im Keller um. So soll es sein. Kein Gemecker, kein Streit. Die Suppe blubbert auf dem Herd. Das Durcheinander, die schlechten Zeiten sind vorbei. Er hätte früher reagieren müssen, es nicht durchgehen lassen dürfen. Aber er liebt sie doch, sie alle. So, wie man seine Familie liebt. Tief unten bebt etwas. Der Balancepunkt wird verschoben. Lorin Maazel und die Wiener Philharmoniker mit Agnes Baltsa auf dem Plattenspieler. *Kindertotenlieder*:

> *Oft denk' ich, sie sind nur ausgegangen.*
> *Bald werden sie wieder nach Hause gelangen!*
> *Der Tag ist schön! O sei nicht bang!*
> *Sie machen nur einen weiten Gang!*

Nun überkommt ihn doch ein Gefühl der Trauer. Es ist schwer, auf diese Weise Abschied zu nehmen. Er wollte sie nicht bestrafen. Er spürt die Tränen aufsteigen. Wieder dieses Beben. Oben im Haus knarren die kräftigen Dielen. Jemand, der den Frieden stört? Eine Sten Gun steht an der Munitionskiste in der Ecke. Jetzt ist nichts mehr zu hören. Die Geräusche eines alten Hauses können einen verrückt machen. Nein, Moment. In ihm selbst knirscht es. Es knirscht in den Knochen. Der Spalt öffnet sich. Sonja und Hilda ducken sich. Sie wissen, was kommt. All das Dunkle und Schwarze. Flammen schlagen aus dem Spalt. Er schließt die Augen. Versucht sich zu konzentrieren. Ruhe. Von dort kommt er her. Es pocht hinter seiner Stirn, sie droht zu zerspringen. Er schwankt auf seinem Stuhl. Die Bilder bedrängen ihn, Bilder, die er längst verdrängt hatte. Mutter steht nicht mehr auf, sie liegt oben in der Kammer unterm Dach, in dem alten Dienstmädchenzimmer, und redet wirr. Die Dinge, die sie sagt, schreckliche Dinge. Falsche Dinge. Er ist stark. Wie Vater oder Großvater. Nicht schwach, nicht wie sie. In ihm schwillt das Gebrüll an. Er will seine Ruhe haben. Es knarrt und kracht und gibt nach, wenn er presst. Der Spalt schließt sich wieder. Die Flammen erlöschen. Nur eine kleine Blase von dem Schwarzen und Dunklen bleibt zurück, schwebt in ihm. Er verfolgt sie durch seinen Körper, durch den Bauch, die Brust, den rechten Arm, die Armbeuge … Dann hat er sich wieder gefangen. Die Suppe rettet ihn. Sie kocht über. Die kochend heiße Flüssigkeit löscht die Gasflamme. Er springt auf, dreht den Herd ab. Schimpft mit Sonja und Hilda, die ihm nicht Bescheid gesagt haben. Setzt sich wieder. Tief durchatmen. Macht euch nichts aus Vaters kleinen Eigenheiten. Er nimmt ihre Teller und füllt sie mit dem alten Schöpflöffel. Es ist serviert. Er zieht den Stuhl unter dem Tisch hervor, setzt sich. Kohlsuppe, Mutters Rezept. Dann kommen ihm Zweifel. War es wirklich nur Karens Schuld? Egal. Alles ist viel besser geworden, obwohl es auch schmerzt. Es ist nicht einfach, wenn sie das Nest verlassen. Er isst noch einen Löffel. Die gute Stimmung von vorhin will sich nicht wieder einstellen,. als würde etwas fehlen. Sonja und Hilda. Natürlich vermissen sie Karen. Aber daran müssen sie sich gewöhnen. Sie kommt nicht wieder. Erst als er ihre Augen in die Schale vor ihrem leeren Platz legen will, bemerkt er es. Ein Auge ist verschwunden, das grüne. Er muss es verloren haben, als er sie zurückgab.

Einen Moment hängt er seinen Gedanken nach und vergisst die Suppe. Vielleicht sollte man darüber nach-denken, sich eine neue Kleine zu besorgen?

August 1944

Sie stellt den letzten Teller auf das Abtropfgestell. Gießt die Schüssel aus und sieht zu, wie das schmutzig braune Wasser unter lautem Rülpsen in den Abfluss gurgelt. Es spricht über all das Widerliche, das sie in der Nacht heimsucht. Das die knarrende Treppe hinaufkriecht, in ihre kleine Kammer. Die rostigen Angeln der Tür kreischen, und …

Sie wirft die Bürste in die Schüssel und stellt sie unter den Spülstein. Das alles gehört zur Vergangenheit. Nicht in die Gegenwart. In der Wohnstube klicken Mutters Stricknadeln. Vater liest Krankengeschichten. Sie verderben sich die Augen in dem gelben Licht der Petroleumlampe. Die Verdunkelungsgardinen sind vorgezogen. Alle drei sind sie hier gefangen, alle drei und der Patient unten im Keller. Während draußen die Gespenster ihren Totentanz aufführen.

Die Sturzsee an Pflichten macht ihr nichts mehr aus. Jetzt hat sie etwas, worauf sie sich freuen kann. Im Keller wartet all das, was das Leben lebenswert macht. Sie wäscht sich die Hände, trocknet sie an der Schürze ab. Mit einem Tuch abgedeckt steht das Tablett bereits auf der Anrichte. Sie steckt den Kopf in die Wohnstube, nickt ihren Eltern zu. Vater schaut mit einem Grunzen auf und nickt zurück.

Sie tanzt zurück in die Küche, nimmt das Tablett und trägt es zur Kellertreppe, tritt auf die erste, schiefe Stufe. Am Fuß der Treppe stellt sie das Tablett auf einen kleinen Tisch und öffnet die Geheimtür hinter der Vitrine zu einer weiteren

Treppe. Dort unten, ganz hinten in dem Labyrinth von Regalen und Kisten, liegt er. Auf einem Lager aus Munition, Maschinenpistolen und Trotyl. Ein verwundeter Krieger samt seinem Werkzeug. Er blickt auf, als er ihre Schritte hört, seine Augen werden lebendig.

»Hello, my blossom«, flüstert er und formt die Lippen zu einem Kuss.

Sie errötet, stellt das Tablett auf eine Munitionskiste und schlägt nach der Hand, die ihren Schenkel hinaufgleitet. So ein Mädchen ist sie nicht. Sie will jetzt etwas über seine Heimat hören: Glennridding am Ufer des Ullswater im Lake District. Das Wirtshaus unten am See, die hohen Berge, die sich an allen Seiten auftürmen. Schmale, gewundene Pfade kleben an schwindelerregenden Berghängen. Sie kann alles vor sich sehen, so anschaulich erzählt er. Und all das Grün, die Aussichtspunkte am Heron Pike und Sheffield Pike, der lange z-förmige See, der sich nordöstlich durch die Berge windet. Der schneebedeckte Helvellyn, der sich über das Dorf erhebt, kalt und unzugänglich im Winter, aber warm und grasbedeckt im Sommer. All dies behält man gern im Herzen, wenn die Pflichten allzu schwer werden und es noch lange dauert, bis das Abendbrot hinuntergetragen wird.

Über ihnen knarren die Bodendielen. Und im Süden, in Berlin und Hamburg, schmelzen Feuerstürme das Fleisch von den Knochen.

»Erzähl, was passiert auf der Welt?«, sagt John. »Ich weiß, dass ihr die Nachrichten aus London hört.«

Sie schüttelt den Kopf. Nicht jetzt, nicht hier. Das hier ist heilig, es darf nicht besudelt werden.

»Du weißt, dass ich zurückmuss, nicht?« Er sieht sie an. Der Ernst in den grauen Augen färbt sie dunkel. »Es ist meine Pflicht. Mein Land, dein Land, sie brauchen mich.«

All das weiß sie, aber er hat doch versprochen, sie mit-

103

zunehmen? Sie wollen gemeinsam nach Schweden fliehen und in England wie Mann und Frau leben.

Sie beugt sich über ihn, ihr Busen ruht sanft auf seiner Brust – nicht zu fest, seine Rippen sind noch immer nicht verheilt –, und drückt einen Kuss auf seine kalten Lippen. Dann beginnt er zu erzählen, und während er erzählt, wird seine Stimme herzlich und seine Lippen bekommen Farbe. Genau so liebt sie ihn am meisten.

Als sie ihn füttert, Löffel für Löffel von der guten, dicken Kohlsuppe, knarrt es oben wieder. Es wird nicht mehr lange dauern, bis er ganz gesund ist.

Schließlich muss sie gehen, verspricht aber, morgen wiederzukommen. Er lacht über ihren kleinen Scherz. Dann formt er die Lippen zu einem Kuss. Doch sie schüttelt entschieden den Kopf. Sie lächelt, als sie die Treppe hinaufgeht, denn sie möchte nicht, dass er glaubt, sie sei ihm böse. Ein letzter schmelzender Blick, bevor sie aus dem geheimen Eingang wieder in den oberen Keller klettert.

Sie schließt die Vitrine mit einem leisen Klicken hinter sich, greift nach dem Tablett. Sieht die Gestalt nicht, die zusammengekrümmt im Dunkel der Ecke hockt und noch ihre kleinste Bewegung mit Augen aus brennender Kohle verfolgt.

Dienstag, 17. Juni

17

Irgendwo außerhalb seines Traums schnarrte das Handy. Er schlug die Augen auf, schwang die Beine aus dem Bett. Seine Hand tastete im Dunkeln über die Kommode. Nebenan hatte sich Maria gerade umgedreht. Hoffentlich war sie nicht aufgewacht.

»Ja?«

»Hier ist der Wachhabende, Jørgensen. Noch eine Vergewaltigung, am Fyens Ravelin draußen am Kastell. Toke und Lisa sind bereits unterwegs. Eine Streife wartet an der Ecke der Folke Bernadottes Allé und Grønningen und zeigt euch den Weg.«

»Danke, ich komme sofort. Kannst du Frank Bescheid geben?«

»Und Kim A.?«

»Und Kim A. Danke.«

Schlaftrunken und mit dem bereits halb vergessenen Traum im Kopf wankte er ins Badezimmer, pinkelte. Kaltes Wasser ins Gesicht, eine Zahnbürste in den Mund. Zurück ins Schlafzimmer, anziehen.

Nackte Füße auf dem Holzfußboden. Er drehte sich um. Maria stand in der Tür.

»Mhh, was ist los?«, flüsterte sie mit schläfriger Stimme.

Er holte ein Hemd aus dem Schrank, knöpfte es am Kragen auf und zog es über den Kopf.

»Arbeit. Leg dich wieder hin und schlaf.«

»Ist es … ist es noch eine? Ich dachte, ihr habt ihn?«

»Wir haben einen Verdächtigen. Nur haben wir ihn noch nicht erwischt.« Er streichelte ihr über die Wange. »Aber das werden wir. Schlaf jetzt, Maria. Ich rufe an und wecke dich um sieben.«

»Hm.« Sie rieb sich die Augen, kniff sie im Licht zusammen. »Versprich mir, dass du ihn schnappst, Papa.«

»Komm mal her.« Er ging einen Schritt auf sie zu, und sie drückte sich an ihn. Ein weiches, warmes Vogelküken. Er küsste sie aufs Haar. »Wir werden ihn kriegen. Aber jetzt musst du schlafen.« Er küsste sie noch einmal, diesmal auf die Stirn. »Wir sehen uns erst heute Nachmittag. Die Geschichte wird mich den Rest der Nacht beschäftigen.«

Sie winkte und schlich zurück ins Bett.

Lars warf die Tür hinter sich zu. Eine kleine, warme Kugel in seinem Bauch strahlte ein Glücksgefühl in seinen ganzen Körper aus.

Der Nordwesten Kopenhagens lag wie ausgestorben im orangefarbenen Licht der sterbenden Straßenlaternen. Einzelne, schwankende Gestalten auf dem Weg nach Hause, aus Bars und Kneipen in der Nähe des Tagensvej. Ein einzelner Krankenwagen, sonst nichts. Der Wagen glitt schaukelnd in die Sølvgade und bog am Statens Museum for Kunst auf die Øster Voldgade ab. Er schaute in die Dunkelheit unter den Bäumen, wo Stine Bang überfallen worden war. War es tatsächlich so? Hatten sie einen Serienvergewaltiger am Hals?

Das Taxi hielt am Kastell, hinter einem Streifenwagen, der halb auf dem Bürgersteig stand. Ein uniformierter Beamter, den er nicht kannte, lehnte am Kühler und rauchte. Lars zeigte seine Marke. Der Beamte nickte, spuckte ein paar Tabakkrümel aus und zeigte auf den Eingang des Kastells.

»Da rein und dann den ersten Weg rechts. Nach ein paar

hundert Metern siehst du die Lampen. Die Techniker sind schon da.«

Lars bedankte sich, teilte ihm die Namen der Mitglieder seiner Ermittlungsgruppe mit und bat ihn, seinen Posten zu verlassen, sobald sie gekommen waren. Es gab keinen Grund, Aufmerksamkeit auf sich zu ziehen. Die Presse sollte selbst herausfinden, was passiert war.

Hinein in die Dunkelheit des Kastells. Ein blasser Halbmond leuchtete und ließ die Bäume changieren; graue, silberfarbene Schatten wie etwas Lebendiges. Es knackte in den Zweigen, sauste in den Blättern.

Es war eine laue Nacht, und er ging mit schnellen Schritten. Schon bald fing er an zu schwitzen.

Zuerst hörte er den Generator, dann ahnte er das Licht der Scheinwerfer im Widerschein der Blätter, und kurz darauf sah er das bleiche Licht oben auf der Bastion. Er fand die Treppe, lief hinauf und trat in den Lichtzirkel.

Bint und Frelsén gingen in ihren weißen Overalls im Kreis und untersuchten den Boden. Ganz unvorschriftsmäßig hatte Frelsén sein Haarnetz abgenommen. Toke und Lisa standen außerhalb der Absperrung. Lars ging zu ihnen und holte die Zigaretten heraus.

Er sah auf die Uhr. Zehn nach drei.

»Der Krankenwagen hat das Mädchen vor knapp zehn Minuten abtransportiert.« Lisa steckte ein Streichholz in den Mund. »Sie ist jetzt im Rigshospital.«

»Habt ihr mit ihr reden können?«

Toke nickte.

»Schlimm, aber nicht so schlimm wie bei Stine.« Er blätterte in seinem Notizbuch. Lisa leuchtete mit der Taschenlampe, damit er lesen konnte. »Louise Jørgensen, zweiundzwanzig Jahre alt, wohnt in der Livjægergade hier in Østerbro. Sie war im Penthouse ...«, Toke machte eine Kunstpause, »und fuhr mit dem Fahrrad auf Grønningen, als ein anderer Radfahrer sie überholte. Er schubste sie um und zerrte sie durch den Wallgraben hier rauf. Lisa hat es sich unten angesehen. Ihr Rad lag mit einem Achter im Vorderrad auf dem Bürgersteig.«

»Ich habe es an einen Baum gestellt«, ergänzte sie.

Ein Schatten schoss an ihnen vorbei, eine schwarze Silhouette vor dem Lichtermeer der Projektoren.

Toke zuckte zusammen.

»Was war das?«

»Ein Fuchs«, sagte Lisa.

»Es gibt doch keine Füchse mitten in Kopenhagen.« Toke schüttelte den Kopf.

»Aber ja. Sie leben von Abfall, gehen an die Mülleimer. Auf der Østerbrogade habe ich nachts schon einige gesehen.«

»Wenn du glaubst, dass ich dir das abkaufe …«

In diesem Moment kam Frank die Treppe herauf.

»Kim kommt gleich. Er bringt Kaffee mit.« Frank grüßte Frelsén und Bint mit einer Handbewegung. Er sah müde aus. »Ist sie im Krankenhaus?«

Lars nickte.

»Toke und Lisa berichten gerade.« Er bat sie fortzufahren.

»Also, Louise Jørgensen kommt mit dem Fahrrad aus dem Penthouse …« Frank stieß einen Pfiff aus. »Sie wird auf dem Fahrradweg umgeworfen und hier raufgeschleppt. Auf dem Weg reißt er ihr die Kleidung herunter, schlägt und tritt sie mehrere Male. Hier oben vergewaltigt er sie … anal.« Toke zeigte auf die Mitte des Lichtkreises, wo Frelsén hockte. »Als er fertig ist, spuckt er sie an, tritt ihr in die Nieren und läuft den Weg davon, den sie gekommen sind. Vermutlich ist er mit dem Fahrrad abgehauen.«

»Wir rufen morgen bei den Chemikern im Rechtsmedizinischen Institut an«, sagte Lars, »und drängen auf eine schnelle DNA-Analyse des Bluts am Hemd. Wer hat sie gefunden?«

»Niemand«, antwortete Lisa. »Sie hat selbst angerufen. Ihre Tasche mit dem Handy lag nicht weit weg, und …«

Schwere Schritte kamen die Treppe herauf. Kim A. erschien mit zwei weißen Papiertüten von 7-Eleven.

»So, hier ist Kaffee.« Er ging auf die kleine Gruppe zu und fing an, Becher auszuteilen.

»Frank, Lisa, Toke. Chef …?« Als Lars die Hand nach dem heiß dampfenden Pappbecher ausstreckte, reichte Kim A. den Kaffee Toke. Eine peinliche Pause entstand, bis Toke den Becher mit deutlichem Unbehagen entgegennahm. Frelsén und Bint bekamen auch einen Becher. Schließlich gab Kim A. den letzten Kaffee Lars.

»Dachtest du, ich hätte dich vergessen?«, grinste er.

Bint schnitt eine Grimasse, wandte sich an Lars.

»Die Blätter und die Erde sind aufgewühlt, da ist es heftig zugegangen. Ich habe die Spur bis zur Hälfte des Walls verfolgt. Vermutlich setzen sie sich über den Graben bis zur Straße fort. Was das organische Material betrifft …«

Frelsén übernahm.

»Spuren von Samen und Spucke und ein einzelnes helles Haar, Louises Haare sind ganz gewöhnlich mittelblond. Außerdem haben wir Fußabdrücke von einem Sportschuh, ungefähr Größe 43 bis 44. Überraschend guter Kaffee, Kim.« Frelsén nickte Kim A. anerkennend zu.

Lars trank langsam. Der Kaffee schmeckte verbrannt, nach Asphalt. Kolbenkaffee, der zu lange auf der Wärmeplatte gestanden hatte. Genau wie der Kaffee im Präsidium. Er fühlte sich fast schon zu heimelig.

»Frank, Toke«, sagte er. »Ihr übernehmt wieder die Taxifahrer. Allmählich müssten sie euch ja kennen.« Er erlaubte sich ein kleines Lächeln. »Kim A., du bleibst hier und hilfst Bint und Frelsén. Lisa, wir müssen ins Krankenhaus.«

Er leerte den Kaffeebecher mit einem langen Schluck,

knüllte den Pappbecher mit einer Hand zusammen und schmiss ihn in den nächsten Mülleimer.

Wieder hatte sich Christine Fogh nach der Einlieferung um das Opfer gekümmert. Louise Jørgensen war noch wach, als sie kamen. Alles war so schnell gegangen, das Einzige, an das sie sich erinnern konnte, waren die blauen Augen des Täters. Lars schloss die Augen. Das Bild von Louises Arm, der steif und weiß auf ihrer Hüfte lag, umwickelt mit einer dicken Lage Gaze. Den viel zu dünnen und zitternden Körper bedeckte ein Krankenhauslaken.

Im Fahrstuhl des Juliane Marie Centret forderte Lisa einen Streifenwagen an, der sie zum Penthouse bringen sollte. Draußen war der Tag angebrochen. Ein goldener Schimmer zeigte sich groß und mächtig am Himmel über Kopenhagen. Ein Bus der Linie 3A fuhr auf dem Weg nach Østerbro an ihnen vorbei.

Das Telefon klingelte. Es war der Wachhabende.

»Euer Gesuchter wurde vor einer halben Stunde verhaftet. Er ist auf einer Tankstelle außerhalb von Roskilde erkannt worden. Ein tüchtiger Kollege musste tanken. Der Bursche ist total durch den Wind und von irgendetwas high. Sie haben ihn in Roskilde in die Zelle gesteckt und bringen ihn im Laufe des Vormittags.«

In einer stummen Geste ballte Lars seine freie Hand zur Faust.

»Wir haben ihn.« Er steckte das Telefon ein. Vor Müdigkeit rieb er sich die Augen. »Wo bleibt der Wagen?«

Lars und Lisa erwischten die Barchefin des Penthouse an der Tür. Sie wollte gerade abschließen, erklärte sich aber bereit, die Namen und Telefonnummern der drei Fotografen herauszusuchen, die im Laufe des Abends in der Diskothek fotografiert hatten. Keiner von ihnen war sonderlich begeistert, aus dem Bett geklingelt zu werden. Einer weigerte sich sogar, seine Fotos vor dem nächsten Vormittag herauszugeben. Als sie zehn Minuten später an seiner Wohnungstür klingelten, ließ er sie allerdings herein.

Um sieben saßen sie in einem Streifenwagen auf dem Weg zurück ins Präsidium. Sie fuhren auf der Nørre Voldgade, als Lars einfiel, dass er versprochen hatte, Maria zu wecken. Er zog sein Handy heraus, suchte ihre Nummer und rief an.

Sie antwortete erst nach dem siebten Klingeln.

»Aufstehen, Hübsche.« Er hörte selbst, wie müde er klang.

»Hmm.« Maria schien es nicht sonderlich eilig zu haben. Musste sie denn nicht in die Schule? Plötzlich wurde ihm kalt. War da nicht gestern irgendetwas mit einer Prüfung …?

»Wie … Hattest du gestern nicht deine Prüfung?« Er hustete, drehte sich zum Fenster, weg von Lisa, die ihn anstarrte. Er hatte das Gefühl, als stünde mit großen Buchstaben »schlechter Vater« auf seiner Stirn.

»Es lief sehr gut.« Zögerte sie ein wenig? Aber es klang, als sei sie glücklich.

»Sehr gut? Was heißt das?«

»Also, das war nur so eine Vorprüfung. Aber ich habe zehn Punkte bekommen.« Ja, es gab keinen Zweifel. Sie freute sich.

»Zehn? Das ist doch klasse. Das müssen wir feiern, wenn ich nach Hause komme.«

»Wir müssen zu Oma. Hast du das vergessen?«

Er hatte offensichtlich ziemlich viel vergessen. Er sank zurück in den Sitz.

»Na ja, dann feiern wir's mit Oma«, versuchte er. »Aber ich werde mich wohl erst einmal ein oder zwei Stunden aufs Ohr legen müssen, wenn ich nach Hause komme. Wir arbeiten durch.«

»Hauptsache, ihr schnappt ihn. Bis bald.«

Er wollte sich noch verabschieden, aber Maria hatte bereits aufgelegt.

»Hast du die Prüfung deiner Tochter vergessen?« Lisa schüttelte den Kopf.

Lars sah aus dem Fenster. Es hatte angefangen zu regnen. Eine strömende Decke zog sich über den Rathausplatz zum Tivoli.

18

Sanne setzte sich, als sie dazu aufgefordert wurde, und fingerte am Reißverschluss ihrer leichten Sommerjacke. Die Aussicht aus Ulriks Büro war beeindruckend. Erstaunlich, dass man auch in einer Großstadt so etwas wie Aussicht haben konnte. Allerdings war die Luft im Büro stickig. Ließ sich denn keines dieser großen Fenster öffnen? Ein leichter Anflug von Kopfschmerzen streifte ihren Hinterkopf. Gestern hatte sie mehr getrunken, als sie vertrug. Außerdem hatte sie sich hinterher mit Martin gestritten.

Aber es gab noch einen anderen Grund. Nach dem Gespräch mit Lars war sie deprimiert und verunsichert gewesen. Sein Gefühl, ihre gemeinsame, halb ausgesprochene Schlussfolgerung.

Ulrik saß ihr mit dem Rücken zum Fenster gegenüber. Den Kopf hatte er in die Hände gestützt, die Ellenbogen auf den Schreibtisch.

»Meritons Alibi ist also wasserdicht?«

»Ja, und Ukës auch, wir haben ihn ebenfalls vernommen. Ich habe alle überprüft, die an dem Abend im Club waren, nur …«

Ulrik wedelte abwehrend mit der Hand.

»Wir müssen sie gehen lassen. Ich hatte heute schon zwei Mal ihren Anwalt am Apparat.«

Sanne nahm Anlauf.

»Also, ich glaube auch nicht, dass sie es waren.« Sie

schnippte Daumen- und Ringfingernagel ihrer rechten Hand gegeneinander. Stopp.

»Was meinst du?«

»Sie haben dafür bezahlt, dass Mira hierhergebracht wurde. Aus welchem Grund sollten sie sie so kurze Zeit später umbringen?«

»Aber sie haben sie doch verprügelt, bevor sie verschwunden ist?«

»Soweit ich das verstanden habe, ist das durchaus üblich. Prügel und Vergewaltigungen. Das bricht die Mädchen.«

Ulrik schüttelte den Kopf.

Sanne sagte nichts mehr. Sie konzentrierte sich auf Daumen und Ringfinger der rechten Hand. Um nicht zu schnippen.

Ulrik drehte sich mit seinem Stuhl. Sie sah nicht, was er tat. Nur das dünne Haar seines Scheitels, das über die Rückenlehne hinausragte. Draußen im Vorzimmer öffnete sich der Fahrstuhl. Das leise Pling drang selbst durch die geschlossene Tür.

»Früher war es einfacher«, kam es von der Stuhllehne. »Kein Mädchenhandel, nicht diese abgestumpfte Gewalt …«

Der Stuhl drehte sich erneut. Ulrik saß wieder vor ihr.

»Was sollen wir deiner Ansicht nach unternehmen?«

»Meiner Ansicht nach?«

»Ja, sicher. Bist du nicht Jütlands härteste Ermittlerin?«

»Na ja, also …« Beinahe hätte sie ihm von dem Gespräch mit Lars am Vorabend erzählt. Aber irgendetwas hielt sie zurück. Es war sicherlich keine gute Idee, ihn jetzt zu erwähnen.

»… soweit ich herausgefunden habe, ist Glutaraldehyd über den normalen Handel nicht zu beschaffen. Aber Krankenhäuser und Zahnärzte kaufen es en gros. Und Bauern benutzen es zur Reinigung ihrer Ställe. Außerdem hat die Technische Abteilung die Reste eines Glasauges zusammengesetzt. Wir bekommen es morgen.«

»Ach ja?« Ulrik kniff die Augen zusammen und platzierte die Fingerspitzen rechts und links neben seine Schreibunterlage.

»Leider ist es nicht registriert.«

Wieder wedelte Ulrik mit der Hand. Die Apathie der letzten Minuten war verschwunden. Seine hagere Gestalt strahlte plötzlich Vitalität und Energie aus. Selbst seine graue Haut begann zu glühen.

»Hör mal: Die beiden Brüder liefern das Mädchen an einen Kunden mit ganz besonderen Wünschen: Mädchen mit Glasaugen.«

Sanne war verblüfft.

»Klingt wie eine schlechte Folge von CSI.«

»Du bist überrascht …« Ulrik sah aus dem Fenster.

»Und was ist mit …?«

»Zuallererst müssen wir dieses Auge überprüfen. Das ist bisher unsere beste Spur.«

Sanne stand auf. Sie musste Allan erreichen.

»Und was die Bukoshi-Brüder angeht«, fügte Ulrik hinzu, »besorge ich eine richterliche Anordnung, damit wir sie abhören können. Außerdem müssen wir den Club überwachen. Es ist Urlaubszeit, du und Allan müsst also einen Teil der Wachen übernehmen.«

Sanne nickte, ohne zu antworten. Manchmal bereute sie es, Kolding verlassen zu haben.

19

Maria saß in der kathedralenähnlichen Aula neben einer Kopie von Thorvaldsens »Jason mit dem goldenen Vlies«. Sie war nervös und biss sich auf die Nägel, obwohl das hier nicht gern gesehen war. Ein Paar hohe Absätze an einem Paar lächerlich langer Beine klickte hektisch über die Marmorfliesen. Ein aggressives Echo folgte ihnen quer durch die Aula. Ein paar Mädchen aus ihrer Klasse saßen am Nachbartisch und glotzten auf ein iPad. In gut einer Dreiviertelstunde war sie an der Reihe. Mündliches Probeexamen in Dänisch. Herrje. Mutter hatte gesagt, es ist doch nur eine Probe. Aber was wusste sie schon? Hier bedeutete jede Prüfung alles. Und ihr Vater? Ahnte er überhaupt, dass sie auch heute antreten musste? Am Telefon hatte er es nicht erwähnt.

Sie dachte an die Taxifahrt gestern Abend. Warum musste er sich so schwachsinnig aufführen? Unterm Strich war es nur so ein halbwegs leidlicher Abend gewesen. Und wieso konnte er nicht einmal vernünftig antworten, wenn sie etwas Wichtiges wissen wollte?

Sie versuchte sich auf die Kopie zu konzentrieren, die vor ihr lag. Søren Ulrik Thomsens *Der Trunkenen Weg*. Eigentlich nicht überraschend, dass ihr Lehrer dieses Gedicht ausgewählt hatte. Eine derart ausgeprägte Säufernase wie bei ihm hatte sie lange nicht gesehen.

Glücklicherweise hatten ihre Eltern kein Alkoholproblem. Das heißt, Ulrik hatte hin und wieder ein paar Striche mehr auf dem Deckel, als ihm oder anderen guttat. Aber er war ja auch nicht ihr Vater. Gott sei Dank.

In gewisser Weise verstand sie gut, dass Lars alldem entflohen war. Wenn es nur nicht so wehgetan hätte. Wenn sie bloß hätte mitkommen können. Aber die Schule und die Ausbildung, sie musste an die Zukunft denken, bla, bla, bla. Sie hätte kotzen können. Zwei Monate allein mit Vater, ohne schwachsinnige Lehrer, eine oberhysterische Mutter und Erwartungen. Es wäre fantastisch gewesen.

Ein paar Tische weiter schrammte ein Stuhl über den Boden. Einige Oberstufenschüler setzten sich. Christian. Der mit dem tollen Arsch und seine Freunde. Sandfarbenes Haar und ein Glitzern in den Augen. Nahezu alle Mädchen in ihrer Klasse, ja auf der ganzen Schule, wären bereit gewesen, die Beine breit zu machen, wenn er sie nur ansehen würde. Aber okay, er sah auch wirklich ziemlich gut aus.

Sie schielte über die Kopie zu seinem Tisch. Guckte er rüber? Nein, das war sicher nur Einbildung. Konzentrier dich auf das Scheißgedicht.

der äther des schlafs sickert
durch die halb geöffneten münder
wickelt sich schwer um den tanz des körpers

Was bedeutete das? Es klang unbehaglich, ein bisschen gruselig. Und dann der Schluss. *Der trunkenen weg in einen schlaf ohne träume.* Sie schauderte, musste aufstehen, sich ein wenig die Beine vertreten. Möglicherweise ließ es sich ja noch anders interpretieren?

Wieder warf sie den Oberstufenschülern einen Blick zu. Nein. Halt. Stopp.

»Meine Güte, Maria. Ist das nicht dein Vater?«

»Was meinst du?« Sie ging zu dem Tisch der Mädchen.

Leise und Christina starrten sie mit offenen Mündern an. Zwei saublöde Kühe mit großen Eutern.

Sie beugte sich über Christinas Schulter. Die *Berlingske* auf dem iPad. Ein Bild ihres Vaters, nicht das beste, und darunter ein kurzer Artikel.

WEITERE VERGEWALTIGUNG IN KOPENHAGENS INNENSTADT.

VERDÄCHTIGER VERHAFTET

Gestern Nacht wurde erneut eine junge Frau in der Innenstadt Kopenhagens vergewaltigt, diesmal auf dem Gelände des Kastells. Die Polizei hat einen Verdächtigen festgenommen. In der Nacht zum 15. Juni war eine vierundzwanzigjährige Dänin an der Püchlers Bastion in der Østre Anlæg auf die gleiche Weise vergewaltigt worden. Ein gleichaltriger Mann dänischer Herkunft sitzt im Moment in Untersuchungshaft und soll heute Vormittag verhört werden. Der Ermittlungsleiter der Kopenhagener Polizei, Lars Winkler, erklärt: »*Eine sehr unangenehme Geschichte, aber wir hoffen, bald genügend Material zu haben, um Anklage erheben zu können.*« *Auf Nachfragen nach konkreten Beweisen weist Winkler darauf hin, dass der Fall noch nicht abgeschlossen sei und er sich daher nicht weiter äußern könne.*

»Ist das nicht dein Vater?«, wiederholte Christina und legte einen langen, blassrosa Nagel unter Lars' Namen.

»Ja, schon«, gab Maria zu. Sie war sich nicht sicher, welchen Status ein Polizeiassistent als Vater mit sich brachte. Vermutlich nur unwesentlich höher als ein Müllmann. Sie hatte gehört, dass Christinas Vater ein hohes Tier bei Nordisk Film war.

»Ich hoffe, er sperrt das Schwein ein und schmeißt den Schlüssel weg.« Leise ließ eine Sandale an der Fußspitze wippen. »Man traut sich ja bald nicht mehr in die Stadt zu gehen.«

Hörte sie richtig? Stieg das Statusbarometer?

Hinter ihnen schrammte erneut ein Stuhl über den Boden, Schritte hallten durch die Aula, kamen näher.

»Hej, Mädels.« Er war es. Und er lächelte sie an. »Was lest ihr denn da?«

20

Mikkel Rasmussen saß am Tischende, die Ellenbogen auf den Knien, den Kopf in die Hände gestützt. Die halblangen Locken fielen vor sein Gesicht. Er stöhnte. Lars und Lisa sahen sich an. Sie waren müde. Es war bereits später Vormittag, beide hatten nicht geschlafen.

»Ich hab doch gesagt, ich kenne sie nicht«, drang es durch die Haare.

»Es liegt eine Anzeige von einer ehemaligen Freundin vor, einer ... Annemette Møller.« Lisa sah in der Akte nach. »Sie hat dich vor zwei Jahren wegen Körperverletzung angezeigt. Ist das korrekt?«

»Verflucht, das hab ich doch alles längst erklärt. Sie war einfach sauer, weil ich eine ihrer Freundinnen gefickt habe ...« Er warf Lisa einen Blick zu. »Ja, Entschuldigung.«

Lisa hob eine Augenbraue. Lars blickte ebenfalls in den Bericht und tat so, als hätte er Mikkels Erklärung nicht gehört.

»Und diese Fotos aus dem Penthouse in der Nacht zum 15. um 01:45 Uhr?« Lisa klopfte mit dem Knöchel auf einen Stapel Abzüge, die sie gemacht hatten. »Wie erklärst du die?«

Hinter den Haaren regte sich etwas. Mikkel nahm die Hände herunter. Versuchte zu lachen. Es endete in einem angestrengten Husten.

»Okay, jetzt hört mal zu: Sie bettelte ja geradezu darum, so wie sie dastand und mit ihnen wackelte. Diese Fotzen ...«

»Du sagst, sie hätte darum gebeten, vergewaltigt zu werden?«, unterbrach ihn Lars.

»Ich habe doch gesagt, dass ich davon nichts weiß. Ich rede davon!« Er zeigte auf die nächste Fotografie im Stapel. Sie musste aufgenommen worden sein, kurz nachdem er Stine Bang an die Brüste gefasst hatte. Das Foto zeigte Stine Bang, die direkt vor Mikkel Rasmussen stand. Sie hatte ihre Hand erhoben, Millisekunden, bevor sie auf seiner Wange landete. Ihr Gesicht war wutverzerrt.

Lisa wollte etwas sagen, doch Lars kam ihr zuvor.

»Was hast du in dieser Nacht zwischen 02:00 und 03:00 Uhr gemacht?«

»Ich bin nach Hause gegangen, nachdem diese Eisprinzessin mich geschlagen hat. Eigentlich müsste ich sie anzeigen.«

»Und wann warst du zu Hause?«

»So ungefähr zwanzig nach zwei, halb drei. Also, diese Anzeige …«

»Gibt es jemanden, der das bestätigen kann?« Lisa übernahm.

»Wer sollte das sein? Ich wohne allein.«

»Das wundert vermutlich niemanden«, murmelte Lisa. »Und was hast du heute Nacht getrieben?«

»Einer eurer Psychopathen hat mich an der Tankstelle überfallen und in sein Auto geschmissen. In Handschellen.«

Lars sah aus dem Fenster.

»Und vorher?«

»Ich war bei einem Freund in Lille Karleby.«

Lars hätte gern eine Zigarette geraucht. Stattdessen suchte er in der Schublade und zog eine alte Ga-Jol-Packung heraus. Er bot Mikkel die Pastillen an, nachdem er sich selbst genommen hatte.

»Bist du abgehauen, nachdem du Stine vergewaltigt hast?«

Mikkel hörte auf zu kauen.

»Ich hab doch gesagt …«

»Und dann bist du gestern in die Stadt gefahren, hast Louise Jørgensen gefunden und es noch einmal gemacht?« Lisa mischte sich ein. Sie war aufgestanden und hatte die Arme verschränkt. Mikkel öffnete und schloss den Mund, aber es kam nichts heraus. »Du wurdest am Kiosk am Borrevejle Camping-Hyt'otel festgenommen«, fuhr sie fort. »Auf dem Weg zurück zu deinem Freund in Lille Karleby. Wir brauchen den Namen und die Adresse.«

Mikkel schüttelte den Kopf.

»Ich bin kein Spitzel.«

»Wir versuchen nur, dir zu helfen. Wenn du Louise Jørgensen wirklich nicht vergewaltigt hast, kann dein Freund dir ja ein Alibi geben.«

»Ihr glaubt uns doch eh nicht.« Mikkel kopierte sie und schlug ebenfalls die Arme übereinander.

Lars seufzte, öffnete eine Schublade und zog eine kleine Schachtel heraus. Er öffnete sie. Darin lagen ein Satz Gummihandschuhe, eine Mundbinde, sterile Wattestäbchen und Tüten.

»Wir nehmen jetzt eine DNA-Probe, und …«

»Ich will aber nicht, dass ihr eine DNA-Probe nehmt. Wenn ich erst mal in eurem Register bin …«

»Es ist in deinem eigenen Interesse, uns zu helfen.« Lars zog die Handschuhe an.

Mikkel weigerte sich.

»Nix da.«

»Mein Gott, was für ein Idiot!« Lisa schloss die Tür hinter den beiden Beamten, die Mikkel zurück in die Zelle bringen sollten.

»Er ist ziemlich cool geblieben. Und er hat keinen Anwalt verlangt.«

Lisa blätterte noch einmal die Fotos durch.

»Wieso hast du ihm nicht das Hemd gezeigt?«

»Lassen wir ihn bis morgen schwitzen«, erwiderte er. »Dann versuchen wir es noch mal.«

Lars stieg an der Nørrebro Station aus der Linie 5A und zwängte sich durch das Gedränge zum Folmer Bendtsens Plads. Eine milchweiße Wolkendecke verbarg die Sonne und filterte das Licht, das von allen Seiten zu kommen schien und seine müden, schläfrigen Augen wie mit Nadeln stach. Er hatte Blumen für Maria kaufen wollen. Er wollte sie zu ihrem guten gestrigen Ergebnis beglückwünschen. Und nun hatte er es vergessen. Er war zum Umfallen müde und konnte jetzt nicht mehr umdrehen, um einen Blumenstand zu suchen.

Der Laden in Nummer 4, der beinahe rund um die Uhr geöffnet hatte, hieß noch immer SUPER T G-UND-NAC T-KIOSK. Lars musterte die Blumen, die davor standen, mit einem kritischen Blick. Selbst er sah, dass die schlappen, halbtoten Pflanzenstängel nicht gerade Prachtexemplare waren.

Er suchte die zwei schönsten Sträuße heraus und zog sie aus dem schwarzen Plastikeimer. Das Wasser tropfte ihm aufs Hosenbein, als er den Kiosk betrat.

»Zwei Schachteln Blå King's?«, fragte der junge, feiste Däne und nickte zum Gruß.

»Du hast ein gutes Gedächtnis«, erwiderte Lars. »Und die hier. Kannst du sie einpacken?«

Der Bursche sah unschlüssig aus.

»Mit 'ner Zeitung?«, überlegte er.

»Dann lassen wir es besser so, wie es ist.« Lars schüttelte den Kopf, holte seine Kreditkarte heraus und zog sie durch den Apparat. Wippte mit den Füßen auf und ab.

»Bist du Polizist?«

»Sieht man das so deutlich?« Lars tastete den PIN-Code ein und drückte »Bestätigen«.

»Na ja, das … Bist du in Bellahøj?«

Lars nahm seine Zigaretten und die Blumen, die er am ausgestreckten Arm hielt, um nicht noch nasser zu werden.

»Mordkommission.« Er riss mit den Zähnen und der freien Hand das Zellophan von einer der Schachteln, schüttelte eine Zigarette heraus.

»Okay.« Der Bursche hob die Augenbrauen und gab ihm Feuer. Selbst hier, am äußeren Rand von Nørrebro, gab es eine gewisse Faszination für Mordermittlungen. Etwas morbid, aber trotz allem besser, als einen Stein hinterhergeworfen zu bekommen oder sein Auto verbeult vorzufinden.

»Also bleib sauber.« Lars lachte und hob die Hand zum Gruß.

»Klar doch. Tschüss.«

Maria war nicht zu Hause, als er endlich die Tür aufgeschlossen hatte. Die Küche glich einem Kriegsgebiet. Benutztes Geschirr, Brotkrümel und halbleere Milchkartons in einem wüsten Durcheinander. Er war nicht in der Verfassung, jetzt etwas dagegen zu unternehmen. Öffnete nur den Küchenschrank, um etwas zu finden, wo er die Blumen hineinstellen konnte. Aber es gab keine Vasen. Er gab es auf und stellte die Sträuße in zwei Wasserkannen, ließ einen Strauß in der Küche und trug den anderen in Marias Zimmer. Ihre alten Möbel waren gekommen. Das Bett war gemacht, eine Kissenparade, unterbrochen von ein paar ihrer alten Teddys. Die Poster an der Wand … halbnackte junge Menschen, die er nicht kannte. Musiker? Sportler? Er hatte keine Ahnung.

Lars stellte den Strauß auf ihren Tisch. Die Blumen ließen die Köpfe hängen. Er hätte gern noch eine Zigarette geraucht. Stattdessen ging er ins Wohnzimmer, nahm einen Stift und Papier, faltete ein Blatt zusammen und schrieb:

Für Maria, meine kluge, hübsche Tochter.
Herzlichen Glückwunsch.
Ich bin stolz auf dich.
Liebe Grüße, Papa

Die improvisierte Karte stellte er an die Kanne. Maria würde sie sehen, sobald sie hereinkam.

Er ging ins Wohnzimmer und blieb am Regal stehen. Seine Augen suchten das zerfledderte Exemplar von *The Tempest* auf dem untersten Brett. Mit aller Kraft zwang er sich, nicht nach dem Buch zu greifen, ging ins Schlafzimmer und warf sich aufs Bett, ohne sich auszuziehen.

Kurz darauf war er auch schon eingeschlafen.

21

Allan bog am Nordre Ringvej ab und fuhr die Kurven aus.
Sanne folgte mit ihrem Körper den Bewegungen des Wagens
und schaute aus dem Fenster. Flache Apartmenthäuser, Ge-
schäftsgebäude, Reihenhaussiedlungen und Grünflächen. Sie
hätten – abgesehen von der Ausdehnung natürlich – ebenso
gut durch einen Vorort von Kolding fahren können. Nur dieses Monstrum, das die grüne, parkähnliche Umgebung über-
ragte, sah nicht aus wie ein Gebäude aus Westdänemark:
Das Glostrup Hospital war der feuchte Traum eines stali-
nistischen Architekten.

»Tja, schön ist es nicht gerade.« Allan bog in eine leere
Parkbucht ein und stellte den Motor ab. Sanne schüttelte den
Kopf und verfolgte am Handy die Wegbeschreibung.

»Dafür aber hoffentlich effektiv.«

4. Stock. Sanne sprach eine Krankenschwester an. Hinter
ihnen schloss sich die Fahrstuhltür mit einem leisen Seufzer.

»Entschuldigung, wo finden wir Professor Lau?«

Die weiß gekleidete Krankenschwester schickte sie den
Korridor hinunter zu einer orangefarbenen Tür. Sanne dank-
te und ging Allan hinterher. Leuchtstoffröhren an der Decke,
an der Wand ein längliches Gemälde, das ein giftgrünes Meer
mit einem hellblauen, von Wolkenfetzen bedeckten Himmel
zeigte. Stilisierte Seeschwalben hingen in eingefrorenen Po-
sen an der flachen Leinwand.

»Hier muss es sein.« Allan blieb stehen, drückte die Klinke, ohne anzuklopfen, und trat ein. Sanne folgte ihm.

»Professor Lau?«

Ein großer Mann in Kittel, Haarnetz und Maske vor dem Gesicht sprang von seinem Mikroskop auf und wedelte mit Händen, die in Latexhandschuhen steckten.

»Raus!«, brüllte er.

Die Tür schlug hinter ihnen zu, doch bevor Sanne und Allan einen Gedanken fassen konnten, ging die Tür wieder auf und der Mann kam heraus. Breit wie eine Tonne, hinter der leichten Brille plierten kleine, dunkle Augen. Er nahm den Mundschutz ab, ließ ihn um den Hals baumeln. Rote Flecken bedeckten Wangen und Hals. »Wer hat Ihnen das Recht gegeben, einfach so in mein Labor einzudringen? Es ist reines Glück, wenn die Probe jetzt nicht kontaminiert ist.«

Allan trat einen Schritt zurück, Sanne hob ihr Kinn.

»Professor Lau? Entschuldigen Sie, wenn wir etwas kaputt gemacht haben. Aber man sagte uns, dass Sie uns helfen könnten ...«

Der Mann rieb sich die Hände und blickte über Sannes Schulter.

»Ah ja. Und wer sind Sie?«

»Sanne Bissen, Polizei Kopenhagen. Und das ist mein Kollege Allan Raben. Könnten wir ...?«

»Kommen Sie.« Lau schritt über den Gang, ohne auf sie zu warten, öffnete die Tür zu einem winzigen Büro mit Aussicht auf den Hintereingang des Krankenhauses und die barackenähnlichen Gebäude auf der anderen Straßenseite. Der Bürostuhl knarrte unter ihm, als er sie mit einer Armbewegung aufforderte, sich auf die beiden Plastikstühle neben der Tür zu setzen.

»Schießen Sie los.« Er faltete seine fleischigen Hände im Nacken und sah Sanne mit halb geschlossenen Augen an.

Sanne hob ihre Tasche auf den Schoß, entnahm die kleine Schachtel, die sie von der Technischen Abteilung bekommen hatten, und legte sie wortlos auf die Ecke des Schreibtischs. Die Schachtel verschwand beinahe in den großen Händen des Professors, als er danach griff und den Deckel öffnete.

»Hm.« Er stellte die Schachtel mit geöffnetem Deckel auf den Tisch. Ein Glasauge auf einem Wattebett. Es wies ein gezacktes Loch über der Pupille auf, halb in der Iris, dort fehlte die letzte Glasscherbe. Feine Striche in dem milchigen Glas verrieten die Bruchlinien.

Professor Lau griff wieder nach der Schachtel.

»Darf ich?«

Sanne nickte. Mit großer Vorsicht nahm er das grüne Glasauge heraus und steckte die hohle Rückseite auf seinen rechten Zeigefinger. »Woher stammt das?«

»Die Kriminaltechnische Abteilung hat es aus Resten zusammengesetzt, die wir vor drei Tagen neben einer weiblichen Leiche fanden.«

Professor Lau nahm die Information regungslos auf. Dann schob er seine Brille auf die Stirn, drehte und wendete das Glasauge, studierte sorgfältig die hohle Rückseite und die Übergänge von Pupille zu Iris und von der Iris zu den weißen Flächen, die sie umgaben. Schließlich legte er das Glasauge zurück in die Schachtel.

»Tja. Sie stammen nicht aus den in Serie hergestellten Kollektionen, die Optiker verkaufen.«

Sanne nickte.

»Das wissen wir.«

Professor Lau blinzelte ihr zu.

»Auf der anderen Seite ist es keinesfalls von der Qualität, die wir normalerweise zu sehen bekommen. Ich weigere mich zu glauben, dass jemand von den Okularisten, die hierzulande arbeiten, seinen Namen daruntersetzen würde.«

»Okularisten?« Allan beugte sich in seinem Stuhl vor.

»Kunsthandwerker, die Augenprothesen herstellen. Glasaugen werden mit dem Mund geblasen. Soweit ich weiß, arbeiten wir hierzulande nur mit Deutschen zusammen.«

»Entschuldigung.« Sanne öffnete und schloss ihre Tasche, stützte die Ellenbogen neben der Schachtel auf. »Soll das heißen, dass es in Dänemark niemanden gibt, der so etwas herstellt?«

»Wie gesagt, Augenprothesen aus Serienproduktion werden von den meisten größeren Optikern verkauft.« Der Professor lächelte, zog die Schachtel zu sich heran, außerhalb der Reichweite von Sannes Ellenbogen. »Aber wenn man Qualität will, führt kein Weg an einem Okularisten vorbei. Ein Glasauge hält zwischen anderthalb und zwei Jahren. Dann braucht man ein neues. Das alte nutzt sich ab, die Muskulatur um das Auge, sogar die Augenhöhle, verändert sich mit der Zeit. Die Okularisten kommen ein paarmal im Jahr nach Dänemark und stellen neue Prothesen für ihre festen Kunden her. Entweder in den Krankenhäusern oder bei bestimmten Optikern.«

Sanne steckte die Schachtel wieder ein.

»Und Sie arbeiten auch mit einem deutschen … Okularisten zusammen?«

Der Professor nickte.

»Dr. Henkel aus Mülheim. Schade, er ist vor kurzem erst hier gewesen. Jetzt müssen Sie sich mit seiner Telefonnummer begnügen.«

»Ein Deutscher.« Allan setzte sich auf den Fahrersitz, drehte den Zündschlüssel.

»Das übernehme ich. Ich bin in Südjütland aufgewachsen.« Sanne schloss die Tür und legte den Sicherheitsgurt an. »Die Sesamstraße habe ich geliebt.«

Allan lachte. Sie waren auf dem Ringvej, als Sanne eine Verbindung bekam.

»Hallo?«

»Ja, hallo. Sanne Bissen, dänische Polizei.«

Sie erklärte Dr. Henkel die Situation, bekam seine E-Mail-Adresse und schickte ihm eine Serie schneller Handyfotos der Prothese. Dr. Henkel rief zurück, noch bevor sie das Präsidium erreicht hatten.

»Ich würde Ihnen gerne helfen, Frau Bissen, aber ich kann Ihnen garantieren, dass weder ich noch einer meiner deutschen Kollegen diese Glasprothese produziert hat. Keiner von uns würde seinen Namen für eine so minderwertige Qualität hergeben.«

»Das war eine Niete.«

Allan knirschte mit den Zähnen und konnte gerade noch bremsen, als ein Bus der Linie 5A, ohne zu blinken, aus der Haltestelle am Hauptbahnhof abbog.

»Dann sind wir wieder bei Ukë und Meriton.«

Sanne ließ ihr Handy in die Tasche fallen.

»Aber irgendjemand muss dieses Glasauge angefertigt haben.«

22

»Sie sind jetzt *all yours*.« Søren zog die Lederjacke an und schlug den Kragen hoch. Trotz seiner gedrungenen und breiten Statur verhalf ihm die Hornbrille zu dem Gesicht eines Intellektuellen.

»Ist irgendetwas vorgefallen?« Allan stellte seinen Pizzakarton auf den Tisch. Kasper, ein kleiner, dünner Mann in einem erstaunlich frisch gebügelten Hemd und einer Hose mit Bügelfalte, drückte den Kaffeebecher zusammen und warf ihn in einen Pappkarton in der Ecke. Er quoll über. Sanne stellte ihre Chinabox und die Schachtel mit den Frühlingsrollen neben Allans Pizza.

»Ihre Leute kommen ungefähr alle vier Stunden und liefern das Geld der Mädchen ab.« Kasper nahm seinen Mantel von der Stuhllehne. »Die Zeiten stehen im Buch.« Er zeigte auf einen aufgeschlagenen Block auf dem Tisch. Spalten mit Zeiten und Namen zogen sich in einer ordentlichen Handschrift über die ersten beiden Seiten.

Søren war bereits auf dem Weg zur Küchentür.

»Ich habe die Kamera vorhin mit frischen Batterien versorgt.« Er lachte. »Tja, bleibt mir nur, euch viel Vergnügen zu wünschen.«

Kasper grüßte mit einem Finger an der Stirn. Dann liefen sie die Küchentreppe hinunter.

»Gemütlich hier.« Sanne sah sich um. Mitten im Zimmer der Tisch, drei Klappstühle und ein Pappkarton in der Ecke.

Ansonsten vollkommen leer. An einer Wand war die Tapete in langen Bahnen abgerissen worden. Der Boden hätte dringend einmal abgeschliffen werden müssen.

»Lass uns mal lüften.« Sanne rümpfte die Nase. »Der Mülleimer dort …« Sie ging zum zweiten Fenster des Raums. Allan hielt sie auf.

»Mach das Küchenfenster auf. Die Wohnung steht offiziell schließlich leer, oder?«

Natürlich hatte er Recht. Sie mussten ja nicht unbedingt auf sich aufmerksam machen. Sie ging in die Küche auf der anderen Seite der Wohnung, öffnete beide Fenster. Heiße Luft strömte herein. Der Asphalt, die Backsteine, die ganze Stadt hatte mehrere Tage Sonne in sich aufgesogen und gab die angestaute Hitze nun an die Nachtluft ab.

Im Wohnzimmer klickte die Kamera, sie ging rasch zurück. Allan drückte sich an die Wand zwischen den beiden Fenstern und schoss eine Serie Fotos. Das lange, grauweiße Teleobjektiv folgte den Bewegungen auf der Straße.

»Wie haben sie die genannt?« Er knipste weiter. Erst als Sanne in den Block schaute, verstand sie, was er meinte.

»Lederjacke, Glatze und Lokusbrille.« Sie schmunzelte. »Lokusbrille?«

»Das muss der sein.« Allan legte die Kamera aufs Fensterbrett. »Er trägt so einen Bart.« Er beschrieb mit der Hand einen Kreis um Mund und Kinn.

Sanne führte die sorgfältigen Aufzeichnungen von Søren und Kasper fort. Allan schoss eine weitere Serie, als Lokusbrille zehn Minuten später aus dem Club kam. Sanne notierte. *20:45 Exit Lokusbrille.*

»Was sagt deine Frau, wenn du zur Überwachung eingeteilt bist?«

»Sie ist es inzwischen gewohnt. Schlimmer ist es mit den Kindern.«

»Ich wusste gar nicht, dass du Kinder hast.«

»Zwei. Neun und dreieinhalb. Du?«

Sanne schüttelte den Kopf. Wie wäre es, wenn sie und Martin …? Offensichtlich machte sie bei diesem Gedanken ein sehr eigenartiges Gesicht, denn Allan sah sie erschrocken an.

»Entschuldigung. Ich wollte nicht … also …« Er griff nach der Kamera, richtete das Objektiv auf die Straße. Die kleinen Klicks schmolzen zu einer langen Salve zusammen, so schnell drückte er ab.

»Was läuft da?« Sanne stand auf und stellte sich neben ihn. Sie musste sich auf die Zehenspitzen stellen, um über seinen Kopf hinwegzusehen. Meriton und Ukë erschienen auf der Straße. Zwischen ihnen ein dunkelhaariges Mädchen, rauchend. Der Gesichtsausdruck des Mädchens war unmöglich zu deuten, aber ihre ganze Körperhaltung war angespannt. Die Zigarettenglut zitterte zwischen ihren Fingern. Allan schoss weitere Bilder. Sanne sah auf die Uhr. 20:59.

Meriton zog dem Mädchen die Zigarette von den Lippen und warf sie in den Rinnstein. Dann ging er zu einem schwarzen Audi, öffnete die Zentralverriegelung und setzte sich auf den Fahrersitz. Ukë schubste das Mädchen auf den Rücksitz und setzte sich neben sie.

»Glaubst du …?« Trotz ihrer Skepsis gegenüber Ulriks Theorie über Meriton und Ukë als Mörder zitterte sie.

»Die Kollegen sollen sie verfolgen.« Allan rief den Wachhabenden an und teilte ihm das Kennzeichen mit, während der Audi die Viktoriagade hinunterfuhr. »So.« Er steckte sein Handy wieder ein. »Wir haben einen Wagen an der Vesterbrogade. Die übernehmen.« Allan streckte sich. »Hast du Lust auf eine Tasse Kaffee?«

Eine Viertelstunde später saßen sie in Sannes Auto, jeder mit einem Latte to go. Sanne hatte auf der rechten Seite der Abel Cathrines Gade geparkt, auf dem Stück, das zum Halmtorvet führte. Es gab weiterhin keinen Grund, unnötige Aufmerksamkeit zu erregen. Vesterbro-Hipster, Touristen und die wenigen noch verbliebenen Alkoholiker und Drogenabhängigen trieben in einem sanften Strom an ihnen vorbei. Allans Telefon klingelte.

»Sie sind in Gentofte, Søtoften 16.« Allan beendete das Gespräch. »Meriton und Ukë warten vor dem Haus.«

Sanne schaute über die Istedgade auf den Club.

»Was passiert dort deiner Meinung nach?«

»Tja, ich gehe davon aus, dass sie irgendjemandem die ganz große Nummer liefert.«

»Aber wieso haben die beiden sie selbst dorthin gefahren? Und wieso warten sie?«

»Vielleicht ist es ein wichtiger Kunde?« Allan schaute auf die Uhr des Armaturenbretts.

Sanne biss sich auf die Lippe. »Und wenn Ulrik nun Recht hat …?«

Sie sahen sich an. Sanne drehte den Zündschlüssel um. Allan griff ins Handschuhfach, nahm das Blaulicht heraus, ließ das Fenster herunter und drückte es aufs Dach. Sie setzte zurück, schnitt den Wagen vor sich und nahm die scharfe Ecke zur Istedgade in ziemlich hohem Tempo. Als sie auf den Hauptbahnhof zufuhren, trat sie das Pedal durch.

Vor der Hausnummer 22 hielten die Kollegen auf der rechten Seite von Søtoften in einem grünen Opel. Meritons Audi parkte ein Stück weiter vorn an der Straße. In der Einfahrt von Nummer 16 stand ein relativ neuer roter Toyota. Im Haus flackerte Licht hinter den heruntergelassenen Jalousien. Allan nahm mit den Kollegen über Funk Kontakt auf.

»Und … irgendwas vorgefallen?«

»Nichts.« Die Stimme war metallisch, aber klar. »Sie haben sich nicht vom Fleck gerührt.«

Sanne rutschte nervös auf ihrem Sitz hin und her. Allan fummelte am Sicherheitsgurt.

»Das gefällt mir gar nicht.« Er renkte sich fast den Nacken aus, um die Straße beobachten zu können.

»Und wenn es sich doch nur um ein ganz gewöhnliches Geschäft handelt?« Sanne hatte die Hand am Handgriff.

»Und wenn er ihr gerade die Augen herausoperiert?« Allan klickte den Sicherheitsgurt auf und öffnete entschlossen die Tür.

In diesem Moment knisterte das Funkgerät. Ulriks Stimme war klar und deutlich zu hören.

»Wisst ihr, wer dort wohnt?«

Woher wusste er, wo sie waren?

»Das dachte ich mir.« Ulrik machte eine Pause. »Mathias Langhoff, der Gemeindedirektor der Kommune Gentofte. Seid ihr euch darüber im Klaren, welche Schwierigkeiten er uns machen kann? Ihr stürmt da jetzt nicht rein, nur weil er sich ein bisschen vergnügt, wenn seine Frau nicht da ist.«

Allan atmete tief durch und ließ sich auf den Sitz zurückfallen. Sanne schloss die Augen.

»Habt ihr etwas … ich meine, irgendetwas Konkretes?« Ulrik hatte die Stimme gesenkt. »Etwas, das ein Eindringen rechtfertigen würde?«

Weder Sanne noch Allan antworteten.

»Ah ja. Dann bleibt ihr einfach sitzen.«

Etwas Gelbes, Warmes wurde im Seitenspiegel reflektiert und verschwand. Eine Tür wurde geöffnet und wieder geschlossen. Sanne beugte sich vor, kniff die Augen zusammen.

»Da kommt sie.« Das Mädchen trippelte mit gesenktem Kopf die Treppe hinunter. Eine Zigarette glühte zwischen

137

ihren Lippen. Die Hintertür des Audis ging auf, sie setzte sich hinein.

»Seht ihr«, sagte Ulrik.

Der Audi startete und fuhr an ihnen vorbei, bis zum Wendehammer am Ende von Søtoften. Kehrte zurück. Sanne blickte zu Boden. Es ließ sich nicht vermeiden, dass sie Meritons Blick auf sich spürte.

»So, niemand ist zu Schaden gekommen.« Ulrik war noch immer am Funkgerät. »Zurück zur Abel Cathrines Gade. Ihr habt noch eine lange Nacht vor euch.«

Sie hörten ein Klicken, dann war der Funkkontakt beendet.

23

»Papa, Papa, aufwachen!«

Maria beugte sich über ihn.

»Es ist schon spät. In einer Stunde sollen wir bei Oma sein.«

»Ein Traum«, flüsterte er. »Es war nur ein Traum.« Er griff nach ihr. Hielt sie fest.

»Hör auf, Papa. Das tut weh!«

Er ließ los, und Maria trat einen Schritt beiseite, setzte sich aufs Bett.

»Entschuldigung.« Er setzte sich auf und sah seine zerknitterten Sachen. Maria massierte sich den Oberarm und verzog das Gesicht.

»Habt ihr ihn?«

Er sah sie an. Was meinte sie?

»Oh. Nein, es war nur ein Alptraum. Das heißt, ja, wir haben den Verdächtigen in Haft.« Er rieb sich den Schlaf aus den Augen. »Hast du die Blumen gesehen?«

Sie lachte.

»Danke, Papa. Das war lieb von dir.« Sie gab ihm einen flüchtigen Kuss auf die Wange. »Du kratzt.« Dann stand sie auf und tanzte ins Wohnzimmer. Lars blieb zurück und blickte ihr nach. Er hatte einen Kuss bekommen. Vielleicht gab es ja doch einen Weg zurück.

»Du beeilst dich besser, wenn du noch ins Bad willst!«, rief sie aus dem Wohnzimmer. Ein Klappern war zu hören.

Maria versuchte, die Tür zum Balkon zu öffnen, Verkehrslärm drang herein.

Lars zog sich aus. Als er die Dusche aufdrehte, bemerkte er, dass er vor sich hin pfiff.

»Du hast dich ja rasiert«, stellte sie fest, als er kurz darauf im Wohnzimmer stand. Angezogen und mit tropfenden Haaren.

»Tja, wenn man dafür einen Kuss bekommt …«

»Ach, Papa.« Sie lächelte, sah geheimnisvoll aus.

»Was ist? Hast du einen Freund?«

Sie schwang ihre Tasche.

»Wollen wir nicht langsam los?«

Eine Dreiviertelstunde später standen sie vor Annas Haus in der Kleingartenkolonie Mozart. Maria klopfte.

»Mein Gott, ihr seid es? Ist es tatsächlich schon so spät?«

Anna war eine große Frau Mitte sechzig, das graue, wuschelige Haar hatte sie sich zu einem schulterlangen Pagenkopf schneiden lassen. Scharfe graue Augen. Lars war der Ansicht, dass ihr Gesicht in all den Jahren, die sie in der Kleingartenkolonie verbracht hatte, runzliger geworden war. Von Wind und Wetter. Nach einer kurzen Umarmung zog Anna sie durchs Haus auf die Terrasse. Ein lockerer Hosenanzug flatterte um ihre sehnige Gestalt.

»Ich habe Weißwein mit Holunderblütensirup.«

Das Haus bestand aus zwei älteren Bauwagen aus Holz, die rechtwinklig nebeneinanderstanden. Die beiden Längsseiten bildeten ein großes offenes V. In einem Flügel befanden sich Bade- und Schlafzimmer, in dem anderen waren die Küche, das Esszimmer und ein Arbeitszimmer untergebracht. Lars hatte es schon immer als klein, aber gemütlich empfunden. Wie ein Ferienhaus. Der Platz zwischen den beiden Flügeln des Hauses bildete die Terrasse. Anna hatte ein Glasdach über dem vorderen Teil bauen lassen, dadurch wurde das Haus erheblich erweitert. Die eigentliche Terrasse bestand aus gebrauchten Eisenbahnschwellen, die sie direkt auf dem Boden verlegt hatte. Man stand etwas unsicher. Die wackligen, rostigen Gartenmöbel passten zu dem schiefen Eigenbau.

»Wie schön, euch zu sehen.« Anna schenkte ein, sie prosteten sich zu. Lars ließ den Blick über den kleinen Garten gleiten – verwildert und ungepflegt, so wie seine Mutter ihn wollte.

»Es ist auch schön, dich mal wiederzusehen, Oma.« Maria hatte einen ganz fremden Glanz in den Augen.

Über dem Dach des Nachbarhauses ging die Sonne unter, Licht tropfte aus den Blättern der krumm gewachsenen Birke, die sich über die Terrasse wölbte. Die blasse Sommerwolkendecke war verschwunden, als er geschlafen hatte. Es roch nach Gras und Blumen in dem kleinen Garten. Irgendwo in der Nähe wurde ein Grill angezündet. Etwas weiter entfernt spielte jemand Gitarre. Es klang nicht sonderlich schön.

Plötzlich wurde ihm bewusst, dass Maria und Anna still dasaßen und ihn anstarrten.

»Was ist?«, fragte er.

»Mach dir keine Sorgen«, sagte Maria. »Papa hat die ganze Nacht gearbeitet. Erst heute Nachmittag konnte er ein paar Stunden schlafen.«

»Geht es um diese Vergewaltigungsgeschichte?«

Lars nickte, nippte noch einmal am Wein. Er musste aufpassen. Er hatte kaum geschlafen. Viel vertrug er nicht.

»Leider ja. Heute Nacht gab es ein neues Opfer. Wir haben einen Verdächtigen in Untersuchungshaft, aber wir warten noch auf die Ergebnisse von Proben, bevor wir Anklage erheben können.«

Maria schüttelte sich.

»Uh, ich finde das unheimlich.«

»Ja«, sagte Anna, »das ist wirklich kein Gesprächsthema. Was sagt ihr zu Hühnchen mit neuen Kartoffeln und meinem guten Bohnensalat?«

Nachdem sie auf der Terrasse gegessen hatten, ging Maria ins Haus, um Annas Regal zu durchstöbern. Sie hatte eine unglaubliche Menge an Nippes: Figuren, lustigen Kram und kleine Skulpturen, die sie aus Materialien bastelte, die sie auf ihren zahlreichen Reisen fand. Außerdem war Anna eine eifrige Fotografin. Einige Fotogalerien hielten viel von ihren Fotografien. Und sie hatte sehr viele Bücher. Maria konnte stundenlang darin schmökern.

Lars und Anna blieben am Tisch sitzen. Er zündete sich eine Zigarette an, Anna stützte die Ellenbogen auf den Tisch und blickte in ihr Weinglas. Plötzlich hob sie den Kopf.

»Weißt du überhaupt, wie sehr sie dich vermisst hat?«

Lars streifte die Asche im Aschenbecher ab, schob das Messer auf seinem Teller herum.

»Sie war beschäftigt …«

»Sie war damit beschäftigt herauszufinden, was eigentlich vor sich geht.«

»Ich habe darüber mit Elena diskutiert. Ich schaff es nicht …«

»Wir reden hier über dein Kind. Und du verschwindest einfach.«

Er wollte sich nicht streiten und schon gar nicht, wenn Maria nebenan saß. Aber jetzt wurde er wütend.

»Ich bin verlassen worden. Ich …«

»Aber du bist der Erwachsene … oder solltest es vielmehr sein. Deine Tochter hingegen …«

Jetzt kam sie, die Wut. Eine Sturmflut, die alles mit sich zu reißen drohte. Seine Faust traf auf den Tisch, bevor er sich der Bewegung bewusst war. Besteck und Teller klirrten, sein

Glas fiel um. Wein tropfte durch die Ritzen des Tischs auf die Schwellen. Eine lange Sekunde saßen sie wie gelähmt. Aber Lars wollte jetzt nicht aufhören, er wollte irgendetwas herausschreien, das er vermutlich bereuen würde, als Maria plötzlich am Tisch stand.

»Ich bin heute zu einem Date eingeladen worden.«

Irgendetwas zerplatzte über dem Tisch, Wut und Aggression wurden aufgesogen.

Anna streckte die Hand nach ihr aus, zog sie an sich.

»Das klingt doch großartig, mein Mädchen. Du hast es verdient, ein bisschen verwöhnt zu werden.«

Maria küsste sie auf die Wange.

Das also war es. Nicht das Licht, nicht er. Nicht Anna. Er zog an der Zigarette, die noch immer zwischen Zeigefinger und Mittelfinger steckte.

»Wann?«

»Morgen.«

Sie sah glücklich aus, aber er musste fragen.

»Und wer ist es?«

»Ist das nicht egal?« Es lag ein bittender Ton in Annas Stimme. Sie schaute Maria an. »Ist er ne…«

»Ich …«, unterbrach er, riss sich aber zusammen. Er senkte die Stimme. »Im Augenblick muss ich wissen, mit wem du zusammen bist.«

Maria stand auf, blickte von Anna zu ihm. Fummelte an ihrer Serviette, die zusammengeknüllt unter dem Rand ihres Tellers lag. Aus dem zerbrochenen Glas tropfte der Wein.

»Einer aus der Schule. Du kennst ihn nicht.«

»In welche Klasse geht er denn?«

»Er? Ich glaube, in die dreizehnte.«

Irgendetwas schwelte, ein brennender Schmerz in der Hand, die an der Seite herunterhing.

»Au, verflucht …« Es roch nach verbranntem Fleisch. Die

vergessene Zigarette war zwischen Zeige- und Mittelfinger weiter heruntergebrannt und hatte eine Brandblase verursacht, die jetzt platzte. Er ließ die Zigarette fallen, steckte hastig die Serviette in sein Wasserglas und betupfte die verbrannte Stelle.

»Okay, aber ihr geht nicht ins Penthouse.«

»Papa, also wirklich. Glaubst du, da würde ich hingehen?« Maria zog eine Grimasse. Dann verschwand sie in der Küche.

Er sah seine Mutter an.

»Was ist?«

Sie blickte düster auf seine Hand, schüttelte den Kopf.

Mittsommernachtsfest 2006

Funken fliegen von den Feuern rund um den See in den hellen Nachthimmel. Stimmen klingen übers Wasser. Betrunkene Rufe, Gelächter. Der Verkehrslärm – ein schweres, unablässiges Sausen über dem Wasser.

Jede Stadt hat ihre Hex',
jeder Sprengel seine Trolle.
Und mit Freudenfeuern halten wir sie uns vom Leib …

Er schleicht durchs Schilf, lässt alles hinter sich. Vater, hochrot im Gesicht von Schnäpsen, Rotwein und einem ganzen Tag mit Pornos; Mutter mit diesen ewigen Schatten in den Augenwinkeln, so dass man nie ganz sicher sein kann, ob sie wirklich mitbekommt, was um sie herum passiert. Der Geruch von angebrannten Rumpsteaks, Schnaps und Parfüm. Irgendjemand erzählt einen Witz, Vater lacht dröhnend. Am nächsten Tag wollen sie nach Nizza fliegen, drei Wochen ins Ferienhaus des Onkels. Wenn sie zurückkommen, geht's in die 7. Klasse. Bald wird er sich Gedanken über die Noten und das Gymnasium machen müssen. Aber heute Nacht ist es anders, heute Nacht zieht es ihn hinaus.

Er sieht sich um. Dann schließt sich das Schilf um ihn, und er befindet sich in einer Welt voller Schatten und einer großen Stille, in der alles offen ist. Er gleitet weiter, selbst ein Schatten, geruch- und geräuschlos.

Er erreicht die Flößerbrücke, läuft leichtfüßig über die hellen Bretter. Das Blut pocht in den Adern. Er lässt den See hinter sich, betritt das System der Wege, die hinter die Gärten führen. Im Gebüsch ist es dunkler. Blätter reiben sich wispernd aneinander, Äste greifen nach ihm.

Der Mond geht auf. Die scharfen Klingen der weißen Strahlen im Unterholz. Er muss die Augen mit den Händen abschirmen. Jetzt ist er fast da.

Den Holunderbusch entlang, durch das Loch an dem großen, faulen Baumstumpf – er hat es an dem Tag gefunden, an dem er die Katze begraben wollte und der große Knochen auftauchte –, dann muss er sich gegen die morschen Bretter drücken und durch das Loch zwängen.

Zunächst kann er nichts sehen; mit geschlossenen Augen geht er durchs Gebüsch, in der Dunkelheit tanzen grüne und rote Flecken vor seinen Augen. Doch allmählich öffnet sich der alte Garten für ihn. Eine verzauberte, chaotische Welt, ganz anders als die mit dem Lineal angelegten Gärten und Beete, die er von zu Hause, von seinen Spielkameraden und den Freunden seiner Eltern kennt. Hier wurde mehrere Jahre nichts getan, alles wuchert wild. Mittendrin ein großes rotes Backsteinhaus mit schwarzem Fachwerk. Von der Straße aus ist es nicht zu sehen, es steht weit weg von den anderen Häusern. Einsam und verlassen?

Nein, er weiß es besser.

Er setzt sich bequemer hin, zieht die Zigarettenschachtel, die er vorhin gestohlen hat, aus der Tasche. Von unten durch die Ritze des Gartentischs hat er sie gefingert. Die Zigaretten gehören der Nachbarin, der mit den langen Titten, die Vater letzten Sommer im Wintergarten gevögelt hat. Er hat sie beobachtet. Sie hat gequiekt wie ein abgestochenes Schwein. Vater musste ihr den Mund zuhalten. Fest und lange, bis sie aufhörte zu zittern.

Er holt ein Feuerzeug heraus. Eine Hand vor die Flamme, damit sie vom Haus nicht gesehen werden kann; die Zigarette und die Glut verbirgt er in der hohlen Hand. Nun heißt es warten.

Das Nikotin sickert ins Blut, verbreitet einen brechreizerregenden Schwindel. Er lehnt sich zurück. Ein Ast schneidet ihm in die Haut. Blut tropft aus einer Wunde am Arm, schwere schwarze Tropfen auf der weißen Haut. Er streift sie mit dem Zeigefinger ab, steckt den Finger in den Mund. Sein eigener warmer, salziger Geschmack.

Um ihn herum lebt es, nachtaktive Insekten krabbeln im Schutz der Dunkelheit im Unterholz, die schwarzen Schatten der Vögel am Himmel. Er inhaliert noch einmal und lässt den Kopf davonsegeln.

Ein Lichtstreif an der Kellertreppe. Jetzt ist es so weit. Er hält den Atem an. Dann verschwindet das Licht ebenso plötzlich, wie es gekommen ist. Er lehnt sich zurück, ärgerlich.

Er zählt bis zehn, will noch einmal an der Zigarette ziehen, als er hört, wie etwas durchs hohe Gras gezogen wird. Reagiert er auf ein Geräusch oder einen Lichtfunken? Mit einem Mal sitzt er aufrecht, sämtliche Sinne in Alarmbereitschaft. Er starrt geradeaus, folgt den Linien zwischen Licht und Schatten.

Eine Gestalt schält sich aus den Schatten, zieht etwas hinter sich her. Er sieht das Weiße in den Augen, wagt nicht zu atmen. Unmittelbar vor seinem Versteck unter einem alten Fliederbusch bleibt die Gestalt stehen und fasst sich an die Hüfte. Etwas Schweres fällt auf die Erde, die Gestalt bückt sich und greift nach einem Spaten, der unter dem Baum auf der Erde gelegen hat. Als der Spaten aufgehoben wird, streift der Griff eine Ecke des zusammengerollten Teppichs, schlägt ihn zur Seite. Ein verschwommenes weißes Gesicht. Leere, dunkle Augenhöhlen starren ihn unvermittelt an.

Er zuckt zusammen. Die Gestalt hebt den Spaten. Die Zigarette hängt noch immer in der Hand vor seinen Lippen, deutlich zu sehen. Mit einer lautlosen Bewegung dreht er sie um, verbirgt die Glut in der Hand. Die Gestalt bewegt sich. Eine kaum erkennbare Drehung ihres Körpers, und der Spatenhieb ändert seine Richtung, fährt über die Erde, ins Gebüsch, auf sein Gesicht zu.

Lautlos kriecht er zurück, fort. Das Blatt des Spatens zischt Millimeter an seinem Gesicht vorbei. Er reißt sich den Rücken, den Hals und den Arm auf. Schiebt sich weiter zurück, hinein ins Gebüsch. Verlassen glüht die Zigarette auf der Erde. Erst als er den Zaun hinter sich spürt, dreht er sich um und zwängt sich durchs Loch, zurück auf den Weg, den er gekommen ist. Die Angst lässt sein Blut rasen, der Puls klopft mit hektisch pumpenden Rhythmuswechseln gegen die Augäpfel. Er hört nur das Geräusch von knackenden Zweigen und das Keuchen seines Verfolgers, der ihm dicht auf den Fersen ist.

Ein verschwommenes weißes Gesicht, leere, dunkle Augenhöhlen.

Raus aus dem Unterholz. Er springt auf, rennt zurück auf den Weg. Der Mond steht kalt und klar über ihm, alles scheint zu vibrieren. Von hinten kommen die Schritte.

Er läuft auf die Flößerbrücke. Sie schwankt unter ihm, rutscht tiefer ins Wasser, als der andere sie erreicht. Ein Schwan blickt erschrocken auf, steigt geräuschvoll aus dem Wasser in die Luft. Er springt ins Schilf, kann den Verfolger nicht mehr hinter sich hören. Versucht, schneller zu laufen, doch das Schilf greift mit seinen zähen Halmen nach ihm. Der feuchte Boden saugt seine Schuhe an. Und jetzt hört er ihn durchs Schilf brechen. Keuchend, fluchend.

Dann hat er es geschafft.

Das Feuer ist keine fünfzig Meter weit entfernt, vierzig

Meter sind es bis zum Lichtkreis und den Erwachsenen, die mit dem Rücken zu ihm um das Feuer stehen und singen. Vaters Gestalt ragt heraus. Seine rechte Hand liegt auf dem Hintern der Nachbarsfrau. Die andere ruht leicht auf Mutters Schulter. Irgendetwas in der Haltung der Nachbarin. Etwas Steifes, Unnatürliches. Es raschelt hinter ihm, als der Verfolger aus dem Schilfdickicht tritt. Er wirft den Spaten fort, er hat die Gruppe am Feuer gesehen.

Kurz vor dem Lichtkreis holt ihn die Gestalt ein. Packt ihn am Arm.

»Du.« Schmale, gelbliche Schlitze schweben Zentimeter vor seinem Gesicht. Eher ahnt er die Hand, als dass er sie sieht, die sich hinter dem verzerrten Gesicht hebt, das im Licht des Feuers glüht.

Plötzlich Geräusche hinter ihm.

»Christian?« Es ist sein Vater.

Die Augen werden noch schmaler, suchen die Reihe der Erwachsenen zwischen ihm und dem Feuer ab. Die Hand fällt schlaff herab, doch der Griff um seinen Arm wird fester.

Der Verfolger ringt nach Atem.

»Das nächste Mal sind es deine Eltern, wenn …«

Die Hand an seinem Arm drückt zu. Es tut so weh, dass er glaubt, ohnmächtig zu werden. Dann lässt ihn die Gestalt los, dreht sich um und verschwindet mit einem letzten bösen Blick im Schilf.

»Was war das denn?« Vater will hinterher und reckt den Hals, um den Bewegungen im Schilf zu folgen.

»Ach, gar nichts, Papa. Komm jetzt. Müssen wir nicht nach Hause?«

Mittwoch, 18. Juni

24

Lars war unglaublich müde. Eine große innere Leere zapfte in kleinen steten Tropfen sämtliche Energie aus Gehirn und Körper. Am liebsten hätte er sich in eine Ecke verkrochen, die Jacke unter den Kopf gelegt und geschlafen.

Drei Gläser Wein und ein Bier hatte er gestern getrunken. Zu viel, um Auto zu fahren, ja. Aber einen Kater? So alt war er auch wieder nicht, doch dieser Blick seiner Mutter hätte bei jedem einen Migräneanfall ausgelöst.

Die Stimmen um ihn herum verschmolzen, tief und verzerrt. Langgezogene Konsonanten, Bassvokale. Raubtiergebrüll in Slow Motion. Dann wurde der Ton aufgedreht. Es war Tokes Stimme. »Sind Frank und Kim A. unterwegs?«

Lisa balancierte ein Tablett aus der Kantine zur Tür herein, fünf Tassen und eine Thermoskanne Kaffee. Sie stellte das Tablett auf den Tisch und schenkte erst Toke und Lars ein, dann sich selbst. Lars nahm die Plastiktasse entgegen.

Lisa schaute auf die Uhr. Toke brummte, griff nach einem Kugelschreiber aus Lars' Bleistifthalter und begann, ein Kreuzworträtsel zu lösen.

Weitere fünf Minuten vergingen, dann polterten sie ins Büro. Frank erzählte irgendeine Geschichte, Kim A. lachte dröhnend und schob seinen fleischigen Hintern auf den Schreibtisch – mit dem Rücken zu Lars. Lisa hatte Franks festen Platz auf der Fensterbank übernommen. Ihre Augen hingen an Franks Lippen.

»Und dann sagte der Kerl: ›Versucht die Nummer ja nicht mit mir‹, und setzte sich.« Frank schüttelte den Kopf. Kim A.s Schultern bebten. »Einfach unfassbar!«, japste er.

Lars räusperte sich. Toke blickte auf, abwartend. Kim A. und Frank taten, als hätten sie es nicht bemerkt. Lisas Blick streifte Lars, dann lachte sie weiter, aber leiser und eher für sich.

Lars räusperte sich erneut.

»Wenn ich jetzt …«

»Zwei Sekunden. Ich wollte noch …«, unterbrach ihn Frank. Dann sah er, wie Toke ihn anstarrte. Er schwieg.

Kim A. wandte sich an Lars.

»Wir mussten eben noch etwas zu Ende bringen.« Er grinste Frank durchtrieben an.

»Ja, das höre ich. Wenn ihr fertig seid, können wir vielleicht anfangen?«

»Ja sicher, selbstverständlich, Chef.« Frank nickte, lehnte sich an die Tür.

Lars betrachtete sie. Kim A. konnte er zur Not noch verstehen. Ihr Verhältnis war schon immer gespannt gewesen. Aber Frank? Lars wusste, dass seine Vergangenheit für die meisten Polizisten ein rotes Tuch war. Aber war es wirklich nur die Freundschaft mit Ulrik, die sie davon abgehalten hatte, sich auf ihn zu stürzen?

Er stellte die Tasse auf den Schreibtisch. Ein paar Monate. Dieser Fall, vielleicht noch ein oder zwei weitere – dann war er weg. Er räusperte sich erneut.

»Lisa, kannst du uns bei Mikkel Rasmussen auf den neuesten Stand bringen?«

Lisa richtete sich auf der Fensterbank auf und schilderte in knappen Sätzen das Verhör. Lars griff nach einer Fotografie von Mikkel Rasmussens Hemd.

»Toke?«

Toke warf Kugelschreiber und Zeitung auf den Tisch.

»Ich habe eine Probe an die Chemiker im Rechtsmedizinischen Institut geschickt. In ein paar Tagen sollten wir eine Antwort haben.«

»Hoffen wir, dass sie positiv ausfällt.« Lars erhob sich. »Wir müssen beweisen, dass Mikkel Rasmussen gleichzeitig mit Stine in der Nørregade oder am Nørreport war. Ihr wisst, was zu tun ist. Toke, wir zwei nehmen uns Herrn Rasmussen vor.«

»Setz dich.« Lars schob Mikkel Rasmussen mit dem Fuß einen Stuhl zu. Er tat sein Bestes, um unfreundlich zu klingen.

Aber Mikkel schüttelte den Kopf.

»Ich bleibe lieber stehen.« Er starrte sie mit rot geäderten Augen an. Hatte in der Zelle sicher nicht viel Schlaf bekommen. Lars blickte in irgendeinen Bericht. Dann richtete er seine Aufmerksamkeit wieder auf den Inhaftierten.

»Wir haben in deiner Wohnung eine Hausdurchsuchung durchgeführt.«

Mikkel Rasmussen zuckte die Achseln.

»Das haben wir unter deiner Spüle gefunden.«

Lars nickte Toke zu, der nach einer durchsichtigen Plastiktüte griff. Er zog das graue Baumwollhemd heraus, das sie in der Wohnung gefunden hatten, und breitete es auf dem Schreibtisch aus.

»Ist das dein Hemd?«

»Wenn du es sagst.« Mikkel blickte auf einen Punkt direkt über dem Schreibtisch.

Lars erkannte die Resignation, er hatte so etwas schon unzählige Male gesehen. Jetzt ging es nur noch darum, ihm ein Geständnis abzuringen. Ein Lächeln breitete sich auf Tokes Gesicht aus.

»Dieser Fleck hier, was ist das?« Lars zeigte auf den Fleck auf der Vorderseite des Hemdes.

Mikkel zuckte die Achseln.

»Was weiß ich … Dressing? Vielleicht Waschpulver?«

»Ich habe diese Art von Flecken schon sehr oft gesehen, ich brauche keine technische Analyse, um dir zu sagen, dass es sich um Blut handelt.«

Wieder zuckte Mikkel die Achseln. Lars fuhr fort: »Und wenn ich dir nun erzähle, dass es Stine Bangs Blut ist?«

Mikkel Rasmussen verzog gequält das Gesicht. Beinahe hätte Lars Mitleid mit ihm gehabt. Dann dachte er an Stine Bang und Louise Jørgensen im Rigshospital und an das Bild, das er von Maria im Kopf hatte, nackt und verprügelt auf einer Grasfläche.

Mikkel Rasmussen lehnte sich zurück.

»Okay, ich hab's getan. Ich habe sie geschlagen.«

Toke blinzelte Lars über den Schreibtisch hinweg zu.

»Gut, lass uns am Anfang beginnen. Stine verließ das Penthouse. Wie lange hast du gewartet, bis du ihr gefolgt bist?«

»Was meinst du? Ich bin ihr nicht gefol… Ahr.« Mikkels Gesicht fiel zusammen. »Glaubt ihr noch immer, dass ich es gewesen bin?«

»Dieser Blutfleck lässt sich nur schwer wegdiskutieren.«

»Ich habe Nasenbluten bekommen.« Mikkel Rasmussen verbarg das Gesicht in den Händen. Seine Stimme klang hohl hinter der Schicht aus Fleisch und Knochen. »Ihr habt mir doch selbst die Fotos gezeigt. Ihr habt gesehen, dass sie mich geschlagen hat. Und ja, ich habe zurückgeschlagen.«

Lars und Toke tauschten Blicke aus.

»Aber es ist ja auch vollkommen egal, was ich sage«, murmelte Mikkel. »Ihr glaubt mir ja doch nicht.«

»Okay.« Lars stützte die Ellenbogen auf den Schreibtisch. »Sagen wir, es hat sich so abgespielt, wie du es erzählst. Gibt es jemanden, der dich mit Stines Blut auf dem Hemd gesehen hat?«

»Keine Ahnung. Ich bin einfach nur raus und nach Hause. Haben die keine Überwachungskameras in so 'nem Laden?«

»Wieso hast du uns das nicht alles schon gestern erzählt?«

Lars zeichnete Krickelkrakel auf die Rückseite des Ausdrucks einer Mail von Ulrik.

»Ich weiß nicht ... vielleicht weil ... weil die Polizistin so scheißwütend war.« Ein Anflug von der Aggressivität des Vortags kehrte zurück. »Ich weiß, dass es nicht sonderlich populär ist, Frauen zu schlagen. Wenn ich gesagt hätte, dass ich ihr eine geklebt habe, hättet ihr mir jedenfalls nicht geglaubt.«

»Das tun wir auch jetzt nicht«, sagte Toke.

Lars faltete das Hemd zusammen.

»Ich halte es für eine gute Idee, Mikkel, wenn du dir einen Anwalt besorgst. Wenn du keinen kennst oder dir keinen leisten kannst, werden wir einen Anwalt bestellen. Der Staat bezahlt.«

»Whatever. Kann ich einen Kaffee haben?«

»Einen bestellten Anwalt also.« Lars schob die Papiere und Fotos zu einem Haufen zusammen.

»Es scheint ihm vollkommen egal zu sein.« Toke schloss die Tür hinter dem Beamten, der Mikkel abgeholt hatte.

Lars kratzte sich am Kopf.

»Weißt du, dass ich ein ganz schlechtes Gefühl bei der Sache habe?«

»Jetzt hör aber auf. Bei Vergewaltigungen gibt es fast immer einen vorausgehenden Kontakt – in zwei von drei Fällen. Das weißt du genau.«

»Ja, sicher.« Lars wandte sich dem Fenster zu. Die Scheibe musste dringend geputzt werden. Im Hof wurde eine Besuchergruppe herumgeführt, sie legten den Kopf in den Nacken und sahen in den Himmel. Er drehte sich wieder um.

»Ruf bei den Chemikern an. Die sollen bei der Analyse aufs Gas treten.«

»Nun beruhig dich doch mal.« Toke schüttelte den Kopf. »Mikkel läuft uns nicht davon. Lass sie in Ruhe arbeiten.«

Lars' Telefon klingelte.

»Hej, Lars, hier ist Simon.«

»Simon?« Er erkannte die Stimme nicht wieder.

»Marias Simon. Wissen Sie, wo Maria ist? Sie wohnt doch jetzt bei Ihnen, oder?«

»Öh …« Wie verhielt man sich in einer derartigen Situation? Er mochte Simon. Aber er wusste, dass er sich nicht in Marias Angelegenheiten einzumischen hatte. »Ja … wahrscheinlich ist sie bei irgendeiner Prüfung. Du, es tut mir leid, aber ich bin gerade sehr beschäftigt. Ich werde ihr sagen, dass du angerufen hast.« Er beendete das Gespräch und atmete durch.

Toke hatte die Hand bereits auf der Türklinke. Lars legte das Telefon beiseite.

»Ach ja, und was diese Probe angeht. Zwischen Stines und Louises Vergewaltigung lagen zwei Tage. Wenn es nicht Mikkel ist, schlägt der Täter heute Nacht vielleicht wieder zu.«

Toke seufzte. Er suchte auf seinem Handy bereits die Telefonnummer heraus.

25

In der Kabine herrschte infernalischer Lärm. Sanne fasste nach der Armlehne und legte den Kopf zurück. Presste den Nacken fest an die Rückenlehne. Es wird schon gehen, sagte sie sich wieder und wieder. Ihren Körper konnte sie dennoch nicht überzeugen. Kalter Schweiß bildete sich unter den Armen, zwischen den Brüsten und auf der Oberlippe.

Start und Landung waren immer am schlimmsten.

Sie selbst hatte Ulrik halb gedroht, halb überzeugt, eine Dienstreise nach Bratislava zu bewilligen, um Miras Leiche zu überführen. Nicht gerade ein Herzenswunsch. Aber sie musste Zoe Vanin, Miras Mutter, treffen, um die Person Mira plastischer werden zu lassen. Nur, wie dumm durfte man sein? Vor allem, wenn man in Betracht zog, dass es keine Direktflüge zwischen Kopenhagen und Bratislava gab? Sie hatte einen LOT-Flug mit Zwischenlandung in Warschau buchen müssen. Zwei Starts und zwei Landungen auf dem Hinflug, zwei Starts und zwei Landungen auf dem Heimweg. Am gleichen Tag. Und dort unten bei der slowakischen Flughafenpolizei wartete eine Mutter auf den Sarg ihrer Tochter. Als Repräsentantin des Landes, in dem ihre Tochter ermordet worden war, hatte Sanne offiziell zu kondolieren. Heute war bestimmt nicht ihr Tag.

Direkt unter ihr lag das große schwarze Loch von Bratislavas M.-R.-Štefánik-Flughafen und sog sie an.

Ein nüchterner, fensterloser Raum der Flughafenpolizei. Schmutzig graue Wände, eine einzige Tür. Ein verschrammter Tisch aus fettigem Kunststoff. Sanne stellte ihre Tasche auf den Tisch und sah sich um. Zwei Stühle. Die der Tür gegenüberliegende Wand schmückte ein Kalender mit Fotos slowakischer Touristenziele. Das Juni-Blatt zeigte Schloss Bojnice und die Burg Čachtice.

Die Tasche auf dem Tisch fing an zu vibrieren. Diana Ross dröhnte durch den Raum. *Upside Down.* Sanne öffnete die Tasche und nahm ihr Handy heraus. Eine dänische Nummer. Das Präsidium.

»Hej, hier ist Allan. Bist du gelandet?« Er klang aufgekratzt.

»Hm. Gibt's was Neues?«

»Du hast Recht gehabt.«

»Womit?«

Einen Moment war nur raschelndes Papier zu hören.

»Elvir Seferi. Meriton hat behauptet, Elvir hätte in der Nacht, als Mira verschwand, mit ihm und Ukë im Club Karten gespielt.«

»Und …?« Sie griff nach der Rückenlehne eines Stuhls.

»Die Kollegen in Middelfart hatten ihn die ganze Nacht zur Ausnüchterung. Er war besoffen, hat auf den Sitz gepisst und fuhr ohne Fahrkarte im Intercity Århus – Kopenhagen. Abfahrt 20:01, Ankunft im Kopenhagener Hauptbahnhof 23:18 Uhr.«

»Und wann wurde er in Middelfart festgenommen?«

»21:16 Uhr. Der Fahrplan wurde exakt eingehalten.«

Sie setzte sich.

»Und wieso erfahren wir das erst jetzt?«

»Die Provinzpolizei.« Allan lachte, dann verstummte er. »Entschuldige, ich wollte nicht …«

»Egal. Warum?«

»Der Beamte, der ihn verhaftet hat … sein Computer war

kaputt, daher hat er eines dieser alten Formulare mit der Hand ausgefüllt. Eigentlich wollte er es am folgenden Tag ins Zentralregister übertragen, aber am nächsten Morgen war er krank.«

Es klopfte, die Klinke bewegte sich.

»Ich muss Schluss machen.« Sanne beendete das Gespräch, als die Tür aufging und eine Frau mit kurzen blondierten Haaren den Raum betrat.

Zoe Vanin war nicht besonders groß. Zerfurchtes Gesicht, graue Haut, ein harter Zug um den Mund. Die dunklen Haaransätze glänzten im Gegensatz zu den trockenen, gebleichten Spitzen. Ihre Hand zitterte, als sie die Handtasche öffnete und Zigaretten und Feuerzeug herausnahm. Hinter ihr tauchte eine slowakische Polizistin auf, die Zoe Vanin ganz in den Raum schob und die Tür schloss.

Sanne lächelte und wies mit dem Kopf auf den Stuhl an der anderen Seite des Tisches. Die Frau schlug den Blick nieder, setzte sich. Zündete das Feuerzeug an. Die Flamme zuckte, flackerte in der stillstehenden Luft. Zoe Vanin war nicht in der Lage, die Spitze der Zigarette zu treffen.

»*My name is Sanne Bissen. I'm from the Danish police. You are Zoe Vanin, Mira's mother?*«

Die Frau schaute die slowakische Polizistin an, die übersetzte. Zoe nickte.

»Áno«, antwortete sie. Ihre Stimme klang wie die Angeln einer alten Tür, die nach viel zu vielen Jahren zum ersten Mal wieder geöffnet wird.

»*Yes*«, übersetzte die Dolmetscherin. »Mira war ihre Tochter.« Dann brach Zoe in ein dünnes, pfeifendes Schluchzen aus. Ihre Schultern bebten. Mit Rotz vermischte Tränen tropften auf die noch immer nicht angezündete Zigarette in ihrer Hand. Die slowakische Polizistin starrte sie an, ohne eine Miene zu verziehen.

»Mein Beileid, Miss Vanin …« Sanne beugte sich vor.

Die Frau nickte, wischte sich die Nase mit dem Jackenärmel ab und versuchte noch einmal, die durchgeweichte Zigarette anzuzünden. Sie gab es auf und fischte eine neue aus der Schachtel. Sanne griff nach ihrem Handgelenk und hielt es, bis die Zigarette brannte.

»Es heißt, sie sei ermordet worden. Hat sie gelitten?« Zoe schaute auf, hielt Sannes Blick fest.

»Sie wurde erschossen. Es ging schnell.« Das Bild der nackten Leiche am Ufer. Die Fliegen, die aus den leeren Augenhöhlen aufstiegen. Sanne schüttelte den Kopf. »Ihre Augen wurden entfernt, aber wir sind der Ansicht, dass es erst nach ihrem Tod passiert ist. Nein, ich glaube nicht, dass sie gelitten hat.«

Es gab weder einen Grund, den von Frelsén rekonstruierten wahrscheinlichen Handlungsablauf zu wiederholen, noch, aus dem Obduktionsbericht zu zitieren oder von dem Glasauge zu berichten. Was hätte es Miras Mutter genützt?

Zoe atmete aus. Etwas von der leeren Angst in ihren Augen verschwand. Dann fing sie an zu erzählen.

Sie war zwanzig Jahre alt gewesen, als 1989 die Gerüchte über Demonstrationen in Ostdeutschland und die Öffnung der Grenze zum Westen in der Tschechoslowakei ihren Geburtsort erreichten. Borisoglebsk, eine größere Provinzstadt zwischen Moskau und dem Kaspischen Meer. Wie so viele andere Jugendliche war sie abenteuerlustig und wollte hinaus in eine bessere Welt – in die Welt, von der alle jungen Russen träumten. Also reiste sie mit einer Freundin nach Westen, in die Tschechoslowakei. Als sie ankamen, war die Mauer zwar gefallen, aber weder Zoe noch ihrer Freundin gelang es, den verschwundenen Eisernen Vorhang zu überwinden. Stattdessen standen sie in einem fremden Land, ohne Geld und mit einer Nationalität, die die Tschechoslowaken wie die

Pest hassten. Es vergingen keine zwei Wochen, bis der Hunger und die Hoffnungslosigkeit sie in die Prostitution trieben. Mira wurde geboren, noch bevor das erste Jahr vorüber war. Die Verhältnisse besserten sich ein wenig, nachdem sich die Tschechoslowakei in Tschechien und die Slowakei geteilt hatte. Jetzt waren plötzlich die Tschechen die Feinde. Aber Mira war rebellisch, auch sie träumte von einer besseren, einer anderen Welt. Und eines schönen Tages im Februar war sie losgezogen, ohne Zoe Bescheid zu geben. Sie hatte Briefe von ihr bekommen, aus Danzig in Polen, dann aus Kopenhagen. Danach nur diese große Leere.

Sanne konzentrierte sich. Eine letzte Frage, dann würde sie Zoe in Ruhe lassen.

»Und Sie haben von Ihrer Tochter nur dieses eine Mal gehört, nachdem sie nach Kopenhagen gekommen war?«

Zoe antwortete nicht, sie verlor sich in den leblosen Figuren, die der Zigarettenrauch bildete.

»*Miss Vanin?*«

Zoe sah mit einem aschgrauen Blick auf, und Sanne war sicher, dass gerade etwas in ihr starb.

»Was?«

»Haben Sie aus Kopenhagen noch einmal etwas von Mira gehört? Nach dem ersten Mal?«

»Sie hat einmal angerufen. Sie hatte gerade meinen Brief bekommen.« Zoe knüllte den Brief in ihrer Hand zusammen, senkte die Stimme. »Sie hatte große Angst. Sie sagte, die Männer, die über sie bestimmten …«

»Ihre Zuhälter?«

»Zuhälter, ja. Die hätten ein Mädchen ermordet. Mira hat gesehen, wie sie die Leiche wegtrugen.« Zoe ergriff Sannes Handgelenk. Ihre dünnen Finger drückten mit einer überraschenden Kraft zu. »Haben die auch meine Mira umgebracht?«

Sanne legte eine Hand auf Zoes und tätschelte sie. Löste ihren Griff.

»Hat Mira gesagt, wann das passiert ist?«

»Sie hat es nicht gesagt, aber ich glaube, zwischen meinem Brief und ihrem Anruf.«

»Ihr Brief trägt den Poststempel vom 22.4., wann hat sie angerufen?«

Zoe Vanin schüttelte den Kopf.

»Ich weiß nicht ... vielleicht am 30.? Es war ein Freitag, daran kann ich mich erinnern. Ich hatte viel zu tun.« Ihre Augen wurden hart. Sanne versuchte, ihr Unbehagen zu unterdrücken, erhob sich. Stellte sich vor den Kalender und blätterte zurück. Der April war von einem dramatischen Foto mit den stürzenden Winkeln der Modrý kostilík, der Blauen Kirche, illustriert. Sie fand den 30. schnell. »Piatok« stand da.

Die slowakische Polizistin folgte ihrem Finger und übersetzte mit einer flachen, tonlosen Stimme.

»Friday.«

Freitag, der 30., vier Tage, bevor Mira verschwand. Was hatte sie übers Wochenende und Anfang der folgenden Woche getan? Irgendwann hatten Meriton und Ukë also eines der Mädchen getötet und die Leiche beiseitegeschafft, wenn Mira die Wahrheit gesagt hatte. Das gab dem ganzen Fall zweifellos eine andere Perspektive.

Sie setzte sich wieder Zoe gegenüber.

»Wissen Sie, wie sie nach Dänemark gekommen ist? Wer ihr geholfen hat?«

Zoe Vanin schüttelte den Kopf, zog die Nase hoch.

»In der Gegend um Krizna«, sagte die Polizistin, »gibt es die meisten Straßenhuren, dort finden die Schleuser die Mädchen.«

Sanne schaute die Frau an, die ihr gegenübersaß. Sie war viel zu jung Mutter geworden. Und nun sollte sie ihre erwachsene Tochter begraben, bevor sie selbst vierzig Jahre alt war.

Sanne schluckte und streckte die Hand aus.

»Vd'aka«, flüsterte Zoe und nahm ihre Hand. Ein schlaffer, resignierter Händedruck. Sie blickte nicht auf.

Donnerstag, 19. Juni

26

»Mist, verdammter«, murmelte Lisa und warf ein weiteres Foto auf den inzwischen ziemlich großen Haufen auf dem Schreibtisch.

»So schlimm ist es nun auch wieder nicht.« Frank schob die Bilder zusammen, bis die Fotos ordentlich übereinander-lagen.

»Ach, hör doch auf«, fauchte Lisa. Niemand reagierte.

Von den Chemikern war am frühen Morgen die Antwort gekommen. Das Blut auf Mikkel Rasmussens Hemd war sein eigenes. Und weder das Blut noch die Haut- und Haarpar-tikel, die an dem Hemd gefunden wurden, passten zur DNA des Täters. Oder zu Stine Bang. Mikkel Rasmussen wurde eine knappe Viertelstunde, nachdem sie die Resultate erhal-ten hatten, auf freien Fuß gesetzt.

Das Penthouse hatte weitere Fotos von dem Abend gelie-fert, an dem Louise Jørgensen vergewaltigt worden war. Die Fotos der beiden Abende wurden noch einmal in der Gruppe verteilt und herumgereicht. Alle sollten jedes einzelne Foto kennen.

»Wir suchen nach einem männlichen Gast, ungefähr 1,90 Meter groß, möglicherweise blond, der an beiden Abenden dort gewesen ist.« Lars griff nach einem weiteren Stapel und ließ die Augen über den DIN-A4-großen Abzug wandern. Fröhliche Jugendliche, die posierten oder sich aufspielten. Ein Dunst von Schnaps und einem verzweifelten Hunger hing über den Fotos, und je später es geworden war, desto deutlicher kam es zum Ausdruck. Louise und Stine waren auf vielen Bildern zu sehen. Beides große, schlanke Mädchen mit langen Haaren, gekleidet auf eine Art, die nicht allzu viel verbarg.

»Stine und Louise sehen sich tatsächlich ein bisschen ähnlich«, sagte Toke.

Eine Weile sagte niemand ein Wort. Nur das Rascheln von Fingern, die durch Fotopapier blätterten, und schwere Atemzüge waren zu hören. Noch einmal tauschten sie die Fotos.

»Das ist doch sinnlos.« Lisa schmiss ihren Haufen auf den Tisch. »Er muss da sein. Ich sehe ihn bloß nicht.«

»Ich weiß, dass wir so etwas normalerweise nicht machen.« Toke schlug die Beine übereinander. »Aber ist es nicht langsam an der Zeit, dass wir das Tempo bestimmen?«

»Was meinst du?« Lars stützte die Stirn in die Hand. Er ahnte, worauf Toke hinauswollte. Und es gefiel ihm nicht. »Du meinst einen Lockvogel?«

Frank richtete sich auf der Fensterbank auf.

Toke nickte. Niemand sagte etwas.

Als Toke weiterredete, wandte er sich nur an Lars.

»Der Kerl hat jetzt zwei Mal zugeschlagen, wir haben seine DNA. Wenn er anbeißt, haben wir ihn. Selbst der beste Verteidiger des Landes könnte ihn nicht heraushauen.«

Lars blickte aus dem Fenster.

»Und wenn ihr etwas passiert?«

»Sie bekommt Manndeckung. Wir heften uns an ihre Fersen. Legen ihre Route von vornherein fest, postieren auf dem ganzen Weg unsere Leute.«

»Tja, du bist dafür jedenfalls nicht geeignet, Lisa.« Kim A. lachte dröhnend. »Du bist nicht ganz sein Typ.«

Lisa streckte ihm die Zunge raus. Dann grinste sie.

»Und du wirst nie meiner.«

Kim A. setzte eine verletzte Miene auf. Der ganze Raum brach in erlösendes Gelächter aus.

»Ich finde, das ist kein Job für eine Anfängerin.« Lisa saß umgekehrt auf ihrem Stuhl. Das Kinn auf den gekreuzten Armen, die auf der Lehne lagen. Lars schaute in seine Unterlagen.

»Kim A., könntest du der Rechtsmedizin mal auf die Füße treten, wo der Bericht über Stine Bang bleibt?«

Alle im Raum starrten ihn an.

»Was?«

Lisa antwortete als Erste.

»Den hat Kim doch schon vor zwei Tagen erhalten.«

Vor zwei Tagen? Und in der Zwischenzeit hatten zumindest Lisa und Frank Gelegenheit gehabt, ihn durchzusehen. Ein Muster begann sich abzuzeichnen. Oder wurde er nur allmählich paranoid?

In diesem Moment ging die Tür auf, und Toke schob ein großes blondes Mädchen mit einer imponierenden Oberweite herein.

»Das ist Lene. Sie hat versprochen, uns zu helfen.«

Kim A. und Frank nickten. Lars versuchte zu lächeln. Lene hatte blaue Augen und war braun gebrannt, als wäre sie bereits im Urlaub gewesen. Kein Zweifel, dass sie im Penthouse auffallen würde – und auch überall sonst.

»Also, es ist nicht ganz ungefährlich«, begann Lisa.

»Toke hat mir erzählt, worum es geht und was ich machen soll. Ich habe keine Angst.«

»Sie ist perfekt«, murmelte Frank. Laut sagte er: »Entweder sie, oder wir lassen es ganz.«

Lars ging im Kopf Lenes Personalakte durch: Sie hatte den 3. Dan im Judo, war eine ausgezeichnete Läuferin, psychisch stabil und hatte bei den Demonstrationen während der UN-

Klimakonferenz gezeigt, dass sie Druck aushalten konnte. Wer weiß, was sie dort gemacht hatte? Lars schaute hinüber zu Kim A. Frank hatte Recht. Sie oder keine.

»Okay, wenn du sicher bist.« Sie lächelte. »Gut«, fuhr er fort. »Abgemacht. Schauen wir uns die Operation mal an.«

Eine Stunde später hatten sie sämtliche Details besprochen. Toke war mit Lene gegangen. Lisa und Frank verschwanden zum Mittagessen. Kim A. stand auf und wollte ihnen folgen, als Lars sich räusperte.

»Was war mit dem Bericht der Rechtsmedizin?«

»Was?« Kim A. zog die Augenbrauen hoch.

»Du weißt, wovon ich rede.«

»Was soll ich sagen?« Kim A. zuckte die Achseln. »Ich muss es vergessen haben.« Er wich Lars' Blick aus. Darüber hinaus schien ihm die Situation aber nicht unangenehm zu sein.

Was konnte Lars tun? Mit Ulrik reden? Er konnte sich kaum etwas Schlimmeres vorstellen.

»Wo ist das Problem?«, fragte Kim A. »Da steht sowieso nichts drin, was wir nicht schon wussten.«

Lars machte eine müde Handbewegung. Kim A. verließ das Büro.

Vielleicht sah er bloß Gespenster? Vielleicht hatte Kim A. die alte Geschichte längst vergessen? Er lehnte sich zurück, öffnete das Fenster und zündete sich eine verbotene King's an. Und wenn nicht? Der Bürostuhl knarrte unter ihm, als er die Füße aufs Fensterbrett knallte. Wenn er sich zurücklehnte, bekam er gerade noch einen Sonnenstrahl ins Gesicht.

27

»Spendierst du mir einen Tee?«

Sie kam ganz dicht an ihn heran. Der alkoholschwere Geruch von Parfüm übertönte den Fliederduft der Hecke. Und dahinter das Gymnasium, sonnendurchströmt und leer. Der Asphalt auf dem Parkplatz dampfte in der Hitze. Niemand sonst war zu sehen.

Maria wollte eine Freundin besuchen und erst am späten Abend nach Hause kommen. Er hoffte, sie später noch zu sehen. Bis dahin lag der Abend lang und öde vor ihm. Christian sah auf Christina herab. Die blauen Augen, das helle Haar. Irgendetwas musste er ja machen.

»Ich will erst noch trainieren.« Er schloss die Beifahrertür, als sie eingestiegen war, und ging um den Wagen herum.

Sie schlug die Augen nieder, kicherte.

»Ist schon okay. Ich kann ja zugucken.«

Er langweilte sich bereits jetzt.

Zuerst drei Sets mit fünfzehn Kniebeugen unter Hanteln, dann Bankdrücken. Achtundzwanzig Kilo auf jeder Seite. Nicht zu viel, nicht zu wenig. Die Sonne schien durchs Kellerfenster. Sie saß auf einem Plastikstuhl unter dem Fenster und tat, als würde sie lesen. Sie schielte zu ihm hinüber, wenn sie meinte, er sehe es nicht.

Er sollte die Übung eigentlich fünfzehn Mal wiederholen, aber plötzlich war es ihm vollkommen egal. Es brannte ohnehin in den Muskeln nicht so, wie es sollte. Das angenehme Gefühl wollte sich nicht einstellen.

Sie hatte den zweiten Knopf ihrer dünnen türkisgrünen Bluse geöffnet. Die Silikontitten wölbten sich darunter, die viel zu kleinen und viel zu rosaroten sechzehnjährigen Brustwarzen bebten im Halbdunkel. Ob Vater sie ihr gemacht hatte?

Er ließ die Hantel in die Halterung fallen, das Metall sang. Mit einem Grunzen setzte er sich auf. Das Buch fiel in ihren Schoß, sie versuchte nicht einmal, es zu verbergen: Sie verschlang ihn mit den Augen.

»Ich gehe kurz unter die Dusche.«

Sie stand ebenfalls auf, fingerte am dritten Knopf.

»Das … brauchst du doch nicht.«

Er wischte sich den Schweiß aus dem Gesicht, vermied es, sie anzusehen.

»Tja, aber du wolltest doch noch einen Tee.«

Sie wollte etwas sagen. Ihr Blick fiel auf das Einmachglas, das am Fenster stand. Die letzten Sonnenstrahlen fielen bernsteingelb durch dessen Inhalt, lange, pilzförmige Schatten tanzten an der gegenüberliegenden Wand.

»Was ist das?«

Er kräuselte hinter dem Handtuch die Lippen. Vielleicht würde der Abend ja doch nicht so langweilig.

Christian trug das Tablett mit Tee und Toastbrot die Treppe hinauf und spürte ihren Blick im Rücken, direkt über den Hinterbacken. Nach dem Treppenabsatz schloss sie die Tür hinter ihnen.

»Der Tee kann ziehen, wenn ich im Bad bin. Du kannst uns ja währenddessen ein paar Honigbrote schmieren.«

»Was ist das?« Sie drehte das Glas in der Hand.

»Mein eigenes Rezept. Schmeckt gut.«

Er verschwand im Badezimmer. Während er sich einseifte,

dachte er an die Runde auf dem Golfplatz im letzten Herbst. Vater war völlig versunken in sein Par sechs oder mehr und die X-18-Eisen; er hatte gar nicht bemerkt, dass sein Sohn den größten Teil des Tages den Hintern in die Luft reckte. Es gab keinen besseren Ort, um psilocybinhaltige Pilze zu sammeln, als einen frisch gemähten Golfplatz, nachdem es geregnet hatte.

Mit tropfenden Haaren und einem Handtuch um den Bauch kam er aus dem Bad. Sie schaute sich ein Toastbrot an, das sie mit einer dicken Schicht Honig beschmiert hatte. An den Seiten tropfte es.

»Sag schon, was ist da drin?« Sie stach mit dem Messer in einen der länglichen Pilze.

»Probier's.« Er ließ das Handtuch auf den Boden fallen. Warum die Unterhose anziehen, er würde sie ja doch gleich wieder ausziehen. Er holte eine weite Leinenhose aus dem Schrank und zog ein altes T-Shirt über den Kopf. »Ist der Tee fertig?«

Dann warf er das Handtuch ins Badezimmer und setzte sich neben sie auf die Schreibtischkante. Sanft, aber bestimmt schob er ihre Hand mit dem Honigbrot zum Mund. Sie blickte ihm in die Augen, als sie abbiss und schluckte.

»Man schmeckt ja überhaupt nichts.«

»Natürlich nicht. Die haben seit letztem Herbst gezogen.« Er schmierte sich ebenfalls eine Scheibe. Goss Tee in die dünnen grünen Porzellantassen.

Sie tranken schweigend, aßen Honigbrote. Draußen wurde es dunkel. Im Haus war es still.

Dann legte er sich aufs Bett und gähnte. Er sah ihr an, dass er nur auf die Decke zu klopfen brauchte, er musste nur das Übliche tun und sie würde kommen. Der Rest würde sich von allein ergeben.

Sie schluckte.

»Was war das eigentlich?«

»Psilocybin-Pilze. Spitzkegelige Kahlköpfe. Acid.« Er sah an die Decke, folgte dem Licht der Autoscheinwerfer, die über die Fensterscheibc fegten.

»Acid?« Ihre Stimme zitterte ein wenig. Er setzte sich auf, schwang die Beine über die Bettkante.

»Es wirkt ein bisschen wie LSD oder Ecstasy. Bleib ruhig, es wird gut.«

Christina erhob sich, griff nach der Teetasse, ging mit vorsichtigen Schritten durchs Zimmer und setzte sich neben ihn aufs Bett.

»Du … du musst auf mich aufpassen.« Ihre Augen hatten einen schimmernden Glanz. Er legte einen Arm um sie. In kleinen Schlucken trank sie ihren Tee.

»Selbstverständlich.« Dann nahm er ihr die Tasse aus der Hand und stellte sie auf den Boden. Beugte sich über sie und drückte sie aufs Bett. Ihr Mund war noch warm und schmeckte nach Ceylon-Tee. Irgendwo im Haus ging eine Tür auf, Schritte kamen die Treppe hinauf, verschwanden. Er hatte eine Hand unter ihrer Bluse, streichelte über die kurzen Härchen am Bauch, kroch weiter hinauf. Sie legte ihre Arme um seinen Hals und küsste ihn mit gierigen Lippen.

Er wusste nicht, wie lange sie auf dem Bett gelegen hatten. Seine Hand suchte ihre Jeans, knöpfte einen Knopf auf, dann noch einen. Sie setzte sich auf. Ihr Haar war zerzaust. Sie lächelte.

»Ich muss nur mal aufs Klo.«

Dann verschwand sie im Badezimmer. Er schlug die Tagesdecke zurück, warf sie auf den Boden. Das Bettzeug rollte er an der Wand zusammen und lehnte sich zurück. Irgendwo draußen tanzte der Mond und leuchtete durchs Fenster. In der Nacht lebten die Schatten.

Aus dem Badezimmer kam das Geräusch von Jeansstoff an Haut. Sie zog sich aus. In seinen Fingern fing es an zu schnurren, sie waren so dick. Das Bettzeug – eine Explosion an seiner Haut. Der Fensterrahmen verzog sich zu einer Acht, zerbrach, zerschmolz in großen Tropfen, die auf den Boden flossen. Zweige fuhren durchs Glas, griffen nach ihm. Der Geruch von Erde und verfaulten Blättern erfüllte das Zimmer. Es war sehr heiß, trotzdem konnte er seinen Atem sehen, eine bleiche Wolke, die mitten im Raum hing.

Sie kam aus dem Badezimmer, flüsternd. Kroch zu ihm ins Bett.

»Ich verstehe nicht, was du an ihr findest. Ihr Vater ist Polizist …«

Er zog sie an sich, unterbrach ihren Satz mit einem Kuss. Maria gehörte ihm. Gleichzeitig bebte sein ganzer Körper. Er war ein großer Mund, die Lippen waren so heiß. Ihre Zunge zwischen seinen Zähnen. Sie fing an, seine Hose zu öffnen.

Flammen leckten die Tapete hinauf, ließen sie zu braunen Fetzen zusammenschnurren. Verbranntes Konfetti und Glut rieselten aufs Bett, setzten sich in ihren Haaren fest. Er musste kurz weggetreten sein, denn nun hatte sie ihre Bluse ausgezogen und glitt über seine Brust. Er war nackt und lag auf dem Rücken. Starrte an die Decke, folgte den Linien zwischen Licht und Schatten.

Über dem Bett schwebte ein Gesicht und füllte die Decke aus, den Mund zu einem stummen Schrei geöffnet. Leere Augenhöhlen glotzten ihn an.

Ruckartig setzte er sich auf, glitt aus ihr heraus.

»Schh«, beruhigte sie ihn und drückte ihn zurück ins Bett. Versuchte, ihn wieder in sich aufzunehmen.

Unvermittelt heftig stieß er sie zurück. Sie fiel hintenüber, schlug mit dem Gesicht an die Bettkante. Sie wand sich vor Schmerzen, sah ihn vom Fußboden aus an. Die Augen zwei weiße Scheiben. Ein dunkler Streifen lief von der Nase zum Amorbogen der Oberlippe. Seine ausgestreckte Hand zitterte vor Erregung. Er wischte das Blut ab, das im Mondlicht schwarz zu sein schien, und steckte den Finger in den Mund. Der salzige Geschmack nach Eisen auf der Zunge und im Gaumen. Nach ihm.

Unsicher kam sie auf die Beine, während er mit hastigen Bewegungen ihre Kleider zusammensuchte und auf den Treppenabsatz warf. Er schob ihren nackten Körper aus dem Zimmer und schloss die Tür. Sie kratzte noch ein paarmal am Türrahmen und flüsterte seinen Namen. Aber er wusste, was er zu tun hatte, er suchte bereits seine Sachen heraus. Ein leises Schluchzen sickerte durch den Spalt unter der Tür. Dann schlich sie die Treppe hinunter.

Erst als es wieder still und er wirklich sicher war, dass sie das Haus verlassen hatte, öffnete er die Tür und rannte die Treppe hinunter.

Er wollte jetzt in die Stadt.

28

Die harten, stampfenden Beats kneteten seine Organe zu einem klebrigen, zähen Brei und hämmerten seinen Körper in eine Masse aus kollektiver Bewegung; ein obszönes Bacchanal herumwirbelnder Körper, hungriger Lippen und gieriger Blicke. Ein Fleischmarkt.

Er ließ den Blick über die Tanzfläche schweifen, wo Mädchen, die eigentlich viel zu jung waren, um überhaupt hereingelassen zu werden, ihre Hände hoch über die Köpfe hoben und im Takt der Musik auf- und abhüpften. Tanzte man heutzutage wirklich so? Er selbst hatte als junger Mann bei Punkkonzerten Pogo getanzt, aber das hier? Er schüttelte den Kopf, wandte sich an das Mädchen an der Bar und hob einen Finger. Noch ein Wasser. Im Halbdunklen beugte sich das Mädchen über die Reihen von Bier- und Wasserflaschen und ließ Lars tief in ihren Ausschnitt gucken. Sie schrie ihm irgendetwas ins Ohr. Er nickte, obwohl er nicht eine Silbe verstanden hatte. Das Mädchen ging die Bar entlang, griff nach einer Cola, öffnete sie und stellte ein Glas und die Flasche vor ihn. Er reichte ihr zwei Zwanziger, aber sie schüttelte den Kopf. Man konnte ja viel sagen, aber das Personal war auf jeden Fall hilfsbereit. Und wenn es kein Mineralwasser mehr gab, musste er sich eben an Cola halten.

Toke glitt neben ihn.

»Hast du ihn gesehen?«

»Keine Ahnung.«

Toke sah auf die Uhr. Es war fast 01:30 Uhr. Noch eine Stunde.

Lene stand mitten auf der Tanzfläche, eins mit der Masse aus beweglichem Fleisch. Lars musste zugeben, dass er beeindruckt war. Es sah wirklich so aus, als würde sie sich amüsieren. Schweiß lief ihr übers Gesicht. Sie ging völlig in der Musik auf, tanzte gut. Eine ziemlich große Gruppe von Burschen behielt sie im Auge, und bei Weitem nicht alle waren Polizisten in Zivil.

Den größten Teil des Nachmittags hatten sie mit der minutiösen Planung und dem Durchspielen des möglichen abendlichen Ablaufs verbracht. Sie hatten Szenarien entwickelt und an verschiedenen Stellen mit Überwachungsposten experimentiert. Lars, Toke und Lene waren vor ein paar Stunden sogar Lenes fiktiven Heimweg abgegangen, um sich ein Bild von der Sicht und den Markierungspunkten in der Dunkelheit zu machen. Die Kollegen mit den Nachtsichtgeräten und der Kommunikationsausrüstung, die sich in Hauseingängen, auf Dächern und an mehr oder weniger diskreten Ecken postiert hatten, hatten alle ihr *go* gegeben. Eine bessere Vorbereitung war kaum vorstellbar.

Doch es gab auch die Schattenseiten dieser minutiösen Planung. Beim Abendessen hatte Maria ein eher ernstes Gespräch begonnen, ein Gespräch, in dem es um ihren Verlust, ihre Gefühle und ihre Gedanken über die Scheidung ging, soweit er sich erinnerte. Und als er jetzt darüber nachdachte … hatte sie nicht auch von diesem Date erzählt, bei dem sie gewesen war? Wirkte sie glücklich? Er konnte sich nicht erinnern, er war viel zu sehr mit dem weiteren Verlauf des Abends beschäftigt, als dass er sich auf das Gespräch hätte konzentrieren können. Während der Pasta hatte Maria ihn angeschrien und mit der Gabel auf den Teller geschlagen, dass Fleischsoße und Spaghetti nach allen Seiten spritzten.

180

Dann hatte sie sich auf der Toilette eingeschlossen und sich geweigert, wieder herauszukommen, bevor er gegangen war.

»He! Was macht der denn hier?«

Tokes Ausruf riss ihn zurück in die hochoktanige Präsenz des Penthouse. Ein alter Bekannter kam die Bar entlang und fixierte Lars mit gebrochenem Blick und einem halbleeren Glas Bier in der Hand. Das Bier schwappte auf die Hosenbeine und Schuhe zufälliger Gäste an der Theke.

Mikkel Rasmussen in volltrunkenem Zustand.

»Was ... was macht ihr hier?« Mikkel Rasmussen, der nun direkt vor ihm stand, spuckte die Frage geradezu aus und kippte dabei gleichzeitig sein Glas aus. Der restliche Inhalt ergoss sich über ihn, ohne dass er es zu bemerken schien.

»He, was soll denn das?« Ein blonder Bursche in Kapuzenjacke und einem T-Shirt mit knallbuntem Aufdruck, der neben Toke stand, packte Mikkel Rasmussen.

»So.« Lars ging dazwischen und zog Mikkel zur Seite. Es sah nicht so aus, als hätte er sich die Haare gewaschen, seit er aus der Untersuchungshaft entlassen worden war. Kaum dass er sich umgezogen hatte. Der Gestank nach altem Schweiß und muffigen Klamotten übertönte die geradezu unverfrorene Mischung der Diskothek aus billigem Parfüm und Banane.

»Belästigt ihr beiden immer noch friedliebende Leute?«, hickste Mikkel so laut, dass die Umstehenden sich umdrehten.

»Wir müssen etwas tun«, flüsterte Toke. »Bevor er alles auffliegen lässt.«

Lars nickte, stellte die Cola ab und packte Mikkels Unterarm mit einem festen Griff.

»Komm her.«

»Ich werd dich ...«

»Du tust jetzt, was ich sage.« Das tiefe Register, die kurzen, abgehackten Sätze, die plötzliche Entschlossenheit verfehlten nicht ihre Wirkung. Mikkel Rasmussen war so verblüfft, dass er ohne weitere Proteste mitkam. Am Ende der Bar beugte sich Lars über den Tresen und schrie dem Mädchen ins Ohr: »Habt ihr einen Hinterausgang?«

Das Mädchen nickte, wies über die Schulter und ließ Lars und Mikkel hinter den Bartresen kommen. In der mattschwarzen Wand leuchtete eine knallrote Tür auf. Lars öffnete sie und schob Mikkel vor sich her.

»Was soll 'n das? Du kannst doch nich' einfach …«

»Du bist gerade im Begriff, eine polizeiliche Aktion zu verhindern. Ich kann mit dir machen, was ich will. Abflug!«

Er versetzte Mikkel einen Stoß, der mit vorsichtig tastenden Schritten die steile Treppe hinunterschwankte. Lars blieb direkt hinter ihm, zwang ihn weiterzugehen. Circa zwanzig Stufen weiter unten stand eine Tür zum Hof offen. Die Nachtluft war frisch nach dem widerlichen Gestank der Nebelmaschine der Diskothek. Er musste daran denken, die Betreiber zu bitten, sie auf ein Öl umzustellen, das weniger roch.

Leere Mineralwasserkästen stapelten sich direkt vor der Tür, drei große Müllcontainer standen an einer niedrigen Mauer. Das von den alten Mauern gedämpfte Geräusch der Diskothek ließ die Sommernacht zittern. Lars nahm Mikkel unter den Arm und zog ihn fast durch das Tor. Um die Ecke parkte eine Zivilstreife in der Vestergade am Gammeltorv. Dort hatte auch er oft gesessen, damals in den Achtzigern. Lars versuchte, nicht an die Vergangenheit zu denken, öffnete die hintere Wagentür und schob Mikkel hinein.

»Haltet ihr ihn fest, bis ich Bescheid gebe?«

Der Beamte auf dem Beifahrersitz sah Mikkel mit desinteressiertem Blick an. Dann gab er Lars mit dem Daumen ein Okay.

»Danke.«

Er warf die Wagentür zu und ging zurück zum Penthouse und zu seinem Platz an der Bar.

»Das war knapp, er hätte alles platzen lassen können!«, schrie ihm Toke ins Ohr. Nach dem kurzen Aufenthalt im Freien wirkte der Lärm noch infernalischer.

»Hat irgendjemand etwas bemerkt?«

»Niemand hat den Laden verlassen. Ich habe es bei den Kollegen an der Tür überprüft.«

Lars nippte an seiner Cola. Sie schmeckte bereits abgestanden.

»Dann warten wir.«

Lene ging zur Toilette. Lars sah auf die Uhr. Es war inzwischen 02:25 Uhr. Um diese Zeit hatten Stine Bang und Louise Jørgensen die Diskothek verlassen. Er nickte Toke zu, der sich zwischen Bar und Ausgang platzierte. Die Tür der Damentoilette ging auf, Lene kam heraus. Sie sah hinüber in seine Ecke, warf ihm ein rasches Lächeln zu. Dann zwängte sie sich durch die Schlange an der Bar zur Garderobe.

Er gab ihr anderthalb Minuten Vorsprung, bevor er ihr folgte. Die Bar entlang, die Treppe hoch. Sie stand nicht in der Schlange vor der Garderobe. Toke konnte er ebenfalls nicht sehen. Draußen entdeckte er Lene auf der Nørregade. Sie ging an der Vor Frue Kirke vorbei und schob ein altes Damenfahrrad.

»Sie soll nicht so schnell gehen«, flüsterte Toke ihm ins Ohr. »Der Kerl soll die Chance haben, ihr folgen zu können.«

»Er wird schon mitkommen.« Lars trat ein paar Schritte beiseite, weg von der Menschenmenge vor dem Eingang der Diskothek. Die Luft tat ihm gut. Sie schlenderten die Nørregade entlang, zwei Kollegen auf dem Heimweg aus der Stadt, beiläufig schauten sie in die Schaufenster von Notre Dame und Vester Kopi.

»So, jetzt lässt sie es ruhiger angehen.« Toke ließ sie nicht aus den Augen.

»Entspann dich. Wir sind nicht die Einzigen, die sie beobachten. Kannst du unsere Leute irgendwo sehen?« Lars steckte die Hand in die Jackentasche und setzte sich den kleinen Ohrhörer ein. Funklärm, gedämpfte Stimmen im Gehörgang. Sie hatten Kontakt. Toke zog ein Päckchen aus der Tasche, die er aus der Garderobe geholt hatte, gab es Lars. Er überprüfte das Magazin seiner Dienstwaffe, einer Heckler & Koch USB Compact, und steckte die Pistole in den Hosenbund. Als er die Kälte des Stahls durch das dünne Hemd spürte, schauderte er.

»Hier sind wir die Einzigen, dann kommen die Kollegen an der Krystalgade. Sie kommt jetzt an ihnen vorbei.« Toke behielt sie genau im Blick. »Nanu, wer ist das denn?«

Eine Gestalt ging schwankend an dem alten KTAS-Gebäude gegenüber vom St. Petri Hotel vorbei und kam auf sie zu.

»Nur irgendwer auf dem Weg in die Stadt. Er kommt vom Nørreport. Du sollst nach jemandem Ausschau halten, der ihr folgt.« Lars klopfte ihm auf die Schulter. Toke kicherte und starrte dem Betrunkenen nach, der in seligem Dusel an ihnen vorüberrauschte.

Lars drehte sich um. Niemand folgte ihnen. Die Meldungen der verschiedenen Posten erreichten sie. Nørreport, alles ruhig. Farimagsgade, nichts zu berichten. Dronning Louises Bro, leer.

Sie gingen weiter durch die Stadt. Die Nørregade wurde vor dem 7-Eleven am Nørreport zu einem Lichtermeer. Lene hatte den Fona-Laden auf der anderen Seite bereits hinter sich gelassen und bog jetzt in die Frederiksborggade ein. Toke und er fingen an zu laufen. Bei Rot über den Fußgängerüberweg an der Fiolstræde, durch das Baugewirr an der Nørreport Station und den durchdringenden Pissegestank, dann waren sie ebenfalls auf der Frederiksborggade. Hier waren mehr Leute unterwegs. Einzelne Personen oder Paare auf dem Weg nach Hause. An der Dronning Louises Bro schwarze Wasserflächen, in denen sich die Leuchtreklame der Supermarktkette Irma spiegelte. Der Asphalt auf der Brücke glänzte orangegelb in der Straßenbeleuchtung. Über Østerbro der permanente Schein am Himmel. Die hellen Nächte. Es war so schön, Lars musste stehen bleiben. Je älter er wurde, desto kürzer und schmerzlicher fühlte es sich an. Wieder war eine Blütezeit so gut wie vorbei. Man rannte unaufhaltsam dem Tod entgegen.

Wie verabredet bog Lene zum Peblinge Dosseringen ab, Toke und Lars nahmen die Abkürzung um den alten Bunker. Eine Entenfamilie schaukelte am Ufer, die Schnäbel unter den Flügeln. Baggesensgade, Blågårdsgade, über den Blågårds Plads. An der Korsgade schauten sie hinauf zur massiven Turmspitze der Hellig Kors Kirke, die den Himmel zerriss. Hier in den schmalen Straßen konnten sie es sich erlauben, näher aufzurücken, ohne dass sie befürchten mussten, entdeckt zu werden.

Sie kamen an der Blågårdskole vorbei.

»Wenn es passiert, dann jetzt«, murmelte Toke.

Lars nickte. Die Härchen auf seinem Arm hatten sich aufgerichtet. Rechts öffnete sich der Hans Tavsens Park und verschwand in den Schatten des Assistens Kirkegård. Es war niemand zu sehen. An der Struenseegade strömte laute Musik aus offenen Fenstern. Vereinzelt leuchteten Fensterrahmen auf. Lene, eine weiße Gestalt im Schattenmeer vor ihnen, sonst war alles schwarz. Was hörte er da? Pfiff sie?

Es knisterte in seinem Ohrhörer.

»Also ... was war ...« Die aufgeregte Stimme wurde ruhiger. »Entschuldigung, offenbar falscher Alarm. Bravo hier. Alles ruhig. Nein ...«

In diesem Moment wurden die Schatten im Hans Tavsens Park lebendig. Etwas wuchs aus dem Gras, schoss an ihnen vorbei und warf Lene zu Boden. Es klirrte metallisch, als ihr Fahrrad auf die Erde fiel.

»Es geht los!« Lars fing an zu rennen. Die Pistole hatte er bereits in der Hand. Toke hastete hinterher. Die umliegenden Straßen hallten von rennenden Stiefeln wider. Alle waren unterwegs. Vor ihm rollten Lene und der Angreifer über den Boden, kamen wieder auf die Beine. Der Schatten schlug nach Lene, doch sie bekam seine Kleidung zu fassen, zog ihn an sich, trat ihm den Fuß in den Bauch und stieß ihn zurück. Rollte im Fallen ab und war sofort wieder auf den Füßen. Der Täter griff wieder an, holte aus, traf sie an der Schläfe. Lene taumelte zurück, fiel neben einer Bank zu Boden.

»Stehen bleiben! Polizei!«, schrie Lars. Er war knapp dreißig Meter von ihnen entfernt.

Erst jetzt bemerkte der Angreifer, dass er nicht allein war. Allerdings geriet er nicht in Panik. Er blickte hinüber zu Lars, es schien Sekunden zu dauern, dann rannte er in Richtung Friedhof. Lars fluchte, versuchte schneller zu laufen. Lenes Hand tastete sich zur Bank, fiel schlapp herab. Sie murmelte irgendetwas. Eine dünne Blutspur zog sich von der Schläfe die Wange hinunter.

»Ruft einen Krankenwagen!«, schrie er Toke zu. Dann war er an ihr vorbei.

Der Schatten hatte den Zaun um den Friedhof bereits erreicht. Er sprang auf das großmaschige Netz und schwang die Beine hinüber. Ein kleiner Aufprall durchbrach die Stille, als er auf der anderen Seite landete.

An nichts anderes denken. Toke musste sich um die Hunde kümmern. Dann stand er am Zaun. Er nahm drei rasche Schritte Anlauf und hatte es zur Hälfte geschafft. Er wollte es dem Angreifer nachmachen, doch durch sein Tempo bekam er Übergewicht und rutschte den Zaun kopfüber hinunter. Er versuchte sich mit den Händen abzustützen und landete mit der Hüfte am Boden. Ein stechender Schmerz breitete sich in Beinen und Rumpf aus. Die Dienstwaffe flog ihm aus der Hand, rutschte über den Weg. Er war eindeutig nicht mehr der Jüngste. Lars zwang sich aufzustehen, er stürzte sich auf seine Pistole, rollte herum und kniete mit erhobener Waffe auf dem Boden.

Es war ganz still. Kein Laut, keine Bewegung. Dann kamen die Stimmen aus dem Hans Tavsens Park, das Geschrei über Funk, das erste Hundegebell. Er versuchte, den Lärm und das Geschrei der Kollegen auszublenden und sich auf den Friedhof zu konzentrieren. Dort. Ein Busch bewegte sich. Er ging darauf zu, noch immer mit der Pistole im Anschlag. Dann hörte er Schritte, die sich in Richtung Nørrebrogade entfernten. Lars verließ den Weg und rannte zwischen die Gräber, wo das weiche Gras seine Schritte dämpfte. Das Geräusch des Laufenden vor ihm wurde jetzt langsamer, er war müde. Lars horchte nach keuchenden Atemzügen und spähte nach vorn, aber es war schwer, die Silhouetten zu unterscheiden. Die Schatten waren lebendig hier. Tote Dinge mit fließenden, schwankenden Bewegungen. Eine Welt unter Wasser. Unmöglich, etwas zu fixieren …

Been dazed and confused for so long it's not true …

Tagsüber hielten sich hier stillende Mütter, spielende Kinder und Spaziergänger aus Nørrebro auf, die den Friedhof als Park nutzten. Sie aßen, rauchten, tranken Kaffee. Küssten sich. Nachts setzte sich jedoch etwas anderes, Archaischeres durch.

Lots of people talking, few of them know …

Ein Schatten löste sich aus dem Dunkel und glitt zwischen zwei Bäume, doch nur, um sofort mit einem imposanten Grabstein zu verschmelzen. Irgendetwas traf ihn an der Stirn und dem Handrücken. Noch einmal. Er blinzelte und wischte den Regentropfen mit dem Ärmel ab. Wo war er? Gebückt lief er in einem Bogen über den Rasen, bis er sich auf der anderen Seite des Grabsteins befand. Dort war niemand. Die Pistole zitterte.

Dann öffnete sich der Himmel, und das Wasser stürzte herab.

Der Lärm war ohrenbetäubend. Tausende Blätter schrien, von der Sintflut in Bewegung versetzt. Die Sicht verringerte sich augenblicklich auf ein paar Meter. Alles war eine einzige hellgraue bewegte Decke. Lars konnte nichts mehr hören, nur noch das Dröhnen des Regens.

Aber was war das? Konnte die Welt doch noch reden und den tosenden Regen übertönen? Es klang, als würde jemand pfeifen.

Es blieb keine Zeit, um Angst zu haben. Lars spurtete in Richtung des Geräuschs, er rutschte auf dem nassen Asphaltweg aus, gewann das Gleichgewicht wieder. Das Haar klebte ihm an der Stirn, Regen lief ihm in die Augen. Doch er rannte weiter, wehrte sich mit den Armen gegen Zweige, die ihm ins Gesicht schlagen wollten. Die Vegetation war hier kräftiger, dichter. Sie mussten in der Nähe des Jagtvej sein.

Und jetzt konnte er es durch den Regen hören. Das Geräusch eines Körpers, der durchs Gebüsch pflügt, gleichgültig gegenüber dem Lärm und der Zerstörung, die er verursachte. Lars rannte in diese Richtung, wischte sich mit dem Handrücken das Wasser aus den Augen, doch es war nutzlos. Sekunden später war seine Sicht wieder verschleiert. Und plötzlich stand die Friedhofsmauer vor ihm. Sie türmte sich regelrecht vor ihm auf. Er lief zu schnell, er konnte auf dem weichen, feuchten Untergrund nicht rechtzeitig stoppen und prallte dagegen. Der Schmerz explodierte in Nase, Knie und Ellenbogen. Kratzer an der Stirn und an den Händen. Verdammt. Wo war er? Ein Stück weiter rechts stand ein Maulbeerbaum. Die Rinde war abgeschält, das frische Holz leuchtete im Dunkeln. Irgendjemand war hier erst kürzlich hochgeklettert. Lars kletterte in den Baum, einen Meter, zwei Meter über der Erde. Dann konnte er über die Mauer blicken. Tatsächlich lag auf der anderen Seite der Jagtvej. Er überlegte nicht, stieg vom Baum auf die mit schrägen Dachziegeln abgedeckte Mauer, ließ sich ins Nichts fallen und landete mit beiden Füßen auf dem Bürgersteig. Er blickte über die Straße. Spiegelblank, nasser Asphalt, Pfützen, in denen Regentropfen im Scheinwerferlicht der Taxen bebten. Motorenlärm. Pizzabäckereien und Kneipen. Aber kein Mensch auf der Straße. Niemand.

Er schloss die Augen und hielt sein Gesicht in den Regen. Wünschte, er könnte fortgespült werden, verschwinden. Vergessen und vergessen werden.

In diesem Moment hörte es auf zu regnen.

August 1944

»Laura? Wir haben Gäste.« Vaters Stimme dröhnt durch das Treppenhaus. Sie versteckt das *Familie Journal* unter dem Kopfkissen, richtet ihr Haar und läuft die Treppe hinunter. Wer kann das sein? Warm und rot steht die Abendsonne im Schlafzimmerfenster der Eltern im ersten Stock. Der sanfte Gesang der Amseln steigt und fällt durch die Gärten der stattlichen Häuser. Es ist Zeit für den täglichen Gang in den Keller.

Vom Treppenabsatz schaut sie hinunter und bleibt abrupt stehen. Ein paar lange schwarze Stiefel direkt vor der Tür, der Schatten einer schwarzen Uniformmütze.

»Willkommen. Lange nicht gesehen.« Vater und Arno geben sich die Hand. Was macht er hier?

»Es ist eine Ehre, in Ihrem Heim empfangen zu werden!« Arno klemmt die Mütze unter den Arm, steht aufrecht.

»Komm her, mein Mädchen.« Vater winkt sie zu sich. Die Stufen scheinen unter ihr zu zerfließen. Die schwarze Uniform, die Stiefel schweben ihr entgegen. Sie will nicht, und doch muss sie. Arno streckt die Hand aus. Sie hat das Gefühl, als würde sie neben sich stehen und sehen, wie sie ihre Hand in seine legt. Wie sie sich die letzten Stufen der Treppe von ihm hinunterhelfen lässt.

Wenn er wegen John gekommen ist ... Sie will diesen Gedanken nicht zu Ende denken. Sie tritt auf die unterste Stufe, schlägt den Blick nieder. Ein tiefer Knicks. Sie kann nett sein. Nett wegen John.

»Ich habe Kaffee gekocht … Kaffeeersatz.« Mutter fummelt nervös an ihren Händen herum, bittet Arno ins Wohnzimmer. Vater legt ihr eine Hand auf die Schulter und schiebt sie vor sich her. Arno riecht nach Lederfett und Pferd, auf dem Uniformkragen zeigen sich Schweißflecken. Der lange Nacken ist leichenblass vom Kragen bis zu dem millimeterkurzen Haarstroh unter dem Rand der schwarzen Uniformmütze.

Dann sitzen sie nebeneinander auf dem Sofa, Vater hat auf dem Stuhl gegenüber Platz genommen. Und draußen im Garten, auf der anderen Seite der Fenster, ist der Abend so schön, dass es wehtut. Mutter gießt Kaffeeersatz ein, nötigt Arno, sich aus der Schale mit den Kriegsmakronen zu nehmen, die sie am Vormittag für John gebacken hat. Es ist so still, dass die wenigen Geräusche lauter erscheinen. Arno kaut die Gerstengraupenflocken der Makronen mit Seitwärtsbewegungen seiner Kiefer, die Stiefel knarren. Vater atmet mit einem leisen Pfeifen.

Sie zerbröselt ein kleines Stück Kriegsmakrone auf ihrem Teller. Der schale Keksgeschmack dehnt sich im Mund aus, hastig schluckt sie, bevor sie sich übergeben muss. Hofft, dass John unten schläft und nicht hört, wie Arno seine Stiefel über den Wohnzimmerboden zieht.

»Den Gerüchten nach wollen die Partisanen der BOPA die Torotor-Fabrik in Ordrup sabotieren.« Arno lächelt. »Aber es wird ihnen nicht gelingen. Wie bei dem Streik letzten Monat.«

Vater und Arno sehen sich an, lange. Sie hält den Atem an. Großer Gott, jetzt ist es vorbei. Bald werden sie anklopfen und mit ihren Hunden und Gewehren eindringen. Dann lächelt Vater. Schüttelt den Kopf, wischt sich den Mund ab.

»Laura? Du sagst ja gar nichts? Du bist so abwesend. Hast du Geheimnisse?« Vater sieht sie an, lächelt. Doch sein Blick ist stechend, brennt sich ihr ein. Sie bekommt keine Luft mehr. All das, was nicht gesagt werden darf. All das, was sie umgehen müssen. Der kleine Fisch hinter ihrem Nabel schlägt Salto mortale, fast hört sie Johns Stöhnen im Keller unter ihnen.

Arno wendet sich an sie. Er dreht seine Mütze zwischen den Fingern, legt sie zwischen sie aufs Sofa.

»Laura …« Seine Hände sind feucht und kalt, als er ihre ergreift. »Ich habe jetzt Arbeit. Für Dänemark. Für dich.«

Vater lehnt sich auf dem Stuhl zurück. Zufrieden. Alles steht auf dem Kopf, nichts ist mehr richtig. Was haben sie vor?

»Komm.« Arno steht auf, versucht, sie mit hochzuziehen. »Es ist ein so schöner Abend. Lass uns nach draußen gehen.«

Sie will nicht, ihre Knie zittern. Aber Arno hat einen festen Griff, sie muss mit ihm aufstehen. Sie kann nicht mehr, es ist zu viel. Vater und Arno. Und John gefangen im Keller. Sie reißt sich los, läuft die Treppe hinauf. Versteckt sich unter der Decke in ihrer Kammer, während Arno und ihre Eltern unten nach ihr rufen.

Als Arno gegangen ist, verbietet Vater ihr, John das Essen zu bringen. Er muss sehen, wie er zurechtkommt, sagt er. Mit dem Gesicht im Kissen weint sie sich in ihrer kleinen Kammer unter dem Dach in den Schlaf.

29

Das Zuschlagen der Hintertür ließ das Hundegebell verstummen. Sie standen hinter der Scheibe und bellten, die Augen aufgerissen aus Frust über die missglückte Verfolgung. Lars saß auf der Heckklappe des Hiace der Kriminaltechnik, irgendjemand hatte ihm eine Decke umgelegt. Er klopfte auf seine Jackentasche und zog die Schachtel Zigaretten heraus. Sie war tropfnass. Er warf die Schachtel weg und sah sich nach jemandem um, bei dem er eine Zigarette schnorren konnte.

Toke kam und gab ihm, ohne zu fragen, seine Schachtel. Lars nahm eine Prince und beugte sich über die Feuerzeugflamme, die Toke ihm hinhielt. Der Hans Tavsens Park war voller Blinklichter, Polizei und Neugieriger. Irgendwo auf der anderen Seite der Absperrungen fotografierten ein paar Pressefotografen mit Blitzlicht. Lars inhalierte und stieß den Rauch durch die Nase aus. Es brannte.

»Der Krankenwagen hat sie gerade abtransportiert.« Toke steckte seine Zigaretten wieder ein. »Es heißt, sie hätte eine Gehirnerschütterung. Lisa ist mitgefahren.«

Lars nickte. Stumm. Er war weit weg. Wieso hatte der Kerl gepfiffen? Außerdem war er durch den Park gekommen, nicht über die Straßen. Das bedeutete, dass er hinter ihnen gewesen war. Er hatte gewusst, dass sie Lene folgten. Dass es sich um eine Falle handelte.

Wieder sog er den Rauch ein. Kniff die Augen zusammen.

Ein Stück entfernt beugte sich Bint über Lenes Fahrrad. Ein Techniker, dessen Namen er nicht kannte, untersuchte es auf Fingerabdrücke.

»Was sagt Bint?«

Toke folgte seinem Blick.

»Sieht nicht so aus, als gäbe es Fingerabdrücke. Ein bisschen Spucke, aber die kann auch von Lene stammen ... oder einem Dritten. Außerdem haben sie einen Totschläger gefunden. Damit muss er wohl zugeschlagen haben. Bint sagt, es sei reines Glück, dass er ihr nicht den Schädel zertrümmert hat.«

Lars zog den letzten Rest seiner Zigarette in die Lunge, warf die glühende Kippe auf die Erde und drückte sie mit der Schuhspitze aus. Er war erschöpft.

»Schaffst du das hier allein?« Er stand auf und zog die Decke von der Schulter. »Ich muss ...« Er klopfte Toke auf die Schulter und verließ ihn. Grätschte über die Polizeiabsperrung und ging die Hans Tavsens Gade hinunter, vorbei an den wartenden Presseleuten. Ein, zwei Fotografen feuerten ihre Blitze auf ihn ab. Irgendjemand stellte eine Frage, er hörte nicht hin.

»Hier«, antwortete er und drückte dem Mann einen halbleeren Kaffeebecher in die Hand. Dann ging er weiter in Richtung Jagtvej. Niemand folgte ihm.

Seit er vor einer halben Stunde das letzte Mal hier gestanden hatte, hatte sich die Straße nicht verändert. Autoscheinwerfer, Regenpfützen, Pizzerien, Kneipen. Keine Fußgänger. Langsam ging er zur Nørrebrogade, sah sich die Stelle an, wo der Kerl über die Mauer gesprungen war. Es gab viel zu viele Straßen, durch die er hätte entkommen können. Einfahrten und Höfe. Oder zurück auf den Friedhof? Es war sinnlos. Lars ging weiter zum Nørrebros Runddel, wieder gingen ihm die offenen Fragen durch den Kopf. Der Kerl hatte gewusst, dass es eine Falle war. Im Grunde gab es keine andere Erklärung. Vor Wut schlug er mit der Faust gegen die Friedhofsmauer und biss die Zähne zusammen, als die Schmerzen ihm den Atem nahmen. Er stopfte die schmerzende Hand tief in die Jackentasche und lief schneller. Er hätte die Aktion abbrechen müssen, er hätte es nicht so weit kommen lassen dürfen. Er hatte von Anfang an ein schlechtes Gefühl gehabt.

Jetzt wusste der Täter, dass die Polizei sich darüber im Klaren war, wie er seine Opfer fand. Lene lag im Krankenhaus, und die Ermittlungen konnte man vergessen.

Auf der Nørrebrogade herrschte mehr Betrieb; Busse voller Menschen auf dem Weg nach Hause, außerdem öffneten bereits die ersten Morgenkneipen. Lars wollte einfach nur nach Hause. An der Stefanskirke hielt er ein Taxi an. Der Fahrer musterte ihn mit verärgertem Blick, als er sich, nass, wie er war, auf den Rücksitz setzte. Er sagte jedoch nichts und fuhr die Nørrebrogade hinunter, ohne an dem abgesperrten Stück an der Nørrebrohalle langsamer zu werden. Lars war zu müde, um zu protestieren.

Er kroch die Treppe beinahe hinauf, schloss auf. Warf das nasse Zeug in den Flur, ging ins Badezimmer und drehte die Dusche auf. Mehrere Minuten ließ er kochend heißes Wasser über sich laufen. Er hatte Kopfschmerzen und putzte sich in dem heißen Wasser unter der Dusche die Zähne, band sich ein Handtuch um und trat in den Flur.

Irgendetwas knarrte in Marias Zimmer. Und knirschte. Rhythmisch, gleichmäßig. Als wenn zwei Körper …

Lars wollte nach der Klinke greifen, die Tür aufreißen. Doch als er die Hand ausstreckte, hörte er sie stöhnen. Seine Hand sank herab. Er hatte kein Recht dazu. Kein Recht, sich einzumischen. Seine Hand öffnete und schloss sich. Dann schlich er davon, in sein Schlafzimmer. Nur fand er keine Ruhe, keinen Schlaf. Nicht in dieser Nacht, nicht mit Maria und Wie-auch-immer-er-heißen-mochte nebenan. Er hob den Kopf und sah sein Spiegelbild in der dunklen Fensterscheibe. Ein ausgebrannter Mann mittleren Alters, die Haut grau und schlaff, Tränensäcke unter den Augen. Kratzer an Nase und Stirn. Er lehnte die Stirn an die Scheibe. Es blieb nur die Arbeit.

Er zog sich an und schlich ins Wohnzimmer. Nahm *The Tempest* aus dem Bücherregal, schlug es an der bekannten Stelle auf. Er ertastete die Geheimtasche an dem knallroten gestrickten Lesezeichen und zog das kleine quadratische Briefchen heraus, öffnete es. Dann schüttete er den Inhalt auf die Tischplatte, formte das weiße Pulver mit seiner Kreditkarte zu einer mehrere Zentimeter langen Linie und rollte einen Zweihundertkronenschein zusammen. Steckte ein Ende in sein rechtes Nasenloch und fuhr, den Zeigefinger aufs linke Nasenloch gepresst, die Linie entlang, zog das Pulver hoch. Es brannte an Nasenwurzel und Gaumen. Stahl und Vereisung. Er hatte einen Niesreiz, beherrschte sich aber. Stattdessen befeuchtete er den Zeigefinger mit der Zunge, zog ihn über die letzten Reste des feinen Pulvers und rieb es sich aufs Zahnfleisch. Mehr Stahl. Blut.

Er stellte das Buch wieder ins Regal, faltete den kleinen Umschlag und den Geldschein zusammen, stopfte beides in die Tasche und verschwand über die Treppe.

Teil 2

30

Abeiuwa zog sich das Leopardenfell enger um die Schultern und den kurzen hellroten Plastikrock, der nur das Allernotwendigste verbarg, ein Stück herunter. Sie behielt die Vesterbrogade im Auge. Es war so kalt in diesem Land, obwohl alle behaupteten, es sei Sommer. Sie war müde. Ihr ganzer Körper tat weh. Sie zog ein letztes Mal an ihrer letzten Zigarette und warf die Kippe in den Rinnstein. Autoscheinwerfer fegten über den schmächtigen Körper an ihrer Ecke des Vesterbro Torv, Leuchtreklamen spiegelten sich in Zierleisten aus Stahl und blanken Kühlerhauben. Die Fußgänger versuchte sie zu vergessen. Die meisten mieden sie, einige glotzten sie an. Die Menschen hier waren muffig, böse. Nicht wie daheim in Porto Novo. Sie sehnte sich zurück, vermisste ihre Mutter und ihre Geschwister. Den Vater, der auf der anderen Seite der Grenze arbeitete. Noch ein Kunde, dann war es gut für diesen Abend. Sie hoffte, dass sie sie heute nicht schlagen würden, wenn sie mit dem Geld kam. Aber warum sollten sie es nicht tun? Sie schlugen sie immer.

Ein Auto fuhr am Bordstein entlang, durch eine Pfütze. Das schmutzige Wasser schwappte auf den Bürgersteig. Abeiuwa war bereits zur Seite getreten und konnte so das Schlimmste vermeiden. Sie bückte sich und klemmte die Brüste zwischen die Arme, damit sie sich vorwölbten. Ein Trick, den sie bereits am ersten Abend in Turin gelernt hatte. Das Fenster wurde heruntergelassen, sie lächelte ins Dunkle.

»*Fucky, fucky?*« Abeiuwa zwinkerte, spitzte die hellroten Lippen.

»*How much?*« Die Stimme klang rau, ein alter Mann. Es störte sie nicht. Hauptsache, er roch nicht.

Wieder lächelte sie, diesmal ein wenig breiter.

»*Two hundred, no condom.*«

»*Too much, black whore.*« Der Fahrer gab Gas und bog auf die Fahrbahn ab. Ein dicker Strahl spritzte aus der Pfütze auf ihren Pelz.

»*Asshole!*« Sie zeigte ihm den Finger und besah sich den Schaden. Sie konnte das Fell erst reinigen, wenn sie nach Hause kam. Ein bisschen Spiritus würde das Schlimmste beseitigen. Allerdings würde sie den Rest des Abends schrecklich aussehen. Von der anderen Straßenseite starrte ein junges Paar sie an. Sie verstand die Menschen hier nicht. Sie hatten so viele Möglichkeiten, und nur die wenigsten mussten auf die Straße gehen.

Sie drehte sich um und ging zu Justine, die einige Meter weiter an der Vesterbrogade auf Kundschaft wartete. Vielleicht hatte sie eine Zigarette.

Von Justine bekam sie eine North State und Kaugummi, und fünf Minuten später stand Abeiuwa wieder an ihrem Platz. Sie kaute, es ging ihr bereits wieder besser, sie blies Rauchringe in die Nacht. Sie schluckte die Tabletten, die Justine ihr gegeben hatte, Dextroamphetamin. Jetzt hielt sie es noch ein paar Stunden aus.

Ein älteres Auto fuhr an den Bordstein. Wieder bückte sie sich, presste die Brüste zusammen, spitzte die Lippen und flüsterte heiser ins Fenster: »*Fucky, fucky?*«

Der Mann im Wagen schüttelte den Kopf.

»*Sucky, sucky?*« Die Stimme war weder jung noch alt.

Abeiuwa lächelte, öffnete den Mund und fuhr sich mit der Zunge über die Lippen.

»*Two hundred, no condom.*«

Die Tür wurde geöffnet, sie setzte sich auf den Beifahrersitz.

»*Go to Fisketorvet. Behind.*«

Der Kunde war ein älterer Mann. Es war dunkel im Auto, sie konnte nur einen Schatten sehen. Brille, scharfe Nase, hohe Stirn. Er atmete schwer. Die Windschutzscheibe war verschmiert. Sie legte ihm die Hand auf den Oberschenkel, ließ die Finger nach oben gleiten. Er atmete schwerer. Sie fuhren über die Istedgade und bogen zum Halmtorvet ab, auf die Skelbækgade. Das Lichterfest des Fisketorvet blinkte ihnen von der anderen Seite der Schienen zu. Er fuhr zur Kalvebod Brygge, hinter die im Dunklen liegenden Gebäude am Ende des Parkplatzes. War offensichtlich schon mal hier gewesen. Er parkte im Schatten eines Wohnhauses, wohin die Lichter des Fisketorvet nicht reichten, schaltete die Scheinwerfer aus. Ihre Finger hatten den Reißverschluss gefunden, sie zog ihn auf. Plötzlich roch es im Auto. Pisse? Nein, etwas anderes, irgendetwas Chemisches? Sie schluckte, lächelte ihn an. So dass er im Dunkeln das Weiße in ihren Augen und die Zähne sehen konnte.

Dann füllte sie den Mund mit Spucke, beugte sich über den Schaltknüppel und nahm den schlaffen, runzligen Schwanz in den Mund.

Er murmelte etwas, das genauso klang wie das Murmeln aller anderen Menschen hier. Sie ging davon aus, dass es sich um Dänisch handelte, es klang jedenfalls blöd. Sie erstarrte, als er anfing, ihr übers Haar zu streichen, während er in ihrem Mund langsam steif wurde. Hoffentlich hörte er auf. Wer sie anfasste, presste ihr gewöhnlich den Kopf ganz auf den Schwanz, so dass sie beinahe erstickte. Sie war es gewohnt, sie hielt es aus. Aber nicht diese Art von Anfassen. Es erschreckte sie. Sie saugte die Wangen ein, bewegte den Kopf schneller, auf und ab. Ließ die Zunge um die Eichel kreisen. Komm schon. Werd fertig.

Seine Hand hörte auf, ihr Haar zu streicheln. Irgendetwas tat sich an der Windschutzscheibe. Jetzt kam die Hand zurück, ein Finger streichelte über ihr rechtes Augenlid. Sie schauderte.

Etwas Feuchtes, Festes presste sich auf ihre Nase, sie wurde an den Haaren hochgezogen. Dann zwang er ihr das Feuchte, Feste auf den Mund, und die Welt löste sich auf.

Abeiuwa erwachte, schwindlig, benommen. Sie ahnte nicht, wo sie war oder wie viel Zeit vergangen war. Sie saß auf einem Fußboden, fühlte dort, wo der kurze Rock sie nicht bedeckte, unverputzten Beton an den nackten Hinterbacken. Kalt. Feucht. Die Hände hatte man ihr auf den Rücken gebunden. Vorsichtig öffnete sie erst das rechte Auge, dann das linke.

Zerfließende Formen, Schatten im Zwielicht. Hoch oben sickerte ein wenig Licht durch eine Öffnung. Die Formen sammelten sich zu Schatten, zu sitzenden Körpern. Einer auf einem Stuhl, der andere auf einem Sofa vor einem ausgeschalteten Fernseher. Sie saßen ganz still, regten sich nicht. Der eine mit dem Kopf auf der Brust, der Kopf des anderen lehnte am Rückenpolster des Sofas.

»*Help*«, flüsterte sie. Keiner der beiden reagierte.

»*Help me*«, versuchte sie es noch einmal, diesmal lauter. Aber noch immer rührte sich keiner von ihnen.

Unter den Augenlidern sah sie die beiden lange an. Sie bewegten sich nicht, kein Zucken, kein Zittern in den Armen. Sie versuchte den Kopf zu heben, um mehr von dem Raum zu sehen, allerdings war sie viel zu schwach. Die kleine Bewegung verursachte eine Welle der Übelkeit, sie übergab sich dort, wo sie saß. Es floss zwischen ihre Beine auf den Betonboden. Angst überkam sie.

»*Nana Buluku*«, flüsterte sie. »*Mawu et Lisa.*« Die stummen Gestalten reagierten nicht. »*Aidez-moi*«, fuhr sie fort, diesmal noch ein wenig lauter. Noch immer keine Reaktion, keine Antwort.

»*Aidez-moi!*«, schrie sie. Es dröhnte zwischen den Betonwänden.

Kurz darauf hörte sie Schritte von oben. Das kreischende Geräusch von Metall an Metall; scharfes Licht zwang sie, die Augen zu schließen. Etwas knarrte, näherte sich. Jemand war auf dem Weg nach unten, eine Treppe? Schwer, langsam. Wieder öffnete sie die Augen, blinzelte, bis sie sich an das Licht gewöhnt hatte. Und schrie.

Die beiden Gestalten. Nackte, weiße Frauen. Ihre Haut – eine seltsam gelbliche Farbe, wie das Bienenwachs, das sie aus dem Dorf ihres Onkels kannte. Aber sie schrie nicht wegen dieser unnatürlichen Farbe und auch nicht, weil sie sich nicht rührten.

Es waren ihre Augen. Kalt und gerade stierten sie in die Luft, starr, glasartig. Wie Puppenaugen. Eines grün, das andere graublau. Tote Gesichter. Wie bei den Vodun, von denen ihr Großvater erzählt hatte.

»*Nana Buluku*«, flüsterte sie wieder. »*Mawu et Lisa. Aidez-moi, aidez-moi.*« Wieder und wieder, ihr Oberkörper schaukelte vor und zurück.

Eine Gestalt kam ganz oben aus einer kleinen Tür unter dem Dach. Ein gedrungener älterer Mann ging summend die steile Treppe hinunter, Stufe um Stufe. Behielt sie im Auge. Wieder schrie sie, doch der Mann stieg weiter herab, trat lächelnd an ein Regal und drehte ihr den Rücken zu. Er bewegte die Arme, nahm etwas aus dem Regal, stellte einen Apparat an. Musik schwoll aus verborgenen Lautsprechern. Eigenartige, langsame, unheimliche Musik. Eine Frau sang Worte, die sie nicht kannte. Dann kam die Gestalt zu ihr, sie hielt etwas in den Händen, löschte das Licht.

»*Sucky, sucky?*«, flüsterte sie.

Der Mann antwortete nicht, behielt bloß sein Lächeln bei. Wieder umgab sie dieser beißende chemische Geruch, sie konnte nicht verhindern, dass er das, was er in den Händen hielt, auf ihren Mund presste. Es brannte in den Augen. Der Raum, der Mann und die beiden Vodun-Gestalten verschwanden in der Dunkelheit.

Wieder erwachte sie, die groben Holzregale, die Decke hoch über ihr, alles verschwamm. Sie erinnerte sich an das Bild der beiden nackten Frauen. Abeiuwa öffnete den Mund, um zu schreien, aber sie brachte keinen Laut heraus. Sie konnte nicht sprechen. Er hatte ihr etwas in den Mund gestopft. Sie versuchte es auszuspucken, aber ein Knoten im Nacken hielt es fest.

Sie lag auf dem Rücken auf einem Tisch. Der chemische Geruch war durchdringend, überall. Es war kalt. Sie war nackt. Etwas saß auf ihrem rechten Auge. Über ihr konnte sie ihn murmeln hören, er summte vergnügt vor sich hin. Die Musik war jetzt sehr laut. Sie versuchte, die Augen zu öffnen, konnte aber nur mit dem linken sehen. Etwas presste auf das andere Auge, drückte es nach innen.

Sie konnte weder ihre Arme noch ihre Beine bewegen. In ihrem Auge begann es zu ziehen, der Schmerz strahlte vom Kopf bis in die Füße. Weiches Gewebe wurde herausgerissen, wie eines der Fischaugen, mit denen sie als Kind spielen durfte. Der Schmerz, ein brennendes Feuer im Kopf. Sie spannte den Körper an, drückte den Rücken in einem Bogen durch. Der Mann über ihr summte weiter zu der eigenartigen Musik, sagte aber nichts. Und dann, als ein weiches Ploppen ertönte und der Schmerz für einen Augenblick verschwand, aber nur, um sofort umso heftiger zurückzukehren, rutschte ihre rechte Hand aus einem der Riemen, mit denen sie gefesselt war. Ihre Finger tasteten über eine raue Fläche, berührten etwas. Es fiel, klirrte. Abeiuwas Hand schloss sich um eine Flasche, sie schlug zu. Nach oben, nach rechts, mit aller Kraft. Sie traf. Das leise Summen verstummte. Etwas Großes und Schweres fiel zu Boden. Durch den Schmerz in ihrem Auge drehte sich alles.

Halb wahnsinnig vor Schmerzen griff sie auf die andere Seite des Tischs und fummelte an dem Gurt ihrer rechten Hand, dann an den Fußfesseln. Sekunden später war sie frei und versuchte, sich aufzurichten. Sie stöhnte. Ein Stechen im Auge, als sie sich aufsetzte. Sie versuchte, sich zu orientieren. Im Fall hatte er einen niedrigen Tisch mitgerissen, Instrumente und Flaschen voller Flüssigkeiten lagen über den Boden verstreut. Aus dem linken Augenwinkel entdeckte sie hinter ihm den Treppenabsatz. Hastig trat sie über den am Boden liegenden Mann, lief die zwei Schritte zur Treppe. Als sie den Fuß auf die erste Stufe setzte, packte eine Hand ihren Knöchel. Sie trat nach hinten, traf. Er ließ los, und sie taumelte die steile Treppe hinauf. Schwere Schritte hinter ihr. Sie zwängte sich durch die kleine Tür und warf sie hinter sich zu, ihrem Verfolger an den Kopf. Sie ließ sich auf den Boden fallen. Verzweifelt versuchte sie sich zu orientieren, noch ein dunkler Raum, noch eine Treppe. Sie kroch auf allen vieren, hörte die Tür hinter sich kreischen. Er war ihr unmittelbar auf den Fersen, scharrte auf dem Boden. Seine Hand streifte eine ihrer Fersen, bevor sie den Fuß an sich ziehen konnte. Stöhnend schleppte sie sich die Treppe hoch, durch die nächste Tür. Auf der anderen Seite stand eine kleine Kommode. Halbblind zog sie das Möbelstück an die Türöffnung und stieß es die Treppe hinunter. Von unten hörte sie einen Fluch und den Aufprall von etwas Schwerem. Die Treppe knarrte. Sie taumelte einen Gang entlang. Eine Tür. Nach draußen? Sie kam in ein Zimmer, Fenster an allen Seiten, sie tastete sich die Wände und Fensterrahmen entlang. Das zweite Fenster war nur mit dem unteren Fensterhaken verschlossen. Keuchend und mit hektischen Fingern öffnete sie den Haken, während sie auf Schritte achtete, auf knarrende Dielen hinter sich. Das Fenster sprang auf, und sie stürzte sich kopfüber in die nächtliche Kälte, überschlug sich auf einem sanften Hügel, fiel mit dem Rücken gegen etwas Metallisches und kam auf die Beine.

Hoch oben brannte es, ein Lichtermeer in der hellen Nacht schmerzte in ihrem linken Auge. Das rechte hing an ihrer Wange. Sie drehte sich um und blickte zurück auf das Haus und die bleiche Silhouette eines Vodun am offenen Fenster.

Sie stieß einen langgezogenen Schrei aus und rannte ins nächste Gebüsch, zwängte sich durch und lief fort.

Freitag, 20. Juni

31

Der Wachhabende rief um 03:37 Uhr an. Martin tobte und knallte das Telefon an die Wand. Sanne war kaum in der Lage, es zu erklären. Sie entschuldigte sich und behauptete, ihr Freund hätte das Telefon über die Kante des Nachttischs geschoben, nein, es sei nichts passiert.

Der Wachhabende glaubte ihr kein Wort, aber was sollte er sagen? Er gab ihr die Adresse und verabschiedete sich mit »Viel Vergnügen«.

Jetzt saß sie auf einem Stuhl in einem Zimmer des Gentofte Hospital. Im Bett vor ihr lag eine junge afrikanische Frau. Der Schrecken in dem gesunden Auge der Frau schwand nicht, als sie sich vorstellte. Keine Papiere, eine Adresse wollte sie nicht angeben. Sie sprach nur sehr wenig Englisch. Über dem rechten Auge trug die Frau einen Verband. Die diensthabende Krankenschwester hatte berichtet, dass das Auge an ihrer Wange gehangen hätte, nur vom Sehnerv und irgendetwas gehalten, an dessen Bezeichnung Sanne sich nicht mehr erinnern konnte. Vor einer Stunde war sie eingeliefert worden. Jetzt hatte man das Auge einigermaßen wieder eingesetzt, aber die Ärzte zweifelten, ob die Sehfähigkeit zu retten sei.

Sanne beugte sich vor, sie konnte es ebenso gut noch einmal probieren.

»*What happened? Who did this to you?*«

Die Frau schüttelte den Kopf. Sie versuchte, etwas zu sagen, aber es kam nichts.

»*Where are you from?*«, wollte Sanne wissen. Diesmal leuchtete das Gesicht der Frau auf.

»*Benin*«, antwortete sie. »*Dahomey.*«

Ein Krankenwagen hatte sie am Kreisel des Brogårdsvej abgeholt. Einige Anwohner hatten die Polizei angerufen und sich beschwert; einer hatte ins Telefon gebrüllt, auf der Straße stehe eine schwarze Nutte und schreie herum. So ungefähr hatte er sich ausgedrückt. Im Grunde war das alles, was sie wussten. Allerdings hatte Sanne keinerlei Zweifel, warum der Wachhabende sie angerufen hatte. Eine Prostituierte mit einer Augenverletzung, möglicherweise gewaltsam verursacht. Ein Opfer, dem es geglückt war, sich zu befreien? War dies der Fehler, auf den sie gewartet hatten?

Benin. Sanne stand auf, lächelte der Frau im Bett zu, ging auf den Flur und gab die Nummer des Wachhabenden in ihr Handy ein.

»Ich brauche einen Dolmetscher. Ja, für das, was in Benin gesprochen wird. Ja, in Afrika, danke.«

Es verging eine halbe Stunde, bis eine Polizeistreife mit dem Dolmetscher kam. Ein großer Mann mit einem sanften Gesicht, der sich als Samuel vorstellte. Er fing sofort an, sich mit der Frau zu unterhalten, aber bereits nach ein paar Sätzen drehte er sich um.

»Wir sprechen nicht dieselbe Sprache.«

»Aber ich hatte um einen Dolmetscher aus Benin gebeten.«

Samuel lächelte.

»Wir sprechen viele Sprachen in Benin. Ich spreche Yoruba, sie spricht Fon Gbè. Ich kann sie kaum verstehen. Sie spricht nur ein bisschen Französisch. Ich glaube, sie kommt aus einer der großen Städte im Süden, aus den Slums. Cotonou oder Porto Novo.«

Sanne nickte. So viel Glück sollten sie also doch nicht haben.

»Könnten Sie es trotzdem probieren?«, bat sie. »Oder können Sie überhaupt nichts verstehen?«

Samuel zuckte die Achseln.

»Ich verstehe ein bisschen, aber es ist sehr schwer. Ich bin nicht sicher, ob es richtig ist.«

»Wir probieren's trotzdem. Fragen Sie sie, wie sie heißt.«

Im Laufe der nächsten halben Stunde förderte Samuel langsam die Geschichte der Frau zutage, quasi in Schlagzeilen. Sie hieß Abeiuwa, war neunzehn Jahre alt und stammte aus Benin, aus den Slums von Porto Novo, wie Samuel vermutet hatte. Sie war mit einem gut bezahlten Job in Europa gelockt worden – die klassische Geschichte. Mit einem Flugzeug ging es von Nigeria nach Turin, wo sie die erste erbärmliche Einführung in ihre neue Profession bekommen hatte. Nach einigen Monaten wurde sie weiterverkauft, diesmal nach Rotterdam. Die nächste Station hieß Kopenhagen. Hier lebte sie seit zwei Monaten. Sanne fror innerlich. Sie sah das Wissen in Abeiuwas Gesicht. Sie würde bald weiterziehen müssen. Die junge Frau wusste es, sie hatte längst akzeptiert, dass dies alles war, was das Leben ihr zu bieten hatte.

Ihren letzten Kunden hatte sie in der Nacht an der Ecke Vesterbrogade und Gasværksvej aufgelesen. Sanne versuchte mehrfach, eine Personenbeschreibung zu bekommen, doch Abeiuwa konnte sich nur daran erinnern, dass er alt war und eine Brille trug. Außerdem hatte er einen eigenartigen, starken Geruch gehabt. Sanne seufzte, das konnten sie ebenso gut überspringen.

Abeiuwa verpasste dem Kunden gerade den Blowjob, den sie vereinbart hatten, als sie mit einem Lappen betäubt wurde. Als sie aufwachte, hatte sie auf dem Betonfußboden eines dunklen Raums voller Holzkisten gesessen.

»Und dann saßen da noch zwei Tote im Stuhl und auf dem Sofa«, übersetzte Samuel und runzelte die Augenbrauen, als ob er sich das nicht recht vorstellen konnte. »Sie hatten tote Augen.« Samuel wies auf seine Augen. Abeiuwa zuckte im Bett zusammen, zog die Bettdecke über die Augen.

»Botono«, flüsterte sie zu Tode erschrocken. Sanne versuchte, sie mit einem Lächeln zu beruhigen.

»Was hat sie gesagt?«

»Botono. Das ist Vodun.«

Sanne blickte auf.

»Vodun? Was ist das?«

»Ihr nennt es Voodoo, aber korrekt heißt es Vodun. Vodun ist eine alte Religion bei uns. Im Vodun gibt es einen Schöpfer, Nana Buluku, und viele Geister, gute und schlechte, die wir Vodun nennen. Und Hexen, Botono. Sie rufen die bösen Geister. Sie sagt, die Toten waren Botono beziehungsweise der, der sie gefangen gehalten hat, war ein Botono, er hat die Toten herbeigerufen. So sind böse Vodun.«

Sanne nickte, als hätte sie verstanden.

»Und was ist dann passiert?«

»Dieser Botono hat sie noch einmal betäubt. Als sie erwachte, wollte er ihr gerade das Auge herausnehmen. Sie hat sich befreit, irgendwie … ich verstehe es nicht ganz.« Samuel zuckte die Achseln, wohl um zu zeigen, dass es ihm leidtat. »Sie kam auf die Straße. Die Lichter taten ihr in den Augen weh – dem Auge. Sie hielt sie auch für böse Vodun, deshalb ist sie in die andere Richtung gelaufen. Sie kam an einen See. Und stand plötzlich an einer Straße, als ein Krankenwagen kam.«

»Kann sie etwas zu dem Haus sagen? Wie sah es aus?«

Aber Abeiuwa konnte sich an nichts erinnern. Sie hatte nur so weit wie möglich fortlaufen wollen.

»Könnten Sie noch einen Moment bleiben?«, fragte Sanne den Dolmetscher. »Die Ärzte würden sicher auch gern mit ihr sprechen.«

Samuel schaute auf die Uhr.

»Ich kann noch eine Stunde bleiben, dann muss ich zur Arbeit.«

Sanne nickte und lächelte Abeiuwa zu, die noch immer die Bettdecke über den unteren Teil ihres Gesichts gezogen hatte.

»Danke. Ich rede mit den Ärzten. Kann ich Ihre Nummer haben, falls noch etwas ist?«

Samuel schrieb seine Handynummer auf ein altes Busticket und setzte sich neben Abeiuwas Bett. Sanne ging auf den Flur und fragte nach dem behandelnden Arzt.

Während eine Krankenschwester den Arzt suchte, fand Sanne einen Wasserhahn und füllte einen Plastikbecher. Sie spürte die Müdigkeit, die Schwere im Kopf, den Schlaf in den Augen. Sie trank und ließ die Augen über eine Reihe von Porträts an der Wand über dem Wasserhahn schweifen. Das war doch Professor Lau? Sie las den Text des kleinen Papp-schilds neben dem Foto: *Professor Lau, seit 1978 Leiter der Augenabteilung des Gentofte Hospital.* Auf dem Foto war er jünger, schlanker. Die Hände, die er im Schoß gefaltet hielt, wirkten beinahe feminin. Sie dachte an die fleischigen Pranken und das Glasauge, das zwischen seinen Fingern beinahe verschwunden war.

»Ah«, hörte sie hinter sich. »Wie ich sehe, haben Sie Professor Koes schon begrüßt?«

Sanne vermied es gerade noch, den jüngeren Arzt mit Wasser zu bespritzen, als sie sich umdrehte. Er war groß und trug eine Hornbrille. Sein kräftiges braunes Haar war zu einem Seitenscheitel gekämmt. Seine Haltung wirkte leicht arrogant.

»Koes?«

Der Arzt nickte dem Foto neben Professor Lau zu. Ein älterer Mann mit schwarzen, in die Stirn gekämmten Haaren, die Ohren ausrasiert. Buschige Augenbrauen und ein imponierender Schnurrbart.

»Koes hat die Augenabteilung in den dreißiger Jahren gegründet.«

»Nein, ich habe mir das Foto daneben angesehen, Professor Lau. Ich habe ihn letzten Samstag kennengelernt.« Sie räusperte sich. »Sie haben Abeiuwa nach ihrer Einlieferung versorgt?«

Der Arzt nickte, steckte eine Hand in die Kitteltasche.

»Irgendjemand hat vor nicht allzu vielen Stunden eine sehr sorgfältige Enucleatio bulbi an ihr vorgenommen.«

»Was heißt das genau?«

Der Arzt sah sie über seine Hornbrille hinweg an.

»Eine Enucleatio bulbi ist einfach ausgedrückt die Entfernung des Augapfels. Man schneidet die Muskeln durch, die das Auge in die Lage versetzen, sich zu bewegen. Lateral rectus, inferior rectus ...«

Sanne hob die Hand.

»Danke. Sehr schön. Man schneidet also die Muskeln durch ...?«

Der Arzt seufzte.

»Es sind vier. Danach hängt der Augapfel nur noch am Superior oblique und dem Nervus opticus.«

»Dem Sehnerv. Aber von denen war keiner durchgeschnitten?«

»Nein. Wenn wir davon ausgehen, dass geplant war, das gesamte Auge zu entfernen, ist sie entkommen, bevor es so weit kam. Im Übrigen muss ich sagen, dass es sich um eine sehr sorgfältige Arbeit handelt. Saubere, glatte Schnitte ins Muskelgewebe.«

32

Lagebesprechung in Lars' Büro. Die Katastrophe des vergangenen Abends war an den grauen, erschöpften Gesichtern abzulesen. Toke trat ein, er kam aus dem Krankenhaus, er hatte Lene besucht. Ein resignierter Blick in den Kreis, dann ließ er sich auf den einzigen freien Stuhl fallen.

Lars wartete, bis Ruhe eingekehrt war. Er hatte in der Nacht und am Morgen mit der rastlosen Energie gearbeitet, die die Freisetzung von Amphetamin, von Noradrenalin und Dopamin im Nervengewebe und Serotonin aus den synaptischen Vesikeln auslöst. Allerdings hatte sich nichts Neues ergeben; nichts, was sie verwenden konnten. Der Täter hatte wieder zugeschlagen, und er war ihnen entwischt. Irgendwann an diesem Morgen, bei einer Tasse Kaffee in der Kantine, war es ihm klar geworden. Nicht genug damit, dass der Vergewaltiger mit einer Falle gerechnet und Lene als Lockvogel erkannt hatte. Er hatte obendrein auf dem Assistens Kirkegård gepfiffen, um sicherzugehen, dass Lars die Spur nicht verlor. Glücklicherweise hatte Lene keine ernsthaften Verletzungen davongetragen. Das war der einzige Lichtblick.

Er würde dafür geradestehen müssen, das wusste er. Die Verantwortung lag bei ihm. Sein Team wartete darauf, dass er etwas sagte, dass er den Ball aufnahm, aber seine Batterien waren leer. Sogar das Amphetamin sog ihn nur noch aus. Sein Bein wippte in einem wahnsinnigen Tempo auf und ab.

»Okay«, sagte er schließlich und zwang sein Bein zur

Ruhe. »Unser Mann ist auf den Titelseiten, und eine schiefgelaufene Polizeiaktion ist immer ein guter Stoff. Vermutlich werden noch einige Artikel erscheinen. Passt auf, mit wem ihr redet und was ihr sagt. Wenn die Presse mit euch Kontakt aufnimmt, verweist sie an mich.«

Niemand sagte etwas. Kim A. kratzte sich hinterm Ohr, lächelte vor sich hin. Tokes Blick klebte am Boden zwischen seinen Füßen.

»Warum hat so eine Diskothek eigentlich keine Kameras, die aufnehmen, wer geht?«, fragte Lisa.

»Ärger gibt's immer am Eingang.« Frank zuckte die Achseln.

Irgendetwas blitzte in Lars' Unterbewusstsein auf, ein elektrischer Impuls sandte einen Stoß durch seinen müden, zerschlagenen Körper. Er versuchte, die Besprechung auszublenden, das Geräusch der über den Boden scharrenden Stühle. Kameras. Videoüberwachung. Licht. Er richtete sich auf.

»Es gibt keine Kameras, mit denen Gäste gefilmt werden, die das Penthouse verlassen, nein. Aber der 7-Eleven-Kiosk an der Ecke Nørregade und Nørreport ... Der hat doch sicher eine Kamera, oder?«

»Und wie soll uns das helfen?« Frank sah konsequent aus dem Fenster.

»Teufel auch, na klar!« Es war Lisa. »Sowohl Stine als auch Lene sind über die Nørregade am Nørreport vorbeigegangen. Wenn der Täter ihnen vom Penthouse gefolgt ist ...«

Lars ging in die Kantine. Um diese Tageszeit war es dort leer. Eine Beamtin, die er nicht kannte, saß mit einer Zeitung und einer Tasse Kaffee direkt an der Tür. Sie nickten sich zu. Die Gummisohlen seiner Converse saugten sich am Linoleumbelag des Bodens fest. Jedes Mal, wenn er einen Fuß hob, ertönte ein leises Schmatzen, eine Serie von Küssen, die ihm durch die Kantine folgte. Es war erst zehn, und mit Amphetamin im Blut empfand er keinen Hunger, aber er spürte, dass er etwas essen musste. Schon am Vortag hatte er nicht viel zu sich genommen. An der Theke entschied er sich für ein graues Hacksteak mit Kartoffeln und geschmolzenen Zwiebeln. Er bezahlte, goss sich ein Glas Wasser aus der Kanne an der Kasse ein und setzte sich an einen der hinteren Tische. Ein vergessenes Exemplar des *Extra Bladet* lag halb aufgeschlagen auf dem Nachbartisch.

Er riss die kleinen blauen und roten Briefchen mit Salz und Pfeffer auf, bestreute großzügig seinen Teller und betrachtete gedankenverloren das Gemüse des Tages. Die beiden Senfgurken glänzten im Licht der Neonröhre an der Decke.

Er fing an zu essen, zog die Zeitung zu sich heran. Auf der Titelseite das große Foto eines Mädchens mit einem sehr tiefen Ausschnitt. Sie hatte einen schwarzen Balken über den Augen, doch Kleidung und Umgebung verrieten ihre Profession. Die Überschrift verkündete in fetten schwarzen Buchstaben: *Huren in Vesterbro: Der Sandmann kann ruhig kommen und uns holen.* Er schlug die auf der Titelseite angegebenen Seiten auf. Ein Riesenartikel mit einer Zusammenfassung des Falls und Miras Geschichte, dazu ein großes Foto des letzten Opfers in einem Krankenhausbett des Gentofte Hospital. Sie war neunzehn und kam aus Benin in Westafrika. Das Mädchen auf dem Foto sah aus, als sei sie nicht einen Tag älter als siebzehn. Das rechte Auge war mit einem großen Verband bedeckt, ein merkwürdiger weißer Fremdkörper in dem schwarzen Gesicht. Was er von ihr erkennen konnte, sah erschrocken und verängstigt aus.

Als er die Zeitung zusammenlegte, sah er, dass er während des Lesens den Teller leergegessen hatte. Mit der Zunge entfernte er die letzten Fleischreste aus den Zahnzwischenräumen. Er hatte keinen Geschmack im Mund, nur ein fettiges Gefühl im Rachen. Lars leerte das Wasserglas in einem Zug. Wie ging es eigentlich Sanne? Er musste daran denken, sich für das Abendessen zu bedanken. War es Montag gewesen? Bereits fünf Tage her.

Ulrik kam durch die Kantine auf ihn zu. Feste, zielbewusste Schritte. Es gab Leute, die die Fähigkeit hatten, immer zu den ungelegensten Zeitpunkten zu erscheinen.

Ulrik nickte, nahm sich einen Stuhl und setzte sich Lars gegenüber.

»Darf ich mich setzen?«

Er wollte nicht mit Ulrik reden. Und jetzt schon gar nicht.

»Ich habe von gestern gehört«, begann Ulrik.

Lars schob das Besteck auf dem leeren Teller herum. Seine Beine zuckten unter dem Tisch. Er wies mit einer Kopfbewegung auf die Zeitung.

»Er hat's wieder getan, sehe ich? Und die Zeitungen haben ihm bereits einen Namen gegeben.«

»Was?« Ulrik warf einen Blick auf das *Extra Bladet* neben Lars' Teller. »Nun ja, armes Mädchen. Aber ich wollte über dich …« Er beugte sich über den Tisch und senkte die Stimme. »Ich habe Tokes Bericht über gestern Nacht gelesen, und …« Er hielt inne, rutschte auf seinem Stuhl hin und her. »Können wir nicht in mein Büro gehen?«

Was bildete er sich ein? Wollte er ihm den Vergewaltigungsfall nun auch noch entziehen?

»Ich habe nichts zu verbergen.« Lars atmete tief durch, zwang seinen Puls zur Ruhe.

»Ah ja? Nun, es verhält sich folgendermaßen …« Ein einzelner Schweißtropfen rollte Ulrik in Zeitlupe über die Schläfe. »Es ist eine Beschwerde über dich eingegangen … über deine Art, die Ermittlungen zu leiten.« Er hatte einen roten Kopf bekommen, senkte die Stimme. »Es gibt Personen in deinem Team, Personen mit einem gewissen Dienstalter, die meinen, du hättest die Sache nicht im Griff. Es gäbe Spuren, die nicht verfolgt würden ...«

»Kim A.«, murmelte Lars. »Du weißt, worum es dabei geht. Du warst selbst dabei.«

»So einfach ist es aber nicht. Frank und Lisa haben ebenfalls unterschrieben. Kim A. ist nicht blöd. Ich muss dazu Stellung nehmen.«

Eigentlich war es nicht Ulriks Schuld, aber er hatte eine unglaubliche Lust, auf irgendjemanden oder irgendetwas einzuschlagen. Unter dem Tisch ballte er die Hand zur Faust.

»Lars. Ich versuche, dir zu helfen.« Ulrik legte die Hände offen auf den Tisch.

Er musste raus, er brauchte Luft. Er stand auf und schubste den Stuhl mit einem heftigen Tritt zurück. Der Stuhl rutschte über den Boden und stieß mit einem metallischen Klirren gegen den Tisch hinter ihnen. Die Beamtin am Eingang blickte erschrocken auf.

»Verflucht noch mal, mach doch, was du willst.«

Er verließ die Kantine, ohne sich umzusehen.

33

Lars wankte in seine Wohnung, sein Herz hämmerte. Wieder versuchte er, die Erinnerungen an die Geräusche aus Marias Zimmer zu verdrängen. Die Hyperaktivität ließ nach. Sein Kopf tat ihm weh, er hatte Schmerzen im Kiefer. Außerdem war er müde. Jede Faser seines Körpers schrie nach Ruhe und Vergessen. Cold Turkey. Er musste pinkeln, ihm platzte beinahe die Blase. Er warf die Jacke auf den Boden und ging ins Badezimmer. Maria hatte seine nassen Sachen von letzter Nacht über die Stange des Duschvorhangs gehängt. Er klappte die Brille hoch, pinkelte. Als er sich im Spiegel sah, trat er vor Schreck einen Schritt zurück. Er war schockiert. Aschgraue Haut, große Tränensäcke, in den Augen ein gehetzter Ausdruck. Das Haar verklebt. Außerdem brauchte er dringend eine Rasur.

Auf dem Rand des Waschbeckens lag eine ausgedrückte Zahnpastatube, der Verschluss mit einem eingetrockneten Rand aus grauweißer Masse lag auf der anderen Seite des Wasserhahns. Wann lernte sie endlich, hinter sich aufzuräumen? Er knallte die Brille herunter, wusch sich die Hände. Griff nach der flachen Zahnpastatube und trat auf den Hebel, der den Deckel des Abfalleimers öffnete.

Ganz oben, auf einem Nest aus zusammengerolltem Toilettenpapier, Zahnstochern und zerknüllten Kleenex mit Make-up-Resten, lag ein benutztes Kondom.

Er musste sich mit beiden Händen am Waschbecken festhalten, die Kacheln schienen sich zu verbiegen. Er durfte sich da nicht einmischen, sie hatte ihr eigenes Leben. Sein Körper war damit allerdings gar nicht einverstanden. Er schmiss die Zahnpastatube in den Abfalleimer und ließ den Deckel zufallen. Dann drehte er den Kaltwasserhahn auf, spritzte sich Wasser ins Gesicht und spuckte ins Waschbecken: Ein zäher blutiger Klecks zog sich langsam zum Abfluss. Sein Rachen schmeckte nach Eisen. Die Müdigkeit kehrte zurück, ein Hammer auf den Hinterkopf, und alles wurde schwarz.

»Aufwachen, Papa. Sofort!« Maria zerrte an ihm. Hatte sie geweint? Die Decke aus Müdigkeit ließ sich nicht lüften. Die Kopfschmerzen schlugen wieder zu. Sein Mund schmeckte nach Blut und Metall. Schlechter Atem.

»Mmh?« Er zog den Arm an sich, zerrte die Decke über den Kopf.

Sofort wurde sie ihm wieder heruntergerissen. Blutrotes Licht brannte sich durch die geschlossenen Lider.

»Papa!«

Irgendetwas war mit ihrer Stimme. Er setzte sich auf und rieb sich die Augen. In der Wohnung schluchzte jemand leise und anhaltend.

Er öffnete die Augen und sah Maria vor sich stehen. In hässlichen Streifen zogen sich Mascara und Eyeliner über ihre Wangen. Aber da weinte doch jemand anders, oder?

»Was ist los?«, murmelte er.

»Es geht um Caro. Sie wurde heute Nacht vergewaltigt.«

»Ist sie im Krankenhaus gewesen?« Plötzlich war er hellwach, stand auf. Das Blut verschwand aus seinem Kopf. Er schwankte, aber die an die Bettkante gedrückten Schenkel hielten ihn aufrecht, bis das Blut zurückkehrte. Er griff nach seiner Hose und einem Pullover und fing an, sich anzuziehen.

Maria zitterte. Als er sich den Pullover über den Kopf zog, setzte sie sich auf die Bettkante, sie war am Ende ihrer Kräfte.

»Wir müssen sie ins Rigshospital bringen. Kennt sie den Täter?« Lars knöpfte sich die Hose zu.

»Könnte *er* es gewesen sein, Papa?«

Konnte ein Satz wie ein Schlag in die Magengrube sein? Lars musste sich an der Wand abstützen, um nicht zusammenzubrechen.

»Wo ist sie?«, brachte er stammelnd heraus.

Caroline saß im Wohnzimmer auf dem Sofa, ganz in die Ecke gedrückt. Sie war kaum wiederzuerkennen. Das lange blonde Haar war zerzaust, ständig fuhr sie mit den Händen darin herum, kratzte und wühlte. Sie starrte aus dem Fenster und schaukelte mit dem Oberkörper vor und zurück. Die grünen Augen waren leer, die Augenpartie blutunterlaufen und geschwollen, die Nase eigenartig schief. Sie hatte Schluckauf und wischte sich mit dem Pulloverärmel die Nase ab.

Sie setzten sich neben sie.

»Caroline?« Er legte ihr eine Hand auf die Schulter. »Du musst ins Krankenhaus. Ich rufe einen Wagen.« Caroline antwortete nicht, behielt nur ihr Schaukeln bei. Starrte in die Luft. Ein dichtes Muster an Wunden und Kratzern kreuz und quer über der Kopfhaut. Geronnenes Blut im Haar. »Sie ist nicht im Bad gewesen, oder?«

»Ich weiß nicht«, erwiderte Maria. »Sie hat mich erst gegen Mittag angerufen ...« Sie biss sich auf die Knöchel, schaute ihre Freundin an. »Ihre Finger waren total weich gelutscht, als ich kam.«

Lars stand auf, klopfte sich auf die Taschen. Wo war sein Handy?

»Bleib bei ihr. Ich telefonier mal schnell.«

Es musste in der Jacke am Eingang stecken. Mit ein paar großen Schritten war er dort, nahm die Jacke vom Haken, zog das Telefon heraus und drückte die 2. Lars bat den Wachhabenden, einen Streifenwagen zu seiner Adresse zu schicken, und ging zurück ins Wohnzimmer.

»Hat sie etwas zu trinken bekommen? Wir müssen ihr etwas Wasser geben.« Maria nickte, es gelang ihr, die Freundin zum Aufstehen zu bewegen. Lars hörte den Wasserhahn, während er sich Strümpfe und Schuhe anzog.

Vier Minuten später warteten sie auf dem Folmer Bendtsens Plads. Maria hatte einen Arm um Caroline gelegt, Lars stand einen halben Schritt vor ihnen. Er riss die Hintertür auf, sowie der Streifenwagen am Bordstein hielt, half Maria und Caroline auf den Rücksitz und setzte sich neben sie.

»Rigshospital. Zentrum für sexuelle Übergriffe«, sagte er. Die Reifen quietschten, als der Beamte am Steuer auf die Straße abbog und über die Nørrebrogade schoss. Es hatte angefangen zu nieseln.

Die diensthabende Krankenschwester warf einen einzigen Blick auf Caroline. »Ich hole eine Ärztin. Zwei Sekunden.« Kurz darauf kam Christine Fogh.

Sie nickte Lars zu, lächelte Maria und Caroline an.

»Hej. Ich heiße Christine. Ich bin Ärztin. Kommt ihr hier mit herein?« Ihre Stimme war sanft und ruhig. Gedämpft. Sie half Maria mit Caroline, stützte sie von der anderen Seite. Sie gingen durch die erste Tür links in den fensterlosen Raum, in dem er am Dienstagvormittag Louise Jørgensen verhört hatte. Christine führte Caroline zu einer Liege, die mit Papier bezogen war, das man vom Kopfende abrollen konnte. Am Fußende steckten zwei Beinstützen.

Eine jüngere Krankenschwester kam mit einem Rollwagen.

»Ich muss dich jetzt untersuchen«, sagte Christine. »Und Line wird ein paar Proben nehmen. Wir werden vorsichtig sein. Bist du im Bad gewesen?«

»Ich habe geschrubbt und geschrubbt und geschrubbt«, flüsterte Caroline, »aber es ging nicht weg.«

»Es wird alles gut.« Sie strich Caroline übers Haar und sah Lars über den Rand ihrer Brille an. Sein Blick flackerte, was wollte sie?

»Mann, Papa. Geh schon raus.« Maria stieß ihn an.

Natürlich. Er murmelte eine Entschuldigung und beeilte sich, das Zimmer zu verlassen.

Im Aufnahmeraum auf der anderen Seite des Flurs setzte er sich in einen der niedrigen, hellgrün bezogenen Kiefernholzstühle. Das Licht der Neonröhren an der Decke hatte einen kalten, gelblichen Ton, der es erschwerte, Details zu unterscheiden. Auf dem Weg hierher hatte er sich auf Caroline konzentriert, auf das, was getan werden musste. Nun stürzten die Gedanken auf ihn ein. Caroline hatte nie einen Fuß ins Penthouse gesetzt. Sie wäre dem Kerl nie begegnet, wenn sie nicht diese Idee mit Lene gehabt und genau diesen Weg durch die Stadt gewählt hätten.

Er schloss die Augen und lehnte den Kopf zurück. Ließ es über sich ergehen.

Er hatte keine Ahnung, wie viel Zeit vergangen war, als Maria vorsichtig die Tür öffnete.

»Hast du Fragen, Papa? Sie würde gern mit dir reden.«

Er stand auf und konnte Maria dabei nicht in die Augen sehen.

»Nicht mehr als ein paar Minuten.« Christine Fogh stellte sich an die Wand.

Lars zog sich einen Stuhl heran, setzte sich ans Kopfende. Caroline drehte ihm den Kopf zu. Sie versuchte zu lächeln.

»Ich habe ihr etwas zur Beruhigung gegeben«, sagte Christine Fogh. Maria ging auf die andere Seite des Betts und nahm Carolines Hand.

»Caroline, ich weiß, es ist schwer«, begann er. »Aber ich muss dir ein paar Fragen stellen über ... heute Nacht. Glaubst du, du schaffst das?«

Caroline nickte. Die Bewegung war kaum zu erkennen.

»Gut.« Er versuchte zu lächeln. »Wo ist es passiert?«

»Im Nørrebropark.« Ihre Stimme klang heiser nach den vielen Stunden, in denen sie geweint hatte. »Ich wollte Zigaretten holen ...«

Marias Gesicht hing aschgrau am Rand seines Blickfelds.

»Im Nørrebropark ... wo genau?«

»Hinter ... hinter dem Spielplatz. Dem mit dem Flugzeug, an der Bjelkes Allé. Er zog mich am Basketballplatz zwischen die Bäume.«

Lars nickte. Er kannte die Stelle.

»Ich schicke jemanden raus und lasse es untersuchen.« Nach einem ganzen Tag mit spielenden Kindern, Joggern und Hundehaltern, die ihre Hunde ausführten, war dort sicher nicht mehr allzu viel zu finden. Der Tatort war kontaminiert. Aber natürlich musste er untersucht werden.

»Wie sah er aus? Konntest du sein Gesicht sehen?«

Caroline schüttelte den Kopf.

»Er trug eine Kapuze. Und schwarze Sachen. Es sah aus wie Trainingszeug.«

»Kannst ...« Er räusperte sich, brachte es kaum heraus. »Kannst du dich erinnern, wie spät es gewesen ist?«

»Zwanzig nach drei?« Sie sah Maria an. »Vielleicht halb vier?« Ihre Stimme war jetzt kaum noch zu hören, ständig fielen ihr die Augen zu. Lars schnappte nach Luft. Gut und gern fünf Minuten, nachdem er ihnen am Jagtvej entwischt war.

»So.« Christine meldete sich zu Wort. »Ich glaube, wir lassen Caroline jetzt ein bisschen schlafen. Ich sage Bescheid, wenn Sie wieder mit ihr reden können.« Sie nickte Lars zu.

Es war Zeit zu gehen. Er wusste nur nicht, ob er in der Lage war, sich zu erheben.

Caroline zwang sich, noch einmal die Augen aufzuschlagen, griff nach seinem Arm. Hielt ihn fest.

»Er summte … währenddessen. So.« Sie versuchte halb falsch und abgehackt einen Shuffle wiederzugeben. Mit ihren blutigen Lippen und der Lücke zwischen den Vorderzähnen ging das Ganze in Spucke und Luft unter. Sie fing an zu weinen. Auf der anderen Seite des Betts drückte Maria die Hand ihrer Freundin.

»Nun aber.« Christine löste sich von der Wand und legte eine Hand auf Lars' Schulter. »Sie braucht jetzt Ruhe.«

Lars stand auf. Alles in ihm zog sich zusammen.

»Darf … kann Maria noch ein bisschen bleiben?« Caroline schluckte, verkniff sich das Weinen. »Nur bis ich eingeschlafen bin.« Ihre Stimme klang schleppend.

»Ich komme gleich.« Maria winkte. Lars folgte Christine und schloss die Tür hinter sich. Irgendwo hatte er doch noch Kräfte mobilisieren können.

»Sie kennen sie?« Christine sah zu ihm auf, die grauen Augen blickten ihn hinter der roten Designerbrille prüfend an.

»Caroline ist die Freundin meiner Tochter.«

Sie streckte die Hand aus, biss sich auf die Lippe. Dann ließ sie die Hand sinken.

»Ich muss gleich den Bericht schreiben, also … wenn Sie noch weitere Fragen haben?«

Vor dem Fahrstuhl telefonierte er mit dem Wachhabenden und bat darum, dass Frelsén und Bint zum Nørrebropark fuhren. Dann rief er Toke an, um ihn zu unterrichten.

»Ich hätte ihn schnappen müssen.« Lars massierte beide Schläfen mit Daumen und Mittelfinger der freien Hand. Aus dem Hörer hörte er das Rascheln von Kleidung und einen knarrenden Stuhl. Toke aß offenbar gerade, er setzte sich. Es klang, als würde er sich auf ein längeres Gespräch einrichten.

»Du schnappst ihn nicht, wenn du dir selbst Vorwürfe machst.«

Lars räusperte sich. Toke hatte Recht.

»Du musst zum Nørrebropark fahren. Kim A., Frank und Lisa haben sich bei Ulrik beschwert.«

Toke fluchte, schluckte etwas hinunter.

»Ja, hab ich gehört.«

»Aber Lisa? Ich hätte nicht gedacht, dass sie so viel für Kim A. übrighat.«

»Sie haben zusammen an ein paar Fällen gearbeitet, während du im Urlaub warst.«

Es gab nicht mehr viel zu sagen. Sie legten auf. Lars schaute auf die Tür zu Carolines Zimmer. Stine Bang und Louise Jørgensen. Mit wie vielen musste er hier oben noch reden?

Die Tür zu Christine Foghs Büro klemmte. Lars drückte, dann sprang sie mit einem Schlag auf. Die Ärztin fuhr hinter ihrem Schreibtisch zusammen.

»Entschuldigen Sie bitte«, murmelte Lars und sah sich nach einem Stuhl um.

»Ja, die Tür klemmt. Einen Moment, dann bin ich für Sie da.« Christine Fogh konzentrierte sich wieder auf den Bildschirm und ergänzte die letzten Informationen in Carolines Krankenbericht.

»So«, sagte sie, drückte die Enter-Taste und sah zu ihm auf.

Lars zog seinen kleinen Notizblock und einen Stift heraus, blätterte bis zu einer leeren Seite.

»Wie …«

Sie schob den Stuhl zurück, richtete sich auf.

»Anal vergewaltigt, diverse Schläge an den Kopf und ins Gesicht. Caroline hat eine Gehirnerschütterung, eine gebrochene Nase und mehrere Kratzer an der Kopfhaut. Einige

227

Zähne sind lose, ein Vorderzahn im Oberkiefer ist zerbrochen.«

»Haben Sie Körperflüssigkeiten finden können? Bissspuren?«

»Ich konnte dem Enddarm eine sehr kleine Samenprobe entnehmen. Sieht aus, als sei sie mit Seife und Wasser vermischt, aber vielleicht haben wir Glück. Ich habe sie an das Rechtschemische Institut geschickt.«

»Sieht also so aus, als wäre es derselbe Täter, der auch Stine Bang und Louise Jørgensen vergewaltigt hat?«

»Die Verletzungen erinnern jedenfalls an die beiden anderen.« Christine schrieb etwas auf einen Block, der neben dem Computer auf dem Schreibtisch lag. »Aber es gibt auch Unterschiede. Die Verletzungen der Kopfhaut. Weniger Schläge, aber fester.«

Lars wendete den Blick ab, klappte den Block zu.

»Er war erregt. Kurz vorher hatte er es bei einer anderen versucht.«

Christine Foghs Augenbrauen zeichneten sich als zwei asymmetrische Bögen über ihren grauen Augen ab.

»Ich habe die Zeitungen gesehen«, sagte sie nur.

Maria wartete auf dem Flur.

»Danke, Papa. Ich wusste nicht, was ich machen sollte.«

Lars breitete die Arme aus, umarmte sie. Maria drückte sich an ihn. »Sie sagen, sie wird bis morgen Vormittag schlafen.«

»Komm«, erwiderte er. Selbsthass und Melancholie als Entzugserscheinungen. »Wir nehmen ein Taxi.«

In der Wohnung stellte Lars Brot und Aufschnitt auf den Tisch, aber beide hatten keinen Hunger. Schweigend aßen sie ein Brot mit Leberpastete, das war alles. Er war unschlüssig, fluchte innerlich.

Maria brach schließlich das Schweigen.

»Ich habe im Netz gesehen, dass ihr heute Nacht einen Einsatz hattet?«

Lars nickte.

»Er hat eine Polizeianwärterin niedergeschlagen. Ich bin ihm auf dem Assistens Kirkegård hinterhergelaufen, aber er ist mir entkommen.« Wenn er es schon sagen musste, dann jetzt. Er atmete tief durch, fand aber keinen Anfang. Maria legte ihre Hand auf seine. Sie sahen sich an. Dann wandte er den Blick ab und versuchte, das Thema zu wechseln.

»Du hattest doch neulich eine Verabredung. Wie lief's denn?«

Sie lächelte. Es stand ihr.

»Es war gut.«

»Und wie heißt er? Wo seid ihr gewesen?«

Sie hatte diesen geheimnisvollen Ausdruck, den er nicht wirklich zu deuten wusste. Dann schüttelte sie den Kopf.

»Du musst nicht alles wissen, Papa.«

Plötzlich stand er wieder gestern Nacht im Flur, vor ihrer Tür. Und hörte das knarrende Bett.

»Da hast du wohl Recht.« Er trank einen Schluck Wasser, hoffte, dass es die roten Flecken auf seinen Wangen verbarg. Maria schien nichts bemerkt zu haben.

»Ach, ich finde, wir sollten nicht über so etwas reden, wenn Caroline im Krankenhaus liegt.«

»Ich bin sicher, Caroline möchte, dass du glücklich bist.« Er hörte selbst, wie blöd das klang.

»Schon, aber trotzdem …« Sie unterbrach sich. »Bist du heute Nacht gar nicht nach Hause gekommen?«

Beinahe hätte er sich am Wasser verschluckt. Sie hatten ihn nicht gehört. Obwohl er im Badezimmer gewesen war.

»Ich habe durchgearbeitet. Ich bin erst am Nachmittag nach Hause gekommen und sofort ins Bett gegangen. Bis du mich geweckt hast.«

Sie starrte auf ihren Teller und zog an ihrem Pullover, als würde sie frieren.

Mitten in der Nacht wachte er auf, als Maria zu ihm kam. Das hatte sie nicht mehr getan, seit sie klein gewesen war. Sie hatte ihre Bettdecke mitgebracht und kuschelte sich im Halbschlaf an ihn. Er legte einen Arm um sie und zog sie an sich. Dann schlief er ein.

34

Ein sanfter Strom Autos glitt durch den Abend – von der Vesterbrogade über den Gasværksvej bis zur Istedgade und zum Halmtorvet. Unter dem staubigen orangelila Licht der Straßenlaternen waren einsame Männer auf der Suche nach einer schnellen Nummer. Die Abendluft schmeckte nach Benzinpartikeln und Gummi. Der Kohlenwasserstoff setzte sich in einer fettigen Schicht am Gaumen ab.

Sanne hob das DIN-A4-große Foto von Abeiuwa hoch.

»Hast du sie schon mal gesehen?« Das junge Mädchen in Jeansjacke, schwarzem Rock und kurzen Stiefeln blies eine Kaugummiblase, schmatzte weiter.

»Vielleicht.«

»Sie wurde heute Nacht überfallen.« Allan schaute resigniert in Richtung Halmtorvet, er schwitzte. »Ein Kunde hat versucht, ihr ein Auge herauszuoperieren. Tatsächlich versuchen wir gerade, dir und den anderen Mädchen zu helfen.«

Das Mädchen riss sich zusammen.

»Lass mal sehen. Das könnte eventuell … Nein, ich weiß es nicht.« Sie gab ihr das Foto zurück. Die Kaugummimühle setzte wieder ein.

»Ich muss arbeiten.« Sie trat einen Schritt beiseite, schaute über den unablässigen Fluss der Autos. Ein blauer Fiat Punto blinkte und fuhr an den Bordstein.

Sanne stellte sich neben sie, Allan auf die andere Seite.

Der Punto schaltete den Blinker ab, reihte sich wieder in den Strom ein. Das Mädchen drehte sich zu Sanne um.

»Ich werde verprügelt, wenn ich nicht genug verdiene. Das wisst ihr doch genau, oder?«

»Dann schau dir das Foto ordentlich an. Du wolltest doch eben noch etwas sagen?«

»Eines der schwarzen Mädchen hat mir vor ein paar Wochen die Ecke oben am Platz weggeschnappt.« Irgendetwas blitzte in ihrem Blick auf. »Ich habe noch immer blaue Flecken.« Sie rollte den Ärmel ihrer Jeansjacke auf. Sanne hielt sie auf.

»Ist nicht nötig. Ist sie das?«

»Ich habe keine Ahnung, wie sie heißt oder für wen sie anschafft …«

Upside Down. Sannes Handy tanzte in der Tasche.

»Du, ich glaube, wir haben etwas.« Søren klang aufgeregt. »Wir stehen hier mit einem Mädchen am Bymuseet. Und sie sagt, sie kennt sie.«

»Und?« Allan rang nach Atem. Søren stand auf dem Bürgersteig vor der Absalonsgade, Kasper saß mit einem großen, schlanken Mädchen auf einer Bank, ihr Haar war lang und glatt. Kurze Satinshorts über langen dünnen Beinen, die in hochhackigen Pumps endeten. Hinter ihnen ein Zaun um einen kleinen Garten, in dem eine Miniaturausgabe von Kopenhagen aufgebaut war. So hatte die Stadt vor mehreren hundert Jahren ausgesehen. Sanne erkannte ein paar Kirchen, den Hafen. Es handelte sich offenbar ums Bymuseet, das Stadtmuseum.

»Justine sagt, dass sie das Mädchen auf dem Foto kennt.« Søren hatte den Namen Abeiuwa noch immer nicht gelernt. »*Tell our colleagues what you told us.*«

Justine blickte auf.

»*She is … all right?*«

»*She's scared.*« Sanne versuchte zu lächeln. »Aber ihr geht es den Umständen entsprechend gut. Willst du sie besuchen?«

Es war offensichtlich, dass sie es gern tun würde. Doch Justine schüttelte den Kopf. Die Mädchen auf der Straße wurden an der kurzen Leine gehalten. Sanne setzte sich neben sie.

»Wir haben gestern beide hier gestanden.« Justine zupfte an dem Träger, der sich über ihre nackte Schulter zog. »Ich hab ihr eine Kippe und einen Kaugummi gegeben. Dann ist sie wieder zu ihrer Ecke gegangen.« Sie zeigte zum Vesterbro Torv, Ecke Gasværksvej. »Kurz darauf hatte sie einen Kunden.«

»Kannst du dich erinnern, um welche Uhrzeit der Wagen hielt?«

»Ich hab bei Føtex auf die Uhr gesehen. Es war ungefähr zwölf.«

Sanne drehte sich um. Hinter ihnen, auf der anderen Seite der Vesterbrogade, erhob sich ein Betongiebel mit dem blau-weißen Logo des Warenhauses. Ganz oben leuchtete eine Uhr.

»Und das Auto?«

»Es war dunkel, schwarz oder dunkelblau. Vielleicht rot. Klein.«

»Hast du das Nummernschild gesehen?«

Justine schüttelte erst den Kopf, überlegte dann.

»Ich glaube … es endete mit 56 oder 59. Vielleicht mit einem C oder einem G? Es tut mir leid, ich kann mich nicht erinnern …« Sie stand auf. Ihre Beine zitterten. »Ich muss … arbeiten.«

Sanne suchte ihren Blick.

»Wir können dir helfen … wir können dich von der Straße holen. Wenn du willst!«

Justine wandte sich ab, ging. Mitten auf dem Bürgersteig blieb sie stehen, suchte etwas in ihrer Tasche. Als sie sich wieder aufrichtete, hatte sie sich eine Zigarette angezündet.

»Sie lehnen immer ab.« Kasper schüttelte den Kopf.

»Wenn sie abhaut, schicken sie stattdessen ihre vierzehnjährige Schwester.« Sanne lehnte sich zurück. Ihre Glieder waren schwer. »Was soll sie machen?«

Justine trat an den Bordstein, stellte ein Bein vor das andere. Ihre hochhackigen Pumps klickten auf dem Pflaster. Das erste Auto blinkte und fuhr an den Bordstein.

*

Es knirscht und bebt in ihm. Die Kontinentalplatten verschieben sich. Bald kann man bis zum Urgrund sehen. Zwischen Fleisch und Sehnen steigt es auf, das Gebrüll. Zerfetzt Gewebe und Knochenreste mit einer brutalen, zerfleischenden Kraft. Nervenenden flattern im Blutwind. Draußen ist alles erledigt. Doch drinnen regiert das brüllende Chaos. Die Ursuppe. Er taumelt die Treppe hinunter, er hat hier so lange gewohnt, dass die beiden Häuser – das Haus der Seele aus Fleisch und Knochen und das Haus des Körpers aus Stein und Holz – eins geworden sind. Sein Blut pulsiert durch die Rohre, die Treppen und Dachsparren bestehen aus seiner Knochenstruktur. Der Sicherungskasten und das sinnreiche Netz der Stromkabel sind seine Nervenbahnen. Mutter hat unterm Dach gelegen und all das Verbotene herausgeschrien, das Großvater ihr angetan hat: dass der Vater nicht der Vater ist. Es platzte aus ihr heraus. Die langen Monate allein im Keller, bis er geboren war. Und danach. Warum konnte sie nicht einfach sterben? Sie war schwach, und nun ist sie fort. Er ist stark. Es gibt nur ihn, Sonja und Hilda. Aber tief in seinem Inneren herrscht Unruhe, Aufruhr. Es ist nicht nur der Riss. Es wehrt sich und zerrt, es versucht sich loszureißen und aufzusteigen. Er stürzt durch die Küche, die Treppe hinunter in den Keller, reißt die heimliche Tür auf. Gott sei Dank. Sie sitzen noch da, auf dem Stuhl und im Sofa vor dem Fernseher. Sie warten auf ihn.

Ihr wolltet mir mit eurem Leuchten sagen:
Wir möchten nah dir bleiben gerne!

Sie ist entkommen. Er versucht, sie zu verfolgen – oder hat er es versucht? Der Körper und das Haus sind nicht ohne Weiteres zu trennen. Er kann nicht heraus. Die Tür ist verschlossen. Ihr kleines Heim ist erschüttert. Sonja und Hilda hatten sich auch gefreut. Dass die Familie wieder vollzählig ist. Und jetzt ist sie auf und davon. Die Ursuppe schwappt über. Er erbricht sich in einer Ecke. Es kommen nur grünlicher Schleim und fette Galle, sie tropft auf den Boden über seine Schuhe. An einer der Munitionskisten muss er sich abstützen. Aber was ist das? Lachen sie über ihn? Sitzen sie da und halten ihn zum Besten? Der Blutwind tobt. Er läuft zum Reisegrammophon, setzt die Nadel in die Rille. Es kratzt in dem eingebauten Lautsprecher. Er atmet tief durch. Das ruhige Vorspiel setzt ein, dann wächst Agnes Baltsas Mezzosopran aus der Begleitung und erhebt sich über die dunklen Hörner.

Nun seh' ich wohl, warum so dunkle Flammen
Ihr sprühtet mir in manchem Augenblicke.
O Augen, gleichsam, um in einem Blicke

Zu drängen eure ganze Macht zusammen.
Doch ahnt' ich nicht, weil Nebel mich umschwammen.

Dann geht er zum Tisch und fängt an zu schlagen.

Ursuppe ...

Blutwind ...

O Augen!

Samstag, 21. Juni

35

Sanne richtete sich auf ihrem Stuhl auf. Allan kam hereingestürmt. Sie versuchte, den Tagtraum abzuschütteln. Hoffte, dass ihre Wangen nicht allzu rot waren. Einzelne Seiten des Berichts über die Vernehmung von Abeiuwa lagen über den Schreibtisch verstreut. Allan schwitzte in der stillstehenden Luft. Große Flecken breiteten sich unter den Ärmeln seines weißen Polo-Shirts aus.

»Ich habe gerade die Abhörprotokolle der letzten Tage gelesen.« Allan schwieg. Sie kannte ihn für die kurze Zeit, die sie zusammengearbeitet hatten, bereits ziemlich gut und wusste, dass er gebeten werden wollte.

»Ja, und?«

»Na ja, also ...«, Allan war viel zu aufgeregt, um ihren gespielten Enthusiasmus wahrzunehmen, »... da ist was im Busch. Sie haben mehrfach mit jemandem aus Deutschland telefoniert. Am Samstag kommt eine neue Lieferung.«

Der Tagtraum verschwand augenblicklich.

»Eine neue Lieferung? Redest du über Mädchen?«

»Jedenfalls ist das ihr Geschäft.« Ein breites Grinsen breitete sich über Allans Gesicht aus. Er setzte sich auf die Ecke ihres Schreibtischs. Die Tischbeine knackten. »Sieht nach einem größeren Fall von Menschenschmuggel aus. Wenn wir sie damit drankriegen, können wir in aller Ruhe den ganzen Fall klären. Den Mord an Mira, Abeiuwa ...« Er legte eine Hand auf die losen Seiten auf dem Schreibtisch.

Sanne biss sich auf die Lippe. Sie war noch immer nicht davon überzeugt, dass die Brüder Bukoshi etwas mit Miras Tod und Abeiuwa zu tun hatten. Aber Menschenschmuggel, das glaubte sie gern.

»Wo wollen sie sich treffen?«

»Na ja, das haben sie natürlich nicht gesagt. Aber wenn wir die Brüder rund um die Uhr überwachen, brauchen wir ihnen nur zu folgen.«

Ulrik winkte sie herein. Er telefonierte und hatte das besorgte Gesicht aufgesetzt.

»Nein, ich werde sicherlich …«

Eine metallisch klingende Frauenstimme unterbrach ihn. Entweder war die Verbindung schlecht oder die Frau sehr aufgebracht. Es war unmöglich, etwas zu verstehen. Ulrik schloss die Augen, stützte die Ellenbogen auf den Schreibtisch.

»Aber Maria ist doch nichts passiert, und Lars …«

Die Stimme schnitt ihm noch einmal das Wort ab. Ulrik hörte zu, nickte.

»Ich werde sehen, ob ich ihn finden kann. Aber versprich mir, dich zu beruhigen. Das Letzte, was sie jetzt braucht, ist eine Überreaktion von dir, okay?«

Die Stimme am anderen Ende der Leitung wurde leiser, Ulrik konnte das Gespräch beenden.

»Setzt euch«, forderte er sie auf, nachdem er aufgelegt hatte, und zeigte auf die beiden Stühle vor seinem Schreibtisch. »Die Freundin meiner Stieftochter wurde überfallen.«

Es war nicht ganz so stickig wie in ihrem Büro. Dennoch trug Ulrik ein Hemd mit Schlips, es konnte nicht bequem sein. Was war das für eine Geschichte mit seiner Stieftochter? Ging es um Maria?

Allan räusperte sich.

240

»Die Telefonüberwachung der Bukoshi-Brüder hat ergeben, dass sie übermorgen eine neue Lieferung erwarten. Sanne und ich sind einer Meinung, dass es sich um neue Mädchen handelt.«

Ulrik stand auf und begann, vor dem Fenster auf und ab zu gehen; ein hagerer, bebender Körper voll zurückgehaltener, nervöser Energie. Hinter ihm drehte sich das Riesenrad im Tivoli mit leeren Gondeln.

»Und wissen wir, wo die Übergabe stattfindet?«

»Das kann überall sein«, sagte Sanne. »Ein Rastplatz an der Autobahn, eine Lagerhalle hier in der Stadt ... oder sie bringen sie in Personenwagen her und setzen sie am helllichten Tage in der Abel Cathrines Gade ab.«

»Leider, ja.« Ulrik nickte. »Also, was tun wir?«

Das Riesenrad hatte seinen Lauf ins Nichts unterbrochen.

»Wir könnten uns vorstellen, dass der Fahrer aus Deutschland kommt, über Rødby oder Gedser. Und dass sie sich ungefähr in der Mitte zwischen Fähre und Kopenhagen treffen. Vermutlich ist niemand von ihnen sonderlich scharf auf allzu viel Öffentlichkeit.«

Eine Minute später war Ulriks Computer aus seiner Lethargie erwacht, und eine Karte von Seeland zog sich über den Bildschirm.

»Es muss eine Stelle innerhalb dieses Dreiecks sein.« Sanne zeichnete ein imaginäres Dreieck, dessen Spitzen Fakse, Næstved und Vordingborg abdeckten.

Sie sahen sich an.

»Wer ist dabei?« Allan stützte die Hand auf die Rückenlehne des Bürosessels.

Ulrik sah sie der Reihe nach an.

»Wir drei, habe ich mir gedacht. Und die beiden Wagen, die sie überwachen. Drei Zivilfahrzeuge.« Er wandte sich an Sanne. »Was macht das Glasauge?«

241

»Bisher leider negativ …« Sanne sah Professor Lau vor sich, seine großen Finger an der kleinen Prothese. »Aber wir bleiben dran.«

»Und die Nachbarn am Brogårdsvej?«

»Die Polizei von Gentofte befragt sie heute.«

Allan steckte die Hände in die Taschen, ließ Sannes Satz ausklingen.

»Kim A. hat vor einer Stunde angerufen«, sagte er. »Keine Ahnung, woher er es weiß, aber er bat mich zu fragen, ob er mitkommen kann.«

Ulriks Augenbrauen hoben sich, seine Stirn legte sich in eine Serie von Falten.

»Nach Südseeland? Wieso denn?«

»Vermutlich, weil es ein wenig anstrengend wird in Lars' Team. Nach der Beschwerde, meine ich. Er war ja ziemlich eifrig.«

»Ich kümmere mich darum«, unterbrach ihn Ulrik. Dann räumte er die Unterlagen auf seinem Schreibtisch zusammen. »So, ich glaube, das war's.«

Sanne erhob sich und verließ mit Allan das Büro, in ihrem Kopf überschlugen sich die Gedanken. Was war mit Lars' Tochter?

36

Er war morgens mit Maria ins Rigshospital gefahren und ging einen Moment mit auf die Station. Caroline schlief noch. Er unterhielt sich eine Weile mit Christine Fogh, die gerade ihre Schicht beendete. Sie war ungewöhnlich zuvorkommend und versprach, nach Maria zu sehen, die gern warten wollte, bis Caroline aufwachte. Jetzt stand er an der Kaffeemaschine im Vorzimmer der Abteilung für Gewaltverbrechen und goss sich den ersten von vermutlich sehr vielen Bechern Kaffee an diesem Tag ein.

Bevor sie ins Krankenhaus fuhren, hatte Maria ihm erzählt, wie sie Caroline in ihrer Wohnung gefunden hatte – in einer Ecke hinter dem Sofa, direkt an der offenen Tür. Sie schaukelte mit dem Oberkörper und presste einen alten Teddy an ihre Brust. Wie lange sie so gesessen hatte, wusste Maria nicht.

»Lars?«

Eine Hand legte sich auf seine Schulter. Er zuckte zusammen und drehte sich um. Ulrik. Schon wieder.

Auf der Suche nach einem Ausweg wanderte Lars' Blick die Wände entlang. Aber das Vorzimmer war leer. Hilfe war nicht zu erwarten. Ulrik lehnte sich an die gegenüberliegende Wand, suchte seine Augen.

»Das ist schrecklich mit Marias … mit Caroline. Soweit ich verstanden habe, hast du sie mit Maria ins Krankenhaus gebracht?«

»Ich habe absolut keine Lust, mit dir darüber zu reden.«
Lars umklammerte den Becher und drückte die Seiten zusammen, dass der lauwarme Kaffee bis zum Rand stand.

»Aber ... wir müssen doch ... Ich mag sie doch auch. Und Elena ...«

»Du mischst dich da nicht ein.« Lars atmete tief durch. »Was du zu Hause machst, geht mich nichts an. Und was ich tue ...« Er stieß sich von der Wand ab und ging in sein Büro. »Halt dich einfach raus.«

Er hatte unzählige Becher Kaffee getrunken und war dabei die Berichte über Stine Bang und Louise Jørgensen noch einmal ganz genau durchgegangen, ohne irgendetwas Neues zu finden. Er stand auf. Fluchte. Trat gegen den Papierkorb, der zur Tür rollte und seinen Inhalt aus zusammengeknülltem Papier, Pappbechern, Apfelkerngehäuse und Büroklammern über den Boden verteilte.

Die Tür ging auf und stieß gegen den Papierkorb. Toke steckte seinen Kopf herein.

»Alles okay?«

Lars setzte sich aufs Fensterbrett. Der größte Teil des Bodens war mit Essensresten und Papiermüll bedeckt.

»Komm rein.« Lars blieb auf der Fensterbank sitzen, starrte auf die Wand, Toke öffnete die Tür ganz und trat ein.

»Was hat dir denn der behördeneigene Papierkorb getan?« Toke bückte sich und fing an, den Müll aufzusammeln. »Du weißt, dass solche Fälle grauenhaft sind. Es können Jahre vergehen, bis wir ihn schnappen. Und höchstwahrscheinlich nur durch einen Zufall!«

Lars antwortete nicht. Toke warf ihm einen leeren Blick zu und stellte den Papierkorb an seinen gewohnten Platz neben dem Schreibtisch.

»Du ...«, sagte er. »Vor einer Stunde hat mich draußen

eine Journalistin vom *Extra Bladet* abgefangen. Sie wollte ein paar Hintergrundinformationen über dich. Ich glaube, da braut sich was zusammen.«

In diesem Moment ging die Tür auf, und Lisa kam herein. Sie schüttelte den Kopf, noch bevor einer von beiden den Mund aufmachen konnte. Keine guten Nachrichten.

»Allerdings geht es Caroline besser«, sagte sie, zog die Jacke aus und stellte sich an die Tür. »Glücklicherweise hat es sie nicht so erwischt wie die beiden anderen.«

Nun standen ihr nur noch viel zu viele Sitzungen bei einem Psychologen bevor.

Wieder ging die Tür auf. Frank kam herein, gefolgt von Kim A., der mit drei DVDs wedelte. Er nickte Lars zu. Verhalten, aber immerhin ein Nicken.

»Wir haben was.«

Alle durchfuhr ein Ruck. Frank nahm Kim A. die DVDs aus der Hand und legte die erste in das Laufwerk von Lars' Computer. Das Büro war erfüllt vom Geräusch polternder Stühle und hastiger Schritte. Die gesamte Ermittlungsgruppe versammelte sich hinter Lars' Schreibtisch. Nur Kim A. übernahm Lisas Platz an der Tür.

Der Bildschirm zeigte ein Bild des 7-Eleven-Ladens und einen besonders gut beleuchteten Ausschnitt der Nørregade, der Nørre Voldgade und von Nørreport. Die Zeitleiste in der rechten oberen Ecke stand auf 02:11:55 Uhr.

»Das kann doch nicht das Band aus dem 7-Eleven sein?«, sagte Toke.

»Nein«, erwiderte Frank. »Die haben draußen keine Videoüberwachung. Aber die Danske Bank auf der anderen Straßenseite. Und sie waren so freundlich, uns Kopien der Aufnahmen aus den in Frage kommenden Nächten zu überlassen. Seht mal.«

Auf dem Bildschirm erschien Stine Bang mit ihrem Fahrrad. Vor dem Kiosk wurde sie von einer Gruppe Jugendlicher aufgehalten, ein Mädchen umarmte sie. Ein Bursche reichte ihr ein Dosenbier. Sie prosteten sich zu. Blieben stehen, redeten. Die Zeitanzeige lief und lief. Stine trank und redete.

»Ja, das erklärt die verlorenen Minuten«, sagte Toke.

»Sie ist ziemlich lange dort stehen geblieben, eine Viertelstunde. Das ist nicht so interessant, aber passt auf ...« Frank spulte vor bis 02:24 Uhr. Stine winkte, schob ihr Fahrrad weiter zum Fußgängerübergang über die Nørregade in Richtung Fiolstræde und verschwand aus dem Blickfeld. Unmittelbar danach lief ihr eine dunkel gekleidete Person nach.

»Spiel das noch mal langsam ab«, sagte Lars. Sein Herz hämmerte. Hier war er, leibhaftig vor ihnen. Der Schatten, den er auf dem Assistens Kirkegård verfolgt hatte.

Franks Finger tanzten über die Tastatur, die Aufnahme spulte zurück. Wieder winkte Stine zum Abschied und schob ihr Rad in einem quälend langsamen Tempo über die Straße. Dann folgte die Gestalt in Zeitlupe.

»Das könnte durchaus schwarzes Sportzeug sein«, sagte Lisa. »Und er hat helle Haare.« Ihre Stimme lag merklich über ihrer normalen Lage. Auch sie stand unter Adrenalin. Lars schaute zu ihr hinüber. Ihre Kiefer bewegten sich, die Augen leuchteten.

»Seht mal, wie merkwürdig er geht.« Toke ging mit dem Kopf auf den Bildschirm zu. »Versucht er, der Kamera zu entgehen?«

»Kaum. Er duckt sich, weil er nicht von der Gruppe am Kiosk gesehen werden will.« Lars legte den Kopf schräg, beugte sich ebenfalls vor. Er wollte unter die Kapuze sehen, die den Kopf bedeckte, er wollte in das abgewandte Gesicht schauen. Aber es ließ sich nicht dechiffrieren. »Okay, mach davon ein Standbild. Das ist vermutlich das Beste, was wir bekommen können, oder?« Frank nickte. »Gut, druck es aus. Schauen wir uns die beiden anderen DVDs an.«

»Wie wollt ihr ihn finden?« Toke nickte in Richtung Bildschirm. Von dem Gesicht war lediglich ein körniger weißer, verschwommener Fleck zu erkennen.

Lars sank auf seinem Stuhl zusammen. Was jetzt? Er ließ den Mediaplayer zurücklaufen. Stines Hand hob die Bierdose vor ihr Gesicht. Wieder und wieder und wieder.

»Stine kennt den Burschen, der ihr das Bier gegeben hat. Vielleicht hat er etwas gesehen?«

Lisa schüttelte den Kopf.

»Wir haben sie gefragt. Sie kann sich an nichts erinnern.«

Lars zupfte an seiner Unterlippe.

»Dieses Bier, da …« Er zögerte. »Frank, Kim A. Ihr müsst noch mal zum Nørreport. Wir brauchen die Überwachungsvideos aus dem Laden.«

»Was sollen uns die denn nützen?« Kim A. verdrehte die Augen.

»Wir brauchen ein Foto von dem, der um diese Zeit das Bier gekauft hat. Hoffen wir, dass der Betreffende mit Karte bezahlt hat.«

37

Sanne schloss die Tür, Allan blieb am Aktenschrank stehen.

»Tja, jetzt heißt es wohl abwarten, bis wir was Neues von der Telefonüberwachung hören.« Er trommelte mit den Fingern auf den Schrank. Ein hohles, metallisches Geräusch in dem kleinen Büro. Sanne setzte sich. Sortierte die Papiere, die sie hatte liegen lassen, als sie zu Ulrik gingen.

»Du, ich muss daran denken ... was Justine uns gestern erzählt hat.«

»Das ist viel zu vage.«

»Aber nehmen wir mal an, dass ihre Erinnerung korrekt ist?«

»Weißt du eigentlich, wie viele Autonummern mit 56 oder 59 enden? Und selbst wenn es ein C oder G war, was sie gesehen hat ...« Er schlug mit der flachen Hand auf den Aktenschrank. »Ich brauche jetzt einen Kaffee. Was ist mit dir?«

Sanne rief das Zentralregister für Motorfahrzeuge auf.

»Komm.« Sie winkte ihn zu sich. »Abeiuwa wurde am Brogårdsvej gefunden. Wenn wir nun die Suche auf Gentofte begrenzen ... wie lautet die Postleitzahl?«

»2820.« Allan stellte sich hinter sie.

Sie tippte Zahlen und Buchstaben, gab die Postleitzahl ein. Schweigend sahen sie zu, wie der Computer das System durchsuchte.

Nichts.

»Versuch's mit 59.« Plötzlich war Allan doch mit Feuereifer dabei, und das übertrug sich auf sie. Sie ersetzte im Suchfeld 56 durch 59 und drückte die Enter-Taste.

Eine Liste von Autokennzeichen erschien auf dem Bildschirm. Eine fiel auf. Margit Langhoff, Søtoften 16.

»Das Schwein«, flüsterte Sanne. »Er benutzt das Auto seiner Frau, um Nutten aufzugabeln.«

»Das ist aber eine ziemlich delikate Angelegenheit.« Ulrik saß auf dem Rücksitz und blickte auf den Lyngbyvej, auf dem der Samstagsverkehr träge an ihnen vorbeifloss.

»Sollen wir umdrehen?« Sanne suchte seinen Blick im Rückspiegel. Kleine Schweißperlen glänzten auf seiner Oberlippe. Ganz offensichtlich gefiel ihm die Situation überhaupt nicht. Trotzdem hatte er darauf bestanden mitzukommen. Der Polizist in ihm hatte gewonnen.

»Nein.« Ulrik zog das Wort in die Länge. »Nein, es ist richtig, die Sache zu untersuchen. Wir müssen nur aufpassen.«

Sanne blinkte am Brogårdsvej, bog ab und gab Gas.

»Entschuldigen Sie, dass wir an einem freien Tag stören, Frau Langhoff.« Ulrik lächelte und zeigte seine Marke. »Aber wir haben ein paar Fragen und hoffen, dass Sie und Ihr Mann uns dabei helfen können.«

Margit Langhoff, eine magersüchtige Frau um die fünfzig. Das lange Haar stumpf geworden durch zu häufiges Bleichen. Sie ging offensichtlich regelmäßig ins Solarium. Das Gesicht faltig, dunkle Ränder unter den Augen.

»Wir essen gerade zu Mittag.« Sie ging voraus in die Küche, von dort auf die Terrasse. »Mathias, es ist die Polizei.«

Mathias Langhoff erhob sich halb aus dem Stuhl. Groß, schlaksig. Chinos, Karohemd. Rote Kopfhaut. Blumenbeete und Steinwälle zogen sich von der Terrasse durch den Garten zum See. Der Rasen gepflegt, kein Halm stand verkehrt.

Margit setzte sich auf die andere Seite des Tischs. Ein typisch dänisches Mittagessen stand zwischen dem Ehepaar: Hering, Leberpastete, Eier, Lachs und dünn geschnittener Aufschnitt. Zum Essen tranken beide ein Bier.

»Wie können wir Ihnen helfen?«

»Es geht um einige ganz bestimmte Tage, die uns interessieren«, sagte Ulrik. »Können wir in Ihr Arbeitszimmer gehen, Herr Langhoff? Sie haben Ihren Kalender doch sicher dort, nicht wahr?«

Allan blieb mit Margit Langhoff auf der Terrasse. Ulrik und Sanne folgten dem Ehemann ins Haus.

»Na, worüber wollen Sie denn mit mir reden?« Mathias Langhoff schloss die Tür hinter ihnen. »Sie wissen vermutlich, dass meine Sekretärin für meine Termine verantwortlich ist.«

Ulrik lächelte.

»Sanne?«

Das war also Ulriks Vorstellung von Diplomatie? Ihr die Vernehmung aufzuhängen? Sie befeuchtete ihre Lippen und sah Langhoff in die Augen.

»Fahren Sie einen silbergrauen BMW?«

Er bestätigte es.

»Er steht nicht in der Einfahrt?«

»Er ist in der Werkstatt. Der Auspuff ist Mittwoch kaputtgegangen. Nächste Woche bekomme ich ihn zurück.«

»Am Dienstag zwischen 21:15 und 22:30 Uhr hatten Sie hier Besuch von einer Prostituierten«, unterbrach ihn Sanne. Sie ahnte Ulriks Aufstöhnen mehr, als dass sie es hörte.

Einige lange Sekunden starrte Mathias Langhoff sie an. Dann kreuzte er die Arme über der Brust.

»Und?«

»Gestern Nacht wurde eine andere Prostituierte, eine junge Afrikanerin, hier am Brogårdsvej gefunden. Ein Auge hing ihr halb auf der Wange. Ein Kunde hat versucht, es ihr mit einem Skalpell zu entfernen.«

Mathias Langhoff stützte sich mit den Händen auf den Schreibtisch. Sein Gesicht war kalkweiß. Ein gelber Fleck glänzte auf seinem Kragen. Curry-Hering?

»Ich habe davon gehört. Es ist grauenhaft. Und dann hier in unserer Gemeinde.«

»Sanne …?« Ulrik schien unter Schock zu stehen, sonst hätte er sie längst aufgehalten. Aber sie hörte nicht auf ihn.

»Wo waren Sie in der Nacht zum Freitag?«

»Sehen Sie, um diese Frage zu beantworten, benötige ich weder meine Sekretärin noch meinen Kalender. Aber aus reiner Neugierde: Warum fragen Sie das gerade mich?«

»Ein Zeuge hat gesehen, wie diese Afrikanerin in Vesterbro in das Auto Ihrer Frau gestiegen ist.«

Mathias Langhoff lächelte. Breit.

»Das bezweifele ich aber sehr. Vorgestern war ich bei einer Konferenz der Landesvereinigung der Gemeinden in Fredericia. Es wurde spät. Ich habe im Hotel Kronprinds Frederik übernachtet und bin erst gestern Abend nach Hause gekommen.«

Sanne räusperte sich.

»Aber der Wagen Ihrer Frau …«

»Weder der Wagen meiner Frau noch ich waren gestern Nacht in Vesterbro. Ich bin nämlich mit dem Wagen meiner Frau nach Fredericia gefahren. Ich bin sicher, dass die Storebælt-Fährgesellschaft ein Foto sowohl der Hin- wie auch der Rückfahrt beschaffen kann. Mit der Autonummer und meinem Porträt. Sie können sich auch gern die Hotelquittung ansehen.«

Sanne wurde abwechselnd heiß und kalt. Wo sollte sie hinsehen? Jedenfalls nicht zu Ulrik. Er stand neben ihr und kochte.

»Das … das war wohl alles, Herr Langhoff. Es tut mir sehr leid, dass wir Sie gestört haben. Einen schönen Tag noch.«

Mathias Langhoff öffnete ihnen die Tür.

»Es muss Ihnen nicht leidtun. Es war … unterhaltsam. Übrigens, wegen diesem Mädchen, das Sie zu Beginn erwähnten …«

Sanne blieb stehen.

»Ich finde, Sie sollten wissen, dass ich an diesem Abend nicht allein war. Meine Frau war ebenfalls dabei.«

Sanne hämmerte die Stirn aufs Lenkrad, als sie wieder im Auto saßen. Ulrik hatte bisher kein Wort gesagt.

»Was war denn los da drinnen?« Allan blickte von Sanne zu Ulrik.

»Sanne wurde gerade eine wertvolle Lektion erteilt.« Ulrik saß mit durchgedrücktem Rücken auf dem Rücksitz. »Können wir fahren?«

38

Feierabend. Friede. Keine säuerlichen Gesichter mehr, wie er sie auf dem Präsidium zu sehen bekam. Eigentlich konnte er sich nur auf Toke – ja, und Sanne – verlassen. Er spießte die letzten Tortellini auf die Gabel, steckte sie in den Mund und ließ die Backenzähne arbeiten. Die Tortellini hatten schon unglaublich wenig mit Italien zu tun, aber der Schinken noch weniger. Er kaute, hob das Glas. Zumindest der Ripasso kam aus Valpolicella.

Lars schaltete den Fernseher ein. Die Abendschau, gefolgt von einer Verbraucherberatung. Ein Wohlfühlbeitrag nach dem anderen, abgelöst durch so zwingende Notwendigkeiten wie Informationen über Bewegung im Alter, Sparen im Supermarkt und einen tiefschürfenden Bericht über den Preisunterschied bei Plastiktüten. Was hatte Anna immer gesagt? Das Fernsehen ist der Blinddarm der Gesellschaft, der nutzlose Teil eines Systems, dessen einzige Funktion es ist, Scheiße freizusetzen.

Der Patient kratzte vielleicht nicht sofort ab, aber er hatte ganz sicher eine Entzündung.

Er goss sich noch ein Glas Wein ein und schaltete den Fernseher wieder ab. Hockte sich vor die alten Kästen auf dem Boden. Fing an, seine LPs durchzusuchen. Es gab nur eine Medizin, die ihm bei diesem melancholischen Zustand helfen konnte. Laute Musik von der alten Art, bei der Maria den Kopf schüttelte und meinte, er sei hoffnungslos verloren.

Sie hatte ihm eine SMS geschickt. Sie wollte sich mit ihrem Freund in der Stadt treffen, er sollte nicht mit dem Essen auf sie warten. Der Abend lag vor ihm, unendlich lang und einsam.

Er war bis Lou Reed gekommen, *Transformer*. *Perfect Day* war jetzt bestimmt der richtige Soundtrack für ihn. Er zögerte und entschied sich dann für die Einspielung, die direkt dahinter stand, *Sad Songs*. Zog eine zerknüllte Schachtel Blå King's aus der Hosentasche, zündete sich eine Zigarette an. Hielt den Kopf leicht schräg, um keinen Rauch in die Augen zu bekommen, als er die Platte aus der Hülle zog und vorsichtig auflegte. Nadel in die Rille, zurücklehnen, Asche auf den Teller. Die ersten Bass-Töne, Mick Ronson am Klavier. Und dann diese Stimme. Wenn es nicht so banal wäre, würde er eine Gänsehaut bekommen.

Es klingelte an der Tür.

So laut hatte er doch gar nicht aufgedreht? Er klopfte die Asche von der Zigarette, ging in den Flur und öffnete.

Draußen stand ein junger, gut angezogener Mann mit einem großen Blumenstrauß im Arm. Auf dem Kopf trug er eine Studentenmütze.

»Einen schönen guten Abend. Ist Maria zu Hause?« Einen schönen guten Abend? Gab es tatsächlich noch Menschen, die so etwas sagten? Er nickte, zog an seiner Zigarette und kniff die Augen zusammen. Der Bursche war offensichtlich ein paar Jahre älter als Maria. Das sandfarbene Haar hing ihm über Augen, die so blau waren, dass die Farbe über die Augenpartie hinauszustrahlen schien.

Lars schüttelte den Kopf.

»Leider nein. Sie wollte sich mit jemandem in der Stadt treffen. Ich weiß nicht, wann sie zurückkommt.«

»Ist schon in Ordnung.« Selbstsicher kam der junge Mann einen Schritt auf ihn zu. Lars war gezwungen, zur Seite zu treten, wenn sie nicht zusammenstoßen wollten. Einen Augenblick später stand er in der Wohnung. »Wir haben verabredet, uns stattdessen hier zu treffen. Sie kommt sicher gleich.«

Lars kratzte sich im Nacken und starrte den Jungen ungläubig an, der einen hellen Baumwollmantel trug, obwohl der Sommerabend mild war. Das tiefrote Hemd darunter sah frisch gebügelt und teuer aus.

Im Wohnzimmer hatte Lou den Kampf mit *Sad Song* begonnen.

»Äh, möchtest du vielleicht ein Glas Wein?«, hörte Lars sich fragen. »Und Glückwunsch zum Abitur.« Er nickte in Richtung Mütze.

»Danke, gern. Könntest du mir den abnehmen?« Der Bursche reichte Lars den Blumenstrauß, der mit seinen gelben und blauen Farben beinahe explodierte. Lars schaffte es gerade noch zuzufassen, bevor er zu Boden fiel. Er stellte den Strauß in eine Ecke des Wohnzimmers, während der junge Mann sich vor die Platten und die Anlage hockte.

»Ein Rega P1? Und ein NAD 3020? Geil.« Er nickte. »Low end classics.«

»Ich dachte, in eurer Generation hört niemand mehr Platten?«

»Ich höre auch meist MP3. Aber ich habe einen Pro-Ject Xtension, einen Marantz PM-11S2 und ein Paar B & W Diamond zu Hause.«

Lars war vor einigen Jahren bei einer Vorführung der B&W-Lautsprecher gewesen. Seiner Ansicht nach gehörten sie ganz sicher zu den feuchten Träumen eines Ingenieurs. Aber was aus ihnen herauskam, war weit von dem entfernt, was er unter Musik verstand. Knochentrocken und tot. Er sah ein Teenagerzimmer vor sich, voll mit sauteurer Hi-Fi-Ausrüstung. Marias Freund sah tatsächlich nicht aus, als wohne er in einem der üblichen feuchten Kellerzimmer. Vermutlich stand ihm der gesamte erste Stock der elterlichen Villa in Hellerup zur Verfügung.

Plötzlich drehte der Bursche sich um und streckte die Hand aus.

»Christian. Ich habe gerade mein Abitur bestanden, auf dem Øregård-Gymnasium.«

Ja, danke, er wusste, wo seine Tochter zur Schule ging. Lars drückte die ausgestreckte Hand. Ein kräftiger Händedruck.

»Lars.« Er nickte. »Setz dich, ich hole ein Glas.«

Christian grinste und zog eine Schachtel Benson & Hedges aus der Tasche. In den Achtzigern hatten ein paar Yuppies und die richtig smarten Luxuspunks Benson geraucht. Lars verspürte einen plötzlichen Flashback zu Floss, Depeche Mode und Bowie-Videos. Hochprozentiges Bier und Koks auf der Toilette.

»Darf man rauchen?«

Lars wies mit dem Kopf auf den Aschenbecher und verschwand mit der halb aufgegessenen Portion Tortellini in der Küche.

Als er mit einem Glas für Christian zurückkam, hockte der Bursche auf dem Boden und blätterte seine Plattensammlung durch.

»Sind nicht gerade die neuesten Hits, was?« Lars wollte protestieren, aber Christian winkte ab. »Ich find's cool. Du hast ein paar geile Sachen. Und alte Stones!« Er zog *Beggars Banquet* heraus und nahm die Scheibe aus der Innenhülle. »Die Originalpressung. Du weißt, dass sie Geld wert ist, oder?«

Lars ließ sich ins Sofa fallen, schenkte ihnen Wein ein. Nickte.

»Ich meine, das sichert dir nicht die Rente, aber ein paar tausend bringt die schon. Wenn man sie an den Richtigen verkauft. Außerdem ist sie in gutem Zustand.« Er hielt die

Platte zwischen zwei Fingern, drehte sie und sah sich beide Seiten genau an. »Auch das Cover.«

»Mich interessiert mehr die Musik. Kennst du die Scheibe?« Lars schob ihm das Glas zu.

Christian klopfte die Asche ab und setzte sich im Schneidersitz auf den Boden.

»Na ja, ist ein bisschen langweilig, finde ich.« Er trank einen Schluck. Ein leicht spöttischer Zug um den Mund, dann lachte er und trank noch einen Schluck, diesmal einen größeren.

»Ist ja auch bloß Rhythm 'n' Blues«, sagte Lars. Was wollte der Kerl? »Und trotzdem sind Samba, Country-Imitationen und Music-Hall-Sachen mit drin. Die Platte war ziemlich erfolgreich.«

Christian zuckte die Achseln.

»Mir gefiel die hier immer besser.« Er zog *Let it Bleed* aus dem Kasten. »He, das ist ja auch eine Originalausgabe.«

Lars nickte, er konnte sich das Lachen nicht verkneifen.

»Eine der allerersten«, sagte er. »Schau mal auf die Nummer auf dem Etikett.«

»Und mit dem Loch im Cover, mit Blick auf die Innenhülle. Blau für Stereo.« Christian steckte einen Finger durch das Loch. »Was ist mit dem Plakat?«

Ursprünglich hatte dem Cover ein Plakat beigelegen. Aber einer der unzähligen Vorbesitzer hatte es weggeworfen, verschenkt, verlegt. Keine Ahnung.

»Leider.«

Christian erhob sich auf die Knie und sah Lars fragend an, bevor er den Tonabnehmer von der Lou-Reed-Platte hob und *Let it Bleed* auflegte. Lars erwartete, das abfallende, Fender-Rhodes-artige Gitarrenriff zu hören, das *Gimme Shelter* eröffnete, aber stattdessen erfüllte den Raum eine raue Boogie-Gitarre.

»*Midnight Rambler?*«

Christian grinste ihn an. Lars lachte. Er hatte das Gefühl, wieder achtzehn zu sein.

»Du findest *Beggars Banquet* zu eintönig? Und dann spielst du die *Banquet*-artigste Aufnahme der ganzen Platte?«

Christian hatte sich wieder in den Schneidersitz gesetzt. Die Glut der Zigarette spiegelte sich in seinen Augen, aber sein Gesicht verschwand in einer gewaltigen Rauchwolke.

Lars stand auf.

»Ich spiele dir mal eine richtig satte Version von *Midnight Rambler* vor.« Er setzte sich neben Christian in die Hocke und suchte *Get Yer Ya Ya's Out* heraus.

»Die hier ist fantastisch. Brian Jones war gerade gestorben, es ist die erste Tournee mit Mick Taylor. Das sind die Stones in ihrer schärfsten Form, noch vor Altamont. Du hast von Altamont gehört, oder?«

»Ja, sicher. Wir hatten einen alten Hippie in Geschichte. Aber wieso hörst du diese Sechziger-Musik? So alt bist du doch auch wieder nicht?«

»Danke für die Blumen. Als ich in deinem Alter gewesen bin, waren Punk und neuer Rock angesagt, aber ich habe ziemlich schnell gemerkt, dass alles, was Ende der Sechziger und Anfang der Siebziger stattfand – Stones und Zeppelin –, dasselbe Feeling hatte. Aber ich kann auch gern Joy Division auflegen.«

Er nahm *Let it Bleed* vom Plattenspieler und legte *Get Yer Ya Ya's Out* auf. Call and response, Mundharmonika und Publikum, Schlagzeug und Gitarre. Christian wiegte sich hin und her, formte die Lippen zu Mick Jaggers Stimme.

I'm talkin' 'bout the Midnight Rambler,
Ev'rybody got to go

Lars schloss die Augen.

»Das Schärfste an dieser Version ist der Mittelteil, wenn der Break kommt, die Gitarren gegeneinander spielen und Jagger wie ein alter Indianer klingt, der zum Sonnentanz ruft.«

Christian hob die Augenbrauen, sagte aber nichts. Schweigend saßen sie da, hörten zu.

Auf dem Plattenspieler begleitete die Band am Ende jede Zeile Jaggers mit tonnenschweren Schlägen.

I'm called a hit 'n' run raper, in anger ...
Or just a knife-sharpened tippie-toe ...
Or just a shoot 'em dead, brain-bell jangler
Everybody got to go

»Du weißt, dass es dabei um den Würger von Boston geht, oder?« Christian zündete sich noch eine Benson & Hedges an. Seine Augen leuchteten.

Und wie er das wusste! Er war auf *Let it Bleed* gestoßen, als er auf der Polizeischule anfing, wo sie Material zu dem Fall des Würgers von Boston durchgegangen waren. Ihm war es eiskalt den Rücken hinuntergelaufen, als ihm der Zusammenhang bewusst wurde.

»Glaubst du, es war DeSalvo, der sie alle umgebracht hat?«

Lars hatte sich auf den Boden gelegt und starrte an den verkratzten, nikotingelben Stuck an der Decke. Er musste sich nicht einmal erinnern. »Hm. Dreizehn Frauen zwischen 1962 und 1964 ermordet und sexuell missbraucht. Das Alter variierte, zwischen neunzehn und fünfundachtzig Jahren, soweit ich mich entsinne. Einige mit Nylonstrümpfen erdrosselt, ein paar niedergestochen. Eine Frau starb an einem Herzinfarkt, als er sie packte.« Er zuckte die Achseln. »Ich weiß es nicht. DeSalvo kannte Details von den Tatorten, die nicht an die Presse durchgesickert waren. Auf der anderen Seite gab es große Unterschiede in der Art der Morde. Und dann ist da noch das Alter der Opfer. Die jungen waren sehr jung, nicht wahr? Und auf der anderen Seite von Mitte fünfzig bis, ja, fünfundachtzig Jahre. Es klingt nicht nach einem einzigen Mörder.«

»Was ist mit dem, den man den Sandmann getauft hat, weil er den Frauen auf so ungewöhnliche Weise die Augen schloss?«

Lars antwortete nicht, schaute durch den wabernden Zigarettenrauch an die Decke. *Midnight Rambler* ging über in *Sympathy for the Devil*. Jetzt redeten sie über ihn.

»Wieso interessiert sich so ein junger Kerl für diese morbi…«

Plötzlich stand Maria im Zimmer. Keiner von beiden hatte die Tür gehört. »Was macht ihr denn hier? Ich dachte, wir wollten dein Abi feiern?« Ihre Augen waren groß und schwarz und starrten Christian an. Christian kam auf die Beine, strich sein Hemd glatt. Er schenkte ihr ein schiefes Lächeln.

»Wir hatten doch abgemacht, uns hier zu treffen?« Er versuchte sie zu küssen. Maria wandte das Gesicht ab.

»Ich habe über eine Stunde vor einer Flasche Wasser im ZeZe gesessen. Hast du nicht gesehen, dass ich angerufen habe?«

Lars streckte die Hand aus, wollte vermitteln. Maria blickte ihn an, und er ließ die Hand fallen. Auch er hatte eine Grenze überschritten, das war klar. Aber welche?

»Schatz.« Mit zwei langen Schritten war Christian in der Ecke, wo Lars den Blumenstrauß abgestellt hatte. »Der ist für dich.«

Maria warf den Kopf in den Nacken, roch dann aber doch an den Blumen. »Hmm.« Ihre Züge wurden weich. »Danke.« Sie gab ihm einen flüchtigen Kuss. »Komm.«

Sie verschwanden in der Küche und ließen Lars mit seinen Zigaretten, einer halbleeren Flasche Ripasso und seinen vierzig Jahre alten Platten allein im Wohnzimmer zurück.

Wahrscheinlich war es ohnehin Zeit, ins Bett zu gehen.

August 1944

Das Küchenfenster steht offen, die karierten Gardinen hängen still im lauen Spätsommerabend. Die Dämmerung setzt ein, allerdings klebt ein schwacher Widerschein des Sonnenuntergangs noch immer am Himmel. Sie sitzt auf einem Schemel in der Ecke am Ofen. Das Herz zerreißt ihr in der Brust. In dieser Nacht soll er rübergebracht werden. Vater hat ein Boot nach Schweden beschafft und mit einem der Fischer Ort und Zeit vereinbart. John will sie benachrichtigen, sobald sie nachkommen kann. Ihr Kopf ist leicht, aber im Bauch hat sie so ein sonderbares Gefühl, als wollte irgendetwas in ihr zerbrechen.

Sie steht auf, folgt mit einem Finger dem Messingrohr, das sich um den schwarzen schmiedeeisernen Ofen zieht, und zuckt bei dem plötzlichen Anblick im Halbdunkel zusammen. In der Ecke hinter dem Ofen ein leichenblasses Gesicht, dem Blut über die Wangen läuft.

»John?«, flüstert sie. Sie beißt die Zähne zusammen. John liegt auf dem Boden eines kleinen Fischerboots auf dem Øresund. In einer Stunde ist er in Schweden in Sicherheit, und in ein, zwei Monaten liegt sie wieder in seinen Armen. Auf dem Weg nach Stockholm oder London hört sie dann seinen albernen Oden auf ihre Augen zu. Sie schüttelt den Kopf. Niemand sonst findet solche Reime auf *greyblue* und *green*. Er ist der Erste, der ihren Schönheitsfehler erwähnen darf, ohne dass sie wütend wird.

Sie lacht vor sich hin. Jungmädchenfantasien, schwärmerisch wie das letzte purpurfarbene Licht, das jetzt am Himmel brennt.

Sie macht einen Tanzschritt, summt. Die Gardinen, das Geschirrtuch, sogar die Luft in der Küche duften noch nach den Frikadellen, die sie John und Vater in einem Korb mitgegeben hat. Aus der Wohnstube hört sie das beruhigende Klicken von Mutters Stricknadeln, die mit einschläfernder Regelmäßigkeit gegeneinanderschlagen. Alles ist ruhig, sagen sie. Nichts Böses kann uns erreichen. Was ist schon dabei, wenn um sie herum Nationen im Schutt versinken? Hauptsache, sie lieben sich, alles andere ist vollkommen gleichgültig.

Draußen im Garten klappt die Pforte. Kann es sein, dass Vater bereits zurückkommt? Die Schritte auf dem Gartenweg sind fest wie Vaters, aber federnder, schneller. Ein junger Mann? Das Herz hüpft ihr im Leib.

Nein. Er kann es nicht sein. Er würde nur zurückkommen, wenn etwas schiefgegangen ist. Und nicht für die gesamte Nachbarschaft sichtbar. Ihr John, ihr stolzer John, würde durchs Gebüsch ganz hinten im Garten gekrochen kommen, aus dem Moor, wo niemand ihn sehen kann.

Jetzt hört sie den Türklopfer auf dem Messingbeschlag. Mühsam erhebt sich Mutter im Wohnzimmer und legt ihr Strickzeug beiseite. Sie selbst steht reglos in der Küche und wünscht, dass die Zeit stillstehen möge.

Mutters Stimme flüstert durchs Haus. Es ist für sie. Arno. Ob sie mit in den Garten kommen möchte?

Wie eine Schlafwandlerin verlässt sie die Küche, mit schweren Schritten in ihren zerschlissenen Holzschuhen. Sie blickt zu Boden, das Blut ist eiskalt. Sie will nicht. Und doch muss sie. Sie kann nicht. Aber sie muss. Mutter sieht ihr nicht nach, sie hat sich mit ihrem Strickzeug bereits wieder in ihren bequemen Sessel in die Ecke gesetzt.

Er steht unter der alten Blutbuche, die von den Kletterhortensien beinahe erstickt wird. Er ruft sie, mit gefalteten Händen und in Uniform. Die blanken Stiefel, die Reithose, die Uniformmütze. Warum kommt er so hierher? Sie will nicht mit einem Hipo-Mann, einem Handlanger der Gestapo, gesehen werden, auch nicht, wenn es sich um einen alten Klassenkameraden handelt.

Noch bevor sie ihn erreicht hat, fängt er an zu reden. Belegte Stimme, roter Kopf. Über sie und ihn, über die Zukunft, über Glück und Ehe, Kinder. Aber sie kann nicht ... sie will nicht zuhören. Arno bettelt, er fällt auf die Knie, während die Spätsommernacht um sie herum so mild ist. Aber sie nimmt Arno nicht wahr, und sie weiß, dass Arno weiß, dass sie ihn nicht wahrnimmt, dass sie ganz woanders ist.

Und dann erhebt er sich, und sein Blick wird hart. Die Tränen haben dunkle Streifen auf seinen Wangen hinterlassen. Das Gesicht wirkt leichenblass in der hellen Nacht. Sie denkt an die Erscheinung, die sie in der Küche hatte. Sie will nicht, und doch muss sie hinsehen. Auf Arnos Hände, die sich öffnen ... und auf das fürchterliche Geheimnis, das sie verbergen.

Zwei Augen mit meergrauen Pupillen, zwei Augen, die klar und lebendig sind, voller Erwartung und Liebe. Zwei Augen, die noch vor wenigen Stunden in ihrem Anblick ertrunken sind. Sie kann sich noch immer so sehen, wie John sie sah, widergespiegelt in der toten Iris und all dem Weißen, das in dem Haufen von Blut und durchgeschnittenen Nervenenden zwischen Arnos bebenden Fingern liegt.

Die Gartenpforte knarrt hinter Arno. Vater kommt zurück. Er nickt Arno kurz zu, vermeidet ihren Blick. Geht den Weg hinauf und verschwindet im Haus.

Nun weiß sie es.

Der Schrei kommt von ganz tief unten, er steigt auf aus

ihrem Schoß. Bohrt sich durch das Fleisch, die Sehnen und Knochen, vorbei an dem kleinen Leben, das hinter ihrem Nabel wächst. Doch als der Blutwind die Mundhöhle erreicht, hat er keine Kraft mehr.

Es kommt nur noch ein schwaches Pfeifen. Das gleiche Geräusch, das die Mäuse morgens in Vaters Falle hinter dem Küchenschrank von sich geben.

Sonntag, 22. Juni

39

Die vielen Steintreppen hinauf zur Rotunde im 2. Stock, den langen dunkelroten Korridor entlang, durch die grüne Tür.

In der Abteilung war niemand zu sehen. Rasch ging er in sein Büro und schloss die Tür mit einem leisen Klicken hinter sich. Bald war es vorbei. Ihm würde es besser gehen, und die Abteilung konnte ihre tägliche Arbeit ohne ihn fortsetzen. Warum Kim A. sich überhaupt über ihn beschwert hatte, verstand er nicht. Er warf das Sakko über die Lehne des Stuhls an der Tür und ließ sich auf seinen Bürostuhl fallen. Die Hydraulik kreischte, die Verstrebungen knirschten. Offensichtlich freute sich der Stuhl auch, dass er verschwand.

Ein letzter Fall, dann war das Fest vorbei. Zehn Jahre hatte er hier gearbeitet. Jetzt war er glücklich, hier wegzukommen.

Er knallte die Füße auf den Schreibtisch, überlegte, ob er sich trotz des Rauchverbots eine Zigarette anzünden sollte. Noch immer hatte er einen Vergewaltiger zu verhaften. Er zwang sich, noch einmal die DVDs der Überwachungskameras vom Nørreport anzusehen. Möglicherweise gab es ein winziges Detail, eine mikroskopische Spur in der Art, wie er sich bewegte, oder an seiner Kleidung? Etwas, das mit wachen Sinnen betrachtet den Fall neu aufrollen konnte? Aber es gab keine plötzliche Klarheit. Der Blitz schlug nicht ein.

Noch immer stand ihm der gestrige Abend vor Augen. Die Zigaretten, der Wein und die Platten. Die Stones. Marias Freund, der Benson & Hedges rauchte. Irgendetwas mit dem

Haar und den Augen, sein Benehmen. Lars stand auf und stellte sich ans Fenster.

Die Tür zu Marias Zimmer war geschlossen, als er heute Morgen aufgestanden war. Christians Jacke hing nicht im Flur. Seine Schuhe waren ebenfalls verschwunden, aber vielleicht hatte er sie mit in Marias Zimmer genommen? Er war sich nicht sicher, hatte er letzte Nacht die Tür gehört? Aus ihrem Zimmer war kein Laut gedrungen. Er hatte gezögert, er hatte mit erhobener Hand vor der Tür gestanden und sich nicht entschließen können anzuklopfen. Stattdessen war er ins Bad gegangen.

Die Kollegen trafen ein, sie liefen auf dem Korridor auf und ab, holten Berichte, plauderten, Verhaftete wurden zum Verhör gebracht. Niemand klopfte an seine Tür. Der Lockvogel war nicht seine Idee gewesen, er hatte sich sogar dagegen ausgesprochen, aber nichts blieb mehr kleben als ein Fiasko.

Lars blickte über den Schreibtisch, wo der Bericht über die Aktion lag; braune Ringe von unzähligen Kaffeebechern bedeckten die dünne Aktenmappe mit einem psychedelischen Muster. Ein Foto der Bank im Hans Tavsens Park, weiße Kreise, wo Lene sich auf die Bank gestützt hatte, um wieder auf die Beine zu kommen. Hatte er Christian auf einem der Fotos gesehen? Hier? Hastig blätterte er die schiefen Stapel auf dem Schreibtisch durch, dann sah er in die Schublade, riss die Bilder heraus. Ein ansehnlicher Haufen Schwarz-Weiß-Fotos im A4-Format segelte in einem perfekten Bogen durch den Raum und fiel mit trockenem Rascheln auf den Boden. Ein Foto landete auf dem Rand und drehte sich unbeholfen ein paarmal um die eigene Achse, bevor es direkt vor seinen Füßen liegen blieb.

Die Fotos aus dem Penthouse. Lene tanzte mit den Armen über dem Kopf. Und dort, ganz hinten, in der letzten Reihe an der Bar. Es war nicht genau zu erkennen, aber etwas an den Haaren, an der Art, wie er stand. Die Augen blickten zu Boden, man konnte sie nicht sehen. Aber er könnte es durchaus sein.

Lars schüttelte den Kopf, warf das Foto auf den Schreibtisch. Was dachte er sich eigentlich? Natürlich war es nicht Christian. Aber wenn doch? Ein Schauder durchfuhr ihn. Das Interesse an dem Würger von Boston, diese morbide Stones-Nummer. Er schielte auf das Bild, zwang sich, den Blick abzuwenden. War das heutzutage üblich? Unterhielt man sich über Serienmörder, wenn man den Vater seiner Freundin zum ersten Mal traf?

Mit Fingern, die kaum gehorchen wollten, fummelte er eine Blå King's aus der Schachtel. Öffnete das Fenster. Feuer. Ein tiefer Zug. Das Nikotin entfaltete sich in der Lunge, schoss durch die Blutbahn, traf das Gehirn wie eine Salve Projektile. Sollten sie doch kommen, er pfiff auf das Rauchverbot. Er zupfte sich einen Tabakrest von den Lippen und betrachtete noch einmal das Foto. Wenn …? Er griff nach dem Bild, hielt es zwischen zwei Fingern. Die Größe passte, die Statur. Eine schwarz gekleidete Gestalt. Helle Locken unter der Kapuze.

Ruckartig erhob er sich, nahm seine Jacke, riss die Tür auf. Er musste es überprüfen.

Der Vorzimmerbereich war jetzt voller Kollegen, mit einigen hatte er länger zusammengearbeitet, als er sich erinnern mochte. Nicht einer von ihnen blickte auf. Er ließ seinen Blick über die Versammlung gleiten. Frank und Lisa saßen mit Ulriks Sekretärin zusammen, unterhielten sich leise. Toke war nirgendwo zu sehen.

Er ging auf die grüne Tür zu, lief den Flur hinunter. Am Fuß der Treppe wäre er beinahe mit Sanne zusammengestoßen. Nur ein rasches Innehalten und ihr geschmeidiger Schritt zur

Seite retteten sie vor einem Zusammenstoß. Sie sah aus, als hätte sie es eilig.

»Hej, Lars, ich wollte dich anrufen ...« Sie brach den Satz ab.

Lars fingerte am Geländer.

»Ich sollte ... äh, ja, danke für das Abendessen.« Er schwieg. Nimm dich zusammen. »Es war nett. Maria hatte einen schönen Abend.« Wie hieß ihr Freund, Martin? Vereinzelte Bilder vom Abwasch, von der schweigsamen Taxifahrt mit Maria nach Hause. Er ballte die Faust. Sie *hatten* einen schönen Abend gehabt.

»Du ... es tut mir leid wegen dieser ... dieser Beschwerde, und ...« Sanne beendete auch diesen Satz nicht.

»Na ja, ich hab doch ohnehin meine Versetzung beantragt, also ...« Er zuckte die Achseln. »Wo willst du eigentlich hin? In diesem Tempo?«

»Einen Zeugen verhören. Und du?«

»Ich muss bei der Gerichtsmedizin vorbei und dann nach Hellerup ...« Lars trat auf die nächste Stufe, zögerte. »Ich hatte da so eine Idee.«

»Wir könnten zusammen fahren. Ich muss nach Gentofte.«

»Hast du einen Wagen?« Ein wohliger Schauer durchlief ihn vom Nacken bis zum Zwerchfell.

Sanne gab ihm ein Schlüsselbund.

»Hier. Mein Fiat 500 steht drüben im Parkhaus. Holst du ihn?«

Sanne lief die Treppe hinauf, Lars sah ihr nach. Folgte einen Moment den schlanken Beinen und dem strammen Hintern. Dann ging er durch die Tür der Rotunde zum Ausgang und bog um die Ecke der Hambrosgade.

Der weiße Fiat 500 stand gut versteckt hinter einer Reihe ramponierter und verdreckter Streifenwagen. Im Wagen

272

war es verblüffend sauber. Schlüssel in die Zündung, kuppeln, Gang einlegen. Er rollte vor die Treppe, bremste und öffnete die Beifahrertür in dem Moment, als Sanne aus dem Präsidium stürmte.

»Pass auf, dass du dich nicht zu sehr stresst. Davon wird man krank.«

Sanne lachte, warf die Tür zu und schnallte sich an. Sie fuhren auf die Hambrosgade und bogen links ab auf den H.-C.-Andersen-Boulevard. Sie zog einen Haufen Papier aus ihrer Tasche, blätterte darin.

»Ich werde nie lernen, diese Straßen auseinanderzuhalten. Ah, hier ist es. Brogårdsvej.«

»Geht es um die schwarze Prostituierte?« Lars fuhr am Rathausplatz vorbei. »Ich habe davon in der Zeitung gelesen.«

»Ja, dort wohnt der Mann, der auf dem Revier angerufen hat. Die Kollegen haben ihn vernommen, aber ich würde gern ...« Sie unterbrach sich. »Es ist unglaublich. Niemand hat etwas gesehen. Aber wenn Ruhe und Ordnung gestört werden, weil sie dort steht und vor Angst und Schmerzen schreit, dann rufen sie an, damit sie abtransportiert wird.«

Lars fuhr weiter über die Gyldenløvsgade.

»Ist es okay, wenn wir kurz bei mir vorbeifahren? Ich muss noch was holen.« Der Seepavillon und die Seen. Sonnenglitzern auf den Wellen. Die Irma-Reklame am Sortedamsø. Sanne nickte.

»Entschuldigung, ich habe dich unterbrochen«, sagte er. »War das euer Mann?«

»Sieht so aus. Frelsén ist ziemlich sicher. Der gleiche Schnitt, die gleiche Vorgehensweise. Enucleatio bulbi, Entfernung des Augapfels. Abgesehen davon, dass sie sich befreien konnte. Und bei dir?«

»Ach, nur ein paar Sachen, die ich überprüfen will.«

Lars bog rechts ab in die Lundtoftegade. Am Folmer Bendtsens Plads hielt er direkt gegenüber der Hochbahn am Straßenrand.

»Ich bin in zwei Minuten zurück.«

In der Wohnung ging er ins Badezimmer, hockte sich hin und zog einen Beutel für Beweismittel aus der Jackentasche. Mit einem Kugelschreiber öffnete er den Mülleimer, wühlte sich durch Kleenex, Haarbüschel und Zahnpastatuben. Dort lag es, halb versteckt von der Pappschachtel eines Mascara-Stifts. Blassgelb und verschrumpelt, mit einem Knoten verschlossen. Er wusste, dass er es eigentlich nicht tun sollte. Er kniff einmal kurz die Augen zusammen, dann steckte er den Kugelschreiber hinein und hob das benutzte Kondom in die braune Papiertüte.

Als er zum Auto kam, lehnte sie am Seitenfenster und betrachtete das Instrumentenbrett. Er stieg ein.

»Irgendetwas nicht in Ordnung?«

Sanne antwortete nicht, sie schien irgendwo anders zu sein. Sie zuckte zusammen, als er die Tür zuwarf.

»Was?«

»Du siehst aus, als hättest du ein Gespenst gesehen.«

»Na ja …« Sanne schloss die Augen. »Ich habe mich gestern blamiert. Ulrik … nein, vergiss es.« Sie brach ab, starrte aus dem Fenster. Lars warf ihr einen raschen Blick zu, dann drehte er den Zündschlüssel.

40

Frelsén hatte die Beine auf den Tisch gelegt, die rot-lila gestreiften Socken steckten in einem Paar abgetragener brau-
ner Lederschuhe. Ein Papierstapel, der dort gelegen hatte,
wo nun die Füße ruhten, hatte sich über den Boden verteilt.
Die goldgefasste Brille saß auf seiner Stirn, seine Augen waren geschlossen.

Schlief er?

Lars hob die Hand, um an die offene Tür zu klopfen.

»So etwas nennt sich Meditation.« Der Rechtsmediziner
hielt die Augen geschlossen, der Mund bewegte sich kaum.
»Und man stört den Meditierenden nicht. Setz dich dort in
die Ecke, ich bin gleich fertig.«

Lars sah sich in dem schmalen Büro um. Aus dem Fenster
blickte man auf den Parkplatz hinter dem Hauptgebäude des
Rigshospital. Der enorme Schreibtisch stand an der rechten
Seitenwand, über die linke Wand zogen sich Bücherregale,
die unter der Last der dicken Wälzer zusammenzustürzen
drohten. In der Ecke an der Tür fand Lars einen Stuhl. Er
legte Berichte und einen Stapel, der aussah wie ein komplet-
ter Jahrgang von *The American Journal of Forensic Medicine
and Pathology*, auf den Boden, setzte sich und wartete.

»So, jetzt bin ich wieder da.« Der Gerichtsmediziner öffnete die grauen Augen und fixierte ihn.

Lars zog den braunen Papierbeutel aus der Sakkotasche.

»Ich möchte dich um einen schnellen DNA-Test bitten.

Schnell im Sinne von: Ich bekomme das Resultat noch heute.«

Frelsén betrachtete den Beutel und kniff die Augen zusammen.

»Du weißt genau, dass du damit zur Genetikabteilung musst. Die können eine eilige Analyse an einem Tag durchführen. Die dich 60.000 Kronen kostet. Hast du das Budget dafür?«

Lars reichte Frelsén die Tüte.

»Ich dachte eher, ob du nicht selbst … ein bisschen zaubern könntest?«

Frelsén nahm den Beutel, guckte hinein.

»Und warum, wenn man fragen darf, gibst du so viel Gummi? *Pun intended, of course.*«

»Sagen wir einfach, es ist so ein … Gefühl.«

»Privat also?« Frelsén schmatzte vor sich hin. »Ich seh's mir an und gebe dir morgen Nachmittag Bescheid. Aber das lässt sich nicht als Beweis verwenden, dazu braucht's einen richtigen Test. Andererseits kann ich auf einen Verdächtigen aufmerksam machen – und ich wette, daran bist du interessiert?«

Der fragende Blick des Gerichtsmediziners war scharf wie ein Skalpell.

Gentofte. Brogårdsvej Nr. 24. Ein weiß verputztes Haus mit schwarz glasiertem Ziegeldach. Kleine Bäume und große Büsche versteckten das Haus beinahe vor der Straße. Sanne war bereits die Hälfte der Einfahrt hinaufgelaufen, bevor Lars überhaupt ausgestiegen war. Mit zwei Schritten stürmte sie die Treppe zur Haustür hoch und klopfte. Ein Mann in den Sechzigern öffnete. Sein Haar war silbergrau, die Zähne blitzten weiß in dem sonnengebräunten Gesicht. In hellbraunen Hüttenschuhen steckten nackte Füße.

»Ja, bitte?«

»Polizei, Herr Lund.« Sanne zeigte ihm ihre Polizeimarke. »Sanne Bissen. Das hier ist mein Kollege Lars Winkler.« Lars kam hinter ihr die Treppe hinauf. »Dürfen wir Ihnen ein paar Fragen stellen?«

Bei dem Wort »Polizei« wechselte das offene, lächelnde Gesicht in skeptisches Misstrauen.

»Worum geht's denn?« Er drückte die Tür ein paar Millimeter zu. Vermutlich, ohne dass es ihm selbst bewusst war. Lars hielt sich bereit, einen Fuß in die Tür zu stellen.

»Um die Nacht auf vorgestern. Sie haben um 02:10 Uhr die 112 angerufen und gesagt ...« Sanne holte den Bericht heraus. »›Da steht eine Negernutte mitten auf der Fahrbahn und schreit rum, direkt vor meinem Haus.‹ Sie waren wohl ziemlich aufgeregt?«

»Ach so, die Geschichte.« Die Schultern fielen ein wenig herab. Das Lächeln kam wieder. »Aber Ihre Kollegen sind schon hier gewesen. Es ist selten, dass hier etwas Aufregendes passiert. Und das kam ja dann auch in der Zeitung, also ...«

»Können Sie uns noch einmal genau erzählen, was passiert ist?« Lars räusperte sich. »Wann haben Sie die Frau bemerkt?«

Lund trat einen Schritt zurück.

»Kommen Sie doch herein.«

Sie putzten sich die Schuhe an der Matte ab und betraten den Eingangsbereich, eine kleinere Halle. Eine Buchenholztreppe schlängelte sich links ins obere Stockwerk. Die Stufen waren in der Mitte blankgetreten. Ein langer Teppich führte ins Wohnzimmer. Lund winkte ihnen zu folgen.

Das Wohnzimmer war größer als üblich und lag parallel zur Straße. Mehrere dicke Teppiche auf dem Boden, ein eingebautes Regal an der längsseitigen Wand. Zwischen den drei Fenstern einige Jagdtrophäen. Lund folgte Lars' Blick.

»Nein, das sind nicht meine. Sie gehörten meinem Schwiegervater. Aber sie sind gewissermaßen ein Bestandteil des Hauses.«

Lars nickte. Sanne stellte sich mit dem Rücken zum Fenster und wiederholte Lars' Bitte: »Können Sie uns noch einmal genau erzählen, was passiert ist, als Sie das Mädchen sahen, Herr Lund?«

»Ja, sie war ja nicht zu überhören. Ich habe hier im Sessel gesessen, gelesen und Musik gehört. Mahler, wenn ich mich recht entsinne. Das Mädchen hatte eine Stimme, die direkt durch die Wand und das Orchester ging.«

Lars blickte aus dem Fenster.

»Aber von hier aus kann man die Straße nicht sehen?« Büsche und Bäume versperrten vollständig die Sicht.

»Nicht von diesem Fenster, aber hier …«, Lund ging zum hinteren Fenster, »kann man ein kleines Stück der Straße durch die Zweige sehen.«

Lars und Sanne stellten sich hinter ihn. Es stimmte, man konnte von hier aus ein gutes Stück des Brogårdsvej überblicken.

»Es war dunkel, und ich konnte nicht erkennen, wer da draußen stand«, fuhr Lund fort. »Und ich hatte wenig Lust hinauszugehen und möglicherweise niedergeschlagen zu werden. Aber Ihre Kollegen waren ja schnell zur Stelle.«

»Gleich in der Nähe gibt es ein Polizeirevier«, erklärte Lars und zeigte Sanne mit dem Daumen über der Schulter die Richtung. »Und das Gentofte Hospital liegt auch nur wenige hundert Meter entfernt. Der Krankenwagen war sicher auch ziemlich schnell hier, oder?«

Lund nickte. »Keine fünf Minuten. Ich habe es mit meiner Uhr überprüft.«

»Sie sind lange wach, Herr Lund?«

»Ach, wissen Sie: Wenn man in mein Alter kommt, kann

man nur schwer einschlafen.« Lund lächelte. »Da helfen eine Tasse Tee und ein gutes Buch. Und die Musik stört hier ja auch niemanden.«

Lars nickte und ließ seinen Blick über die Bücher im Regal gleiten. Klassiker, Buchclubausgaben aus den Siebzigern.

»Und was lesen Sie gerade, Herr Lund?«

In diesem Moment fiel sein Blick auf den niedrigen Tisch am Sessel. Halb verdeckt von einer Zeitung lag ein dicker Roman. Lund folgte seinem Blick.

»*Verbrechen und Strafe* von Dostojewski. Man sollte die alten Russen bisweilen wiederlesen. Danach wartet *Väter und Söhne*. Turgenjew, wissen Sie?«

Nein, wusste Lars nicht. Trotzdem versuchte er zu lächeln.

»Und mehr haben Sie nicht zu berichten? An dem Abend ist sonst nichts passiert? Noch irgendetwas … anderes?«

Lund schüttelte den Kopf.

»Ich bin so gegen 23:00 Uhr ins Bett gegangen. Aufgewacht bin ich dann kurz nach eins. Ich ging hinunter, kochte Tee und las, aber es dauerte nicht lange, bis das Mädchen anfing.« Er nahm das Buch in die Hand. »Davor habe ich weder etwas gesehen noch etwas gehört, aber ich hatte ja auch die Musik an.«

Sanne nickte.

»Vielen Dank, Herr Lund. Kann sein, dass wir uns noch einmal bei Ihnen melden.«

Lars folgte ihr in den Flur. Auf dem Weg zur Tür drehte er sich noch einmal um.

»Haben Sie Kinder, Herr Lund?«

Lund machte ein überraschtes Gesicht.

»Zwei Töchter. Wieso fragen Sie?«

»Väter und Söhne, Herr Lund. Väter und Söhne.«

Lund blinzelte nur ein einziges Mal.

»Wir alle hatten einen Vater, Herr Kommissar.«

41

Sanne ließ das Seitenfenster hinunter. Der Geruch von Verbrennungsmotoren und Flieder erfüllte das Wageninnere. Die Kleingärtner strömten in ihre Gärten an der Ole Olsens Allé. Der Himmel war hoch und sommerlich tief.

Lars hielt an der Bordsteinkante. Ein alter Holunderstrauch hing über der Hecke. Vor ihnen parkte ein älterer offener Sportwagen, ein auberginefarbener MG Austin-Healey Sprite. Lars öffnete die Tür und stieg aus. Eine Kohlmeise flog aus den niedrigen Zweigen, flatterte einen Moment über dem Auto und stieg dann zwitschernd auf.

»Noch jemand, der sauer ist. Kommst du mit rein?«

»Tja, warum nicht?« Sanne stieg aus.

Eine große, kastenförmige Backsteinvilla mit enormen Fenstern in einem offenen Garten. Die Fensterflächen reflektierten das scharfe Sonnenlicht.

»Funktionalismus«, sagte Sanne. »Könnte von Arne Jacobsen sein.«

»Echt?« Lars drehte sich auf dem Gartenweg zu ihr um. Dann standen sie vor der Haustür, er klingelte. An der Tür stand Møller. Ditlev, Margit und Christian.

Dreißig Sekunden vergingen. Schlendernde Schritte näherten sich auf der anderen Seite der Tür. Christian öffnete.

»Lars«, sagte er. »Noch mal danke für gestern.« Er trocknete sich mit einem grünen Handtuch die Haare. »Was machst du hier?«

»Hallo, Christian. Das ist meine Kollegin Sanne Bissen. Dürfen wir einen Moment stören? Sind deine Eltern zu Hause?«

»Kommt rein.« Christian breitete die Arme aus und trat zur Seite. »Mein Vater ist in der Klinik. Und Mutter ... Ich weiß nicht. Vielleicht einkaufen? Ich war im Keller.« Er lächelte, sah an sich herunter.

»Und der Wagen da draußen ...« Lars zeigte hinter sich.

»Oh, das ist meiner.« Christian schloss die Tür hinter ihnen. »Kann ich euch irgendetwas anbieten?«

Lars schüttelte den Kopf und schaute sich um. Eine Treppe führte in die erste Etage. Türen öffneten sich zum Rest des Hauses. Ein großes modernes Gemälde füllte die gesamte Wand rechts von ihnen aus. Schwarze und braune Striche. Kreise tanzten über die weiße Leinwand.

»Nein danke. Wir haben nur ein paar Fragen. Wir müssen gleich weiter.«

»Wenn ich behilflich sein kann ...«

Lars zog das Foto aus der Jackentasche. Er hatte es zusammenfalten müssen und tat nun sein Bestes, um es wieder zu glätten. Er hatte nicht darüber nachgedacht, wie er die Befragung angehen wollte. Er improvisierte einfach.

»Dieses Foto wurde in der Nacht auf Samstag im Penthouse gemacht. Kannst du uns sagen, ob du das bist, der da an der Bar steht?« Er zeigte auf die Gestalt, die halb verdeckt hinter einem gebückten Rücken stand. Sanne lehnte am Türrahmen und verfolgte das Gespräch mit einem desinteressierten Gesichtsausdruck. Ihre Augen schwirrten allerdings im Rhythmus der Befragung von einem zum anderen.

Christian brauchte nicht lange.

»Na ja, ist schwer zu erkennen. Aber ich war an dem Abend da, ich hatte gerade zwölf Punkte in Dänisch bekommen. Es gab was zu feiern.« Er nickte. »Das dürfte ich sein. Ist das die Frau, die vergewaltigt wurde?« Er zeigte auf Lene.

»Das ist Lene. Eine Polizeianwärterin. Sie wurde an diesem Abend überfallen.« Er sah Christian in die Augen. Der Junge guckte mit einem ausdruckslosen Blick zurück. »Allerdings wurde sie nicht vergewaltigt. Kannst du dich erinnern, wann du gegangen bist?«

»Das war so …« Christian dachte nach. »Es war spät, und ich hatte einiges getrunken … Gegen halb zwei, denke ich. Vielleicht ein bisschen später.«

Lars faltete das Foto zusammen und steckte es wieder ein.

»Warst du mit jemandem zusammen? Gibt es irgendwen, der bezeugen kann, dass du um halb zwei gegangen bist?«

»Leider nein.« Ein schiefes Lächeln. »Ich gehe gern allein in die Stadt.«

»Und deine Eltern? Waren sie noch wach, als du nach Hause gekommen bist?«

Christian schüttelte den Kopf.

»Muss ich jetzt einen Anwalt anrufen?« Sein Lächeln wurde breiter. Niemand sagte ein Wort. Lars' Handy brummte in der Hosentasche. Er hielt Christians Blick stand und nahm den Anruf entgegen.

»Frelsén hier. Ich erspare dir die Details. Du willst wissen, ob das Profil zu Stine Bangs und Louise Jørgensens Vergewaltiger passt?«

»Ja.«

Frelsén machte eine Pause.

»Leider nein.«

»Und … Caroline?«

»Auch nicht. Ich schicke die Probe jetzt an die Rechtsmedizin. Wenn schon, dann machen wir das natürlich ordentlich. Aber es wird am Ergebnis nichts ändern. Es ist nicht der, den du suchst.«

Lars bedankte sich bei Frelsén, beendete das Gespräch und steckte sein Handy wieder ein.

»Gute Neuigkeiten?«, erkundigte sich Christian.

»Eigentlich schon.« Er reichte ihm die Hand. »Tja, das war's so weit. Danke für deine Hilfe. Und entschuldige, dass wir gestört haben. Es kann sein, dass wir dich noch mal ins Präsidium bitten, um dir ein paar andere Fotos zu zeigen.«

»Wenn ich helfen kann …«

Lars nickte Sanne zu. Sie konnten gehen.

»Ach, übrigens …« Christian drehte sich um. »Ich habe Maria heute Abend hierher zum Essen eingeladen. Ich hoffe, ihr hattet nichts anderes vor?«

»Nein, das wird sicher nett. Weißt du, wo sie jetzt ist?«

»Leider nein. Ich habe sie seit gestern Abend nicht mehr gesehen.« Er trocknete sich mit dem Handtuch den Nacken ab. »Die Sache mit ihrer Freundin ist grässlich.«

»Ja.« Lars sah Carolines Gesicht vor sich. Dann zwang er sich zu gehen. »Wir müssen weiter. Komm, Sanne.«

Die fette lange Schlange wand sich im Sonnenlicht über den Lyngbyvej. Schnelle Autos auf dem Heimweg von der Arbeit, Feierabend. Wochenende im Ferienhaus. Aufgekrempelte Hemdsärmel, das Radio lief. Lars saß hinter dem Lenkrad und folgte dem Rhythmus des Verkehrs. Er war sich so sicher gewesen. Christians sonderbares Benehmen am Vortag. Das helle Haar und die blauen Augen. Und zumindest an einem Abend war er im Penthouse gewesen. Alles hatte gepasst. Vielleicht aber auch zu gut? Er überholte einen bronzefarbenen Grand Vitare, glitt zurück auf die rechte Spur. Zum Glück hatte er seinen Verdacht niemandem gegenüber erwähnt. Er fing an zu schwitzen.

»Was sagst du?« Sanne betrachtete ihn von der Seite.

»Was ich sage?« Hatte sie etwas gesagt, hatte er etwas verpasst? Dann wusste er, was sie meinte. »Ach, zu Lund? Das ist dein Fall.«

»Hör schon auf, du bist der Erfahrene hier. Du kennst die Gegend.«

Im Radio schnulzte sich Chris Isaaks durch *Wicked Game*.

»Tja, ich fürchte, das hat nicht viel gebracht. Er hat nichts gesehen oder gehört.«

Sanne hob eine Augenbraue.

»Die meisten Menschen werden nervös, wenn die Polizei an die Tür klopft«, fuhr er fort. »Haben sie irgendetwas verbrochen, haben sie vergessen, ein Bußgeld wegen Falschparkens zu bezahlen, sind sie irgendwo bei Rot über die Ampel gegangen? Liegt der Rest des Joints, den sie gestern geraucht haben, noch im Aschenbecher?«

Sanne lachte.

»Ich kann mir kaum vorstellen, dass Lund Shit raucht.«

»Du würdest überrascht sein, wenn du wüsstest, wie verbreitet das ist. Aber das waren nur Beispiele.« Er holte die Zigarettenschachtel heraus, quetschte sie zusammen. Eine Letzte. Besser, er wartete. »Ich meine nur, dass er nichts mit der Entführung und dieser Operation zu tun hat. Wie hast du sie genannt?«

»Enucleatio bulbi.«

»Genau. Ihr sucht nach einem Einzelgänger, der vermutlich früher einmal mit dem Gesetz in Konflikt geraten ist, vielleicht hat er Feuer gelegt oder vergewaltigt ...«

»Also derselbe Typus, den du jagst?«

»Ja, so ungefähr.« Schweigend fuhren sie unter der S-Bahnbrücke an der Ryparken Station hindurch. Sanne zog ihr Handy heraus, konzentrierte sich auf das kleine Display. Lars warf einen Blick auf das Telefon. »Was machst du da?«

»Facebook ... ich will nur ...« Sie verstummte. Der sanfte Musikstrom aus dem Radio lief weiter. Motorenlärm, das Rumpeln der Reifen. Sie legte ihr Handy beiseite, starrte in die Luft.

»Etwas nicht in Ordnung?«

Sie steckte das Handy wieder ein und wandte den Blick ab.

»Eine Nachricht von einer meiner alten Kolleginnen aus Kolding. Sie fragt, ob ich dich kenne ... und was hier los ist ...«

Lars' Schultern wurden plötzlich schwer.

»Es ist nicht schwer zu erraten, woher diese Geschichte kommt.«

Sie hatten den Hans Knudsens Plads erreicht, als Sannes Telefon klingelte. Es war Allan, er war aufgeregt, allerdings gingen die Worte im Lärm des Straßenverkehrs unter.

»Was ist?«, erkundigte sich Lars, als sie das Gespräch beendet hatte. Sanne biss sich in die Knöchel, schaute aus dem Fenster.

»Elvir Seferi. Einer von denen, die den Bukoshi-Brüdern ein Alibi gegeben haben ... es hat sich als falsch herausgestellt. Allan hat ihn überprüft.«

Lars schaltete und fuhr über die Kreuzung am Vibenhus Runddel.

»Im Februar hat es einen Einbruch in einer Zahnklinik in Valby gegeben«, fuhr Sanne fort. »Es gab einen einzigen Verdächtigen.«

»Elvir Se...?«

»...feri, ja. Bei dem Einbruch wurden mehrere Liter Glutaraldehyd gestohlen. Zahnärzte benutzen es offenbar, um damit ihre Instrumente zu reinigen.«

»Wurde er verurteilt?«

»Nein, Meriton Bukoshi hat ihm ein Alibi gegeben, und es gab keine handfesten Beweise. Außerdem ...«

Sanne strich sich das Haar hinters Ohr.

»Allan hat auch herausgefunden, wovon Elvir lebte, bevor er flüchtete ... aus dem Kosovo, meine ich.«

Lars sagte nichts, wartete auf die Fortsetzung.

»Er war Tierarzt.«

42

Maria hatte die Hand an der Gartenpforte. Es war ein lauer Abend, und sie begann unter den Achseln zu schwitzen in ihrem dünnen Cardigan. Oder war es die Vorstellung, dass sie Christians Eltern kennenlernen sollte? Die Abendsonne zog goldene Streifen über den blassblauen Himmel. In der Brise, die vom Øresund herüberwehte, lag ein beinahe unmerklicher Duft von Salz.

Christian hatte sie mehrere Tage bedrängt, sie seinen Eltern vorstellen zu dürfen, es war fast schon peinlich, wie sie sich geziert hatte. Es ging viel zu schnell. Sie war sich doch selbst noch überhaupt nicht im Klaren, wie sie mit dieser Situation umgehen sollte. Wahrscheinlich hatte sie auch deshalb so sauer reagiert, als er mit ihrem Vater zu Hause im Wohnzimmer saß.

Die Luft war schwer vom Flieder. Maria legte den Kopf zurück und sog den Blumenduft ein, der sich mit frisch gemähtem Gras und hellen Nächten vermischte. Das Blut rauschte, der Körper bebte. In ihrem Bauch gluckerte es. Es war schon ein bisschen aufregend. Sie fuhr sich durchs Haar, schluckte und drückte die Klinke der Gartenpforte hinunter.

Christians Eltern wohnten in einem gewaltigen Kasten, größer als Ulriks. Eine im Stil des Funktionalismus gebaute rote Backsteinvilla, bedeckt von hellgrünem Efeu. Am Giebel wuchsen tiefrote Blumen. Ole Olsens Allé, einen Steinwurf vom Gentofte Hospital entfernt.

Eine Gestalt bewegte sich hinter einem der enormen Fenster des Hauses, etwas Gespenstisches, das sich in dem Moment zurückzog, als sie es bemerkte. Maria schwitzte. Der kleine Strauß in ihrer Hand, ein Gastgeschenk für Christians Mutter, sah plötzlich so erbärmlich aus.

Christian öffnete die Tür, bevor sie die Klingel drücken konnte. Er sah gut aus. Wie gewöhnlich. Enge Jeans, lockeres weißes Hemd. Das Haar nachlässig zerwühlt. Er zwinkerte ihr zu und zog sie hinein. Küsste sie intensiv.

»Mutter, Vater, Maria ist gekommen.«

Sie wurde knallrot. Der Magen wollte keine Ruhe geben. Sie zog ihn am Hemd, damit er aufhörte. Aber er lachte nur, streifte mit den Lippen ihre Wangen und legte einen Arm um sie. Im ersten Stock waren Schritte zu hören.

»Willkommen.« Die Stimme seiner Mutter war nicht mehr als ein Flüstern, so dünn wie die graue Strickjacke über ihrer Schulter. Das Kinn berührte beinahe den obersten, geschlossenen Knopf. Sie knetete sich nervös die Hände, bevor sie die Rechte ausstreckte.

Maria ergriff sie. Das trockene, blasse Echo eines Händedrucks.

»Das ist Margit, meine Mutter.« Hinter ihrem Rücken legte er Maria eine Hand auf den Hintern. Die Berührung versetzte ihr einen elektrischen Schlag.

»Danke für die Einladung.« Sie reichte Christians Mutter den Strauß, biss sich auf die Lippe. Ein kleines Lächeln zog sich über Margits Gesicht, dann war es verschwunden. So schnell, dass man hätte meinen können, es sei nie da gewesen.

Christian lachte, sein Arm hielt sie in einem festen Griff, er drehte sich herum.

»Und das ist Ditlev.«

Ditlev kam in einem blau-weiß gestreiften Hemd und zerschlissenen Jeans die Treppe herunter. Ein dunkelrotes Seidentuch bauschte sich um seinen Hals. Die hervortretende Stirn zerfurcht und dunkel von zu viel Sonne. Die Augen hart, hungrig.

»Ich muss schon sagen.« Er ließ den Blick über sie gleiten. »Der Junge hat offensichtlich den guten Geschmack seines Vaters geerbt.« Er schnalzte mit der Zunge. »Willkommen. Lasst uns etwas trinken.«

Ein kleiner Tisch auf der Terrasse, gedeckt mit Gläsern, Nüssen und einer Flasche Rosé in einem Eiskühler. Sonnenstrahlen spielten in den Eisklumpen. Die feuchten Schweißflecke unter ihren Armen breiteten sich aus. Jetzt konnte sie ihren Cardigan nicht ausziehen. Ihr Herz klopfte. Ditlev bat Christian, die Flasche zu öffnen und einzuschenken.

»Mein Sohn hat mir erzählt, dass dein Vater Polizist ist … bei der Mordkommission?«

Maria nickte.

»Faszinierender Job. Sollte vielleicht besser bezahlt werden?« Ditlev zwinkerte.

»Hör auf damit, Vater.« Christian stellte ein Glas vor Maria und Ditlev und trat wieder an den Tisch, um seiner Mutter und sich einzuschenken. Sie wurde panisch, sobald Christian sich auch nur ein paar Schritte entfernte. Sie legte die Arme an und versuchte so, ihren Körper unter Kontrolle zu behalten. Er zitterte vor unkontrollierter Nervosität.

Margit, die kein Wort sagte, und Ditlev, dessen klebriger Blick Maria geradezu verschlang.

Christians Vater lachte. Trank und aß Nüsse.

»Der Junge hatte schon immer ein geradezu krankhaftes Interesse an Polizeiarbeit. Ja, ist doch wahr!«, rief er, als Christian ihn zu bremsen versuchte. Ditlev stützte sich auf den Tisch und verlagerte sein gesamtes Gewicht auf den Ellenbogen. Die Teakholzplatte knirschte, er sprach jetzt etwas leiser.

»Christian war nicht älter als elf, zwölf Jahre, als er nach Hause kam und behauptete, es gäbe hier in unserem Viertel einen Mörder. Er hatte bei irgendjemandem im Garten einen Knochen gefunden. War das nicht am Søbredden?«

Christian antwortete nicht, kehrte ihm den Rücken zu. Warum ließ er sie jetzt allein?

»Hast du den Knochen eigentlich je der Polizei gezeigt?« Ditlev lachte. »Ach, nun ist er sauer. Egal. Wir machen es uns trotzdem nett, was?« Er grinste plump vertraulich. »Ja, wie gesagt, dieser Knochen. Mehrere Tage haben wir gebraucht, um ihn davon zu überzeugen, dass es sich um einen Hundeknochen handelte. Verrückter Bengel. Prost!« Er trank und lachte. Maria schwitzte.

Margit nippte an ihrem Glas, fingerte am Saum ihres Rockes.

»Ich glaube, das Essen ist fertig.«

Sie aßen im Wohnzimmer. Dort könne man sich einfach besser unterhalten, ungestört, wie Ditlev sagte. Margit lief zwischen Wohnzimmer und Küche hin und her, trug Wasserkaraffen und Spezialitäten herein, von denen Ditlev meinte, dass Maria sie unbedingt probieren müsse. Weder Ditlev noch Christian schienen die Mutter weiter zu beachten. Ein körperloses Wesen, ein Geist, der um den Tisch kreiste, ohne ganz in den Kreis eingelassen zu werden. Christian sagte nicht viel. Es war Ditlev, der die Konversation in Gang hielt und Maria ständig neue Gerichte und Wein anbot.

Vor dem Nachtisch stand er auf.

»Jetzt brauchen wir aber einen anständigen Schluck. Ich gehe mal in den Keller.«

Margit stand ebenfalls auf und stellte die Teller zusammen.

»Ich helfe dir.« Maria griff nach einer Schüssel und den Beistelltellern. Margits Gesicht öffnete sich, sie murmelte irgendetwas. Maria verstand sie nicht, vermutete aber, dass sie gebeten wurde, sitzen zu bleiben. Doch Maria bestand darauf und trug das Geschirr in die Küche. Christians Augen brannten in ihrem Rücken. War er wütend, dass sie half? Sie wusste es nicht. Alles war hier so anders.

Die Küche war ein gewaltiger Raum mit hellen Fliesen auf dem Boden, daumendicken Tischplatten aus Buchenholz und Hängeschränken an sämtlichen Wänden. Christian hatte erzählt, dass Ditlev das enorme Porzellanspülbecken aus Frankreich importiert hatte. Darüber ein riesiges Fenster mit Aussicht auf den Garten, der verzaubert und vibrierend im Dämmerlicht lag. Maria stellte die Schüsseln und die Teller auf den Tisch, drehte den Wasserhahn auf und fing an abzuspülen. Sie beugte sich über die Spüle.

Das Plätschern des Wassers übertönte sämtliche anderen Geräusche. Die leise klassische Musik im Hintergrund. Den Verkehrslärm von der Straße. Margit und Christian, die sich im Wohnzimmer einsilbig unterhielten. Sie spülte Soße und Essensreste ins Becken, wo sie sich in einer bräunlichen Grütze rund um den Abfluss sammelten. Plötzlich spürte sie etwas dicht hinter sich, heißen Atem an ihrem Hals. Irgendjemand atmete schwer. Sie wollte sich umdrehen, doch es gelang ihr nur halb; gierige Hände suchten nach ihren Brüsten.

»Christian?«, flüsterte sie, obwohl sie die Antwort bereits kannte.

»Christian? Für so etwas fehlen ihm doch die Eier!« Die Stimme geiferte vor Erregung. Eine Hand bewegte sich über ihren Bauch, vergrub sich unter ihrem Rock.

Es tat weh. Brechreiz stieg ihr den Hals hinauf. Wie versteinert stand sie an dem Porzellanspülbecken aus Frankreich, während Ditlevs feiste Blumenkohlnase sich an ihrem Hals rieb. Ein Ausschnitt des Wohnzimmers spiegelte sich in dem dunklen Fenster. Sie wagte nichts zu sagen, konnte kaum Atem holen. Warum kam denn niemand?

In diesem Moment trat Christian in die Küche. In einer stummen Bitte um Hilfe riss sie die Augen auf. Er blieb an der Tür stehen, als er sie erblickte. Sein Blick war leer. Die Kälte durchbohrte sie wie ein Messer aus Eis.

Margit tauchte hinter ihm auf, den Arm voller Geschirr. Sie schlug den Blick nieder, trippelte durch die Küche. Stellte die Teller neben Maria und ihren Mann.

»Soll ich zum Nachtisch Kaffee kochen?« Sie ging wieder hinaus. Ditlev ließ sie los. Das gegelte Haar war in Unordnung geraten. Er strich es mit einer Hand zurück, richtete mit der anderen seinen Hosenlatz. Ein einzelner Speicheltropfen hing ihm im Mundwinkel. Er warf ihr einen geilen Blick zu.

Dann drehte er sich um, ging auf seinen Sohn zu und schlug ihm auf die Schulter.

»Ich habe einen Pomerol mit hochgebracht. 2001. Château L'Evangile.«

Christian schaute sie nicht einmal an. Er ließ sich von seinem Vater ins Wohnzimmer führen, ohne zu protestieren.

43

»Ich gehe Zigaretten kaufen.« Lars stieg aus und reichte ihr die Schlüssel. »Dauert nur einen Augenblick.«

Sanne nickte und schloss den Wagen ab. Lars lief zum Laden in der Hausnummer 4.

Der junge Mann stand wieder hinter der Ladentheke.

»Zweimal zwanzig Blå King's?« Die Pickel auf seinem Kinn zitterten.

Lars nickte. Dann fielen ihm die leeren Schränke seiner Wohnung ein.

»Du … habt ihr Wein?«

»Ja, schon, aber ich denke, da solltest du lieber zu Føtex gehen. Wenn du die da draußen mit raufnehmen willst, ist unser Zeug nicht gut genug, fürchte ich.«

Lars' Blick flackerte. Sanne stand auf dem Bürgersteig und winkte ihm zu.

»So ist das nicht … Ach, egal. Gib mir die beste Flasche, die ihr habt.«

»Aber gern. Das dürfte diese hier sein.« Neben die beiden Zigarettenschachteln stellte der Bursche eine Flasche auf den Tresen. Lars bezahlte, ohne sich das Etikett anzusehen.

Auf der Straße zog Sanne eine Augenbraue hoch.

»Wein? Für uns?«

»Wenn du magst? Ich kann den Wagen morgen zum Präsidium bringen.« Er wurde rot. »Ich wollte nicht …«

Sie lachte. Es gefiel ihm, wenn sie lachte.

»Na gut, ein Glas.«

Sie gingen die Treppe hinauf. Lars steckte den Schlüssel ins Schloss, sprach ein leises Gebet, dass Maria die Wohnung nicht im Vollchaos hinterlassen hatte, und schloss auf.

»Eigentlich bin ich gerade erst eingezogen«, entschuldigte er sich, zum Glück schien Maria aber keine Katastrophen hinterlassen zu haben. Badezimmer und Küche sahen einigermaßen manierlich aus. Sanne setzte sich aufs Sofa. Lars holte zwei Gläser und öffnete die Flasche. Sie sah sich im Wohnzimmer um.

»Und wie läuft's? Mit der Scheidung, meine ich?«

»Na ja, wir reden so wenig wie möglich miteinander. Wahrscheinlich ist das am besten.«

»Und Ulrik?«

»Ich gehe ihm aus dem Weg.« Er schenkte ein. Überlegte einen Moment, ob er von dem Problem mit dem Hausverkauf erzählen sollte. Aber nur wenige Themen waren langweiliger als Hausverkäufe und Verkehrswert. Stattdessen hob er sein Glas.

»Prost.«

»Prost.« Sie tranken.

Sanne verzog das Gesicht. »Ist ja nicht gerade ein Château L'Evangile.«

»Ein was?«

»Château L'Evangile. Ein Wein aus Pomerol. Bordeaux. Er wächst in der Nähe vom Petrus, wenn du den kennst?«

Lars schüttelte den Kopf. Sanne trank noch einen Schluck.

»So schlimm ist er gar nicht.« Dann krümmte sie sich vor Lachen.

»Bist du Weinexpertin?«

»Martin wäre es gern. Er surft abends im Netz. Nein, ich habe noch keinen von beiden probiert. Die Namen sind bloß hängen geblieben.« Sie trocknete sich die Augen, stellte ihr

293

Glas ab und sah ihn an. »Du musst es nur sagen, wenn du nicht darüber reden willst. Aber diese Beschwerde ...«

Lars zuckte die Achseln. »Frag ruhig.«

»Na ja, ich verstehe das nicht ... du und Ulrik ...« Sie zögerte. »Ihr habt euch verkracht. Aber was hat das mit der Beschwerde zu tun? Kim A. hat doch nichts mit dir und Ulrik zu tun, oder?«

Lars biss sich von innen auf die Wange, während er nachdachte. Der Alkohol brannte im Mund.

»Das ist eine lange Geschichte, sie reicht beinahe zwanzig Jahre zurück.«

Sanne sah ihn an, abwartend. Er seufzte.

»1993 haben Ulrik und ich die Polizeischule beendet und fingen als Polizeianwärter auf der Station 1 an. Am 18. Mai hatten wir gewöhnlichen Streifendienst in der Innenstadt. Im Laufe des Abends hörten wir, dass es in Nørrebro immer gewalttätiger zuging. Aber uns wurde gesagt, dass wir auf der anderen Seite der Seen bleiben sollten, an der Kreuzung Frederiksborggade und Nørre Farimagsgade. Und als es richtig heiß herging, kommt uns jemand vom Überfallkommando mit einem Verhafteten in Handschellen entgegen, Kim A. Er reißt die Tür unseres Wagens auf und schmeißt den jungen Burschen geradezu auf den Rücksitz. Fängt an, ihn zu durchsuchen, wobei er ihn übel beleidigt. Der Verhaftete lässt sich das aber nicht gefallen und brüllt zurück. Ulrik versucht, sie zu beruhigen. Kim A. schubst den Jungen, der schubst zurück. Und plötzlich knallt Kim A. ihm die Faust in den Magen. Der Bursche klappt auf dem Rücksitz zusammen, ringt nach Atem. Ich habe Kim A. im Rückspiegel angesehen und gesagt, wenn er den Jungen noch einmal anfasst, würden wir direkt aufs Revier fahren und ihn wegen Körperverletzung im Dienst anzeigen. Du hättest sein Gesicht sehen sollen. Na ja, Ulrik wollte wissen, weshalb der Junge verhaftet war. Kim A. murmelte irgendetwas und starrte mich weiterhin im Rückspiegel an.«

»Und was ist dann passiert?«

»Er hat den Burschen laufen lassen. Und blieb sitzen. Zwei Minuten hat er mich angeglotzt und versucht, mir Angst einzujagen. Dann stieg er aus und ging, in Richtung Nørrebro.« Lars zuckte die Achseln. »Am Anfang, in den Monaten danach, hat er versucht, mir etwas anzuhängen. Aber Ulrik hatte das Ganze ja auch gesehen, Kim A. hätte wegen Körperverletzung belangt werden können. Seitdem herrscht dicke Luft. Es ist das erste Mal, dass er bei einer Ermittlung mitarbeitet, die ich leite. Es musste einfach schiefgehen. Auf der anderen Seite sollte man meinen, nach beinahe zwanzig Jahren ...«

Sanne schaute aus dem Fenster.

»In Kolding passiert es hin und wieder, dass ein alter Bekannter in einem Streifenwagen eine Abreibung bekommt. Allerdings machen das nicht alle ... ich war zum Beispiel noch nie dabei. Aber ich weiß, dass es passiert. Und in der Regel haben sie es verdient.«

»Vermutlich sehe ich's noch aus einer anderen Perspektive.«

»Was meinst du?«

Lars zögerte. Aber früher oder später würde sie es ohnehin erfahren. Er konnte es ihr ebenso selbst erzählen.

»Bevor ich zur Polizei kam, also, als ich noch aufs Gymnasium ging, war ich Punker und habe auch ein paar Häuser besetzt.«

Das Glas klirrte, als Sanne es auf den Tisch stellte.

»Ruhig.« Er hob die Hände, versuchte zu lachen. »Ich habe weder Steine geschmissen noch Kloschüsseln aus dem Fenster geworfen.«

Sie sah ihm in die Augen, hielt seinen Blick lange fest.

»Erzähl.«

Es waren die achtziger Jahre. Atomkraft, Jugendarbeitslosigkeit, Krise. Nichts zu tun, wenn man nicht gerade Handball spielen wollte. Die ersten Punks hatten ein paar Jahre vorher bewiesen, dass es möglich war, selbst etwas auf die Beine zu stellen, eine eigene Szene zu bilden. Und es gab ein unglaubliches Bedürfnis nach einem eigenen Ort, einem Haus, über das man selbst bestimmen konnte. Es fing in Nørrebro an, bevor er alt genug war, um mitzumachen. Die Brotfabrik Schiønning og Arvé – darüber hatte er nur in den Zeitungen gelesen oder etwas im Radio gehört. Seine Mutter forderte ihn auf, sich den Jugendlichen anzuschließen, aufzubegehren. Aber er hatte keine Ideologie, kein politisches Bewusstsein, nur ein unklares Bedürfnis nach etwas anderem. Mehr aus Trotz zogen ihn die Aktivitäten um die jungen Punks und Hausbesetzer an. Hier passierte etwas, hier gab es Leute, die versuchten etwas anderes zu tun, etwas, das nicht infiziert war von den ewigen Grabenkämpfen der Erwachsenen. Hier gab es Farben, Leben, Feten. Damals gab es noch keine Gewalt, niemand schmiss mit Steinen oder Molotow-Cocktails. Es handelte sich lediglich um eine Gruppe entwurzelter Jugendlicher, die etwas anderes wollten. Und dann gab es noch die Musik: wild und heftig. Hart, schnell und frenetisch. Schön wie Steinschlag und voll von der Poesie des Untergangs. Sie zerriss den Staub und den Nebel, der die Sinne betäubte, befreite die Seele und entblößte das blutende Fleisch. Die Sods hatte er im Radio gehört, außerdem gab es eine Band, die Bollocks hieß. Ballet Mécanique. Und Kliché.

Dann, Ende Oktober 1981, las er von einer Demonstration für ein Jugendhaus. Es war ein düsterer Tag, schwere graue Wolken hingen über dem Rathausplatz. Vor dem enormen Rathaus sah der Tieflader sehr klein aus. Ein Trio in Lederjacken und kurzen Haaren spielte darauf schnellen Punk. Es half, es wärmte, obwohl der Sturm die Klänge über dem großen Platz verwehte. Die Passagiere der Buslinie 6, die von der Vesterbrogade auf den Platz einbog, starrten fassungslos auf die bunte Schar, die vor dem Rathaus fröstelte. Die Demonstration sollte nach Nørrebro gehen, so war es angemeldet, doch als das Punk-Trio aufhörte, wurde in die Megaphone gerufen, dass man sich den vordersten Demonstranten anschließen sollte. Die Menschenmenge setzte sich in Bewegung und wurde schneller – und plötzlich liefen alle über die Vesterbrogade. Die überrumpelten Polizisten, die die Demonstration überwachen sollten, waren völlig überfordert. Mehrere hundert Menschen rannten über die breiteste und meistbefahrene Straße von Kopenhagen.

Lars befand sich ungefähr in der Mitte der Menschenmenge, seine Beine bewegten sich kraftvoll unter ihm, erfüllt von der totalen Befreiung. Alles in ihm schien zu zerbersten durch das Bewusstsein zu handeln, ein Teil von etwas zu sein. Die Demonstrationsleitung hatte in aller Heimlichkeit geplant, die Demonstration nach Vesterbro zur alten, leerstehenden Abel-Cathrines-Stiftung in der Abel Cathrines Gade umzuleiten und das Gebäude zu besetzen. Sogar Leitern waren besorgt worden, damit man die Fenster im ersten Stock erreichen konnte. An diesem Abend gab es ein Fest, ein berauschendes Kollektiv an Farben, Musik und Menschen. Lars hüpfte glücklich von Gruppe zu Gruppe, bekam hier etwas zu trinken, dort einen Zug aus einem Joint, und plötzlich fand er sich mit einem rothaarigen Mädchen in der Ecke eines der vielen kleinen Räume des Stifts wieder. Die Musik und die Stimmen verschwammen, dumpfe Stöße aus einer Welt, die weit, weit entfernt lag. Sie küssten sich heftig und ungeschickt, ließen die Hände über die Kleidung wandern. Aber seine rastlose Energie trieb ihn weiter; ziellos lief er im Gebäude und später in der neonbeleuchteten Nacht umher. Wo das Mädchen geblieben war, fand er nie heraus, er hatte sie nicht wiedergesehen. Aber er kam nun häufig in das besetzte Haus, zu Konzerten mit ADS oder Under For.

Lars drückte seine King's im Aschenbecher aus, folgte dem Rauch, der in trägen Wellen zur Decke aufstieg. Draußen ging die Dämmerung in Nacht über.

Sanne sagte nichts, ihr Gesicht lag im Schatten des dunklen Raums.

»Und die Pointe ist die«, sagte er und versuchte, ihr in die Augen zu sehen, »dass es während der gesamten Besetzung nicht zu einer einzigen Konfrontation mit der Polizei kam; einige Monate später haben alle das Gebäude freiwillig wieder verlassen.«

Sanne blinzelte, trank einen kleinen Schluck Wein. Man sah ihr an, dass sie Schwierigkeiten hatte, dies alles zu verstehen. Aber sie versuchte es.

»Kennt Kim A. diese Geschichte?«

»Keine Ahnung.« Lars schüttelte den Kopf. »Aber es sollte mich wundern, wenn er nicht sämtliche Akten durchforstet hätte, um etwas über mich zu finden.«

Sanne nickte, massierte ihre Schläfen.

»Aber … wenn du nichts getan hast … dann bist du doch auch nirgendwo registriert?«

Er lächelte nachsichtig, und Sanne versuchte zu lachen.

»Ein Polizist mit einer Vergangenheit als Autonomer. Du bist vermutlich der Erste.«

»Autonomer? Ich war Punker und eher am Rand dabei, als alles anfing. Abends ging ich nach Hause zu meiner Mutter und machte Hausaufgaben. Da gab's nicht sonderlich viel Aufruhr. Aber ich freue mich, dass du darüber lachen kannst.« Er nahm sein Glas, leerte es. Griff nach der Flasche.

»Mehr Château L'Evangile?«

»Spinner.« Sie hielt ihm ihr Glas hin. »Und wieso bist du dann zur Polizei gegangen?«

Lars goss ihnen beiden ein, nahm sein Glas. Ließ den Inhalt kreisen.

»Tja, wieso eigentlich? Nach den Auseinandersetzungen um den Musikclub Allotria im Januar 1983 wurde alles gewalttätiger. Dort wurden Kloschüsseln und Molotow-Cocktails aus dem Fenster geworfen. Dann bekamen wir ein Jugendhaus. Aber wir mussten ja auch etwas zum Wohnen finden, und so eine Hausbesetzung erfordert schon einen ziemlichen persönlichen Einsatz. Jedenfalls zog ich mich aus der Szene zurück, ich hatte angefangen, Musik zu machen, und verbrachte viel Zeit damit.« Lars machte eine beinahe unmerkliche Pause. In ihm öffnete sich eine Tür. Er warf sie sofort wieder zu und lachte, bevor er fortfuhr: »Ich ging nach New York, wohnte ein Jahr bei meinem Vater und besuchte drüben die Highschool. Als ich wieder nach Hause kam, ging ich nach dem Gymnasium zur Musterung, ich dachte, ich würde sowieso durchfallen. Aber ich wurde genommen, ich konnte nichts machen.«

»Du hättest doch verweigern können?«

»Das hat meine Mutter auch gesagt, sie hat getobt. Aber ich hatte genug von diesem ganzen alternativen Milieu. Es war mir zu verkrustet. Das Militär bot einen bequemen Ausweg, einen *clean cut*. Und als ich meine Wehrpflicht absolviert hatte, lag die Polizei irgendwie nahe.«

Sanne nickte, zog die Beine an sich und sah ihn über ihr Glas hinweg an.

»Gibst du mir eine Zigarette?«

Lars zündete sie ihr an. Zwischen ihnen pulsierte die Glut in dem dunklen Zimmer und ließ Sannes Augen aufleuchten. Ihre Pupillen waren groß, brannten sich in seine.

Eine S-Bahn fuhr in die Station. Das Rauschen der Autos auf der Nørrebrogade. Unten wurde die Tür vom Ring-Café geöffnet, Geschrei und Flaschenklirren stieg die Fassade hinauf. Sie saßen jetzt auf dem niedrigen Sofa dicht beieinander.

»Was war mit der Arbeit? Im Auto …«

Sanne schüttelte den Kopf, legte einen Finger an die Lippen.

»Psst. Nicht jetzt.«

Er sah zu, beinahe in Trance. Ihr Gesicht näherte sich. Zigarettenrauch stieg aus ihrer Hand, irgendwo weit entfernt. Die Haustür klappte am Treppenaufgang, schleppende Schritte auf der Treppe. Dunkle Augen mit etwas zu viel Make-up brannten sich in seine, eine Zunge glitt vorsichtig über die Lippen. Er wollte gerade etwas sagen, als ihre Lippen ihn berührten. Ein Streifen von Haut und Licht. Sein Kopf begann, im Dreivierteltakt zu tanzen. Er öffnete den Mund, erwiderte den Kuss. Schloss die Augen.

Im Flur wurde die Wohnungstür zugeschlagen, ein Schluchzen ging durch die Wohnung. Sanne fuhr auf dem Sofa zurück, ließ die Zigarette fallen. Beide hockten sich auf den Boden, suchten nach der heruntergefallenen Kippe. Maria trat ins Wohnzimmer, das Gesicht verschmiert von verwischtem Make-up. Sie zitterte.

»Maria, was ist los?« Lars sprang auf und hatte die Arme um sie gelegt, bevor er die Frage zu Ende ausgesprochen hatte. Sanne hatte ihre Zigarette gefunden, setzte sich wieder in die Sofaecke und strich ihr Haar zurück. Maria presste sich an ihn.

»Was ist passiert?«

Sie schüttelte den Kopf.

»Halt mich einfach fest, Papa.«

Während er Marias bebenden Körper an sich drückte, schmeckte er noch immer den Kuss auf seinen Lippen. Süßlich. Leicht. Was war passiert?

Sanne stand auf, griff nach ihrer Tasche und überprüfte mit nervösen Bewegungen den Inhalt.

»Ich muss gehen …« Sie nickte ihnen zu und verschwand im Eingang.

»Wir sehen uns morgen!«, rief er ihr nach. Die Tür fiel ins Schloss, und er blieb mit seiner Tochter in den Armen stehen.

Ein paar Minuten vergingen. Niemand sagte ein Wort. Dann hob er ihren Kopf und versuchte, ihr in die Augen zu sehen.

»Wolltest du den Abend nicht bei Christian verbringen?«

Marias Schultern zuckten. Tränen vermischten sich mit Rotz. Er wiegte sie hin und her, bis sie sich beruhigt hatte. Dann legte er sie aufs Sofa und setzte sich daneben. Strich ihr über die Haare.

»So. Jetzt wisch dir die Tränen ab. Was ist passiert?«

Maria schüttelte den Kopf, Rotz lief ihr aus der Nase. Lars stand auf und holte eine Küchenrolle. Als er zurückkam, schaute sie von den beiden halbvollen Gläsern zu ihm auf.

»Was habt ihr gemacht?«

»Über den Dienst geredet.« Er reichte ihr die Küchenrolle.

»Bei Rotwein? Also ehrlich, Papa …«

»Na, na.« Jetzt schüttelte er den Kopf. »Eine Tochter in deinem Alter muss nicht alles wissen.«

44

Der Wachhabende rief in dem Moment an, als Sanne auf die Straße trat. Als das Gespräch beendet war, warf sie das Handy auf den Beifahrersitz ihres Wagens. Stieg ein. Ohne an die paar Gläser zu denken, die sie getrunken hatte. Nur die Sirene aufs Dach und los.

Jetzt kroch sie durch ein Gebüsch die Böschung hinunter. Am Rand des kleinen Sees in der Østre Anlæg stand ein provisorisches Zelt. Links erhob sich die weiße Betonwand des Statens Museum for Kunst totenkopfblass in dem dunklen Park. Eine Gruppe Polizisten umringte das Zelt am Wasser, vereint durch einen einzelnen gelben Lichtkegel. Einer der Polizeigeneratoren hustete durch die Nacht und übertönte die leisen Verkehrsgeräusche von der Øster Voldgade und der Sølvgade.

Ulrik drehte sich um, als sie unten ankam. Er hatte sich bisher nicht zu der Vernehmung von Langhoff geäußert. Ehrlich gesagt, war sie ein wenig nervös.

»Sanne, gut, dass du kommen konntest. Ich habe bei Martin angerufen, aber er wusste nicht, wo du warst.«

Sie murmelte irgendetwas und hoffte, dass Ulrik die Röte nicht sah, die ihr in die Wangen schoss.

»Wieder er?«, fragte sie und zwang sich zur Konzentration.

Ulrik nickte und zog sie zum Wasser, unter die Zeltplane. Frelsén winkte. Bint gab ihr die Hand. Ein paar Beamte, die sie nicht kannte, standen auf der anderen Seite. Die nackte blonde Frau lag in der Mitte des Kreises, halb im dunklen Wasser des Teichs. In dem Lichtkegel sah die Haut sehr gelb aus. Kleine Wellen schwappten über das fast haarlose Geschlecht und die Tätowierungen im unteren Bauchbereich, spülten Seegras und Abfall über den Unterleib und die Schenkel. Das gleiche kleine Loch für die Fixierflüssigkeit in der Leiste wie bei Mira, über der linken Brust die Eintrittsöffnung der tödlichen Kugel. Leere Augenhöhlen starrten an die Zeltplane.

Sanne sah das Entsetzen in Abeiuwas Gesicht vor ihrem inneren Auge. Es hätte ebenso gut sie sein können.

»Noch eine Prostituierte?«

»Die Tätowierungen deuten darauf hin.« Frelsén klang müde. Offenbar mussten sie sich diese Nacht seine üblichen munteren und leicht unpassenden Kommentare nicht anhören. »Sie dürften auch bei der Identifikation helfen. Körper- und Knochenbau ist skandinavisch, vermutlich ist sie Dänin, ungefähr fünfunddreißig Jahre alt. Also etwas älter als das erste Mädchen und die Afrikanerin, die entkam.«

»Abeiuwa.« Sanne wandte sich an Ulrik. »Wer hat sie gefunden?«

»Es wurde vom Museum aus angerufen.« Ulrik wies mit dem Kopf auf den weißen Koloss. »Der Finanzrat hält dort heute Abend sein jährliches Treffen ab. Einer der Gäste wollte sich die Beine vertreten. Die Reste von dem, was er am Buffet gewählt hatte, kannst du dir dahinten ansehen.« Er zeigte auf einen Baum nah am Wasser.

»Wann wurde sie gefunden?«

»Gegen zehn, also vor gut einer Stunde. Die Anlage schließt um acht.«

»Hast du mit ihm geredet?«

Ulrik schüttelte den Kopf.

»Ich habe ihn nach Hause fahren lassen, er ist einer der obersten Chefs von Nordea. Er war vollkommen fertig. Du kannst morgen mit ihm reden.«

»Ja, ja.« Sie seufzte. »Ich rede mit ihm. Und ich werde bestimmt lieb sein.«

»Er hat sie zum Eingang des Museums gefahren«, fuhr Ulrik fort. »Und dann über die Hecke und die Böschung hier runtergeschleppt. Bint hat die Spuren gefunden.« Er zeigte nach oben. Derselbe Weg, den sie gekommen war.

Einer der Beamten auf der anderen Seite flüsterte seinem Nebenmann zu: »Sie hätte sich untenrum aber auch ordentlich rasieren können.«

»Hat sie auch.« Frelsén zeigte auf das Geschlechtsteil der Leiche. »Seht ihr die kleinen Kratzer da? Sie stammen von einer Intimrasur, nur wenige Stunden bevor der Tod eintrat. Aber nicht alle Zellen des Körpers hören auf zu funktionieren, wenn man stirbt. Manche arbeiten noch Stunden und Tage, ja, günstigstenfalls noch Wochen später weiter. Häufig sieht es daher so aus, als würde das Haar weiterwachsen. Es kann aber auch sein, dass die Haut zusammenfällt und die Haarbüschel freigibt, die in der innersten Schicht wachsen, sozusagen, bevor sie herauskommen. Leichenbestatter müssen männliche Leichen oft vor der Beisetzung rasieren.«

Der Beamte spuckte aus, wandte den Blick ab. Eine plötzliche Müdigkeit drohte Sanne umzuwerfen.

»Was ist denn mit ihren Händen?« Die Hand der Leiche nahm im Verhältnis zum Körper eine unnatürliche Stellung ein. Sanne ging in die Hocke und umfasste vorsichtig das Handgelenk der Toten. Es fühlte sich fremdartig an, wie Hartgummi. Sie hob die Hand. Die Haut rund um das Handgelenk war zerkratzt. Als hätte jemand an ihrem Handgelenk gefeilt.

Sanne sah Frelsén an.

»Ja.« Er setzte die goldgefasste Brille auf die Nase. Plötzlich war Leben in seinen müden Augen. Er hockte sich neben Sanne und inspizierte das Handgelenk. »Das sieht eigenartig aus. Aufs Erste würde ich sagen, sie war noch eine gewisse Zeit nach Eintritt des Todes mit einem groben Strick gefesselt. Das Gewebe ist zerstört, aber es gibt keine Blutspuren.«

»Wer kommt denn auf die Idee, eine Leiche zu fesseln?«

Hinter ihnen kamen Sanitäter die Böschung hinunter und balancierten eine Bahre zwischen sich.

»Tja«, sagte er und blinzelte. »Das genau ist die Frage. Wer kommt auf solche Ideen?«

*

Wenn der Blutwind getobt hat, bleibt nur das Wesentliche zurück. Mahler. Kohlsuppe. Der Urgrund. Mutter ist tot. Bis zuletzt hat sie in ihrer alten Kammer geschrien. All das, was nicht gesagt werden durfte, hat sie herausgebrüllt. Und mit jedem Wort ist sie mehr verschrumpelt und zusammengefallen. Vater ist Großvater, Großvater hat Vater ermordet. Jetzt, wo er endlich die Wahrheit kennt, versteht er, woher sie kommt, diese Kraft, die in ihm tobt. Wenn er zwischen seine Beine schaut, die sich über den Kontinentalplatten spreizen, sieht er einen Punkt, der sich um die eigene Achse dreht, dunkelrot, pulsierend. Unfassbar, brennend heiß. Der Punkt strahlt eine erschreckende Stärke aus, alles schmilzt bei diesem Anblick. Das Fleisch fällt von den Knochen, das Blut kocht. Die Körpersekrete zischen, treten als weißgelbe Dampfsäulen aus. Die Augen tränen, siedend heiß brodelt es aus ihren Höhlen. Dies ist die Urkraft des Lebens, so unendlich viel größer, als er es je zuvor erlebt hat. So vital und alles verschlingend, dass er sich diesem eisernen Willen beugen muss. Es ist der Blutwind. Der Spalt ist geöffnet. Er kann nicht mehr geschlossen werden. Nichts kann es eindämmen, es will raus. Und er ist der Diener des Blutwinds. Dieses Haus, diese Balken, Steine und Sparren, sind der Ursprung dieses alles verzehrenden Willens, der die Welt brandmarken wird. Dessen Instrument zu sein lässt seinen Brustkasten anschwellen. Er, der es nicht vermochte, die gedankenlose, reine Triebkraft des Blutwinds zu sehen. Diesen nackten Instinkt, der auf seinem Weg alles verzehrt. Jetzt ist er der Träger dieses Wunders. Die Revolte, die Aufsässigkeit der Mädchen, war Teil eines größeren Plans. Auch sie hatten ihre Rolle zu spielen. Und dieses Wissen lässt ihn die Bürde leichter tragen. Denn der Wille muss wissen, dass es nicht leicht gewesen ist, die Kinder auszusetzen. Die zu züchtigen, die man liebt. Doch wenn das Ziel klar ist, wenn dessen reine Triebkraft strahlt, kann er alles ertragen. Er schaut auf Sonja, und eine Woge der Liebe erfasst ihn. Sie ist die Einzige, die ihm noch geblieben ist. Hilda musste gehen, wie Karen und andere vor ihr. Die Kohlsuppe dampft auf dem Tisch. Er schiebt ihr den Teller zu. Iss, mein Mädchen. Ich vermisse sie auch. Aber wir alle müssen Opfer bringen. Und der Blutwind hat mir gezeigt, dass wir bald wieder vollzählig sein werden.

Sie sind uns nur vorausgegangen
Und werden nicht wieder nach Hause verlangen!
Wir holen sie ein auf jenen Höh'n
Im Sonnenschein! Der Tag ist schön auf jenen Höh'n!

Montag, 23. Juni

45

Morgendliche Straßengeräusche. Ein Besoffener kotzte vor das Ring-Café. Das Rauschen der S-Bahn bei der Einfahrt in die Station. Vogelgezwitscher auf der Straße. Maria unter der Dusche. Lars schlug die Augen auf. Er hatte sich gestern nicht betrunken, und doch tobte ein spitzer Schmerz hinter seinen Augäpfeln. Er musste aufhören, billigen Rotwein zu trinken.

Der Abend kehrte zurück. Die Bilder von ihm und Sanne auf dem Sofa. Die Geschichte der Besetzung der Abel Cathrines Gade, die durchaus der Wahrheit entsprach. Aber warum hatte er ihr nicht von den Demos danach erzählt? Von den Straßenkämpfen, von dem berauschenden Gefühl, wenn der Pflasterstein aus der Hand flog und durch den Himmel auf die blauen Ketten zusegelte? Von dem adrenalingepeitschten Hochgefühl, wenn er seinen späteren Kollegen davonlief, von dem Halstuch vor dem Gesicht, der Romantisierung der Straßenpartisanen? Von den Drogen?

Er hustete, konzentrierte sich wieder auf den Vorabend. Den Kuss, Maria, die weinend hereinkam. Er rieb sich die Augen. Stützte sich auf einen Ellenbogen. Wie es Sanne heute wohl ging?

Die Dusche wurde abgestellt. Maria steckte summend einen Kopf zur Tür herein. Das Haar hatte sie in ein hellrotes Handtuch gewickelt, ihr Körper wurde von einem größeren blauen bedeckt. Kleine Wassertropfen rollten ihr über die

Wange, aus einer Haarsträhne, die unter dem Handtuch hervorlugte.

»Hast du gut geschlafen, Papa?«

Er grunzte zur Antwort, setzte sich auf. Er wunderte sich noch immer, wie es seiner Tochter gelang, so schnell von einem Ende des Gefühlsregisters zum anderen zu wechseln.

»Bist du okay?«, erkundigte er sich mit schlaftrunkener Stimme.

»Ja, sicher.« Maria lächelte. »Denk dran, ich bin heute Abend auf Christinas Party.« Sie verschwand in ihrem Zimmer.

Er überlegte, sie zu fragen, in diesem Moment klingelte jedoch das Telefon. Er schwang die Beine aus dem Bett, griff danach.

»Lars.« Er hätte gern eine Zigarette geraucht. Aber das wäre sicherlich nicht gut für seine Kopfschmerzen.

»Toke hier«, sagte die Stimme am anderen Ende. »Kim A. und Frank haben gestern einen aus der Gruppe vor dem 7-Eleven ausfindig gemacht. Du weißt schon, einen von denen, die Stine am Nørreport getroffen hat, bevor sie vergewaltigt wurde. Er heißt Jesper Lützen, ist dreiundzwanzig und arbeitet bei …« Toke blätterte. »Cosmo Film. Offenbar einer dieser Jobs, bei denen man kein richtiges Gehalt bekommt. Kim A. und Frank haben heute Nacht mit ihm geredet. Bei Dreharbeiten.«

»Hm. Und?« Lars' Zunge war dick und klebrig. Er brauchte Wasser. Oder Saft.

»Der Bursche auf dem Video, von dem wir angenommen haben, dass er Stine gefolgt ist, hat kurz danach ein Taxi genommen.«

»Also ist er Stine nicht gefolgt?«

»Laut Jesper nein.«

»Wir haben den Zeitpunkt ja auf dem Video der Danske

Bank …« Lars griff nach einem T-Shirt auf dem Boden und versuchte es anzuziehen, ohne das Telefon vom Ohr zu nehmen.

»Kim A. und Frank reden bereits mit den Taxifahrern.«

»Ich bin unterwegs.«

Lars legte auf. Wirklich unglaublich, dass Kim A. und Frank etwas auf eigene Initiative unternahmen.

»Setzt du Kaffee auf?«, rief er Maria zu. »Ich gehe gerade ins Bad.«

Eine halbe Stunde später stand er auf der Straße. Die Sonne schien aus einem wolkenlosen Himmel. Maria wollte zu einer Klassenkameradin und lernen, hatte aber noch Zeit. Vermutlich saß sie in der Wohnung und hatte die Beine auf den Tisch gelegt. Er klopfte sich auf die Taschen. Er hatte die Zigaretten vergessen. Lars drehte sich um und wollte die wenigen Schritte zurückgehen, als ihm der Aushang des *Extra Bladet* vor dem Kiosk ins Auge fiel.

Der Sandmann schlägt wieder zu
– noch eine Leiche ohne Augen
Bankdirektor gefunden

Lars blieb mit offenem Mund stehen. Glotzte auf die schwarz-gelb-rote Graphik des Aushangplakats. Er drehte auf dem Absatz um, ging in den Kiosk, bat um zwanzig Blå King's und eine Zeitung, er bezahlte mit einem zerknüllten Zweihundertkronenschein. Ein älterer, dunkelhäutiger Mann mit einem imponierenden roten Bart und einem beachtlichen Bauch nahm den Schein entgegen. Der junge dänische Bursche war vermutlich in der Schule. Aus einer scheppernden Anlage im Hinterzimmer dröhnte orientalische Popmusik. Lars bekam sein Wechselgeld und lief mit der Zeitung unter dem Arm zur Bushaltestelle der Linie 5A an der Nørrebrogade.

Der Bus war voll, aber es gelang ihm, ganz hinten einen Fensterplatz zu bekommen. Ein großer, fülliger Mann setzte sich neben ihn, so dass er gezwungen war, sich an die von der Sonne aufgeheizte Scheibe zu drücken. Lars schlug die Artikel über die tote Frau auf den Seiten vier, fünf und sechs auf. Überflog die Seiten vier und fünf. Ein unscharfes Nachtfoto, mit einem Teleobjektiv von der anderen Seite des Teichs geschossen, zeigte eine Gruppe Polizisten: dunkle Gestalten im Licht generatorgespeister Polizeischeinwerfer, die am Wasser standen. Er meinte, Ulrik erkennen zu können. Und war das Sanne, auf dem Weg in das Zelt, das sie zur Abschirmung der Leiche aufgestellt hatten? Wahrscheinlich war sie angerufen worden, als sie seine Wohnung verlassen hatte.

Er blätterte auf die Seite sechs. Bang. Noch eine Überschrift.

KOPENHAGEN IN PANIK – WO BLEIBT DIE POLIZEI?
Wie lange soll der Vergewaltiger noch frei herumlaufen?

Er ließ den Blick über den Artikel schweifen und blieb an einem fettgedruckten Zitat hängen. »Quellen in der Mordkommission berichten, dass der Leiter der Ermittlungen die Kontrolle über den Fall verloren hat. Wichtigen Spuren wird nicht nachgegangen, die Kräfte werden falsch eingesetzt.« Am Fuß des Artikels das Foto eines durchnässten Lars auf der Heckklappe eines Polizeiwagens, der versuchte, sich eine Zigarette anzustecken. Die Bildunterschrift lautete: »Wie *Extra Bladet* erfuhr, lehnt es Lars Winkler, der die missglückte Aktion im Hans Tavsens Park in der Nacht zum Samstag leitete, ab, den üblichen ermittlungstechnischen Regeln zu folgen. Die Frage ist, ob die Bürger sich bei dieser Lageeinschätzung der Polizei noch sicher fühlen können.«

Er ballte die Fäuste, zerriss beinahe die Zeitung.

»Na, na, mein Freund, immer mit der Ruhe. Die Zeitung hat Ihnen doch nichts getan.« Der füllige Mann auf dem Sitz neben ihm lachte. Lars ließ die zerknüllte Zeitung los, faltete sie zusammen und schenkte sie seinem Nebenmann.

Er lehnte die Stirn an die Scheibe und blickte ins Nichts, während sich die Gedanken in seinem Kopf überschlugen. Der Bus setzte seine Fahrt auf der Nørrebrogade fort. Als sie an die Griffenfeldtsgade kamen, sprang er auf und drückte den Halteknopf. Ungeduldig wartete er, bis der Bus vor dem Teater Grob hielt.

Er brauchte Ruhe, er musste nach Hause. Es war an der Zeit, alles in Frage zu stellen und ganz von vorn anzufangen.

46

Es war nach zwei, als sie nach Hause kam. Martin hatte gewartet, wütend und betrunken, um sie zu verhören. Wo war sie gewesen? Was hatte sie gemacht, mit wem hatte sie den Abend verbracht? Am meisten demütigte es sie, dass er offensichtlich schon alles wusste, als sie zur Tür hereinkam.

Auf dem harten Sofa hatte sie nicht viel Schlaf bekommen, und als sie wach wurde, hatten Martin und sie sich weiter gestritten. Es pochte hinter ihren Augen, als sie die Treppe zu dem dunkelroten Flur mit der grünen Tür hinauflief. Nicht denken. Kaffee, Unmengen von Kaffee. Schließlich hatte sie zu arbeiten. Ein braunes Kuvert aus ihrem Fach in der einen und einen Plastikbecher in der anderen Hand balancierend öffnete sie die Tür ihres Büros. Sie huschte hinein, warf die Tür hinter sich zu und ließ sich auf ihren Stuhl fallen. Kalte, klebrige Schweißtropfen liefen ihr über die Stirn und blieben in den Augenbrauen hängen.

Sie trank von dem lauwarmen Kaffee. Der geröstete, bittere Geschmack zog ihren Gaumen zusammen und ließ den Magen implodieren, machte aber erstaunlich munter. Sie steckte eine Ecke des Umschlags zwischen die Zähne und riss ihn mit der freien Hand auf. Zwei DVDs fielen aus dem Kuvert. Die gestrigen Aufzeichnungen der Überwachungskameras am Eingang der Bahngebäude an der Øster Voldgade, direkt gegenüber vom Statens Museum for Kunst. Irgendjemand hatte schnell gearbeitet.

Sie fuhr ihren Computer hoch und legte die erste DVD ein.

Die Aufzeichnungen begannen um 17:00 Uhr, als das Museum geschlossen wurde. An dem warmen Sommernachmittag hatten die meisten ihre Sakkos ausgezogen. Die Museumsbesucher marschierten in Hemdsärmeln und T-Shirts vorbei. Sie spulte auf 19:30 Uhr vor und spielte die DVD in doppelter Geschwindigkeit ab. Schaute konzentriert zu, bis die Zeitangabe 22:03 Uhr anzeigte. Der Zeitpunkt, an dem ein Gast der Veranstaltung des Finanzrats die Leiche gefunden hatte.

Nichts.

Sanne fluchte, begann von vorn. Hatte gerade Bilder der Passanten ausgedruckt, als Allan anklopfte.

»Bist du so weit?«

Sie sah ihn fragend an.

»Seferi sitzt in meinem Büro.«

Elvir Seferi, natürlich.

»Entschuldigung, ich bin etwas …« Sanne stand auf und folgte Allan in das Büro, das er sich mit Toke teilte. Sie schloss die Tür und setzte sich neben Allan. Auf der anderen Seite des Tischs saß ein kleiner, gebückter Mann mit einem buschigen Schnauzbart und Bartstoppeln bis zu den Augen. Das kurzgeschnittene weiße Haar reichte bis zu der braunen Schläfe. Eine speckige Mütze lag neben seinen rastlosen Fingern auf dem Tisch.

Allan schaltete den Recorder an und stellte Sanne vor. Dann beugte er sich über den Tisch. »Du weißt, weshalb du hier bist?«

»Nein?« Die Finger fummelten an der Mütze.

»Einbruch in eine Zahnarztpraxis in Valby im Februar, sagt dir das was?« Sanne hatte die Arme verschränkt und betrachtete den Mann von der anderen Seite des Tischs. Er schwitzte.

»Aber … das war ich nicht. Ihr das wissen?«

»Du kennst die Bukoshi-Brüder?« Allan stellte die Frage.

»Bu…?«

»Sie behaupten beide, dass du ihnen ein Alibi für den Abend des 4. Mai geben kannst. Ihr habt im Shqiptarë Karten gespielt?«

Sein Gesicht veränderte sich, in die hellbraunen Augen kam Leben.

»Ja.« Er nickte. »Ist richtig.«

Sanne und Allan sahen sich an.

»Aber an diesem Abend hast du in der Ausnüchterungszelle in Middelfart gesessen.« Allan schob den Bericht der Kollegen aus Fünen über den Tisch.

»Öh, ja.« Seferi duckte sich.

»Du bist 1999 aus dem Kosovo hierhergekommen?« Sanne lächelte. »Und bist ausgebildeter Tierarzt?«

Seferi nickte erneut. Dann schüttelte er den Kopf.

»Arzt. Schwer, im Krankenhaus Arbeit zu finden, besser als Tierarzt.«

Sannes Herz tat einen Extraschlag. Sie versuchte, Ruhe zu bewahren. Der Adrenalinpegel stieg an.

»Was war denn dein Fachgebiet? Magen-Darm, das Herz … Augenarzt?«

»Kein Fachgebiet, nur Arzt.« Seferi setzte sich im Stuhl zurecht.

Sanne holte die Schachtel mit dem Glasauge, das die Technische Abteilung rekonstruiert hatte, aus ihrer Tasche und legte sie auf den Tisch. Allan nickte.

»Wozu braucht man Glutaraldehyd?«

»Glutaraldehyd?« Seferi sah sie fragend an. »Um Instrumente nach Operation zu säubern. Warum?« Niemand antwortete. »Ah, das wurde gestohlen bei Zahnarzt? Aber ich gesagt, ich war das nicht.«

Sanne öffnete die Schachtel, legte eine Serviette auf den Tisch und legte das Glasauge darauf. Die Pupille starrte Elvir Seferi an.

»Hast du im Kosovo Augenoperationen vorgenommen?«

»Nein!« Seferi rutschte auf seinem Stuhl herum.

»Du weißt, dass wir die Berichte der Krankenhäuser aus Pristina und Skopje kommen lassen können, oder?«

Seferi blinzelte, faltete die Hände. Sein Blick folgte Sannes Fingern, die das Glasauge zurück in die Schachtel legten. Allan sammelte die Seiten des Berichts über den Einbruch im Februar zusammen, schloss die Mappe.

»Ich glaube, wir machen eine Pause. Elvir, du kommst solange in Gewahrsam.«

Sanne ging in die Kantine. Lars war nirgendwo zu sehen. Am Tresen bat sie um das Tagesgericht, ohne zu fragen, was auf der Karte stand.

Mittagszeit, die Kantine war voll, trotzdem fand sie einen freien Tisch. Sie zwang sich zu essen. Merkwürdigerweise half es. Es ging ihr besser. Die Kopfschmerzen verschwanden.

Zurück im Büro setzte sie sich an den Schreibtisch und betrachtete den Stapel ausgedruckter Bilder. Eine namenlose Menge an Gesichtern flog ihr entgegen, sie musste die Augen schließen und die Daumen auf die Lider pressen, bis es wehtat und das Flimmern verschwand.

Die Tür ging auf, und Lisa steckte den Kopf herein. Kein »Hej«, kein Versuch zu grüßen.

»Du sollst zu Ulrik kommen. Sofort.«

Hinter Lisa fiel die Tür mit einem trockenen Klappen zu, das Sannes Herz für einen Moment aussetzen ließ. Jetzt kam es, Langhoff hatte sich beschwert. Ulrik konnte sie nicht mehr gebrauchen. Sie musste zurück nach Kolding. Innerlich war ihr eiskalt, ihre Haut brannte.

»Sanne! Gut, dass du da bist.« Ulrik sah von seinem Platz am Schreibtisch vor dem Fenster auf. Der Geruch von Linoleum, Staub und altem Schweiß erschien ihr noch durchdringender als gewöhnlich. Wenn es überhaupt möglich war.

Neben Ulrik stand Kim A. vor dem Panoramafenster. Beide lasen im *Extra Bladet*, das aufgeschlagen auf Ulriks Schreibtisch lag.

»Hat dir Lisa nicht gesagt, worum es geht?« Ohne nachzudenken, stellte Sanne sich mit leicht gespreizten Beinen und hinter dem Rücken gefalteten Händen mitten ins Zimmer. Diese Stellung – unmöglich, sie loszuwerden. Sie begann mit den Fingernägeln zu klicken, bevor sie es verhindern konnte.

Ulrik räusperte sich, wechselte Blicke mit Kim A. Dann drehte er die Zeitung so, dass Sanne die Schlagzeile lesen konnte.

KOPENHAGEN IN PANIK – WO BLEIBT DIE POLIZEI?
Wie lange soll der Vergewaltiger noch frei herumlaufen?

»Wo ist Lars?«

Sie schloss einen Moment die Augen.

»Ich weiß es nicht.«

»Das ist …« Ulrik zeigte auf den Artikel. »Das ist unerhört.« Er atmete tief durch. »Ich beschuldige niemanden, dass ihr etwas habt durchsickern lassen, aber …«

Sanne konzentrierte sich auf die Schiffsschaukel im Tivoli hinter ihm. Was wollte Kim A. hier?

Ulrik faltete die Zeitung zusammen und warf sie in den Papierkorb.

»So, jetzt ist sie da, wo sie hingehört.« Er hustete. »Der Justizminister hat den Polizeidirektor angerufen, der wiederum mit dem Chef der Mordkommission gesprochen hat. Wir alle stehen unter Druck. Ich habe«, er sah auf seine Uhr, »ungefähr eine Stunde, dann muss ich eine Erklärung abgeben. Ich bin nicht sonderlich glücklich darüber, aber ich habe keine andere Wahl. Diese Sache betrifft das gesamte Korps.«

Sanne erwiderte nichts, betrachtete nur Kim A. durch halb geschlossene Augen.

Eine irritierte Grimasse verzog Ulriks Gesicht, seine dünnen Finger trommelten auf die Schreibtischplatte.

»Lars wird der Fall bis auf Weiteres entzogen. Kim A. übernimmt mit augenblicklicher Wirkung. Ich habe dich dazugebeten, weil … du im Augenblick die Einzige bist, mit der er redet …«

Sanne blinzelte, ihr lag eine gepfefferte Antwort auf der Zunge. Aber was sollte sie machen? Sie nickte, akzeptierte die Judas-Aufgabe. Gehorchte. Wie immer. Sie versuchte, im Kopf einen Satz zu bilden. Was würde sie Lars sagen, sollte sie ihn erreichen? Der Satz fiel immer wieder auseinander.

Ulrik legte eine Hand auf Kim A.s Schulter.

»Komm. Wir briefen jetzt die anderen.«

Sanne ließ sich in ihrem Büro auf den Stuhl fallen. Was war hier los? Und was hatten Lars und sie gestern vorgehabt?

Sie griff nach dem Telefon, wählte Lars' Nummer. Komm schon, murmelte sie, während der Piepton in ihrem Schädel dröhnte. Sie unterbrach den Anruf, als Lars' Stimme den Anrufbeantworter ankündigte, und knallte den Hörer auf.

In diesem Moment wurde die Tür aufgerissen, und Allan stürmte herein. Ein breites Grinsen teilte sein Gesicht in zwei Hälften.

»Die Techniker haben gerade angerufen. Meritons und Ukës Lieferung ist gekommen, bei Strandhuse, südlich von Stevns. Genau wie du es vorhergesagt hast.«

4. Mai 1945

»In diesem Moment erreicht uns die Mitteilung Montgomerys, dass sich die deutschen Truppen in Holland, Nordwestdeutschland und Dänemark ergeben haben. Hier ist London. Wir wiederholen: Montgomery hat in diesem Augenblick mitgeteilt, dass sich die deutschen Truppen ...«

Die Wehen peinigen sie. Der Körper stemmt sich in einem Bogen über dem Lager aus Munitionssäcken. Die Stimme schwatzt weiter in einer anderen Welt. Erst nach einer langen Zeit, zwischen zwei Wehen und dem Jubel und Schießen draußen, versteht sie: Der Krieg ist vorbei, die Deutschen haben sich ergeben.

Doch für sie ist alles schon seit Monaten vorbei. Ihr John ist tot. Und Mutter schwand im Winter leise dahin. Zum Schluss war nichts mehr von ihr geblieben. Die Tochter hat der Vater im Keller versteckt, als der Bauch sich nicht mehr kaschieren ließ. Verborgen, umhüllt von Staub und Waffenfett. Wenn sie sich konzentriert, kann sie noch immer die letzten Reste von Johns Duft ahnen, das Letzte, was ihr von ihm geblieben ist. Das und die Augen im Glas auf dem Regal über ihr. Zwei weißliche Klumpen, die in einer gelblichen Flüssigkeit schweben, blind und stumm in einem seltsamen Tanz.

Die Schießereien draußen kommen jetzt näher, verschwinden wieder. Noch eine Wehe kündigt sich an, drückt auf die Lenden und das Schambein. Sie wird zu einer einzigen pumpenden Blutader. Verschwindet in Schmerzen.

Als sie wieder zu sich kommt, ist sie schweißnass. Jemand hat das Radio abgestellt. Die Petroleumlampe flackert auf dem Tisch in der Ecke, ihr unruhiges Licht streichelt die Maschinenpistole auf der Tischdecke.

Vater betrachtet sie mit fieberheißen Augen. Bald ist es überstanden, sagt er. Es ist ein großer Tag. Dann kehren die Wehen zurück, und alles verschwindet wieder.

In den nächsten Stunden schwankt sie zwischen Bewusstsein und Bewusstlosigkeit, sie hört sich selbst schnauben wie eine fohlende Stute. Als Vater zurückkommt, bringt er Neuigkeiten aus der Welt draußen. Überall sind Hipo-Männer und Kollaborateure. Sie kämpfen am Rathaus, deutsche Soldaten und Hipo-Leute. Er war am Brogårdsvej an einem Gefecht mit einer Gruppe beteiligt. Arno wird sie nicht mehr belästigen, er sagt es gleichsam in einem Nebensatz. Sie weiß, dass sie nicht fragen soll.

Etwas ist unterwegs, gleitet durch sie hindurch, will zwischen ihren Beinen heraus. Die Schmerzen verschwinden, alles verschwindet, es sprengt sich seinen Weg frei. Mit einem grässlichen Geräusch reißt sie. Als sie aufblickt, steht Vater zwischen ihren Beinen. Etwas Feuchtes und Lebendiges bewegt sich auf ihrem Bauch. Blut und Fruchtwasser fließen durch das blutgetränkte Hemd. Winzige Händchen greifen, öffnen und schließen sich um nichts. Ein kleiner begieriger Mund sucht, saugt blind in der leeren Luft. Vaters grobe Hände kommen dazu, reißen ihr Hemd auf, finden die Brust und schieben das Lebendige dorthin. Sie keucht, als der Kleine zubeißt, sich festsaugt. Und mit gierigen, schmatzenden Geräuschen trinkt.

»Schau ihn dir an, sieh nur. Mein Sohn.« Vater versucht ihren Kopf zu drehen, aber sie will nicht hinsehen, weigert sich.

Vater ist wieder zwischen ihren Beinen, zieht mehr aus ihr heraus. Im Licht sieht sie eine Schere aufblitzen, er schneidet. Wirft etwas in einen Eimer, während der Junge trinkt.

»Sieh hin oder lass es. Mir ist es egal.« Vater setzt sich neben die Maschinenpistole, zündet sich eine Pfeife an. »Rechne nicht damit, dass ich dich aus dem Keller lasse, bevor er abgestillt ist. Und wenn dann jemand fragen sollte, ist es das Kind deiner Kusine. Es ist unsere Pflicht, die Familie zu unterstützen und zu beschützen, wir können uns nicht erlauben, dass die Nachbarn klatschen.« An ihrer Brust stößt das Kind leise wimmernde Laute aus.

Vater beugt sich vor, dreht an den Bakelitknöpfen des Radios.

»Nenn ihn John«, flüstert sie und wendet den Kopf ab. Vater erstarrt. In diesem Augenblick schwört sie, niemals mit dem zu reden, was sie zur Welt gebracht hat.

Es knistert im Radio, die Röhren erwachen zum Leben, glühen hinter dem groben Filz. Dann kommt die Stimme.

»Wir wiederholen: Montgomery hat mitgeteilt, dass die deutschen Truppen …«

47

Sanne saß mit angezogenen Beinen auf dem Rücksitz. Der Wagen donnerte durch den hellen Abend. Allan fuhr, Ulrik saß auf dem Beifahrersitz. Niemand sagte etwas. Bint folgte ihnen im Fahrzeug der Techniker. In einer Dreiviertelstunde sollten sie sich mit Gregers Vestberg von der Polizei Südseeland und Lolland-Falster bei Sjolte treffen.

Allan sah sie im Rückspiegel an.

»Ich habe einen Kollegen in Pristina gebeten, sich ein bisschen umzuhören. Sieht nicht so aus, als hätte Elvir Seferi in der Augenchirurgie gearbeitet.«

Ulrik folgte dem Gespräch, kommentierte es aber nicht.

Grüne Felder, der Wald war zu Ende. Auch eine Möglichkeit, Mittsommer zu feiern.

»Er könnte trotzdem damit zu tun gehabt haben.«

»Ja, sicher.«

Ulrik drehte sich um.

»Hast du Lars erwischt?«

Sanne schüttelte den Kopf.

»Ich auch nicht.« Ulrik schloss die Augen, lehnte den Kopf an die Nackenstütze.

Kein weiteres Wort. Unter ihnen rollte der Asphalt davon.

Die Töne von *Upside Down*. Aus Sannes Tasche leuchtete es blau. Sie bückte sich und holte ihr Telefon heraus. Eine +49-Nummer.

»Ja?«

»Frau Bissen? Hier spricht Dr. Henkel aus Mülheim. Ich dachte, ich rufe Sie noch einmal an. Ich habe heute mit einem älteren Kollegen gesprochen … und, nun ja, gemeinsam ist uns ein anderer Kollege eingefallen, der leider vor einigen Jahren bei einem Autounfall ums Leben gekommen ist. Wir glauben uns beide daran erinnern zu können, dass er in den sechziger Jahren einen dänischen Schüler hatte.«

»Einen Dänen?« Sanne setzte sich auf, gebot Ulrik und Allan, still zu sein. Keiner der beiden hatte etwas gesagt.

»Ja, einen jungen Mann. Unser Kollege hat ihn sehr schnell wieder hinausgeworfen. Der junge Mann war untauglich. Eigentlich komisch. Sein Großvater war Arzt gewesen.«

Sanne hielt den Atem an, zählte bis fünf.

»Und … können Sie sich an den Namen des jungen Mannes erinnern?«

»Leider nein.«

Als sie aufgelegt hatte, ließ sie sich vom Wachhabenden die Nummer von Professor Lau geben. Drei Minuten später schmiss sie ihr Telefon auf den Sitz.

»Kein Anrufbeantworter?« Allan beschleunigte und überholte einen roten Opel.

Sie schüttelte den Kopf. Zwang sich, ruhig zu atmen.

48

Sein Telefon brummte in der Jackentasche. Lars riss den Lenker herum, zog den Wagen an einem Peugeot vorbei, der über den Bernstorffsvej trödelte, und hielt kurz darauf am Straßenrand. Das Auto hatte er aus der Fahrbereitschaft in der Hambrosgade geholt, ohne im Präsidium gewesen zu sein. Der Peugeot fuhr laut hupend an ihm vorbei. Vor ihm färbte die Sonne den Himmel unter den letzten bleischweren Wolken golden. Der Wind blies die Reste mit einer kräftigen Bö über den Øresund. In den Fenstern war Licht, die Menschen aßen zu Abend. Der eine oder andere Familienvater war noch im Garten, um die Plane von den Holzstößen zu ziehen, die bald entzündet wurden. Sankt-Hans-Abend, das Mitsommernachtsfest, stand bevor.

Lars hatte wenig Zeit, er rutschte auf dem Sitz herum. Es brannte in der Nase. Er zog das Telefon heraus.

»Ja?«

»Lars?« Es war Sanne. Ein Klumpen löste sich, sickerte blubbernd in seinen Körper. Vermischte sich mit den chemischen Substanzen, die ihn wach hielten. »Wo bist du gewesen?«

Er lachte.

»Sanne? Es war schön gestern.« Kurze Pause. »Ich war zu Hause, habe nachgedacht. Aber du ...«

Sie unterbrach ihn.

»Hast du das *Extra Bladet* gesehen?« Plötzlich wurde ihm bewusst, dass sie sich Sorgen machte. Sie fuhr fort, bevor er antworten konnte. »Du bist raus aus dem Fall. Kim A. ist der neue Ermittlungsleiter.«

Sie hielt inne, wartete. Aber Lars war längst über den Punkt hinaus, wo ihn so etwas aufregen konnte. Er zog die Nase hoch und rieb sie mit dem Zeigefinger.

»Ist egal. Ich mache von jetzt an allein weiter. Ich habe eine Spur. Maria …«

»Lars …«

»Ich bin froh, dass du angerufen hast. Aber ich hab's eilig. Ich rufe dich später zurück, versprochen. Hej!«

»Lars, hör mal …« Er hatte das Gespräch beendet, bevor sie ihren Satz beenden konnte. Er legte den Gang ein und raste auf den Bernstorffsvej.

Er war auf dem Weg zu einem Fest.

Das Haus, ein riesiger weißer Bau mit schwarz lasiertem Mansardendach, stand zurückgesetzt an der Egebjerg Allé. Der Verkehrslärm des nahen Bernstorffsvej war kaum zu hören. Zur Straße hin stand ein turmähnlicher Giebel mit einem Erker und einem Balkon im ersten Stock. Fenster mit kleinen Sprossen, der Garten einfach und gepflegt. Licht und Gelächter strömten aus den offenen Terrassentüren. Gläser klirrten. Eine mittelmäßige Anlage spielte Maroon 5, *Payphone*. Lars kannte das Video auf YouTube. Er hatte es nicht zu Ende gesehen.

Die Einfahrt flankiert von zwei weißen Säulen, in denen ein schwarzes schmiedeeisernes Tor verankert war. Davor ein über zwei Meter großer Wachmann eines privaten Wachdienstes.

Lars parkte den Ford auf der anderen Seite der Straße und stieg aus. Es war dunkel geworden. Es duftete nach Flieder und frisch gemähtem Gras. Fackeln säumten die Einfahrt, nachts beleuchteten Kegelspots an den Säulen das Tor.

Der Wachmann trat einen Schritt vor.

»Kann ich Ihnen helfen, mein Herr?«

»Ich will mit meiner Tochter reden. Sie ist da drin.« Er wies mit dem Kopf auf das Haus.

»Der Zutritt ist leider nur mit einer Einladung möglich. Ich bedauere.«

Lars seufzte, zog seine Polizeimarke heraus und ging an dem Wachmann vorbei, ohne auf eine Antwort zu warten.

»Stopp!«, rief der Mann ihm hinterher. »Sie können doch nicht einfach …«

Lars reagierte nicht, sondern ging weiter die Einfahrt hinauf. Ein alter, gut erhaltener Jaguar schimmerte im Licht der Fackeln oben am Haus. Er stieß einen Pfiff aus und erlaubte sich, die schlanken Kurven ein paar Sekunden zu betrachten, bevor er den Garten betrat und sich der Terrasse näherte. Eine Menge Jugendlicher in Anzügen, kurzen Röcken und Studentenmützen stand herum und rauchte. Maria war nicht unter ihnen.

Er trat auf die Terrasse, ging zwischen den Paaren umher. Er fiel auf. Zu alt, zu schlecht gekleidet. Verkehrt. Im Wohnzimmer wurde die Musik aufgedreht, eine Gruppe Mädchen verteilte sich auf der Tanzfläche. Die hart stampfenden Beats wurden leiser, verdrängt durch ein altes Lied, das er ausschließlich in seinem eigenen Kopf hörte.

Die Jugend macht auf sich zum Tanz
Jedes Jahr, wenn du sie rufst, Sankt Hans

»He, du hast dich wohl verlaufen, Opa?« Die Stimme erklang hinter seinem rechten Ohr und riss ihn zurück in die Gegenwart. Er wollte sich umdrehen.

»Ich werde dir helfen.« Ein fester Griff an seinem Arm. Es war nicht wirklich unfreundlich, aber man amüsierte sich.

Über ihn. Lars versuchte, sich loszureißen, murmelte irgendetwas von Maria.

»Lass ihn los.« Die Stimme klang gleichzeitig bekannt und fremd. »Lars?« Ein junger Mann quetschte sich durch die Gruppe und stellte sich vor ihn.

»Simon?« Lars trat einen Schritt beiseite, musste sich auf einen Stuhl stützen. Marias Ex? Hier?

»Ist er besoffen?«, fragte jemand. Simon fasste ihn unter den Arm, stützte ihn.

»Maria?« Er redete jetzt leiser. Fixierte Simon. »Ist sie hier?« In diesem Moment sah er sie. Sie kam aus der ersten Etage die Treppe hinunter, die Hand lag locker auf dem geschwungenen Geländer. Ein weißes ärmelloses Kleid schimmerte mit ihren dunklen Haaren um die Wette, über ihre Schultern hatte sie einen Schal gelegt. Sie entdeckte ihn und lächelte, die Stimmen um ihn herum verschwammen.

»Du kannst hier nicht rein. Das ist ein privates Fest.«

»Warum hat der Wachmann ihn nicht aufgehalten? Was glaubt der, wofür er bezahlt wird?«

Er steckte die Hand in die Tasche, zog die Marke heraus.

»Polizei. Ich muss mit meiner Tochter reden.«

Augenblicklich wurde er losgelassen. Die Gruppe trat ein paar Schritte zurück.

Auf der Treppe erstarrte Marias Lächeln. Sie sprang die letzten Stufen hinunter, lief über die Tanzfläche. Zog ihn aus dem Lichtkreis, weg von Simon, hinunter in den Garten.

»Papa, was machst du hier?« Sie flüsterte, hatte diesen flehenden Gesichtsausdruck. »Du sagst Simon nichts von Christian!«

Das Tempo hatte ihn aus dem Gleichgewicht gebracht, er kämpfte, um sich auf dem weichen Rasen aufrecht zu halten.

»Was macht er hier? Ich dachte ...«

Aber Maria war bereits einen Schritt weiter.

»Du kannst nicht einfach hierherkommen und mit deiner Marke herumwedeln. Ich habe Freunde hier.« Ihre Augen glänzten. Simon stand mit einem Glas in der Hand auf der Terrasse und beobachtete sie.

Lars begriff es noch immer nicht.

»Nein, natürlich nicht.« Maria zog ihn weiter weg. In den Schatten an der Mauer. »Ich wollte ...« Lars schaute wieder zur Terrasse. Irgendetwas kribbelte an seiner Schädeldecke, aber er konnte es nicht festhalten. Es glitt fort, verschwand.

»Ja?« Maria war jetzt ungeduldig. »Reiß dich zusammen, Papa. Hast du getrunken?«

Nein, das war es nicht.

»Ich habe den ganzen Tag an dieser Vergewaltigungsgeschichte gearbeitet, und ...« Er versuchte es noch einmal. »Im Krankenhaus ... Caroline ...« Die Stimme verschwand in der hellen Nacht. Das kribbelnde Gefühl kehrte zurück, alles in ihm sträubte sich. Simon auf der Terrasse. Mit Maria beim Fest der Clique aus dem Øregård-Gymnasium.

Bevor er nachdenken konnte, brachen die Worte aus ihm heraus, er verhedderte sich.

»Hier, neulich nachts, in deinem Zimmer. War das nicht ... Christian?«

Einen Augenblick sah sie ihn verwirrt an, dann verdüsterte sich ihr Blick.

»Du bist also doch nach Hause gekommen?« Sie zog den Schal enger um die Schultern, senkte den Blick. Sie konnte in dieser lauen Sommernacht unmöglich frieren. »Was denkst du dir eigentlich, Papa? Glaubst du, ich könnte mit Christian zusammen sein?«

Die Puzzleteile setzten sich mit einer Heftigkeit zusammen, dass ihm Lichtflecken vor Augen tanzten: das Kondom, das DNA-Profil. Es gehörte zu Simon, nicht zu Christian. Er schaute hinauf zur Terrasse. Sein Blick scannte die Gäste.

329

»Ich muss sofort mit Christian reden. Wo ist er?«

»Was ist denn los mit dir? Du bist so eigenartig.«

»Entschuldige.« Er wollte sie anfassen, ließ die Arme aber sinken. »Es ist wichtig ...«

Maria wandte den Blick ab, hielt sich die Hand vor den Mund.

»Er war vor einer halben Stunde noch hier. Kurz bevor Simon kam. Ein paar Jungen sind mit ihm gegangen.« Sie sah ihn noch immer nicht an. »Ich will nichts mehr mit ihm zu tun haben.«

Was war eigentlich zu Hause bei Christian vorgefallen? Er wollte gerade fragen, als ein betrunkener Bursche auf sie zukam. Sein Schlips hing über dem offenen Hemd, die Augen schwammen.

»Habt ihr Christina geschen? Wir ver... versuchen, den Schlüssel zum Barschrank zu finden.«

Maria schüttelte den Kopf.

»Anders, du hast Christian doch nach draußen begleitet. Hat er gesagt, wo er hinwollte?«

Anders grinste.

»Er war total weg. Redete nur von Blut und Knochen. Und von diesem Sandmann, behauptete, er wüsste, wer das sei ...« Anders trat einen unsicheren Schritt beiseite. »Total bescheuert.« Dann verschwand er.

Wieder diese Kälte. Lars erinnerte sich nur zu gut an sein Gespräch mit Christian. *Midnight Rambler* und der Würger von Boston.

Maria war blass geworden.

»Christians Vater hat erzählt, dass Christian als Junge glaubte, in ihrem Viertel würde ein Mörder wohnen. In ... Søbredden? Gibt's eine Straße, die so heißt?«

Lars antwortete nicht, er blickte in die Wolken. In ihm blitzte der Kreisel am Brogårdsvej auf. Am Vortag im Sonnenschein, Sanne auf dem Beifahrersitz. Aus den Augenwinkeln das Straßenschild rechts. Søbredden.

Er packte sie und musste an sich halten, um nicht zuzudrücken.

»Was hat er gesagt?«

»Das weiß ich nicht mehr. Lass mich los, Papa.«

Oben auf der Terrasse behielt man sie im Auge. Er ließ sie los.

»Entschuldige, ich wollte dich nicht erschrecken.« Er streichelte ihr über die Wange. »Ist deine Mutter zu Hause?«

»Ja, sie …«

»Fahr nach Hause zu ihr. Sofort. Verschließt alle Türen, schließt die Fenster und wartet, bis ich anrufe.«

Sie nickte.

49

Die letzten schwarzen Wolken trieben übers Meer. Sanne klappte ihr Handy zusammen, hob die Nase in den Wind, sog die Luft ein. Es war schön, mal der Stadtluft zu entkommen. Tannennadeln, Gras, Meersalz und der ganz schwache Geruch von Dung. Fast wie zu Hause. Sie lehnte sich an das Auto, das sie hinter dunklen Stämmen versteckt hatten, und legte die Arme übereinander. Lars hatte so ... anders geklungen. Als hätte er Metall in der Stimme.

Die Ruine eines dreiflügeligen Hofes lag ungefähr hundert Meter entfernt. Ein schmutzig grauer Fleck in der aufziehenden Dämmerung. Der Wald dahinter, eine dunkle, bedrohliche Mauer. Sechs von Gregers Vestbergs Fahrzeugen der Polizei von Südseeland und Lolland-Falster standen tiefer im Wald, zwei waren diskret an den Straßen platziert, die von der Autobahn hierherführten. Nun galt es zu warten.

Ein Geräusch vom Wagen. Ulrik klopfte von innen gegen die Scheibe. Sanne öffnete die Hintertür und stieg ein.

»Eine Meldung von dem Fahrzeug in Sjolte.« Allan drehte sich zu ihr um. »Sie sind gerade an ihnen vorbeigekommen. In ein paar Minuten werden sie hier sein.«

Sanne blinzelte und starrte in den Wald, um die Pupillen an die Dunkelheit zu gewöhnen.

»Und Ukë und Meriton?«, fragte sie, kannte allerdings bereits die Antwort.

»Die fahren noch immer auf Amager herum.« Ulrik schlug

mit der Faust aufs Instrumentenbrett. »Wieso kommen die nicht?«

»Sie haben einen Tipp bekommen.« Sanne lehnte sich zurück. Sie war vollkommen ruhig. Die Wartezeit war vorbei.

»Nicht von meinen Leuten …«, begann Ulrik.

Sanne sah ihn nur an. Er vollendete den Satz nicht, die Hand lag auf dem Megaphon in seinem Schoß. Einige Minuten sagte niemand ein Wort.

»Hast du die Weste an?«, wollte Ulrik zum siebzehnten Mal wissen. Sie nickte und zog ihre Dienstwaffe aus dem Schulterholster. Der Geruch von Waffenfett stieg ihr zäh und klebrig in die Nase. Sanne steckte die Pistole zurück. Die Dämmerung wurde zur Nacht.

Ein Paar Scheinwerfer bog vom Sjoltevej in Richtung Wald ab. Sanne hielt den Atem an, zwang sich dann aber, tief und ruhig zu atmen.

»Es ist so weit«, murmelte Allan.

Sie öffneten ungefähr gleichzeitig die Wagentüren und huschten von Baum zu Baum auf das Haus zu, drei Schatten unter Hunderten im Wald. Ein Kleinbus zockelte den Feldweg hinunter, bog um die Ecke, an der das kleine Waldstück begann, und fuhr auf den Hof vor der dreiflügeligen Ruine. Einen kurzen Moment beleuchteten die Scheinwerfer die verfallenen Mauern. Dann wurde der Motor abgestellt, und die Dunkelheit schlug wieder über der Ruine zusammen.

Allan flüsterte ins Walkie-Talkie, lief vornübergebeugt weiter. Sie ahnte die Rücken der Kollegen an beiden Seiten des Waldwegs. Der Mond stieg über den Baumwipfeln auf, ein verirrter Lichtstrahl ließ kurz einen Pistolenlauf aufblitzen. Ihr Herz klopfte gegen die Rippen. Sie musste doch aus weiter Entfernung zu hören sein. Dennoch passierte nichts. Zusammengekrümmt lief sie Ulrik über die Straße hinterher, zog ihre Waffe und drückte sich zwischen die Bäume links von den verlassenen Gebäuden. Die uniformierten Polizisten waren fächerförmig nach links und hinter die Scheune ausgeschwärmt.

Hinter dem ramponierten Scheunentor sahen sie Bewegungen, Licht. Weiße Kegel stiegen zwischen den verfallenen Mauern und Löchern im Dach in die Nacht. Leise Musik. Stimmen.

»Wann kommen sie?«, fragte jemand auf Deutsch.

»Bald, Alexandru, bald. Hab noch ein bisschen Geduld, ja?«

Allan und Ulrik stellten sich rechts und links neben Sanne. Ein paar Mädchenstimmen waren aus dem seltsamen Lager in der Scheune zu hören. Musik aus einem Radio.

In diesem Moment knackte es wieder in Allans Walkie-Talkie, er nickte Ulrik zu, der auf den Hofplatz trat, das Megaphon ansetzte und brüllte: »*This is the Danish Police. You are surrounded. Step out with your hands in the air.*«

Das Radio wurde ausgeschaltet, das Licht gelöscht. Irgendwo weit entfernt rief ein Kuckuck. Sonst war es vollkommen ruhig. Sanne zählte acht Kuckucksrufe, dann ging das Scheunentor mit knarrenden Angeln auf, Zentimeter für Zentimeter. Sieben junge Frauen trippelten hinaus – eine nach der anderen – und drängten sich auf dem Hofplatz zusammen.

Wieder hob Ulrik das Megaphon.

»*We know there are two more inside. Step out with your hands in the air.*«

Ein Flüstern war zu hören, Scharren. Eine heisere Stimme schrie: »Einen Moment!«

Ulrik gab Allan ein Zeichen, der das Signal weitergab. Die Kollegen rückten näher heran. Der Kreis schloss sich.

Allan signalisierte den Mädchen, den Hofplatz zu verlassen. Wieder knarrte das Tor, und eine Gestalt erschien. Mindestens vier Scheinwerfer richteten sich auf sie und die automatische Waffe in ihrer Hand. Der Lauf zeigte auf den Boden.

»*Put the gun down. Now!*« Ulrik bellte ins Megaphon. Die Mädchen, die jetzt hinter ihm standen, zuckten zusammen. Zwei Polizistinnen führten sie auf die andere Straßenseite.

Der Mann am Scheunentor schwang seine Waffe hin und her.

»Nicht schießen! Nicht schießen!«, rief er auf Deutsch.

Warum warf er die Maschinenpistole nicht auf den Boden? Und wo war der andere?

Sannes Blick glitt über die Scheune. Es war stockfinster. Von ihrer Position konnte sie halb um die Ecke sehen. Die Kollegen waren jetzt an der Rückseite.

Hinter ihnen, wo nichts als Wald und Dunkelheit sein sollte, erhob sich ein Schatten.

»Dort! Hinter euch!« Sie schrie, rannte über den Hofplatz. Der Mann am Scheunentor trat einen Schritt zurück in die Scheune, hob seine Waffe und feuerte eine kurze Salve, dann noch eine. Das trockene, knatternde Geräusch wuchs in der Nacht, ließ kleine Fontänen aus Kies und Erde vor ihren Füßen aufspritzen. Es folgte eine rasche Serie von Schüssen, und die automatische Waffe schwieg. Ein unheimliches Röcheln kam aus der Scheune, dann hatte Sanne die Ecke der Scheune erreicht und rannte an den uniformierten Beamten vorbei.

Vor ihr knackten Äste und Zweige. Sie stürzte sich in die Dunkelheit, folgte den Geräuschen. Irgendetwas zischte durch die Nacht, riss ihr Hände und Gesicht blutig. Eine weitere Salve aus einer automatischen Waffe strich dicht vorbei und zerfetzte die Borke und etwas Nasses an einer Tanne hinter ihr. Sie näherte sich, sie hörte ihn schnaufen. Hinter ihr begannen die Hunde zu bellen.

»*You cannot escape. Stop!*«, schrie sie. Das Blut pumpte Adrenalin, Angst und Wut in ihren Körper. Der Flüchtige wurde schneller, dann verschwand das Geräusch seiner Füße ganz. Lichtstreifen tanzten zwischen den Baumstämmen. Die Kollegen kamen mit eingeschalteten Taschenlampen. Sie stolperte in einen tiefen Graben, hatte das Gleichgewicht aber wiedergewonnen, als sie die Böschung hinauflief. Dort vorn. Eine Gestalt sprang auf, rannte weiter. Es schien, als hätte er bereits aufgegeben. Die Stablampen der Kollegen fingen ihn in einem Sperrfeuer aus Lichtkegeln. Dreckige Jeans, eine halblange graue Jacke, undefinierbare Haarfarbe. Er stand mit dem Rücken zu ihr und ließ die Schultern hängen, die Arme an den Körper gelegt.

»*Get down. On your knees, hands behind your head!*« Sie schrie. Mit gehobener Pistole, schussbereit. Wo war seine Waffe? Zweifellos hatte er sie gehört, aber er reagierte nicht. Blieb nur mit hängenden Schultern und gesenktem Kopf stehen. Sie konnte seine Hände nicht sehen. Langsam ging sie um ihn herum und stand ihm in dem Moment gegenüber, als die Kollegen sich näherten.

»Er ist unbewaffnet!«, rief sie, als sie seine leeren Hände sah. Wo hatte er die Maschinenpistole hingeworfen? Zwei Polizisten packten ihn, fixierten seine Hände mit Plastikbändern auf dem Rücken. Zwei weitere kamen dazu. Sanne lieh sich eine Taschenlampe und fing an, zwischen den Bäumen zu suchen. Trockene Zweige, totes Unterholz, Tierexkremente. Tannenzapfen. Sie folgte ihren Spuren durchs Unterholz, über einen umgefallenen Baumstamm, zwischen die Bäume. Abseits der Spur ragte irgendetwas auf, reflektierte. Sie blieb stehen und richtete die Taschenlampe darauf. Eine Heckler & Koch MP5K PDW lag halb versteckt in einem Haufen welker Blätter.

»Sanne?« Es war Allan.

»Hier drüben.« Sie wartete, bis Allan zu ihr kam. Er war außer Atem.

»Bist du getroffen?«

Sie schüttelte den Kopf, zeigte ihm die Waffe.

»Der andere hatte die gleiche. Hatten die vor, einen kleinen Krieg anzuzetteln?«

Noch einmal sah Sanne den Burschen vor sich in die Lichtkegel springen. Wieso diese Explosion an Energie? Sie hätte beinahe seine Spur verloren, als sie den Graben durchqueren musste.

»Komm mit«, forderte sie Allan auf. Sie reichte ihm die Waffe, fand die Stelle, an der sie in den Graben gestolpert war, und peilte die Richtung. Ein Stück von der Stelle entfernt, wo sie ihn hatte aufspringen sehen, setzte sich der Graben zickzackförmig fort. Sanne suchte die Böschung mit der Lampe ab. Der Geruch von faulem Holz und Erde schlug ihr aus dem brackigen Wasser und den Unmengen halb verfaulter Blätter entgegen, die den Boden bedeckten.

Eine Wurzel ragte in den Graben. Sanne folgte mit dem Licht ihrem gewundenen Wuchs. Darunter blitzte etwas auf.

Allan stand am Grabenrand und sah ihr zu.

»Von da unten hätte er uns alle abschießen können, als wir angerannt kamen.«

Sanne wühlte zwischen nassen Blättern und feuchter Erde und zerrte ein längliches Päckchen aus der schmalen Öffnung, in das es zwischen Wurzel und Erde eingeklemmt war.

»Er hat die Hunde gehört. Er wusste, dass wir ihn kriegen würden. Hier.« Sie warf ihm das flache Päckchen, das mit einer dicken Lage durchsichtigem Plastik und braunem Klebeband umwickelt war, vor die Füße.

»Was ist das?« Allan betrachtete das Päckchen.

»Er ist abgehauen, um es zu verstecken. Gehen wir zurück und sehen es uns mal näher an.«

Ein paar Beamte hatten den Verletzten auf dem Hof in die stabile Seitenlage gebracht. Er blutete stark am Hals und am Oberschenkel. Irgendjemand hatte ihm einen notdürftigen Verband angelegt. Die Beine zuckten in kurzen, abrupten Spasmen. Er verdrehte die Augen.

Ulrik ging ein Stück weiter auf und ab, die Hände in den Taschen, und trat in den Kies. Er sah auf, als Sanne auf ihn zukam. »Bist du okay?«

Sanne nickte. Zwei Polizisten setzten den anderen Mann auf den Rücksitz eines Streifenwagens. Allan half den Kollegen bei den Mädchen. Gregers Vestberg kam aus der Scheune.

»Was für eine Nummer, Ulrik!« Er zog eine Pfeife aus der Tasche, begann sie zu stopfen und blickte kurz auf den Verletzten auf dem Hofplatz. »Der ist tot, bevor der Krankenwagen hier ist.« Er zündete sich die Pfeife mit zwei Streichhölzern an. »Was ist eigentlich aus den beiden Brüdern geworden? Wolltet ihr nicht die erwischen?«

Ulrik knirschte mit den Zähnen. Der süßliche Geruch des Pfeifentabaks waberte über den Hof. Sanne fühlte sich plötzlich in ihre Kindheit versetzt und an den Duft der Abendpfeife ihres Vaters erinnert. Der Geruch hing auf unerklärliche Weise mit Nachrichtenbildern von Ausschreitungen in Kopenhagen zusammen. Ob Lars damals dabei war?

»Ich habe gerade mit ihren Beschattern gesprochen.« Ulrik wandte den Blick ab. »Sie sitzen in ihrem Club in der Abel Cathrines Gade. Und spielen Karten. Was ist da schiefgelaufen?«

Sanne wollte gerade den Mund aufmachen, als er sie unterbrach: »Nein, du sagst jetzt nichts.«

Er strich sich über Stirn und Wange. Er sah müde aus.

»Entschuldige. Gute Arbeit.«

Sanne reichte ihm das Päckchen.

»Vielleicht muntert dich das hier ein bisschen auf. Meriton und Ukë schmuggeln nicht nur Mädchen über die Grenze.«

Ulrik nahm das Päckchen entgegen, wog es in den Händen. Weißes Pulver glitzerte hinter der dicken Plastikschicht im Licht.

»Das sind mindestens zwei Kilo.«

»Deshalb hat er angefangen zu schießen.« Sie wies mit dem Kopf auf den Verletzten, der noch immer auf dem Hofplatz lag und zuckte. Ein Beamter versuchte, eine Kompresse an seinen Hals zu drücken. »Sein Komplize sollte offensichtlich Zeit bekommen, es zu verstecken.«

Gregers lebte auf, paffte seine auf- und abwippende Pfeife.

»Ausgezeichnet. Befördern wir die Mädchen und das Päckchen nach Næstved.«

Ulrik schüttelte den Kopf.

»Die einleitenden Verhöre werden bei uns vorgenommen, der Tatort ist Sache der Kopenhagener Polizei. Sie kommen alle aufs Präsidium in Kopenhagen.«

Hinter ihnen waren einige von Gregers' Leuten bereits dabei, die sieben Mädchen zu vernehmen. Sanne schüttelte sich. Zwei von ihnen ähnelten Mira. Allan verließ die Gruppe der Mädchen und stellte sich neben Sanne.

»Mann«, sagte er. »Es tut ihnen nicht mal leid. Man sollte glauben, sie seien schon alle in Vesterbro. Meine Frau sollte mal die Vorschläge hören, die sie mir gemacht haben. Zwei von ihnen stammen sogar aus dem Nahen Osten. Das ist doch nicht normal für muslimische Frauen?«

Sanne warf der Gruppe einen Blick zu. Einige von Gregers' Leuten erlebten dasselbe.

»Was hast du erwartet?«, erwiderte sie. »Eine Handvoll verängstigter, durchgeprügelter Mädchen, halbtot vor Hunger und Durst?«

Gregers saugte an seiner Pfeife.

»Deine Kollegin hat Recht. Dänemark ist nicht ihre erste Station. Sie wurden längst gefügig gemacht. Verprügelt und vergewaltigt. Sie kennen ihre Möglichkeiten, und viele sind's nicht.«

50

Er parkt den offenen, auberginefarbenen MG Austin-Healey Sprite, Jahrgang 1959, am Straßenrand und stellt den Motor ab. Seine Hände zittern, es ist unmöglich, den Herzschlag unter Kontrolle zu bekommen. Auf der Party hatte Maria ihn nicht beachtet, kühl und abweisend hatte sie sich verhalten. So wurden sie alle. Er weiß jetzt, dass er den anderen Weg zu gehen hat. Er muss durch den gleichen wilden Garten, den er schon vor sechs Jahren beim Mittsommernachtsfest besucht hat. Dort, hinter dem Holundergebüsch und dem morschen Zaun, gibt es jemanden, der ihm ähnlich ist. Er ist auf dem Weg nach Hause.

Er rutscht vom Sitz. Steckt die Schlüssel in die Tasche und schließt die Fahrertür mit einem kleinen Klicken. Lehnt sich an die Heckklappe und zündet sich eine Benson & Hedges an, während er die Einfahrt betrachtet. Er zieht an der Zigarette, lässt das Nikotin sich verteilen, durch seinen Körper schweben. Genießt den leichten Schwindel und die laue Abendluft, während er den Rauch durch die Nase ausstößt. Die meisten Häuser sind leer, die Bewohner sind bei den Mittsommernachtsfeuern am See. Er kennt das Ritual.

Christian tritt die Zigarette mit der Schuhspitze aus und verschwindet in den Schatten.

Der Mond geht über dem See auf, als er in das Holundergebüsch an dem verfaulten Baumstumpf kriecht. Er kann zwischen dem dichten und verästelten Holunder hindurchsehen, es ist so gut wie nichts mehr von der roten Farbe an den alten Brettern des Holzzauns geblieben. Dort, hinter den Zweigen, ist die kleine Anhöhe, wo er die Nachbarskatze begraben hat.

Der verzauberte Garten mit dem Haus auf dem kleinen Hügel liegt vor ihm, gebadet im bleichen Silberlicht des Mondes. Weit entfernt, in einer anderen Welt, ist das Knistern von Feuern zu hören. Strophen aus der *Mittsommernachtsweise* treiben über den See.

Sein Blick sucht das Haus, die leere Fassade mit den dunklen Augen, die schwarzen, leblosen Rechtecke und Quadrate der Fenster. Er atmet tief durch, verlässt die Schatten unter dem Gebüsch. Läuft vornübergebeugt über die Grasfläche, bleibt dann aber verwirrt vor dem Haus stehen.

Die Haustür steht einen Spalt offen.

Vorsichtig tritt er näher, schleicht die drei Stufen bis zur Tür hinauf. Sieht sich um. Der Garten ist leer und bebt im Mondlicht vor Erwartung. Er füllt die Lunge, wagt einen letzten Schritt und drückt einen Finger auf die Klinke.

Die Tür schwingt ohne Widerstand auf.

Dunkelheit, undurchdringliches Schwarz. Die Luft ist trockener hier drinnen, reiner. Er schließt die Tür hinter sich, steht ganz still und horcht. Nichts rührt sich. Nichts verrät, ob er gehört worden ist. Nur die üblichen Geräusche eines alten Hauses. Äste an den Fenstern, knarrende Dachsparren und Treppen. Ein Wasserhahn tropft. Irgendwo im Haus beginnt eine Uhr zu schlagen. Eins, zwei, drei – er zählt elf Schläge, als er sich in Bewegung setzt. Nach rechts. Die Dielen ächzen unter seinen Füßen. Vorbei an dem offenen Treppenhaus mit der alten Treppe ins Obergeschoss. Ein unbestimmbarer, lockender Duft steigt aus einer Öffnung zur Linken, gleichzeitig chemisch und organisch. Verwesung und

Lösungsmittel? Er zwingt sich weiterzugehen und zieht eine kleine Taschenlampe aus der Jackentasche. Wagt ein wenig Licht zu machen. Alte Stofftapeten mit Paisleymuster an den Wänden. Eine Tür zu einer kleinen, altmodischen Küche. In der Ecke ein alter schmiedeeiserner Herd. Holzscheite liegen in einem Korb gestapelt.

Gegenüber der Küchentür führt eine Tür in eine leere Stube. Das Mondlicht scheint durch die staubigen Fenster, Lichtflächen auf dem abgetretenen Holzfußboden. Der Umriss eines Schaukelstuhls in all dem Silberweiß.

Vor ihm, zwischen Küche und Stube, versperrt eine geschlossene Tür den Weg. Er zögert, löscht das Licht. Lauscht.

Das ganze Haus hält den Atem an, wartet. Weit entfernt der Lärm des Lyngbyvej. Stimmen, die den Ton nicht richtig treffen, klingen über den Gentofte Sø.

Er muss durch diese Tür, um weiterzukommen. Es geht nicht anders. Er tritt einen Schritt vor, greift nach der Klinke, öffnet die Tür. Er steht in der Dunkelheit auf der Schwelle und wartet. Nichts geschieht. Ein schwerer Schreibtisch vor dem Fenster, eine Lampe. Etwas Großes, Massives zieht sich an beiden Seiten über die Wände. Er wartet mit angehaltenem Atem. Dreißig Sekunden, eine Minute. Nichts passiert.

Zwei Schritte. Christian schaltet die Taschenlampe an und hält einen Schrei zurück. Sie glotzen ihn an, durchleuchten ihn. Gefangen in dem bleichen Lichtkreis, in Kolben aus Glas, sorgfältig auf Gestelle aus lackiertem Holz gestapelt; überall, wohin er auch sieht, starren ihn Augen an. Fünfzehn bis zwanzig Gläser auf jedem Regalbrett, die blassweißen Kugeln schweben träge in einer klaren, gelblichen Flüssigkeit. Ihre runde Form zerfasert, zieht schlierige Spuren nach sich. Und in den Gestellen Stapel um Stapel graublaue und grüne, harte, feste. Glasaugen? Er blinzelt.

Er muss sich am Schreibtisch festhalten. Das Licht der Taschenlampe streift eines dieser unseligen Gläser. Zwei Augen mit einem Schwanz aus ausgefaserten Schlieren, Resten des Muskelgewebes, weißlich vor Alter, schaukeln leise in der Flüssigkeit – durch seinen Stoß an den Schreibtisch in Bewegung gesetzt.

Ein Rascheln, das Geräusch von Stoff an Stoff.

»Willkommen.« Die Stimme flach und tonlos, hart und kalt. Wie aus der Tiefe eines riesigen Steins. Bevor Christian sich umdrehen oder reagieren kann, fährt die steinerne Stimme fort: »Ich habe dich erwartet.«

Christian muss sich an die Schreibtischkante lehnen, das Herz hämmert in seiner Brust. Die Wände, die vielen Augen, alles dreht sich. Er schluckt und richtet die Taschenlampe auf die Stimme.

Ein Sessel in der Ecke, eine kräftige Gestalt. Der obere Teil des Gesichts im Schatten, nur die untere Hälfte ist beleuchtet. Die weichen Lippen bewegen sich. Eine rosa Zunge befeuchtet gelbe Zähne. Irgendetwas ist mit dieser Stimme. Entsetzen und Erregung wogen in ihm. Die Erinnerung an seinen letzten Aufenthalt im Garten wird im Mondlicht gebadet.

Die Gestalt steht auf und erhebt sich über ihn.

Christian versucht, den Lichtkegel auf das Gesicht zu richten, doch ein schwerer Arm schlägt zu. Die Taschenlampe fliegt ihm aus der Hand, blinkt einen Moment und erlischt dann. Christian zieht sich einen Schritt zurück, in die Ecke zwischen Regal und Schreibtisch.

»Die Polizei ist schon unterwegs«, beginnt er, aber der Mann lässt ihn nicht ausreden.

»Es gibt einen besseren Weg. Ich kann ihn dir zeigen.«

Christian wagt nicht, die Augen von ihm abzuwenden. Sein Gehirn arbeitet mit Hochdruck.

»Meine Eltern … sie …« Es ist schwachsinnig, das weiß er. Aber er hat keinen besseren Einfall.

Der Mann im Schatten lacht. Dann legt er den Kopf schräg. »Würdest du gern meine Familie kennenlernen?«

Der Junge spannt die Muskeln an, geht in die Knie, springt auf den Schreibtisch. Doch aus der Dunkelheit kehrt der schwere Arm zurück und fegt die Beine unter ihm weg. Die steinerne Stimme brüllt. Er fällt. Schlägt mit dem Rücken auf die Lampe, rollt über die Schreibtischkante, reißt im Fallen das Glas mit den beiden Augen mit. Es zersplittert, die Glasscherben zerschneiden ihm den Unterarm. Die Arme geben nach, er knallt gegen das Regal, kann sich nicht abstützen. Der Boden kommt ihm entgegen. Das Letzte, was er sieht, bevor er ohnmächtig wird, sind Hunderte von Augen, die auf ihn einstürzen.

Dunkelheit. Ein Nichts, dunkler als alles, was er bisher kannte. Düstere Musik, dunkle Streicher, die eine wiegende, monotone Basis für ein eintöniges Horn bilden. Eine Frauenstimme singt, schöner, als er es je für möglich gehalten hätte.

> *Das Unglück geschah nur mir allein.*
> *Die Sonne, sie scheinet allgemein.*

Schmerzen, stärker, schneidender. Unerträglich. Als wäre sein Kopf in der Mitte aufgerissen. Und dieses Unbekannte, etwas, was sich für immer verändert hat.

Hinter sich hört er ein Murmeln. Er liegt auf dem Bauch, nackt. Er will sich umdrehen, aber er ist festgeschnallt. Er kann sich nicht rühren, nur den Kopf bewegen, er versucht, mit den Augen zu blinzeln. Aber es gibt nichts zu blinzeln, die Augenlider fallen über ein leeres Nichts. Dieses stille, sickernde Tropfen in seinem Schädel.

Er weint Blut.

Er stößt einen Schrei aus, als kräftige Finger seine Hinterbacken spreizen und eine Feuersäule sich durch seinen Schließmuskel zwingt und mit explosiver Kraft einen Weg bahnt. Für einen kurzen Moment verliert er durch den Schmerz das Bewusstsein, dann reißt ihn derselbe Schmerz zurück.

Über ihm wird das monotone Murmeln lauter, es wird zu verständlichen Wörtern, die mit jedem Stoß akzentuiert werden.

»Willkommen … mein … Sohn.« Wieder und wieder, während die Feuersäule sein Inneres blutig reißt, seine langgezogenen, jammernden Schreie die Kehle aufschlitzen und ihm das Blut über die Wangen fließt.

Und über ihnen ein scharrendes Geräusch. Irgendjemand geht oben im Haus umher.

51

Die Kolonne fuhr nach Norden in Richtung Kopenhagen. Im Wageninneren herrschte drückende Stille. Allan fuhr. Ulrik saß auf dem Rücksitz. Sanne starrte in die Dunkelheit. Die Kühlerhaube fraß die weißen Streifen.

Sie fuhren an der Abfahrt nach Køge vorbei, als Sannes Telefon klingelte.

»Lau hier. Ich wurde von dieser Nummer aus angerufen?«

»Professor?« Sanne richtete sich auf. »Sanne Bissen, Polizei Kopenhagen.«

Professor Lau lachte.

»Ach, Sie waren das? Womit kann ich helfen?«

Sanne erzählte ihm von ihrem Gespräch mit Dr. Henkel.

»Sagt Ihnen das was?«, endete sie. »Ach, ist es okay, wenn ich die Lautsprechertaste drücke? Ich sitze mit zwei Kollegen im Auto.«

»Natürlich. Einen Augenblick.« Am anderen Ende der Leitung war es still. »Ja, jetzt, wo Sie es sagen«, begann Professor Lau dann. »Koes, unser alter Oberarzt: Sein Enkel war ein halbes Jahr im alten Westdeutschland als Okularist in der Lehre. Das war Anfang der sechziger Jahre, richtig, direkt nach dem Tod des Oberarztes. Aber es hat nicht funktioniert, er wurde wieder nach Hause geschickt. Da es sich um Koes' Enkel handelte, haben wir ihm einen Job als Krankenträger im Krankenhaus verschafft, als er zurückkam. Ja, mehr war nicht möglich.«

»Koes' Enkel?« Sanne wagte kaum zu atmen. »Wie heißt er? Ist er noch immer im Krankenhaus angestellt?«

Allan fuhr langsamer, um alles mitzubekommen. Ulrik lehnte sich von hinten über den Sitz.

Es knisterte im Lautsprecher. Lau holte Luft.

»Er hieß ... John? Ich bin nicht sicher. Im Krankenhaus wurde behauptet, er sei in den letzten Kriegstagen in Koes' Keller auf die Welt gekommen, am Tag der Befreiung. Koes hat angedeutet, dass es sich bei dem Vater um einen verwundeten englischen Piloten gehandelt hatte, den er in seinem Keller versteckt hielt. Aber das sind alles nur Gerüchte.«

»War Koes Widerstandskämpfer?« Das würde die Husqvarna erklären.

»Ha, er war ein regelrechter Kriegsheld. Noch am Abend des 4. Mai lieferte er sich ein Gefecht mit einer Gruppe von Hipo-Männern und tötete einen von ihnen. Diese Geschichte erzählte er oft. Nach dem Krieg wurde er ausgezeichnet und erhielt eine Medaille.«

»Und ... wo können wir Koes' Enkel finden?«

»Tja, soweit ich mich erinnern kann, hat er Mitte der Neunziger im Krankenhaus aufgehört. Seine Mutter wurde krank. Seither ...« Lau ließ den Satz offen.

Sie beendeten das Gespräch. Ulrik hatte bereits die Nummer des Gentofte Hospital herausgesucht.

Zwei Minuten später klappte er sein Telefon zu und sah von Sanne zu Allan.

»John Koes. Søbredden 14 ... am Gentofte Sø.«

52

Es dauerte weniger als zehn Minuten von der Egebjerg Allé bis Søbredden. Ein ständiges Dröhnen von der Autobahn, in dem lauen Sommerabend hingen ein scharfer Geruch nach Benzin und ein Gespinst aus feinen Partikeln.

Lars parkte hinter Christians auberginefarbenem MG, öffnete das Handschuhfach und nahm eine Maglite heraus. Er stieg aus. Das Gewicht der Heckler & Koch im Schulterholster war ungewohnt. Leise schloss er die Wagentür. Hier musste es sein. Der MG hielt direkt vor der Einfahrt zu einem von der Straße nicht einsehbaren Grundstück.

Aus den Fenstern der Villen am Søbredden fiel Licht in die Gärten. Gelächter und Gesang. Mittsommernachtsfeste. An diesem Abend würde es viele Feuer am Seeufer geben. Lars entspannte sich, versuchte, nicht zu denken. Nur zu registrieren.

Er orientierte sich an dem morschen, halb verfaulten Holzzaun entlang der Einfahrt. Glücklicherweise hatte man nur den langen Weg bis zum Grundstück mit einer dicken Lage Kies bestreut, an den Rändern lag nur eine sehr dünne Schicht. Leise arbeitete er sich in den Garten vor, schob einen Zweig beiseite.

Das Haus wuchs aus der Dunkelheit heraus und vibrierte vor ihm in der hellen Nacht.

An den ersten Büscheln des ungepflegten Rasens blieb er stehen. In seiner Jackentasche klingelte das Telefon. Er trat einen Schritt zurück, ließ sich aufsaugen von den Schatten unter den wilden Haselnussbäumen, duckte sich am Holzzaun in der Einfahrt.

»Sanne«, flüsterte er. »Hör mal …«

»Nicht jetzt, Lars.« Motorlärm im Hintergrund. Sie war unterwegs. Irgendjemand sagte etwas. Ulrik? Sanne würgte ihn ab. »Sei ruhig und lass mich mit ihm reden.«

»Sanne …« Lars schaute zum Haus hinauf. Dunkel brütete es auf seiner kleinen Anhöhe ganz hinten im Garten. »Ich stehe am Søbredden in Gentofte. Christian, Marias …«

»Hast du gesagt, Søbredden? Hausnummer 14?«

Lars sah sich um, die Nummer am Zaun, die unten an der Straße hing, war undeutlich und flimmerte in der Dunkelheit.

»Ja, ich denke schon …«

»Hör zu: Der Enkel des alten Oberarztes des Gentofte Hospital wohnt dort. John Koes. Er hat in den sechziger Jahren in Deutschland eine Lehre als Okularist begonnen!«

Das flüchtige Aufblitzen eines nackten, gelblich weißen Körpers, der am Ufer schwappte, Seegras an einem Oberschenkel.

»Aber …«

»Das ist eine lange Geschichte. Die Einsatzkräfte …«

»Wir haben keine Zeit.« Lars fluchte, schaute auf das Haus. »Christian ist da drin.«

»Du gehst da nicht allein rein. In zehn Minuten hast du Verstärkung.«

Lars kniff die Augen zusammen. Blinkte da jemand mit einer Lampe hinter den Fenstern?

»Lasst sie kommen. Sofort.«

Er stellte das Telefon ab. Kroch langsam am Rand des Gartens entlang, wurde eins mit den Schatten. Als der Abstand zum Haus am kürzesten war, lief er zusammengekrümmt über den Rasen, nachdem er sich vergewissert hatte, dass sich hinter den dunklen Scheiben nichts rührte. Eine Fledermaus strich in einem weichen Bogen dicht an seinem Gesicht vorbei, er spürte einen schwachen Windhauch auf der Haut, als sie vorüberflog. Dann drückte er sich an die Hausmauer. Sein Herz klopfte. Schweißtropfen traten ihm auf die Stirn, den Rücken, unter die Achseln. Er horchte. Rechts neben ihm raschelte es im Gras, etwas Schlankes glitt durch die Hecke des Nachbargrundstücks, blieb stehen und sah ihn mit leuchtenden Augen an, bevor es wieder in der Dunkelheit verschwand. Eine Katze auf der Jagd.

Er versuchte, seine Atmung unter Kontrolle zu bringen, lauschte. Das Rauschen der Autobahn nach Helsingør war jetzt leiser, die nächtlichen Geräusche aus dem Unterholz hinter dem Haus und dem Moor am Gentofte Sø wurden deutlicher. Gebüsch und Unterholz schwankten im Wind. Ein Vogel schrie. Ein plötzliches Drehen des Windes riss einzelne Stimmfetzen mit sich.

... gegen des Unfriedens Geist
auf dem Felde und am Strand
entzünden wir das Feuer auf den Gräbern unserer Väter.
Jede Stadt hat ihre Hex',
jeder Sprengel seine Trolle ...

Es roch verbrannt.

Lars robbte zur Hausecke, duckte sich unter dem großen Wohnzimmerfenster. Noch immer kein Laut von innen. Mit der Hand an der Pistole warf er einen Blick um die Ecke, das Herz schlug ihm bis zum Hals. Kein Mensch war zu sehen. Der schwache Widerschein des Mondes in den Wolken spiegelte sich in irgendetwas an der Mauer, in Augenhöhe. Lars riskierte noch einen raschen Blick.

Eine Tür zum Garten stand offen. Fenster mit kleinen

Sprossen. Vorsichtig kroch er näher, wich den rostigen Gartenmöbeln aus, die an der Mauer lehnten.

Er zog die Pistole, ohne sie zu entsichern, und glitt ins Haus. Es roch muffig und schimmlig. Modrig. Als er versuchte, sich zu orientieren, trat er auf eine Hacke und einen Pflanzenstecher. Sein Fuß stieß gegen etwas Hartes. Tastend fand er ein paar Stufen, die nach oben führten. Holzfußboden unter den Füßen. Er blieb stehen, horchte. Langsam gewöhnten sich seine Augen an die tiefe Dunkelheit hier drinnen. Das alte Haus knarrte, ächzte in seinen Fugen. Seine eigenen hastigen Atemgeräusche.

Konturen tauchten aus der Dunkelheit auf, die helleren Flächen der Wände, dunkle Türöffnungen, klobige Möbel. Er stand in einem Flur oder Eingangsbereich. Ein letztes Mal lauschte er, dann tastete er vorsichtig mit dem Fuß, bevor er den Boden betrat. Er war keine zwei Schritte gegangen, als der Boden unter ihm knarrte. Sein Herz hämmerte. Aus dem Treppenschacht kam ein lautes Geräusch, er zuckte zusammen. Ein Zweig an einer Fensterscheibe, oder …? Er wartete, die Sekunden zogen sich, er wagte nicht zu atmen. Aber es blieb still.

Er schaute in die Küche, ein wüstes Durcheinander. Tellerstapel mit alten Essensresten. Es roch säuerlich und faulig. Keinerlei Anzeichen von Christian oder John Koes. Sein Blick fiel auf ein kleines Stück Stoff, das neben dem Küchentisch an einem Haken hing. Vorsichtig hob er es mit einem Kugelschreiber auf, hielt es sich vors Gesicht. Drehte es in das sparsame Licht, das durchs Fenster fiel. Ein String-Tanga, schwarz. Nylon.

Unter ihm fiel irgendetwas krachend um, das Echo zog sich durch das ganze Haus. Der Boden bebte. Der Keller. Lars ließ den Slip fallen. Die helle Nacht im Küchenfenster. Wo war die Kellertreppe? Er sah sich in der Küche um. Nur eine Tür zum Flur. Nicht einmal eine Tür in den Garten.

Er ging zurück in den Eingangsbereich, die Tür zwischen Küche und Wohnzimmer war nur angelehnt. Lars drückte sie vorsichtig auf. Ein Chaos aus zertrümmerten Möbeln drohte in den Flur zu fallen. Es sah aus, als hätte jemand ein Archiv durchwühlt, Schränke und Regale waren umgeworfen. In der Luft lag ein scharfer Geruch nach Chemie. Als er das Zimmer betrat, geriet er mit dem Fuß in eine Flüssigkeit. Er rutschte aus. Etwas Weiches, Zähes zerplatzte unter ihm. Auf dem Boden, unter den Trümmern, blinkte eine Taschenlampe. Der Strahl schnitt sich durch Tabellen, Papiere und Wasser, beleuchtete unzählige kleine Bälle, die auf dem Boden herumschwammen. Es dauerte einen Moment, bis ihm klar wurde, was ihn da von unten anstarrte. Er bückte sich und hob einen dieser Bälle auf, der in der gelblichen Flüssigkeit lag. Ein Glasauge, graugrüne Iris, unregelmäßig in den Rundungen. Überraschend leicht. Ein Okularist?

In dem Zimmer war niemand. Lars legte das Auge vorsichtig beiseite und ging wieder in den Flur. Schloss die Tür hinter sich. Eine fleckige, unregelmäßige Spur führte durch den Flur bis zu einer geschlossenen Tür zwischen der Treppe in den ersten Stock und einer Kommode. Blut. Lange horchte er mit einem Ohr an der Tür, bevor er sie öffnete. Eine tiefe und undurchdringliche Dunkelheit schlug ihm entgegen. Er tastete sich mit dem Fuß in den leeren Raum vor.

Er hatte keine andere Wahl. Er zog die Maglite aus der Jackentasche und hielt die Arme ausgestreckt vor sich, übereinandergelegt; in der einen Hand die Maglite, in der andern seine Dienstwaffe. Er entsicherte die Pistole und schaltete die Taschenlampe ein. Trat auf die erste Stufe, verlagerte das Gewicht, hob das andere Bein, stieg auf die nächste Stufe. Muffige, feuchte Luft schlug ihm entgegen, vermischt mit dem süßlichen Gestank von Fäulnis und einem scharfen Geruch nach Chemikalien. Der Lichtkegel der Maglite tanzte vor ihm, zeigte abwechselnd die ausgetretenen Stufen einer Holztreppe, die irgendwann einmal rot lackiert gewesen war, und haufenweise altes Zeug, verstaubte Möbel und halb aufgelöste Pappkisten. Einige Gartengerätschaften. Und dort, auf dem Boden am Fuß der Treppe, fing der Lichtkegel mehrere unverwechselbare rote Flecken ein.

Er hatte noch zwei Stufen vor sich, als die Treppe unter ihm verräterisch knarrte. Lars fluchte, übersprang die letzte Stufe und machte einen schnellen Schritt zur Seite. Aber es kam keine Reaktion. Die Stille schien noch dichter geworden zu sein, sie saugte jedes Geräusch auf. Die Maglite zeigte nichts als verwirrende Bruchstücke von altem Gerümpel. Er suchte und fand die Blutspur auf dem Boden, folgte ihr. Vor ihm öffnete sich ein großes Loch in der Wand, die Dunkelheit schluckte den Lichtkegel seiner Taschenlampe.

Er duckte sich, tastete auf der anderen Seite, fand einen Schalter. Er atmete tief durch.

Genau in diesem Moment setzte die Musik ein. Irgendwo tief unten schlangen sich zwei Klarinetten in langsamen Spiralen umeinander. Eine Frauenstimme fing an zu singen, ein Orchester setzte ein.

»Polizei!«, brüllte er und schaltete das Licht ein.

53

Søbredden hatte mit dem idyllischen Bild einer dänischen Villengegend aber auch gar nichts mehr gemein. Eine vibrierende blaue psychedelische Szene, dahinter grüne Hecken, weiße Streifenwagen und neugierige Gesichter. Uniformierte und zivile Beamte liefen in dem Menschenauflauf von Nachbarn und Journalisten umher.

Die Einfahrt der Hausnummer 14 war blockiert. Die Schlange der Einsatzfahrzeuge zog sich bis in den Garten. Sanne hatte den Eindruck, dass niemand auch nur ansatzweise ahnte, was hier vor sich ging.

Sie parkten vor einem MG-Cabriolet. Ulrik stieg aus und schnappte sich einen uniformierten Kollegen, der an der Bordsteinkante stand.

»Wo ist der Einsatzleiter?«

Sanne und Allan stiegen ebenfalls aus und betrachteten das Chaos. Aus den Gärten und Häusern strömten betrunkene Festgäste. Die Feuerplätze am See waren inzwischen vermutlich verwaist. Alle wollten etwas von der Show mitbekommen.

»Äh, ich weiß nicht …«, erwiderte der Beamte.

»Nein, das sehe ich.« Ulrik ließ den Polizisten stehen und ging über den Fußweg zur Einfahrt. Sanne und Allan folgten.

Ulrik hatte den Wachhabenden angerufen, aber irgendetwas war bei der Kommunikation schiefgegangen. Mit so vielen Polizisten aus Kopenhagen und Gentofte war es unmöglich, sich auch nur einigermaßen einen Überblick über die Situation zu verschaffen.

»Es ist der Sandmann«, sagte Allan. Schnaufend lief er hinter Sanne her. »Jeder Kollege würde seinen rechten Arm geben, um dabei zu sein.«

Sie nickte. Man sah es am Glanz in den Augen der Beamten, an der Art, wie sie das Haus betrachteten.

Ein dunkelblauer Ford hielt auf der anderen Straßenseite, gegenüber der Einfahrt. Die Türen gingen in dem Moment auf, als Ulrik die Einfahrt erreichte.

»Ulrik!« Kim A. schnipste eine brennende Zigarette auf die Straße und ging über die Fahrbahn, ohne sich umzusehen. Hinter ihm Frank und Lisa.

»Kim.« Ulrik blieb stehen, wartete. »Frank, Lisa.« Sanne und Allan hielten sich im Hintergrund.

»Was zum Henker ist hier los?«, zischte Kim A.

Ulrik hob abwehrend die Hände.

»Beruhigt euch. Kein Grund, sich aufzuregen.«

Sanne betrachtete Lisa und Frank, die dicht hinter Kim A. standen. Sie registrierte ein beinahe unmerkliches Flackern in Lisas Blick.

Kim A. ignorierte Ulriks Bemerkung, hob die Stimme: »Er bricht sämtliche Regeln, scheißt auf die Befehlsstrukturen. Ich bin derjenige, der ...«

Die Zuschauer drehten sich zu ihnen um. Ulrik sah es.

»Komm mit.« Er zog Kim A. in die Einfahrt. Die beiden Beamten auf dem Bürgersteig waren geistesgegenwärtig genug, die Neugierigen aufzuhalten, die ihnen zu folgen versuchten. Sanne und Allan gingen ihnen nach, Lisa und Frank folgten ebenfalls.

Ulrik hielt Kim A. mit einer Hand auf der Schulter auf.

»Wir haben einen Kollegen da drin ... zusammen mit dem Sandmann. So wie es aussieht, hat er den Freund meiner Stieftochter als Geisel genommen. Wir müssen Lars und Christian da rausholen. Seit …«

Kim A. schloss die Augen. Als er sie wieder öffnete, fokussierte er einen Punkt hinter Ulriks Schulter. Seine Kiefer mahlten. Hin … und her, hin … und her.

»In einer Stunde hast du meine Kündigung auf deinem Schreibtisch.« Er drehte sich zu Frank und Lisa um. »Kommt«, sagte er nur und ging zurück zum Wagen.

»Kim, zum …« Ulrik wollte ihm nach. Frank und Lisa sahen sich an. Frank setzte sich in Bewegung, er hatte es nicht eilig.

»Komm!« Sanne zog Allan am Arm. »Lass Ulrik das klären. Wir müssen Lars finden.«

Als sie den Garten betraten, kamen vier Beamte der Einsatzkräfte aus dem Haus.

»Gustafsson!«, rief Allan. »Wie sieht's aus?«

»Ich dachte, ihr wisst Bescheid?«

Allan wies auf das Haus.

»Wo ist Lars?«

»Da drin ist niemand.« Gustafsson kratzte sich am Hals.

»Seid ihr sicher?« Sanne trat einen Schritt vor.

Gustafsson öffnete den Kragen und wischte sich mit einer staubigen Hand den Schweiß vom Adamsapfel. Nickte.

»Total leer. Sieht aus, als hätten sich da drin welche geprügelt. Regale und Möbel sind über den ganzen Boden verteilt. Alles ist voller Formaldehyd und Glasscherben. Und Augen, aus Glas, aber auch richtige.«

Sanne und Allan wechselten einen Blick.

»Hier rüber!«, rief eine Stimme auf der anderen Seite des Hauses. Allan und Sanne fingen an zu laufen, gefolgt von Ulrik und den Männern des Einsatzkommandos.

Ein uniformierter Beamter richtete eine Stablampe auf eine offene Tür zum Garten: »Irgendjemand ist hier eingebrochen.«

54

Das blendend weiße Licht zwingt ihn, die Augen zusammen-
zukneifen. Blaue und gelbe Punkte tanzen in gleißendem Rot.
Langsam öffnet er die Augen, um sie an das grelle Licht zu
gewöhnen.

Eine steile Treppe führt drei, vier, fünf Meter tief hinunter.
Noch ein Keller, tiefer als der erste. Stapel von verstaubten
Holzkisten an sämtlichen Wänden, klobige Gewehre mit
Holzkolben in einem Ständer in der Ecke. An der hinteren
Wand ein Haufen Säcke, an der rechten Wand eine Art Feld-
küche mit Gaskocher und Flasche. Auf der Flamme köchelt
ein großer Topf. In der feuchten Luft hängt der Dunst von
gekochtem Kohl. Und dazu dieser chemische Gestank.

Auf einer Kiste neben dem Gaskocher steht ein Reisegrammophon, unter dem Tonabnehmer dreht sich eine Langspiel-
platte. Eine warme Frauenstimme singt auf Deutsch, düstere
Töne schweben durch die stehende Luft.

Neben der Feldküche ein Tisch. Vier Stühle. Eine nackte
Frau sitzt aufrecht am Tisch, die Hände auf der Tischplatte,
den Kopf von ihm abgewandt. Sie wirkt vollkommen leblos.
Ihr blondes Haar fällt seltsam trocken und glanzlos über
die Schultern. Zwischen ihren Händen steht eine dampfende
Schale mit einer grauweißen Masse. Ein Löffel ragt aus ihrer
zur Faust geballten rechten Hand. Ihr gegenüber sitzt ein junger Mann, auch er mit einer Schale vor sich. Regungslos, zu-
sammengesunken, ganz anders als die aufrecht sitzende Frau

ihm gegenüber. Wie sie ist auch er nackt. Blondes zurückgekämmtes Haar. Dunkle Streifen ziehen sich über Christians Wangen.

Der chemische Geruch, schärfer und kräftiger. Von hinten kommen Arme, packen ihn mit eisernem Griff. Er kämpft dagegen an. Dann wird alles dunkel.

Als die Welt zurückkehrt, besteht sie aus Brechreiz und Schmerzen. Sein Kopf pocht. Seine Hüfte tut weh. Sein Herz rast. Die Bauchmuskulatur spannt und entspannt sich unkontrolliert. Er liegt auf dem Rücken, Galle und Magensäure im Hals. Er will nicht sterben, nicht an seinem eigenen Erbrochenen ersticken. Es zuckt in seinem Bein, und irgendwo weit weg, auf der anderen Seite der Übelkeit, summt jemand leise zur Musik.

Starke Hände heben sein Bein. Es wird mit irgendetwas festgeschnallt.

Vorsichtig öffnet Lars ein Auge. Nur einen dünnen Spalt, so dass er gerade seine Umgebung erahnen kann. Eine gigantische Gestalt, Koes in Hemdsärmeln, von der Hüfte an nackt, steht neben ihm und fixiert sein Bein mit konzentrierten Bewegungen. Lars liegt ausgestreckt auf einem Tisch oder einer Kiste, jedenfalls deutlich über dem Boden. Koes steht zwischen ihm und dem Tisch, an dem Christian und das nackte Mädchen sitzen. Lars dreht den Kopf, ahnt, was kommt. Bald wird Koes mit seinen Beinen fertig sein und sich den Armen zuwenden. Bis dahin muss er reagieren.

Es ist zu spät. Koes zieht den Riemen stramm, lässt den Verschluss einrasten. Lars schließt das Auge, denkt nach. In diesem Moment ist ein Scharren zu hören. Koes flucht, und Lars hört, wie er sich bückt. Lars sieht sich verzweifelt um. Ein altertümliches Gewehr lehnt nahe bei seinem Kopf an einer Munitionskiste. Er greift danach. Das kalte Metall fühlt sich glatt und ölig an. Als Koes sich ihm zuwendet, schlägt er mit aller Kraft zu, den Kolben voran. Ein unheimliches Knirschen ist zu hören, ein Fluch. Koes wankt zurück, fällt auf den Stuhl neben Christian. Der Tisch hinter ihm schwankt. Etwas von der grauweißen Flüssigkeit aus der Schale zwischen den Händen des nackten Mädchens schwappt über. Weder sie noch Christian rühren sich. Lars richtet sich auf, zwingt sich dazu, will die gespannten Lederriemen herunterreißen, mit denen seine Beine gefesselt sind. Koes rollt mit den Augen. Er nimmt sein Summen wieder auf, das Kinn liegt ihm auf der Brust. Blut strömt ihm über Mund und Kinn, die Nase sitzt schief in dem zerschlagenen Gesicht.

»O Augen!«, lallen die aufgeplatzten Lippen.

Lars dreht den Gewehrlauf mit dem aufgepflanzten Bajonett um und sägt damit an den Lederriemen. Aber die Riemen sind straff, und er hat Angst, sich mit dem rasiermesserscharfen Bajonett zu verletzen. Stück für Stück arbeitet er sich durch die alten, aber gut gepflegten Lederriemen. Koes erhebt sich schwankend, aus der Nase und dem lädierten Mund tropft Blut, es läuft schneller, als er die ersten Schritte macht und die Arme ausstreckt.

Wieder dreht Lars das Gewehr und schlägt Koes noch einmal ins Gesicht. Blut und Rotz spritzen ihm über die Schulter. Die große Gestalt wankt, tritt einen Schritt zurück. Hastig schneidet er den letzten Riemen durch und schreit auf, als das Bajonett an seinem Oberschenkel in die Haut und ins Fleisch dringt. Dann ist er frei. Er lässt das Gewehr los, das polternd zu Boden fällt, schwingt die Beine über die Tischkante, kommt mit den Füßen zuerst auf den Boden, versucht, das Gleichgewicht zu behalten. Der Schmerz hält die Welt am Zerreißpunkt. Lars bemerkt das Tablett. Geschliffener Stahl, Henkel an jeder Seite, chirurgische Instrumente aus einer anderen Zeit, ein Alptraum. Sie liegen bereit zur

Operation: Skalpell, Saugnapf, bizarre Konstruktionen aus Stahl und Bronze, Lappen, Flüssigkeiten, Kanülen. Er muss sich übergeben. Dünne, saure Galle und Reste seiner letzten Mahlzeit, an die er sich kaum erinnern kann, klatschen auf den Betonboden. Dann ist Koes über ihm. Eine Faust in die Nierengegend zieht Lars die Beine weg. Er ringt verzweifelt nach Atem, denn er hat Erbrochenes in die Luftröhre bekommen. Schläge hageln auf ihn ein. Alles besteht aus Übelkeit, Schmerzen, Muskelzuckungen und einem lauten, schrillen Lachen. Er wehrt sich mit einer Hand, mit der anderen tastet er über den Boden. Wo ist seine Pistole? Und die Maglite? Seine Finger schließen sich um etwas Kaltes, Klebriges. Der Gewehrlauf. Er hebt die Waffe und sticht mit ganzer Kraft zu, während er hört, wie eine seiner Rippen knirscht und schließlich bricht. Das Gewehr trifft auf etwas Weiches, dann auf etwas Hartes. Er stößt sich mit den Füßen ab, wirft sich nach vorn. Die Waffe gleitet hindurch, ein verblüfftes Grunzen, gefolgt von einem harten Klatschen. Dann wird alles ruhig.

Die Kaskade von Schlägen hat aufgehört. Keuchend kriecht er zurück, kneift die Augen zusammen. Nur eine Sekunde.

Die Zeit tickt. Sekunde folgt auf Sekunde. Hämmernde Schmerzen jagen stoßweise durch seinen bebenden Körper.

»Blutwind«, flüstert Koes. Lars öffnet ein Auge, wartet auf die Schläge. Nichts passiert. Er schaut noch einmal hin. Etwas glänzt und schimmert in dem minimalen Fokus der Pupillen. Er blinzelt, öffnet beide Augen. Und sieht Koes' zerschmettertes Gesicht. Die Nase zeigt seitlich nach oben, die Lippen sehen aus wie zwei aufgetriebene Seegurken, an den Wangen ist die Haut in einer großen, blutigen Wunde weggerissen. Zahnstumpen ragen aus dem blutigen Brei, der den Rest des Mundes bildet.

Lars rutscht ein Stück zurück, um sich einen Überblick zu verschaffen. Das Gewehr ragt in einem grotesken Winkel aus

Koes' Schulter. Lars' letzter verzweifelter Ausfall hat Koes mit dem Bajonett an die Wand aus Munitionskisten genagelt.

Kleine, wachsame Augen folgen Lars aus dem zerschlagenen Gesicht, während Blut aus der Schulterwunde sickert und den weichen Baumwollstoff des Hemdes durchtränkt. Koes' freie rechte Hand zuckt. Bald wird er imstande sein, das Bajonett mit eigener Kraft herauszuziehen.

Auf die Munitionskisten gestützt erhebt Lars sich versuchsweise und tastet die hintere Hälfte seines Gürtels ab. Er öffnet die Handschellen, schließt sie um Koes' freie Hand, dann um den Griff aus Tau einer Munitionskiste. Koes wehrt sich, aber er ist zu schwach. Er hängt fest: Mit dem Bajonett in der linken Schulter an eine Kiste gespießt, mit der rechten Hand durch die Handschelle an eine Munitionskiste gefesselt. Lars setzt sich auf eine leere Kiste. Seine Beine zittern. Die Arme wollen kaum gehorchen, die Finger graben in der Tasche nach einer Zigarette. Die Schachtel ist zerknüllt, bis auf eine Zigarette sind alle zerbrochen. Er zündet sie an, zieht gierig und lässt den Tabak die Lunge füllen, ins Blut strömen.

Er klopft sich auf die andere Tasche, holt sein Handy heraus.

»Keine Verbindung ...« Koes kichert.

Lars ignoriert ihn und klappt das Telefon auf. Koes hat Recht, hier gibt es kein Netz.

»Vater hat hier während des Krieges Waffen und Munition versteckt. Die Deutschen haben sie nie gefunden. Du kommst hier nicht wieder raus.«

Koes' Lachen endet in einem Röcheln. Blut spritzt über sein Hemd und den kahlen Boden.

»Und der da ...«, Koes nickt Christian zu, »... der wacht bald wieder auf.«

Lars zuckt zusammen.

»Er ist nicht tot?«

Koes fängt wieder an zu summen, wendet den Kopf ab.

Lars steht auf, mit wenigen Schritten ist er am Tisch und legt eine Hand an Christians Hals. Die Halsschlagader klopft beruhigend unter der Haut. Er sinkt auf dem leeren Stuhl neben Christian zusammen. Gott sei Dank. Dann fällt sein Blick auf die beiden geleeartigen Klumpen am Boden des Tellers, der vor dem Jungen steht. Sie starren Christian aus einer Pfütze aus Blut an.

Die leeren Augenhöhlen? Gruben des Nichts in dem zerstörten Gesicht. Ein Zucken durchfährt Christians Körper. Er hebt den Kopf und wirft ihn hin und her, immer schneller. Als könnte er irgendetwas einfach nicht verstehen. Dann kommt der Schrei.

Im selben Moment geht ein Seufzen durchs Haus. Ein Stoß, der das Fundament erzittern lässt. Koes' Augen glänzen, die blutigen Lippen teilen sich zu einem grotesken Grinsen.

Lars steht auf, er muss hinauf. Raus. Hilfe holen. Er geht einen Schritt auf die Treppe zu, schwankt. Sein Herz überschlägt sich. Noch einen Schritt, und die Knie versagen. Alles dreht sich und wird schwarz.

55

Ulrik hatte eine Hundestaffel angefordert. Nun standen sie vor dem Grundstück und warteten. Eine Karte der Umgebung lag ausgebreitet auf dem Kühler eines Streifenwagens, der mit den Vorderreifen im Garten parkte. Allan untersuchte eventuelle Fluchtwege ins Moor. Die Nacht duftete nach Flieder und Mittsommernachtsfeuern.

Sanne klickte Daumen- und Ringfingernagel gegeneinander. Wo war Lars?

Die Einsatzkräfte untersuchten noch einmal das Haus. Es knackte in dem Walkie-Talkie, das Ulrik von Gustafsson bekommen hatte. Die ferne, metallische Stimme konnte die Aufregung nicht unterdrücken.

»Wir haben gerade einen Schrei gehört! Es kam von unten!«

Die Fensterscheiben des dunklen Gebäudes bebten. Ein kleiner Funke hinter den schwarzen Fenstern wuchs sich zu einer Explosion aus, schoss durchs Dach und loderte meterhoch in den dunklen Himmel. Die Zuschauer schrien auf. Das Krachen des von innen aufgerissenen Dachs wurde als Echo über den See zurückgeworfen. Funken und Ziegelsteine regneten durch die Nacht. Die Haut kribbelte in der plötzlichen Hitze, zog sich zusammen.

»Verflucht!«, brüllte Ulrik und griff zum Walkie-Talkie. »Seht zu, dass ihr da rauskommt. Sofort!«

»Lars ist doch noch drin, oder?« Sanne starrte wie hypnotisiert auf die Flammen, die sich in einem furchterregenden Tempo durchs Dach fraßen.

Ulrik brüllte nach hinten.

»Wo bleibt die Feuerwehr? Verdammt noch mal, hat jemand die Feuerwehr gerufen?«

Niemand antwortete. Alle schauten regungslos auf die Flammen. Dann plötzlich eine Bewegung. Ein uniformierter Beamter führte einen der Zuschauer zu ihnen.

»Der Mann hier behauptet, etwas zu wissen.« Er musste schreien, um das Gebrüll der Flammen zu übertönen. Der Zuschauer, ein Mann in den Vierzigern, nickte.

»Mein Vater hat oft von dem Augenarzt erzählt, der hier gewohnt hat. Er war während des Krieges der Leiter der örtlichen Widerstandsgruppe. Unter dem Haus hat er einen zusätzlichen Keller gegraben. Die Alten im Viertel haben immer behauptet, er hätte ihn als Waffenlager genutzt.«

»Sie sagen, es gibt unter dem Keller noch einen ... Keller?« Ulrik hatte sich umgedreht, er hielt die Hände in Brusthöhe, bereit, den Mann am Kragen zu packen.

Der Mann nickte.

»Die Deutschen haben ihn nie gefunden.«

Jetzt konnten sie die Sirenen hören. Ihr ansteigendes und abfallendes Jammern mischte sich in das allgemeine Chaos.

Sanne löste sich vom Auto, ging wie in Trance auf das Haus zu.

»Halt!«, rief Ulrik. »Wo willst du hin?«

»Wir müssen Lars helfen.« Sie flüsterte, sah sich nicht um.

Gustafsson, der gerade aus der Haustür kam, packte sie.

»Da drin ist es lebensgefährlich. Das Haus kann jeden Moment einstürzen.«

»Die Feuerwehr ist da.« Allan rückte beiseite. Die Polizisten sprangen in die Einsatzfahrzeuge in der Einfahrt und fuhren zur Seite, um die Löschzüge vorbeizulassen.

364

»Hier rüber!«, rief eine Frauenstimme, kaum hörbar im Lärm des Feuers. Sanne lief auf die andere Seite des Hauses. In der Nähe der Gartentür zerrte Lisa an dem dichten Bewuchs der Hauswand. Versteckt unter wild wucherndem Gebüsch lag ein alter, mit einer Luke abgedeckter Kellerausgang, den ein massives Hängeschloss sicherte.

Gustafsson verschwand und kehrte kurz darauf mit einem Bolzenschneider zurück. Sekunden später war das Schloss aufgebrochen, und Lisa und Sanne öffneten gemeinsam den Kellerausgang. Gustafsson leuchtete mit seiner Taschenlampe in die Dunkelheit. Welke Blätter, dreckige Lumpen. Abfall auf der Treppe. Gustafsson sah zum Dach hinauf. Der Schein des Feuers breitete sich am Himmel aus. Es knackte im Haus, ein Glutregen stürzte vom Dach und landete zischend im taufeuchten Gras. Dann zog er die Schultern hoch und ging hinunter. Lisa, Sanne und der Rest der Einsatzkräfte folgten. Hinter sich hörten sie Allan rufen, dass die Rauchwolken in ihre Richtung unterwegs seien.

Schmale Rauchschwaden sickerten durch die Ritzen der Decke über ihnen, zogen Spuren durch die Lichtkegel der Taschenlampen. Es rumorte und knarrte in dem alten Haus.

Sie wagten nicht, das elektrische Licht einzuschalten. Ihre Lampen suchten die weiß gekalkten Flächen in dem niedrigen Keller ab, entdeckten faulige Flecken und Schimmel. Haufen von alten Klamotten und Gerümpel, Pappkisten, Bücher, Schuhe und undefinierbare Gegenstände.

»Wo kann man sich hier verstecken?«, fragte Lisa.

»Unter all dem Krempel muss es irgendwo einen Weg nach unten geben.« Sanne kniff die Augen zusammen. Der Rauch brannte im Rachen und in den Augen.

Die fünf anderen begannen, die Haufen in einem planlosen Wirrwarr auseinanderzureißen. Kratzten mit Stiefeln und Lampen über den Boden, um irgendwo eine Falltür zu fin-

den. Sanne stellte sich an die Treppe, die zum Haus hinauf-
führte; sie stand auf dem letzten Blutfleck der langen Spur,
die vom Behandlungszimmer in den Keller führte. Sie schaute
nach unten. Hier lag so gut wie nichts auf dem Boden. Aber
es gab keinen Spalt, keine Ritze. Weder eine Klappe noch einen Gang in einen weiteren Keller. Aber sie mussten hier danach suchen.

Der Rauchgeruch wurde heftiger. Über ihr schwoll der
Lärm an. Es war eine Frage von Minuten, bis sie gezwungen
waren, die Suche abzubrechen.

»Hört auf damit!«, rief sie. »Es muss irgendwo hier sein.«
Über ihnen zischte und brodelte es, schwere Tropfen regneten auf das Haus. Die Feuerwehr hatte endlich begonnen zu
löschen. Lisa verließ die Ecke, in der sie gesucht hatte, und
kam zu Sanne.

»Wo kann man hier eine Falltür verstecken?«, murmelte
Sanne vor sich hin und strich sich eine dreckige Locke aus der
Stirn. Ihre Brust hob und senkte sich. Das Atmen fiel schwer.

Sie ließ ihren Blick dem Lichtkegel folgen. Von Kisten mit
altem Küchengeschirr über Haufen von braungrünem Strickzeug und einem niedrigen Regal mit schweren, ledergebunde-
nen medizinischen Büchern bis zu einer Vitrine an der Wand
gegenüber. Stapel von alten Zeitungen. Wo könnte es sein?
Wenn die Deutschen die Klappe schon nicht gefunden hatten,
wie sollten sie dann den Eingang in den wenigen Minuten
finden, die ihnen noch blieben, bevor das Haus über ihnen
einstürzte? Panik schnürte ihr den Hals zu. Geschirr, Strickzeug, Regal, Vitrine, Zeitungen. Geschirr, Strickzeug, Regal,
Vitrine, Zeitungen. Irgendwo musste es doch sein.

Das Regal.

Sanne richtete sich so plötzlich auf, dass sie beinahe mit
dem Kopf an einen Deckenbalken gestoßen wäre. Mit einem
Satz war sie bei dem Regal und zog daran.

»Helft mir!«, zischte sie. Es brannte jetzt in den Augen, es pfiff, wenn sie Atem holte. Eher ahnte sie Lisa neben sich, als dass sie sie sah, die Schatten von Gustafsson und seinen Leuten kamen dazu. Gemeinsam schoben und zerrten sie das schwere Regal zur Seite. Und dort, an der Rückwand, im Schein der Stableuchten … nichts! Eine unversehrte Wandfläche, die nahtlos in die Außenmauer überging. Sanne fluchte. Es musste hier sein. Gustafsson hockte auf den Knien, drückte auf das weiße Quadrat, auf dem das Regal gestanden hatte. Nichts geschah.

Er schüttelte den Kopf, erhob sich und trat einen Schritt zurück.

Sanne ließ den Blick von der Wand zur Vitrine schweifen, die gut einen Meter über dem Boden hing. Das Glas der Türen war zerschlagen, große Teile fehlten. Auf den Böden der Vitrine stand angeschlagenes, schmutziges Porzellan zwischen ausgemusterten Teilen mit Muschelmuster. Alles war von einer dicken Staubschicht bedeckt. Sie fasste hinein, fegte den Inhalt des ersten Regalbretts auf den Boden. Nichts. Dasselbe Resultat beim nächsten Brett. Irgendetwas stürzte oben das Treppenhaus hinunter und schlug auf dem Weg nach unten ans Geländer. Der Lärm war ohrenbetäubend. Die Vitrine zitterte. Sanne ließ die Hände über das leere Brett gleiten. Das schmutzige Schrankpapier wellte sich unter ihren Händen. Ihr rechter kleiner Finger fuhr über einen Nagel, ganz hinten in der rechten Ecke. Reflexartig drückte sie mit dem Zeigefinger auf den Nagel und zog überrascht den Finger zurück, als der raue Nagelkopf versank. Hinter der Vitrine knackte es, sie schwang nach vorn. Aus einem Loch strömte Licht, erfüllte den durchwühlten, verräucherten Kellerraum. Sie hörten eine nuschelnde Stimme schreien.

»Hierher. Lars Winkler, Polizei. Ich brauche Hilfe.«

Gustafsson und seine Leute schoben Sanne und Lisa beiseite und kletterten durch die Öffnung. Lisa lief nach draußen, um Bescheid zu geben und Unterstützung zu holen.

Sanne schluckte. Dann kletterte sie der Einsatzgruppe durch das Loch nach.

Sie sah Lars unten an der Treppe, Hände und Gesicht voller Blut und Schrammen. Sein Kopf lag auf der untersten Stufe, ein Arm hing auf der nächsten. Hatte er versucht, sich hinaufzuziehen? Einer der Männer beugte sich über ihn, zwei Finger an seinem Hals.

Die Zeit steht still, der Mann, der sich über die Gestalt am Fuße der Treppe beugt, rührt sich nicht, die Szene ist wie in einem Tableau eingefroren. An einem Tisch in der Ecke sitzt ein nackter Junge, den Mund aufgerissen zu einem stummen Schrei. Blut sickert ihm übers Gesicht, leere Höhlen starren ins Nichts. Sekunden, Minuten vergehen, bevor sie in der Gestalt den jungen Mann erkennt, den Lars am Vortag verhört hat. Neben Christian sitzt eine nackte Frau am Tisch, zwei tote Augen glänzen in ihrem matten Gesicht. Ihre Haut hat dieselbe gelblich weiße Farbe wie bei Mira und der noch namenlosen Frau, die sie gestern Nacht in der Østre Anlæg fanden.

Und an einer Munitionskiste sitzt mit eingeschlagenem Gesicht John Koes, den Kopf, das Hemd und den nackten Unterkörper mit Blut und Rotz verschmiert. Ein Handgelenk ist an den Handgriff einer Kiste gefesselt, der andere Arm hängt schlaff herunter, die Schulter ist mit dem Bajonett eines alten Gewehrs an einer Munitionskiste fixiert.

»Lebt er?«, flüstert Gustafsson.

Der Mann, der sich über Lars beugt und ihm die Finger an den Hals hält, nickt Gustafsson zu, und mit dieser Bewegung schmilzt die eingefrorene Zeit und fängt wieder an zu laufen. Der Mann legt sich Lars' Arm über die Schulter und transportiert den Kollegen die Treppe hinauf. Er lebt. Halb stolpert, halb läuft Sanne hinunter, greift nach dem anderen Arm, hilft. Gemeinsam gelingt es ihnen, ihn die Treppe hinaufzuschaffen, obwohl seine Beine immer wieder versagen. Aus den Augenwinkeln sieht Sanne, wie Gustafsson die Handschelle löst, die Koes an die Munitionskiste fesselt. Einer seiner Männer zieht das Bajonett heraus. Der letzte Beamte hilft Christian auf die Beine.

Im Haus über ihnen knackt und kracht es.

Gustafsson und sein Kollege stellen Koes auf die Beine. Sein Körper zuckt spastisch, als er einen Blick voller Sehnsucht und Untergang auf die tote Frau am Tisch wirft. Dann wird er über die Treppe nach oben gebracht; Gustafsson und der andere Beamte haben ihn in die Mitte genommen.

Plötzlich geht alles viel zu schnell.

Koes dreht sich zu Gustafsson um, sein Kiefer schließt sich um Gustafssons Nase, gleichzeitig stößt er den anderen Polizisten mit einem brutalen Ellenbogenschlag die Treppe hinunter. Gustafsson schreit, seine Finger versuchen, Koes' Augen zu finden, doch Koes wirft den Kopf hin und her und lässt seine Kiefermuskeln arbeiten. Sein Unterkiefer mahlt. Dann ist Gustafsson frei, er fällt mit einem bluterstickten Aufheulen jammernd hintenüber, eine Blutspur hinter sich herziehend. Der Beamte, den Koes die Treppe hinuntergestoßen hat, zieht seine Waffe und feuert zwei Schüsse ab. Einer durchschlägt Koes' verwundete Schulter und versprüht einen roten Nebel aus Blut und Fleischbrocken über die Treppe. Der zweite Schuss geht über ihn hinweg und bohrt sich dicht neben Sannes Kopf ins Geländer.

Koes schaut zur Decke und spuckt etwas Rotes, Feuchtes aus. Dann begegnet er Sannes Blick und hebt den gesunden Arm. In der Hand hält er Gustafssons Dienstpistole. Über ihnen kracht es jetzt schlimmer als je zuvor. Der Polizist hinter Koes versucht, eine freie Schusslinie zu finden, wagt aber nicht zu schießen, aus Angst, seine Kollegen zu treffen.

Koes grinst, doch Sanne sieht nur den Tränenfilm, der seine Augen überzieht.

Er setzt sich den Pistolenlauf unters Kinn und drückt ab.

Dienstag, 24. Juni

56

Das Dach stürzte mit einem ohrenbetäubenden Krachen zusammen, Funken und Dampf schlugen zum Nachthimmel auf. Das Blaulicht der Einsatzfahrzeuge gab der ganzen Szenerie einen zerhackten und unwirklichen Schein. Feuerwehrleute und Polizei arbeiteten Hand in Hand. Die Grasfläche war voller Schläuche, die Wasser auf das brennende Haus pumpten. Gustafsson und Christian hatte man bereits abtransportiert. Koes' Leiche lag im Garten auf einer Bahre, der sich niemand recht nähern mochte. Man hielt sich abseits. Eine Decke bedeckte den zerschossenen Kopf.

»Was is' passiert?« Lars sprach undeutlich. Halb saß, halb lag er in dem offenen Krankenwagen und wies mit dem Kopf auf das in Flammen stehende Haus. Sanne saß neben ihm an der offenen Seitentür.

»Sieht aus wie eine Gasexplosion. Aber es ging alles so schnell. Vorläufig scheint es, als hätte Koes eine Art Bombe gebastelt.«

Lars versuchte sich aufzusetzen, musste aber aufgeben. Zu stark waren die Schmerzen in der Seite.

Sanne half ihm auf und drückte ihm ein Kissen in den Rücken.

»Das hier haben wir aus dem Keller mitgebracht.« Sie legte einen Stapel Polaroidfotos auf die Decke. Lars blätterte sie mit einer Mischung aus Verblüffung und Ekel durch.

Foto um Foto bekannte Situationen. Heiligabend: John

Koes im Weihnachtsmannkostüm, mit einem glücklichen Lächeln vor einem Baum, unter dem sich Geschenke türmen. Um ihn herum drei Mädchen als Wichtel verkleidet, mit dem traditionellen Milchreis, Rotwein und Päckchen. Kaffeekränzchen: Das gute Geschirr mit dem Muschelmuster ist gedeckt. Koes in Hemd und Strickjacke, andere Frauen festlich gekleidet und stark geschminkt – die toten Glasaugen schauen starr in die Luft. Koes im Schlafanzug im Bett, offensichtlich tief schlafend mit je einer Frauenleiche zu beiden Seiten.

Lars' Herz raste. Hinter den Augen schmerzte es. Er gab ihr die Fotos zurück. Er wollte nichts mehr sehen.

»Warum?«

»Wir werden es wohl nie erfahren. Es gibt viele einsame Menschen, die jemanden vermissen, für den sie sorgen können. Manche von ihnen … finden andere Formen, damit umzugehen.«

»Die meisten würden sagen, er war nicht ganz richtig im Kopf.«

»Das ist gewiss untertrieben.« Sanne steckte die Fotos in einen Umschlag. »Koes arbeitete als Krankenträger im Gentofte Hospital, du hast ja seinen Oberkörper gesehen. Der Job verschaffte ihm freien Zugang zu Chloroform und Glutaraldehyd.«

Draußen trat jemand aus dem Chaos heraus.

»Das nenn ich ja mal ein Mittsommernachtsfeuer, das ihr hier veranstaltet habt!« Frelsén steckte seinen Kopf in den Krankenwagen. Die Gläser der goldeingefassten Brille reflektierten den Schein des brennenden Hauses. Hinter ihm stand Bint. Er betrachtete die lodernden Flammen, schüttelte den Kopf.

»Ihr werdet hier alles umgraben müssen.« Lars griff sich an die Seite. »Es gibt mehr als die drei, die wir bereits kennen.« Er zeigte auf den Umschlag in Sannes Hand.

»Mist.« Bint betrachtete Koes' Leiche. Die Decke über seinem Kopf war blutdurchtränkt.

»Sanne, Lars.« Lisa nickte Frelsén und Bint zu. »Gut, dass ihr es herausgeschafft habt.«

Lars schnitt eine Grimasse.

»Wo ist Kim A.?«

»Lisa hat uns in den Keller gebracht, als es anfing zu brennen«, berichtete Sanne. »Du kannst dich bei ihr bedanken, dass wir dich da rausbekommen haben.«

Lisa lachte.

»Lass niemals einen Kollegen in Schwierigkeiten allein. Außerdem hat Kim A. um seine Entlassung gebeten. Er will zum Geheimdienst.« Sie zuckte die Achseln.

»Danke«, murmelte Lars. Die Augen fielen ihm zu. Der Kopf sank ihm auf die Brust.

»So«, war das Letzte, was er hörte. »Er kann jetzt abtransportiert werden.«

Das Geräusch von jemandem, der den Krankenwagen verließ, eine Tür wurde zugeworfen. Dann war er weg.

Wenn er an seine Reise zurück ins Bewusstsein denkt, muss der Schrei, der sich durch die Schichten aus Schlaf bohrte, sein eigener gewesen sein. Aber es war nicht sein Schrei. Der Schrei war fremd und dennoch wohlbekannt, so bekannt, dass es wohl doch sein eigener gewesen sein muss.

»Nein. Geht weg. Verschwindet!«

Lars schlug die Augen auf. Ein stechendes weißes Licht. War er tot? Dann kehrten der Schrei und die Stimmen zurück. Endlich erkannte er, dass Maria schrie, und sofort versuchte er, seinen Körper aus dem Bett zu zwingen. Doch dann ging die Tür auf, und Elena steckte ihren Kopf herein.

»Lars? Bist du wach?«

Er nickte. Alles tat so verdammt weh.

Elena schob eine leichenblasse Maria vor sich ins Zimmer. Sie legte ihren Arm um sie, zog sie näher ans Bett.

»Papa?«

Maria nahm seine Hand, flocht ihre Finger in seine. Er versuchte, sie anzulächeln. »Hast du geschrien?«

Maria nickte, biss sich auf die Lippe.

»Die Eltern dieses Jungen … Marias …« Elena hustete. »Er liegt offenbar auch hier auf der Abteilung. Sein Vater hat versucht, mit Maria zu reden. Ulrik hat ihn gestoppt.«

Was war bei Christians Eltern vorgefallen?

»Ulrik … kann er?« Elena zeigte auf die Tür.

Lars schloss die Augen, schüttelte den Kopf. Gott, wie sehr er sich nach einer Zigarette sehnte.

»Es heißt, du musst nur ein paar Tage hierbleiben, bis du wieder fit bist. Das Schlimmste ist die gebrochene Rippe.« Elena streckte ihre Hand aus, zögerte. Tätschelte dann die Decke über seinen Beinen.

»Wo bin ich?«, fragte er. Sie sah hübsch aus, aber er spürte kein Kribbeln im Bauch mehr.

»Im Rigshospital.« Sie griff nach ihrer Handtasche am Fußende des Bettes. »Ich gehe zu Ulrik.« Sie sah Maria an, strich ihr mit einem Finger über die Wange. Dann drehte sie sich um und klackerte auf unmöglich hohen Absätzen aus dem Zimmer.

Maria hielt seine Hand, sah aus dem Fenster hinter ihm. Er schloss die Augen und stellte sich vor, was sie sah: die Baumkronen im Fælledpark, die diagonalen Linien der Wege. Ging die Sonne gerade auf?

»Es heißt, dass Christian …«, begann sie, »… Caro und die anderen überfallen?«

Er hielt die Augen geschlossen, nickte. Maria umklammerte seine Hand. So fest, dass es wehtat. Beide sagten kein Wort.

»Wie …?«, brach Maria das Schweigen. »Was wolltest du gestern auf dem Fest?«

Lars schluckte, sah sie an.

»Caroline hat gesagt, ihr Vergewaltiger hätte gesummt … dabei. Ich konnte die Melodie nicht erkennen, aber …«

»Tut mir leid, Papa.« Sie schüttelte den Kopf. »Ich kann mich nicht daran erinnern.«

Lars drehte den Kopf, sah aus dem Fenster. Irgendwo im Kleinhirn predigte Jagger, der alte Indianer.

> *Talkin' 'bout the Midnight Rambler*
> *Did you see me jump the bedroom door?*
> *I'm called a hit 'n 'run raper, in anger*
> *Or just a knife-sharpened tippie-toe …*

Sonnenstrahlen krochen über den Boden. Ihre Hand glitt über die Decke, suchte nach seiner.

Sanne steckte den Kopf zur Tür herein.

»Störe ich?«

»Vielleicht …«, begann Lars. Aber Maria blickte auf und winkte Sanne herein.

»Ist schon okay, Papa. Ich schaue noch mal nach Caro. Aber eins hast du mir noch nicht erzählt: War das der Mörder, den Christian …?«

Lars und Sanne sahen sich an.

»Ja, Christian hatte Recht.« Sanne kam ans Bett, stellte sich neben sie. »Aber er hätte sich nicht einmischen dürfen. Das ist Sache der Polizei.«

»Ich habe gehört … was er mit ihm gemacht hat.« Maria hielt die Hand vor den Mund. Dann ließ sie sie wieder sinken und stand auf.

Lars wollte die Hand nach ihr ausstrecken, aber sie war schon auf dem Weg nach draußen.

»Sie wird schon darüber hinwegkommen.« Sanne sah ihr nach. Dann wandte sie sich ihm zu. »Toke und Lisa haben heute Nacht bei Christian eine Hausdurchsuchung vorgenommen und schwarze Laufklamotten gefunden. Ich habe gerade mit Frelsén geredet. Die schwarzen Fasern, die an den Tatorten gefunden wurden, stammen daher.« Sie setzte sich auf die Bettkante, an die gleiche Stelle, an der Maria eben noch gesessen hatte. »Was glaubst du, was wollte er bei Koes?«

Lars verzog das Gesicht.

»Möglicherweise hat er eine Art ... Verwandtschaft verspürt? Ich weiß, es klingt krank, aber Stine Bang wurde eine Nacht nach dem Fund von Miras Leiche vergewaltigt.«

Lars schloss die Augen, beide schwiegen. Die Sekunden tickten, bis Sanne das Schweigen unterbrach.

»Hoffentlich erfahren wir mehr bei den Verhören.«

Er wandte den Kopf ab und blickte aus dem breiten Fenster über den Fælledpark und Østerbro. Eine Gruppe Schwäne flog in einem spitzen V zu dem künstlichen See an der Edel Sauntes Allé. Das sausende, melancholische Geräusch ihrer Flügelschläge wurde von der rohen Betonfassade des Rigshospital zurückgeworfen. Ein neuer Tag schlug Purzelbäume im Springbrunnen. Er fühlte sich leicht, beinahe schwebend vor Müdigkeit. Dann fing er an zu lachen.

Sanne schaute ihn ungläubig an.

»Findest du wirklich, dass es etwas zu lachen gibt?«

Er schüttelte den Kopf, hielt inne.

»Ja. Es ist vorbei. Ich bin frei. Kim A., Ulrik ...« Er machte eine wegwerfende Handbewegung, streckte die Hand zum Himmel aus.

»Ach ja ... jetzt kannst du zur Polizei von Nordseeland, oder?« Sie fingerte an dem Krankenblatt, das am Fußende des Bettes hing.

Noch immer brodelte es in ihm. Müdigkeit und Leichtigkeit, die letzten Stadien des Amphetamin-Rausches. Bald würde er kollabieren.

»Aus Helsingør wird nichts. Ich glaube, ich besuche meinen Vater.«

»In New York? Und was ist mit Maria?«

»Sie kann doch mitkommen.«

Farbe schoss in Sannes Wangen. Sie senkte den Blick.

»Und … wir?«

In diesem Moment trat Christine Fogh ein, ohne zu klopfen. Die Hände steckten in den Kitteltaschen. Scharfe Augen blinzelten hinter der roten Brille.

»Der Patient braucht jetzt Ruhe.«

Sanne stand mit dem Rücken zu ihr, verdrehte die Augen.

»Ich komme morgen wieder.« Rückwärts ging sie zur Tür, hielt seinen Blick fest.

Christine Fogh schloss die Tür hinter ihr.

»Wie sehen Sie denn aus?«

»Arbeiten Sie auch auf dieser Station?« Er ließ die Hand auf die Decke fallen.

»Nee, aber ich habe gehört, dass Sie eingeliefert wurden.«

»Und …?« Er zeigte auf die Tür.

Christine schüttelte den Kopf. Trat ans Fußende, legte eine Hand auf das Metallgestell des Betts. Sie sah aus dem Fenster, schloss einen Moment die Augen. Die Sonne ließ ihr Gesicht aufglühen.

»Sie haben ihn also gefunden.«

»Ja. Zu spät.«

»Aber Sie haben ihn gefunden, und wenn Sie nicht aufgetaucht wären, hätte man ihn ermordet.«

»Vielleicht hätte er das ja verdient?«

Christine sah noch immer aus dem Fenster.

»Ich denke, wir können froh sein, dass die Entscheidung,

was andere verdienen, nicht bei uns liegt. Es muss eine fürchterliche Verantwortung sein.« Dann hob sie das Krankenblatt am Fußende und überflog die Seite.

»Reste von Chloroform und … Amphetamin im Blut?« Sie blickte mit hochgezogenen Augenbrauen auf, ließ das Blatt fallen. Das Klemmbrett klapperte gegen den Metallrahmen des Betts. Das Geräusch hallte in dem stillen Zimmer wider. Also hatte Koes ihn mit Chloroform betäubt? Nicht überraschend, dass sein Herz protestiert hatte – bei solch einem Cocktail.

Christine Fogh kam mit langsamen Schritten zum Kopfende des Betts. Aufgrund des Unausgesprochenen schien der Abstand zwischen ihnen einen Augenblick sehr groß zu sein. Dann zuckte sie die Achseln.

»Na ja, geht mich ja auch nichts an.« Sie beugte sich über ihn. Einen Moment ruhte eine Brust an seiner Schulter, schwer und warm unter dem weißen Kittel. Ihre Lippen streiften seine Stirn.

An der Tür blieb sie stehen und richtete ihren Kittel.

»Du kannst ja mal anrufen?«

Dann war sie verschwunden.

Nachweise

Dazed and Confused: zitiert nach *Led Zeppelin*, Text und Melodie Jimmy Page, 1969.

Die *Kindertotenlieder* sind dem Gedichtzyklus von Friedrich Rückert entnommen, der 1833–1834 entstand. Vertont von Gustav Mahler 1901–1904.

Das Gedicht *Der trunkenen weg* wurde Søren Ulrik Thomsens Lyrikband *Digte om natten* entnommen, City Slang, 1981.

Midnight Rambler: Jagger/Richards, von The Rolling Stones, *Get Yer Ya-Ya's Out*, 1971.

Mittsommerweise: Text: Holger Drachmann, Melodie: P. E. Lange-Müller, 1885.

Michael Robotham
Sag, es tut dir leid

480 Seiten
ISBN 978-3-442-31316-7
auch als E-Book und
Hörbuch erhältlich

Als Piper Hadley und ihre Freundin Tash McBain spurlos aus dem kleinen Ort Bingam bei Oxford verschwinden, erschüttert es das ganze Land. Trotz aller Bemühungen können sie nie gefunden werden. Isoliert von der Außenwelt werden sie von ihrem Entführer gefangen gehalten, bis Tash nach drei Jahren die Flucht gelingt. Kurz darauf entdeckt man ein brutal ermordetes Ehepaar in seinem Haus in Oxford. Der Psychologe Joe O'Loughlin, der einen Verdächtigen befragen soll, vermutet, dass dieses Verbrechen mit der Entführung der beiden Mädchen in Zusammenhang steht. Währenddessen hofft Piper verzweifelt auf Rettung durch ihre Freundin. Doch mit jeder Stunde wächst ihre Angst. Denn der Mann, der sie in seiner Gewalt hat, ist in seinem Wahn zu allem fähig.

www.goldmann-verlag.de
www.facebook.com/goldmannverlag

Um die ganze Welt des
  GOLDMANN Verlages
kennenzulernen, besuchen Sie uns doch
im Internet unter:

www.goldmann-verlag.de

Dort können Sie
  nach weiteren interessanten Büchern **stöbern**,
  Näheres über unsere **Autoren** erfahren,
  in **Leseproben** blättern, alle **Termine** zu Lesungen und
  Events finden und den **Newsletter** mit interessanten
  Neuigkeiten, Gewinnspielen etc. abonnieren.

Ein **Gesamtverzeichnis** aller Goldmann Bücher finden
Sie dort ebenfalls.

Sehen Sie sich auch unsere **Videos** auf YouTube an und
werden Sie ein **Facebook**-Fan des Goldmann Verlags!

www.goldmann-verlag.de
www.facebook.com/goldmannverlag

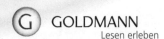